La Moitié du paradis

Du même auteur
chez le même éditeur

Série Dave Robicheaux

La Pluie de néon
Prisonniers du ciel
Black Cherry Blues
Une saison pour la peur
Une tache sur l'éternité
Dans la brume électrique avec les morts confédérés
Dixie City
Le Brasier de l'ange
Cadillac Juke-Box
Sunset Limited
Purple Cane Road
Jolie Blon's Bounce
Dernier tramway pour les Champs-Élysées
L'Emblème du croisé
La Descente de Pégase
La Nuit la plus longue
Swan Peak

Série Billy Bob Holland

La Rose du Cimarron
Heartwood
Bitterroot

Autres ouvrages

Le Boogie des rêves perdus
Vers une aube radieuse
Le Bagnard
Jésus prend la mer
La Moitié du Paradis

JAMES LEE BURKE

La Moitié du paradis

Traduit de l'anglais (États-Unis)
par Olivier Deparis

Rivages/Thriller
Collection dirigée par François Guérif

Rivages

Retrouvez l'ensemble des parutions
des Éditions Payot & Rivages sur

www.payot-rivages.fr

Titre original : *Half of Paradise*

106, boulevard Saint-Germain — 75006 Paris

ISBN : 978-2-7436-2422-4

Pour Pearl

« Dieu lui-même se tue en chaque feuille qui vole,
et mieux vaut l'enfer que la moitié du paradis. »

Edward Achington Robinson
« Luke Havergal »

LIVRE I

Poussière d’été

Avery Broussard

Sous l'effet des algues flottant à leur surface après les pluies du printemps, quand les premières chaleurs estivales se font sentir, les eaux du golfe du Mexique se teintent d'un vert laiteux, avec des zones bleu foncé derrière les bancs de sable, là où plongent les grands pélicans blancs pour pêcher. Sur une île en face de la Louisiane, il y a un bar en plein air, un kiosque niché au milieu des cyprès. Installé dans un fauteuil en osier parmi les odeurs de glycine dont se remplissent ces premières journées de mai, on peut y boire du vin blanc frappé en écoutant le vent caresser les guirlandes de mousse pendues aux arbres, ou simplement regarder les vagues se briser sur la grève et disparaître en un nuage d'écume aux reflets irisés.

Avery Broussard suivit la plage, son sac marin à l'épaule, et entra dans le kiosque. On était en plein après-midi, il n'y avait personne au comptoir. Assis à une des tables au plateau de marbre, deux pêcheurs faisaient un bras de fer. Avery les observa en buvant une bière pression dans une épaisse chope de verre recouverte d'une pellicule de glace. L'un des deux hommes était un peu soûl. Il riait fort et jura en français quand l'autre lui amena la main contre la table. Avery termina sa bière encore fraîche et en commanda une autre. Il compta son argent dans son portefeuille. Quinze dollars, de quoi se payer une bouteille et rentrer chez lui. Employé dans une équipe de prospection pétrolière, il avait démissionné ce matin-là et voulait regagner le continent par la navette de l'après-midi afin d'arriver chez lui avant la nuit. Il était alors trois heures, et la navette partait à quatre heures. Il sirota sa bière en admirant le paysage, les quelques palmiers bordant la plage, l'eau scintillante sous le soleil, le ventre blanc des bancs de sable au loin.

Avery en avait sa claque de la prospection pétrolière. Six mois plus tôt, il s'était fait embaucher comme manœuvre-sismos dans une équipe de prospection chargée d'explorer une zone au large en vue d'y installer un puits. Plus tard, il était devenu aide-foreur. On l'avait augmenté, et il préférait être au forage plutôt que de repêcher des capteurs dix heures par jour, le dos cuit par le soleil, et les doigts rongés par l'eau de mer. Mais tout ça, c'était fini. La vie sur le golfe ne lui déplaisait pas, mais, en six mois, depuis son départ, il n'était pas rentré une seule fois chez lui. Six mois qu'il n'avait pas revu son père, et il s'estimait débarrassé des raisons qui l'avaient poussé à partir. Il acheta une petite bouteille de bourbon et la rangea dans son sac pour la boire en chemin.

Il marcha doucement sur la plage en direction de l'embarcadère. Le ciel était dégagé, et les mouettes y tournoyaient, penchées sur l'aile. Il se demanda ce que son père dirait en le voyant. Avery ne lui avait écrit que deux lettres depuis qu'il avait intégré l'équipe de prospection. Plusieurs fois, il avait voulu lui expliquer les raisons de son départ, mais il n'avait jamais trouvé les mots. Son père n'aurait pas compris, pas plus qu'il n'avait compris le départ d'Henri, le frère aîné d'Avery. Une question d'époque. Avery espérait que, à présent, les choses seraient différentes, qu'il ne serait plus obligé de partir. C'est ancré en toi, se dit-il, comme c'est ancré en lui. Ta seule place est ici. Il pela à l'aide de son canif le sceau en plastique de la bouteille de bourbon, dévissa le bouchon métallique et but une gorgée au goulot. La terre, la maison, le pays qui les entourait et tout ce qui allait avec, il avait ça dans le sang. À partir d'un certain nombre de générations, on ne pouvait plus s'en détacher.

Il attendit sur le quai l'arrivée de la navette. Une fois à bord, il alla s'appuyer au bastingage de la proue. Les hommes de pont larguèrent les amarres, et le bateau mit le cap sur le continent. Tourné vers le large, Avery devinait la silhouette grise de deux tankers à l'horizon ; il se demanda où ils allaient. Droit devant s'étendaient les côtes de la Louisiane, une longue bande de sable blanc adossée à une forêt fournie. À gauche, on voyait les marais et leurs champs d'herbe à alligators, les troncs brisés des cyprès à moitié immergés. Un voilier sortit de la lagune en louvoyant. Avery but une nouvelle gorgée de sa bouteille et offrit son visage au vent. La fraîcheur de l'air iodé et la chaleur du bourbon au creux de son ventre le revigoraient. Continuant sa progression vers la terre, le bateau franchit les bancs de sable et les marais, puis s'approcha de l'embarcadère.

Avery rangea la bouteille dans son sac et descendit la passerelle quand le bateau eut accosté. Plusieurs chalutiers étaient à quai. Les pêcheurs étendaient leurs filets pour les faire sécher. Son sac à l'épaule, Avery gagna le bout de l'embarcadère, où, après quelques cabanes en planches, il s'engagea sur un chemin de gravier qui le mènerait à la grand-route. Le soleil de la fin d'après-midi jetait des ombres noires sur le chemin, bordé de chaque côté par d'épais feuillages verts et de grands chênes gris chargés de mousse. Avery vit nager un ragondin dans le canal d'irrigation voisin. Deux grues s'envolèrent des marais et passèrent au-dessus des arbres, leurs ailes dorées par le soleil.

Arrivé à la grand-route, Avery se fit prendre en stop par un vieil homme conduisant un camion à légumes. En chemin, il pensa à sa famille, ou ce qu'il en restait. Sa mère était morte en couches, et son frère avait été tué à la bataille de Normandie. Les seuls survivants étaient son père et lui. Il se demandait parfois s'il n'aurait pas été préférable qu'ils soient morts eux aussi. Sa famille habitait depuis plus d'un siècle la même maison dans la paroisse de Martinique, sur les terres que son arrière-grand-père avait achetées au gouvernement de Louisiane à son arrivée des Antilles en 1850. Ce dernier avait un domestique noir venu avec lui en homme libre dans un pays esclavagiste, et ensemble ils avaient créé une plantation de canne à sucre qui allait devenir l'une des plus importantes du sud de l'État. Quand la guerre de Sécession éclata, l'arrière-grand-père d'Avery, alors qu'il ne parlait que quelques mots d'anglais, s'engagea dans l'armée confédérée et fut fait capitaine d'infanterie. Son domestique et lui furent affectés au 8e régiment des volontaires de Louisiane, sous le commandement du général Jackson. Rendu sourd par l'explosion d'un boulet à la bataille de Fredericksburg, il fut capturé par l'armée de l'Union et emprisonné à Johnson's Island jusqu'à la fin de la guerre.

À la reddition d'Appomattox, chacun leur tour sur le dos d'une mule affamée, les deux hommes traversèrent le Bayou et ses marais infestés de mocassins, avec pour seule nourriture un sac de maïs séché, et regagnèrent la paroisse de Martinique pour repartir de zéro après que les champs eurent été brûlés, les bêtes tuées et la maison ravagée par les bombardements. Pendant la Reconstruction, la moitié des terres tomba aux mains des *carpetbaggers*[1], l'autre moitié laissée inculte par manque d'argent pour acheter des semences ou embaucher de la main-d'œuvre.

L'arrière-grand-père d'Avery fut tué en duel en 1870 par un aristocrate espagnol, un habile *scalawag*[2] qui, ayant vainement tenté de racheter la terre des Broussard au tiers de sa valeur, s'était uni au gouvernement *carpetbagger* pour faire accuser M. Broussard d'être l'organisateur des expéditions nocturnes qui terrorisaient les électeurs noirs. L'aristocrate espagnol remporta son duel, mais il fut abattu deux semaines plus tard dans Rampart Street à La Nouvelle-Orléans. Un témoin déclara qu'un Noir bien mis s'était approché de l'Espagnol, lui avait demandé son nom, puis avait sorti de son gilet un pistolet de duel et avait tiré à moins d'un mètre. Personne ne connaissait ce Noir, et on ne le revit jamais à La Nouvelle-Orléans, mais le bruit courut qu'il s'agissait du domestique de l'homme que l'Espagnol avait tué en duel quelque temps plus tôt.

La terre des Broussard fut peu à peu morcelée, jusqu'à ce que le père d'Avery, Rafael Broussard, ne possède plus que dix des mille hectares achetés à l'origine. Et plus personne pour s'en occuper, sinon Avery, son père et un Noir prénommé Batiste, le petit-fils du domestique avec lequel le premier Broussard était arrivé des Antilles en 1850. Les dix hectares étaient hypothéqués, et les récoltes ne suffisaient plus à couvrir les frais.

Le camion s'arrêta. Avery en descendit, remercia le vieux et franchit le portail en bois qui barrait le chemin menant à la maison. Le battant se referma derrière lui au-dessus du bovistop et claqua contre le poteau de la clôture. Il apercevait son père, debout sur la véranda, qui contemplait les friches devant la maison. M. Broussard était en pantalon et veste noirs, sa tenue habituelle quand il n'était pas aux champs, un chapeau de planteur, à larges bords, rabattu de travers sur les yeux. Ses cheveux clairsemés étaient gris acier,

1. Nordistes venus s'enrichir dans le Sud après la guerre, protégés par les autorités fédérales. *(Toutes les notes sont du traducteur.)*

2. Sudiste blanc soutenant par intérêt la politique du Nord.

comme ses favoris à travers lesquels transparaissaient les veines rouges de ses joues. Batiste débitait du bois, qu'il entassait contre le flanc de la maison. C'était une maison coloniale française, recouverte de briques rouges sur sa moitié inférieure et avec un balcon tout autour du premier étage. La balustrade de la véranda était cassée, la peinture écaillée, le toit gauchi, les dépendances rendues grises par les intempéries. D'un côté, il y avait un massif de pacaniers, leurs branches nues tordues en l'air comme des doigts arthritiques.

– Bonjour, mon fils, dit M. Broussard.

– Bonjour, papa.

– Je suis content que tu sois là.

Avery regarda autour de lui et se sentit oppressé par le vide ambiant.

– Tu as démissionné ?

– Oui.

– Batiste l'a toujours dit. Tout au long de ton absence, il n'a cessé de répéter que tu allais finir par revenir. C'est un peu dur ici depuis ton départ.

Déjà, il me culpabilise, se dit Avery.

– Vous ne plantez pas cette année ?

– Il faut que j'emprunte à la banque.

– La compagnie pétrolière me doit de l'argent. Je devrais le recevoir d'ici une quinzaine de jours.

– Ça ira, mon fils. On aura peut-être une bonne année.

Batiste vint serrer la main d'Avery. Ses cheveux commençaient à blanchir, et il avait les épaules tombantes. Il portait des bretelles sur une chemise sans col. Le cuir d'une de ses chaussures était ouvert au niveau du gros orteil.

– Il a l'air en pleine forme, pas vrai, monsieur Broussard ?

– Comment tu vas ? demanda Avery.

– J'avais hâte que tu reviennes. J'avais personne avec qui aller à la pêche.

– On ira à la grenouille ce soir.

– T'es devenu un homme, on dirait.

Batiste souriait, les mains sur les hanches.

– Il a vieilli, dit M. Broussard.

Avery se sentit mal à l'aise.

– Ouais, mon gars, t'es devenu un homme. En tout cas, ça fait plaisir de te revoir. C'est pas marrant de chasser tout seul.

– Les canards n'ont qu'à bien se tenir cette année, dit Avery. Je vais retaper la cabane, qu'on soit prêts pour les recevoir à l'automne.

Avery se souvenait quand il allait chasser avec son père. Ils se levaient de bonne heure, mettaient leur salopette en caoutchouc et leur veste de chasse matelassée, et traversaient en hors-bord l'embouchure du fleuve. Assis à l'avant, sans chercher à se protéger des éclaboussures dont le froid lui mordait le visage, Avery écoutait les mouettes crier avant le lever du jour. Immergés dans l'eau glaciale jusqu'à la taille, son père et lui attendaient que les canards viennent se nourrir dans la rizière, et, quand les premiers franchissaient les saules et crevaient la brume pour atterrir, ils ouvraient le feu, Avery au fusil à pompe, et son père au deux coups. Les canards se repliaient sur eux-mêmes et tombaient comme des pierres, faisant entendre un grand crac suivi d'un splash en brisant la fine couche de glace. Les douilles fumantes d'Avery étaient éjectées dans l'eau tandis que, imprimant un mouvement de va-et-vient à la garde avant de son arme, il enchaînait les tirs jusqu'à ce que le percuteur claque dans la culasse vide. Sur la digue, les chiens aboyaient et se jetaient dans les roseaux pour aller chercher les oiseaux abattus. Le père d'Avery cassait alors son fusil sur son bras et faisait un clin d'œil à Avery en laissant tomber dans l'eau ses deux dernières douilles. Continue de tirer comme ça, disait-il, et il n'en restera plus aucun l'année prochaine. Ils regagnaient la digue, puis, assis sur la rive, ils buvaient le café noir de leurs Thermos et écoutaient les oies crier dans les marais.

Mais ça, c'était autrefois. M. Broussard ne chassait plus, et son deux coups restait à présent accroché au-dessus de la cheminée. Quand son père avait cessé de chasser, Avery y était allé avec Batiste, mais ce n'était pas pareil.

– Rentrons, allons dîner, dit M. Broussard.

– Je vais te porter ton sac, proposa Batiste.

À l'intérieur, M. Broussard et Avery dînèrent à la table de la cuisine, recouverte d'une toile cirée à carreaux rouges et blancs.

– Combien on doit à la banque ? demanda Avery.

– T'en fais pas pour ça, mon fils.

À quoi il joue ?

– Y en a pour combien ?
– Trois cents dollars.
– On n'a qu'à prendre une autre hypothèque.
– Oui, on peut essayer.
– Qu'est-ce que tu veux dire par là ?
– J'irai demain à la banque.
– Il y a autre chose, c'est ça ?
– Je n'ai pas pu payer les impôts fonciers cette année. L'exploitation sera vendue aux enchères si je ne régularise pas bientôt ma situation.
– Mon chèque de la compagnie te permettra de le faire.
– C'est gentil à toi de proposer ton argent, mais tu sais que j'étais contre ce travail.
– Je sais, papa.
– Il y a de tout, dans ces équipes de prospection. On doit toujours chercher à fréquenter ceux de son rang.
– D'accord.
– Ces hommes-là ne sont pas du même milieu que toi.
– Qu'est-ce que ça change ?
Avery regretta aussitôt ses paroles.
– Quand on se mélange avec des gens d'un niveau social inférieur au sien et qu'on se place sur un pied d'égalité avec eux, on s'abaisse à leur niveau. Pas l'inverse.
– Je comprends.
– Je t'ai laissé aller travailler là-bas parce que tu étais en âge de prendre tes décisions tout seul, mais j'ai toujours été contre.
– J'ai démissionné, maintenant.
– N'empêche, on doit toujours rechercher la compagnie de ses égaux.
– Rassure-toi. Les barges de prospection, c'est terminé pour moi.
– Je voulais être marin quand j'étais jeune, et mon père s'y opposait. À l'époque, je pensais qu'il avait tort, mais, plus tard, j'ai compris qu'il avait bien fait.
– Terminons de dîner, tu veux ?
– Qu'est-ce qui t'a pris d'accepter ce travail ?
– J'étais attiré par la vie sur l'eau.
– Essaie de comprendre, mon fils. Je ne cherche pas à te retenir à la maison. Tu peux aller travailler en ville ou entrer à l'université

si tu veux. Mais tu dois faire quelque chose qui soit en accord avec ton milieu.

– Je vous aiderai aux champs cet été.

– Ça ne te tente pas, l'université ? J'avais espéré t'y envoyer.

– Peut-être l'année prochaine.

– Il y a autre chose dont j'aimerais te parler. Quand tu as déballé tes affaires, j'ai cru voir une bouteille. Tu bois toujours ?

– Pas beaucoup. Une fois de temps en temps.

– Tu es assez grand maintenant pour savoir ce que tu dois faire, mais je n'aime pas te voir toucher à l'alcool. C'est ce qui a tué ton grand-père.

– Ne t'inquiète pas pour moi.

– C'est peut-être héréditaire. Il paraît que ça peut sauter une génération. Henri a commencé tôt, lui aussi.

– C'est une bouteille que m'a laissée un ami.

– J'espère que je ne m'y suis pas mal pris avec toi. Je t'ai élevé comme je l'ai été. C'était la seule façon que je connaissais.

Avery commença à regretter d'être rentré.

– Je n'y touche plus. Je ne me suis pas soûlé depuis que je suis parti travailler.

– J'espère que tu dis vrai.

Avery s'en voulut de mentir, mais il avait appris très tôt qu'il valait mieux dire certaines choses à son père, qu'elles soient vraies ou non.

– Tu sais combien tu m'as déçu le soir où le shérif t'a ramené de ce bar.

– C'était il y a longtemps, papa. N'en parlons plus.

– Il a fallu qu'il te soutienne pour monter les marches du perron.

– Je sais, je n'ai pas oublié. Je t'ai demandé pardon.

– Allez, on ne va pas revenir là-dessus. Je ne veux pas que tu fiches ta vie en l'air à cause de l'alcool, c'est tout.

Avery se leva.

– Batiste m'attend pour aller à la grenouille.

– Tu vas t'en débarrasser, de cette bouteille ?

– Promis.

– Bonne nuit, alors.

– Bonne nuit.

Avery posa ses couverts sur le buffet et monta chercher sa lampe torche et son matériel de pêche.

La semaine suivante, M. Broussard paya ses impôts fonciers grâce au chèque d'Avery et prit une deuxième hypothèque sur ses dix hectares. Ils achetèrent des semences, louèrent un tracteur, labourèrent et plantèrent. Ils travaillèrent dur, six jours par semaine, de l'aube à la tombée de la nuit, et Avery s'aperçut que son père avait beaucoup vieilli. M. Broussard perdait du poids et avait les traits tirés. Il refusait d'écouter Avery ou Batiste quand ils lui disaient de lever le pied. Il travaillait sans chapeau, en maillot de corps à manches longues. Il avait le visage et le cou abîmés par le soleil, et, le soir, il se couchait tout de suite après dîner, parfois sans se déshabiller. Un jour, resté dehors et ayant continué de travailler pendant un orage, il attrapa un gros rhume qui faillit dégénérer en pneumonie. Trois semaines plus tard, il était de retour aux champs. Son efficacité surprenait Avery. Parfois, il parlait de la bonne année qu'ils allaient avoir, ce qui lui permettrait de rembourser la banque, voire de développer l'exploitation. Ensuite, on pourrait réparer la maison (jamais il n'envisagea d'habiter ailleurs), acheter de nouvelles machines et louer des pâturages pour les bêtes. Il faisait chaud cet été-là. Les pluies étaient comme de la vapeur, et la canne devint haute, violette et dorée.

En septembre, ils commencèrent la moisson. Ils travaillaient dans les champs derrière la maison ce matin-là. Alors que M. Broussard montait sur le marchepied du camion pour gagner la cabine, il blêmit tout à coup, tenta de se retenir au cadre de la portière et tomba à la renverse au milieu des tiges coupées. Il porta ses mains à son cœur et respira avec peine tandis qu'Avery s'efforçait de déboutonner son col. Batiste et Avery l'installèrent dans la cabine ; le Noir plia sa veste pour en faire un oreiller. Sur le chemin de la maison, les yeux de M. Broussard demeurèrent fixes et vitreux.

L'après-midi, le médecin et le prêtre se déplacèrent. Avery resta sur la véranda pendant qu'ils étaient à l'intérieur. Il regardait les puits de pétrole au loin. Leur flamme était rouge dans le ciel chargé de nuages de pluie. De l'autre côté du pré, une équipe de démolition s'affairait sur la vieille maison des Segura. Le toit avait disparu, et on déshabillait les murs au pied-de-biche. On entassait les bardeaux pour les brûler. Deux ouvriers attachaient des chaînes à la cheminée de brique en vue de l'arracher avec un bulldozer. Une nouvelle autoroute passerait bientôt par là, et la maison des Segura devait céder sa place à une station-essence.

Le médecin sortit et passa devant Avery pour regagner sa voiture. « Ton père est mort en état de grâce, dit le prêtre lorsqu'Avery le retrouva dans le couloir. Il est au ciel à présent. » Avery entra dans la chambre sans répondre. La pièce était sombre et sentait la poussière. Son père était allongé sur son grand lit en acajou, surmonté du baldaquin aux rideaux plissés. Avery contempla un moment la silhouette sous le drap, avant de s'en approcher pour la découvrir en partie. Le visage de M. Broussard était gris, la chair retombait vers l'arrière du crâne. La peau était tendue autour des orbites. Il avait l'air beaucoup plus petit mort que vivant. Avery se détourna, remonta le drap par-dessus son père, puis il s'assit dans le fauteuil et pleura.

L'enterrement eut lieu sous la pluie. Il plut toute la semaine. L'eau formait des flaques qui se déversaient dans le trou béant au milieu des chênes, à côté du monticule de terre fraîchement retournée. Batiste se tenait tête nue dans son unique costume noir, le visage ruisselant. Avery regarda les deux fossoyeurs, qui, eux, n'avaient pas ôté leur chapeau, faire descendre le cercueil en pin recouvert de tissu, au moyen de cordes et de poulies. Le prêtre lut à haute voix un extrait de la bible ouverte dans ses mains. Les employés des pompes funèbres toussaient et éternuaient, pressés de se mettre à l'abri. Quelques personnes étaient rassemblées sous des parapluies de l'autre côté de la tombe, des Noirs pour la plupart, d'anciens employés des Broussard. Le tissu du cercueil perdait sa teinture.

J.P. Winfield

Il était âgé de vingt-sept ans, avait arrêté l'école à douze ans et ne s'était jamais éloigné de plus de cent kilomètres de chez lui. J.P. fumait, assis dans le couloir devant la salle d'audition. Les ventilateurs étaient coupés, et la transpiration traversait ses vêtements. Le costume de chez Sears, Roebuck & co. qu'il portait était marron clair, presque écru, les manches et le pantalon usés jusqu'à la corde et trop courts pour lui. Des gens passèrent, et il cacha ses chaussures sous sa chaise. Elles aussi étaient toutes râpées, les coutures commençaient à lâcher. Son nœud papillon à pois était agrafé de travers sur le col de sa chemise. Il sortit sa guitare de son étui et l'accorda à nouveau pour passer le temps. C'était le seul objet de valeur qu'il possédait. Il l'avait achetée quarante dollars chez un prêteur sur gages. Une douze cordes, dont il cirait le bois foncé pour qu'il reste brillant. Il avait de la corne au bout des doigts à force d'en jouer.

Il détailla la secrétaire derrière le bureau. Talons hauts, collants, chemisier blanc. Elle se tenait le dos très droit, et ses seins pointaient sous son chemisier. Il se la serait bien tapée. Elle entra dans la salle d'audition, puis ressortit.

– M. Hunnicut est prêt à vous recevoir.

J.P. éteignit sa roulée sous sa semelle et remit sa guitare en place dans son étui. Du coin de l'œil, il regarda la secrétaire se rasseoir. Sa jupe se plissa sur le dessus des cuisses. Dans la salle d'audition, un gros en costume de lin blanc et cravate à rayures multicolores transpirait sur un pliant, une carafe d'eau glacée à côté de lui. Il y avait d'autres hommes debout dans la pièce. J.P. ne fit pas attention à eux. Le gros en costume de lin remplit son verre et avala deux cachets de sel.

– Tu fais quoi, toi ? demanda-t-il.

– Je joue de la douze cordes et je chante, répondit J.P. J'ai vu votre annonce dans le journal pour le concours.

– Tu sais qu'il y a cinq dollars de droits d'inscription.

– Je les ai donnés à la secrétaire.

– OK, alors vas-y. Chante.

J.P. était mal à l'aise. Les autres hommes l'observaient. Il lui sembla qu'ils souriaient. Il passa la bretelle de sa guitare autour de son cou et commença. Il se trompa dans les accords, sa voix dérailla. Un des hommes gloussa.

– La ferme, Troy, fit Hunnicut, le gros qui transpirait dans son costume de lin blanc.

– Ça doit être le trac, bredouilla J.P.

– Recommence, dit Hunnicut d'un ton las.

Good morning, blues
Blues, how do you do?
I'm doing all right
Good morning, how are you?

When I got up this morning
Blues was walking round my bed
Yes, the blues walking round my bed
I went to eat my breakfast
The blues was all in my bread

I sent for you yesterday see me baby
Here you come a walking today
Yes, here you come a walking today
Got your mouth wide open
You don't know what to say[1]

---

1. Salut, le blues / Tu vas bien ? / Pour moi, ça roule / Salut, comment vas-tu ? / Quand je me suis levé ce matin / Le blues tournait autour de mon lit / Ouais, il tournait autour de mon lit / Et quand j'ai pris mon petit-déjeuner / Il était partout dans mon pain / Je t'ai demandé de venir me voir hier/Et te voilà qui rappliques aujourd'hui / Ouais, tu rappliques aujourd'hui / Tu es là, la bouche grande ouverte / Tu ne sais pas quoi dire.

Hunnicut se laissa aller en arrière dans son fauteuil en bois sans lâcher J.P. des yeux. Il cracha par terre et but une gorgée d'eau.

Good morning, blues
Blues, how do you do?
I'm doing all right
Good morning, how are you?

J.P. en termina et rangea sa guitare dans son étui.

– Tu composes tes chansons toi-même ? demanda Hunnicut.

– Celle-là, elle est de Leadbelly. Je l'ai vu une fois quand il est sorti de taule.

– C'est qui, Leadbelly ?

– Il était au pénitencier d'Angola. C'est l'inventeur de la douze cordes.

– Tiens, voilà ton carton. Ça te permettra d'entrer ce soir.

– Vous me rendez mes cinq dollars ?

– Non. Tes cinq dollars, on les garde. Tu veux une guitare électrique pour ce soir ?

– Je joue pas là-dessus. Ça a pas d'âme.

– Tu as un autre costume à part celui-là ?

– Qu'est-ce qu'il a, celui-là ?

– Rien. Il est très bien.

– On n'a qu'à lui filer une salopette, lança un des autres.

– Ne fais pas attention à Troy, dit Hunnicut. Il a une maladie de la bouche. Il est incapable de la fermer.

Troy faisait partie du spectacle de Hunnicut. Originaire d'un quartier pauvre de Memphis, il avait des cheveux bruns ondulés, des favoris, le front haut et gras et plusieurs dents en or. Sa longue mâchoire remuait lentement tandis qu'il mâchait un chewing-gum. L'homme avec lui s'appelait Seth. Grand, des cheveux châtains raides comme de la paille, le visage profondément grêlé. Il avait le teint rouge, et son haleine sentait le whisky.

– Il faut que tu me signes ça, poursuivit Hunnicut. Ce soir, c'est juste un concours d'amateurs. Tu n'es pas payé. Si tu gagnes, tu chanteras au Louisiana Jubilee. Là, on discutera d'un salaire. Seth et Troy seront sur scène ce soir, mais ils ne font pas partie de la compétition.

Il donna une décharge à J.P., qui signa au crayon en bas de la page, en grosses lettres maladroites.

– C'est quoi, ton nom complet ?
– C'est ça.
– Tes initiales veulent bien dire quelque chose, non ?
– Je m'appelle J.P., monsieur. J'ai pas d'autre nom.
– T'es d'où ? demanda Troy, l'homme aux cheveux bruns ondulés.
– Du nord, près de la frontière de l'Arkansas.
– Très bien, mon garçon, dit Hunnicut. Tu es paré pour ce soir. On se revoit au spectacle.
J.P. reprit sa guitare dans son étui et quitta la salle d'audition.
– Il est venu à dos de mulet, tu crois ? fit Troy.
– Il s'en sortira très bien, répliqua Hunnicut.
– Tu vas pas le faire gagner, quand même ?
– C'est l'homme qu'il nous faut.
– C'est un péquenaud.
– Tu veux que je te dise pourquoi tu ne seras jamais qu'un petit gratteur de cordes au service des autres ? Parce que tu n'as aucune idée de ce qu'il faut pour sortir de la masse. Soit tu sais jouer les péquenauds et tu fais croire aux vrais que t'es aussi con qu'eux, soit t'es un vrai péquenaud et tu as besoin de quelqu'un derrière toi qui sache tirer les ficelles. Pour faire cracher les péquenauds, faut leur vendre un péquenaud. Et ce gamin-là, c'est exactement ce qu'ils veulent.
– Il a encore du fertilisant sur les pompes.

J.P. traversa la rue et se dirigea vers son hôtel. Il avait retenu une chambre sans salle de bains dans la partie la plus ancienne du quartier des affaires. L'hôtel était un affreux bâtiment à deux étages, avec des escaliers de secours rouillés. Un des murs avait été noirci par un incendie. Il prit sa clef à la réception et monta.

La chambre sentait le renfermé. Il mit en marche le ventilateur du plafond, ouvrit la fenêtre et s'appuya au rebord pour contempler la rue. Il vit la halle au coton et ses balles d'échantillons entassées près de l'entrée de service, le papier kraft qui les enveloppait en partie déchiré ; il y avait des magasins de tissus, un Noir vendait des fruits sur un chariot, des hommes en salopette et en costume de crépon bavardaient en chiquant et en crachant dans le caniveau, des femmes en robes de coton imprimé regardaient dans les vitrines les produits bon marché de fabrication industrielle, et le soleil de la fin de l'après-midi remplissait l'air d'une odeur chaude et humide en frappant l'asphalte. Adossé à un mur, un homme amputé aux genoux tenait un chapeau contenant quelques crayons. Les gens passaient devant lui sans le remarquer, certains le regardaient d'un air intrigué, une femme laissa tomber une pièce dans son chapeau. Il était assis sur une plate-forme de planches équipée de roulettes métalliques. Il se déplaçait le long du trottoir en se propulsant avec les mains. J.P. le regarda disparaître au coin de la rue, puis il se détourna de la fenêtre et s'allongea sur le lit.

Il sortit sa guitare et fit lentement glisser son pouce en travers des cordes. Parfois, il se servait d'une capsule de bière en guise de médiator, à la manière des ouvriers des champs de coton qui jouaient dans les juke-joints à la sortie de la ville. Il avait pris goût à la musique enfant, quand, assis sur la digue près du cimetière noir en fin de soirée, il écoutait les marches funèbres et regardait les visages transpirants à la lueur des torches. C'était comme si cette musique racontait les malheurs de toute une race.

Il rêvait d'écrire une chanson qui contiendrait tout ce qu'il y avait au fond de son cœur. Elle exprimerait la tristesse qu'il voyait dans la campagne autour de lui, la peine des Noirs qui chantaient dans les champs, elle serait comme ces chansons qu'on chantait dans les camps de travaux forcés et de l'Armée du salut, ou ce qu'on ressentait quand, assis seul sur la véranda derrière chez soi, on regardait la pluie tomber sur les jeunes plants de coton.

Il alla au bout du couloir se doucher et s'habiller. À six heures, il quitta l'hôtel et se rendit à la salle polyvalente de la ville où le concours devait se tenir. Les magasins étaient fermés, et il n'y avait pas grand monde dans la rue. Devant le cinéma, il vit le cul-de-jatte sur sa plate-forme en bois à côté de l'entrée, son chapeau et ses crayons à la main. Il sentait le vin et la sueur séchée. Sa chemise sans boutons laissait voir son torse osseux. Le directeur du cinéma lui demanda de s'éloigner, il gênait le passage des clients.

J.P. entra dans la salle par-derrière et donna son carton au videur. Il y avait foule en coulisse. Il aperçut Hunnicut et Troy qui discutaient dans un coin.

– Bonsoir.

– Salut, mon gars, ça va ? répondit Hunnicut.

Puis, s'adressant aux techniciens :

– C'est n'importe quoi, les projecteurs. Là, non, j'ai dit là.

Il se retourna vers J.P. et Troy.

– Il faut que je fasse le boulot de tout le monde, ici. Troy, va leur montrer comment installer les projecteurs. Ils mériteraient que je les foute tous dehors.

– Où je dois aller ? s'enquit J.P.

– D'abord, on va te trouver un autre costume.

– Ce qui compte, c'est comment je joue de la guitare, pas comment je suis habillé.

– Eh, Seth, ramène-toi par ici.

Seth était en conversation avec une petite brune aux formes généreuses.

– Emmène-le dans la loge de Troy et trouve-lui une tenue.

– Troy est d'accord ?

– T'occupe. Trouve à Winfield un costume qui n'ait pas l'air d'un sac d'engrais.

Ils passèrent derrière le décor pour gagner les loges. Seth prit un costume sport gris dans la penderie et le posa sur la chaise. Les marques sur son visage semblaient encore plus profondes sous la lumière artificielle de la pièce. Il sortit une petite bouteille de sa veste et en dévissa le bouchon. Il but au goulot pendant que J.P. s'habillait.

– T'en veux une goutte ?

– Merci. Tu penses que j'ai une chance ce soir ?

– Ça va très bien se passer.

– J'ai dépensé mes derniers dollars pour venir ici.

– Virdo va t'embaucher. T'es vraiment bon à la douze cordes.

– C'est qui, Virdo ?

– C'est le prénom de Hunnicut, mais il déteste qu'on l'appelle comme ça.

– La fille avec qui t'étais, elle est sur scène ?

– Ouais. Elle chante un peu. Elle est surtout là pour que les paysans se rincent l'œil. Je suis jamais arrivé à rien avec elle, contrairement à Troy, qui a régulièrement droit à ses faveurs. Mais je la lui laisse. Elle tourne à l'héro. Elle se pique et tout.

– Tu connais des filles dans le coin ?

– Uniquement des putes.

– J'ai plus un rond.

– Demande à Hunnicut une avance après le spectacle, et je t'emmènerai quelque part.

– Je suis pas encore engagé.

– T'as pas vu tes concurrents. Y en a un qui tape sur un washboard en jouant de l'harmonica. T'as pas à t'en faire, c'est dans la poche.

Ils quittèrent la loge et retournèrent en coulisse. Troy était sur scène avec le groupe, il attendait l'ouverture du rideau. Après avoir fumé une cigarette, Seth le rejoignit, prit son banjo et régla le micro. Il sourit au public quand le rideau s'ouvrit.

– Un grand bonjour à tous, amis et voisins, commença-t-il. Je suis Seth Milton. Nous allons recevoir ce soir des artistes de country que vous adorez, et aussi la fine fleur des talents locaux. Le concours ne va pas tarder à commencer, mais, d'abord, mes amis et moi allons vous interpréter quelques-uns de vos morceaux préférés. Ce spectacle est organisé par M. V. L. Hunnicut du Louisiana Jubilee, qui a déniché de nombreux jeunes talents et fait connaître au niveau national quelques grandes stars de la country. Je veux aussi vous parler du gros album illustré en vente à l'entrée. Vous y trouverez pas moins de cent véritables photographies en couleurs de vos chanteurs préférés, que vous n'aurez plus qu'à découper pour les accrocher au mur. Ce gros album illustré est vendu pour la modique somme de deux dollars cinquante. Si vous n'avez pas l'argent sur vous, vous pouvez le commander et vous le paierez à la réception. Ce sont de magnifiques photos couleur sur papier glacé. Quand vous entendrez à la radio un chanteur de country que vous aimez, il vous suffira de consulter la table des matières, et ce sera comme s'il était avec vous dans la pièce.

» Et maintenant, je vais annoncer quelqu'un que beaucoup d'entre vous connaissent déjà. C'est l'un des meilleurs guitaristes du genre, et il vient de sortir deux nouveaux disques. C'est à toi, frère Troy !

Depuis les coulisses, J.P. écouta Troy chanter et les applaudissements qui suivirent. Puis la petite brune monta sur scène et chanta « I Want to Be in My Savior's Arms ». Il regarda ses cheveux coupés courts, son visage de paysanne irlandaise et ses seins anormalement volumineux. Elle avait la taille fine, le ventre plat et les hanches larges. Il s'imagina au lit avec elle, puis songea à la proposition de Seth de l'emmener au bordel plus tard dans la soirée. Il ne restait plus qu'à espérer qu'il décroche ce boulot et que Hunnicut soit d'accord pour l'avance sur salaire. Le voyage et les droits d'inscription avaient englouti tout son argent, et cela faisait trois semaines qu'il n'avait pas couché avec une femme ; s'il ne remportait pas ce concours, il allait devoir rentrer chez lui en stop, et il lui faudrait attendre encore un mois avant d'avoir les moyens de se payer une des filles de Mme Sarah.

Le groupe se retira, et le concours commença. Le type à l'harmonica et au washboard passa en premier. L'harmonica coincé entre les lèvres, il en jouait tout en marquant le rythme avec ses phalanges sur la tôle ondulée du washboard. Trois autres concurrents lui succédèrent, puis ce fut le tour de J.P. Il avança sur scène, sa guitare en bandoulière. Les projecteurs lui chauffaient le visage. Derrière leur lumière aveuglante, la foule était une masse sombre et floue. Il chanta « Goodnight, Irene », la chanson la plus célèbre de Leadbelly.

I asked your mother for you
She told me that you was too young
I wish the Lord I never seen your face
I'm sorry you ever was born

Stop rambling and stop gambling
Quit staying out late at night
Go home to your wife and your family
Sit down by the fireside bright

I love Irene, God knows I do
I love her till the sea runs dry
If Irene turns her back on me
I'm going to take morphine and die[1]

Il plut au public, qui l'applaudit jusqu'à ce qu'il chante sa chanson à nouveau. On l'applaudissait encore quand il quitta la scène.

Il posa sa guitare contre un élément du décor et s'essuya le front sur la manche de sa veste.

---

1. J'ai demandé ta main à ta mère / Elle m'a dit que tu étais trop jeune / J'aurais voulu ne jamais connaître ton visage / Je regrette que tu sois venue au monde / Arrête de divaguer, arrête de t'égarer / Cesse de te coucher tard le soir/Rentre auprès de ta femme et de tes enfants / Reprends ta place au coin du feu / J'aime Irene, Dieu sait que je dis vrai / Je l'aimerai jusqu'à ce que la mer s'assèche / Si Irene me tourne le dos / Je préfère prendre de la morphine et mourir.

– C'est mon costume, ça, protesta Troy.
– Tu peux le reprendre. Il me va pas, de toute façon.
– C'est moi qui lui ai permis de te l'emprunter, dit Hunnicut.
– Je l'ai fait nettoyer hier. Il a foutu de la sueur plein la manche.
– Reprends-le, ton costard, mon gars. J'ai rien demandé, moi.
– Doucement, Winfield. Tu t'en es bien sorti, ce soir.
– Vous m'engagez ?
– T'as pas encore gagné le concours.
– Seth m'a dit que c'était une formalité.
– Bon, ça va, bienvenue dans la troupe.

J.P. sortit un billet d'un dollar froissé de sa poche et le donna à Troy.

– Tiens, voilà pour le pressing.
– Tu vas où ? demanda Hunnicut.
– Récupérer mes fringues.

Il retourna dans la loge de Troy et remit son Sears, Roebuck & co. Une fois tous les concurrents passés, Hunnicut annonça que le vainqueur était J.P. Winfield et qu'il se produirait bientôt au Louisiana Jubilee avec le reste du groupe. J.P. se recoiffa en se regardant dans la glace et fourra le peigne dans la poche de sa chemise. Il laissa le costume de Troy sans le plier sur le dossier de la chaise, roula une cigarette et retourna en coulisse où Hunnicut, Troy, Seth et la petite brune discutaient. La salle s'était vidée.

– Tu ne connais pas encore April, dit Seth.

J.P. se tourna vers elle.

– Je te présente April Brien.
– Enchantée, dit-elle en mesurant J.P. du regard.

Son visage de paysanne irlandaise avait une expression figée.

– Bonsoir.
– C'est elle qui chante tous les spirituals du spectacle, ajouta Seth.

Il lui posa la main au creux des reins et laissa traîner les doigts sur ses fesses.

– Arrête, dit-elle.

Il lui donna une tape.

– Fous-lui la paix, intervint Troy.

Seth fit un clin d'œil à J.P.

– Viens dans mon bureau, dit Hunnicut. J'ai un contrat à te faire signer.

Hunnicut avait loué un bureau en plus de la salle polyvalente. Son costume de lin blanc était taché et trempé de sueur. Il avait desserré sa cravate à rayures, et son ventre énorme débordait de son pantalon.

– Pour commencer, je te propose un salaire fixe de trois cent cinquante dollars par mois, plus les commissions qu'on touche sur les disques et les apparitions spéciales. Ce contrat stipule que je suis ton manager et ton agent, et je prends douze pour cent sur tout ce que tu gagnes. Quand tu auras fait tes preuves, on verra éventuellement pour t'augmenter.

– Vous prenez un pourcentage même sur le salaire que vous me donnez ?

– Absolument. Mais c'est moi qui programme toutes tes apparitions, et, si tu as ce qu'il faut, je peux te propulser jusqu'au sommet. Pas mal de chanteurs vont au Nashville Barn Dance grâce à moi.

– C'est possible d'avoir une avance ? C'était mon dernier dollar que j'ai donné à l'autre pour son costume.

Hunnicut sortit un portefeuille noir carré de la poche intérieure de sa veste. Il l'ouvrit à plat sur le bureau et compta plusieurs billets.

– Voilà cinquante dollars. Ça ira ?

– C'est parfait.

Ce soir-là, Seth et lui allèrent se soûler dans un juke-joint et repartirent avec deux prostituées. Ils passèrent la nuit dans un appartement à côté du bar. J.P. se réveilla le lendemain matin avec la gueule de bois, et, lorsqu'il regarda au jour la femme à côté de lui, il regretta sa cuite de la veille. Il s'habilla et vérifia le contenu de son portefeuille. Son nœud papillon était introuvable. L'apercevant enfin sous une jambe de la prostituée, il le dégagea et rentra en taxi à son hôtel.

Il s'acheta un nouveau costume et de nouvelles chaussures, et donna ses vieux vêtements au bagagiste. Il régla sa note et sortit dans la rue en tenant l'étui de sa guitare par sa poignée en cuir. Il songea au long voyage en car qui l'attendait avec le groupe, à travers le nord de la Louisiane et ses arides paysages d'argile rouge. Il songea à l'argent qu'il allait gagner en chantant, trois fois ce que lui rapportaient, chez lui, ses activités de métayer. Et Hunnicut l'enverrait peut-être au Nashville Barn Dance. Le soleil était brûlant, il dut plisser les yeux pour se protéger de sa blancheur aveuglante sur le béton. La route serait longue dans la chaleur estivale.

Toussaint Boudreaux

Un cargo sud-américain était arrivé la veille pour troquer sa cargaison de café contre une autre de pièces de machines. Dans la cale, une équipe de dockers attendait que la grue fasse descendre le filet de chargement à travers l'écoutille. La température frisait les quarante degrés à l'intérieur de la cale. Il ne fallait pas toucher les plaques métalliques de la cloison sous peine de s'y brûler les mains. Tourné vers le carré de ciel éclatant encadré par l'écoutille, Toussaint regarda la flèche de la grue pivoter, puis déposer la nouvelle cargaison dans la cale. Les dockers ouvrirent le filet et déchargèrent les palettes. Toussaint et un autre plantèrent leur crochet dans le bois de l'une d'elles afin de la ranger contre la cloison en la faisant glisser sur le sol. La journée était presque terminée. Le filet vide remonta à travers l'écoutille, le sifflet retentit, et, reprenant leurs gamelles, les hommes regagnèrent le pont par l'escalier métallique puis le quai par la passerelle.

Toussaint devait affronter un Italien de Chicago au gymnase ce soir-là. Un combat en quatre rounds, catégorie poids lourds. Il espérait sortir de bonne heure, son manager lui ayant promis un combat en vedette s'il remportait celui-là, mais son chef d'équipe avait refusé de le libérer. Le peu de temps qui lui restait pour se reposer avant de boxer, le Noir alla le tuer à la salle de billard après un dîner léger. Il trouva une table au fond de la salle et fit une partie tout seul. Il aimait le contact du feutre vert des tapis et le sons des boules qui s'entrechoquaient. À un mur était accroché un tableau réservé aux courses hippiques, avec un téléscripteur donnant les résultats. Deux parieurs tentèrent de le convaincre de jouer de l'argent. Il les ignora, mit de la craie sur sa queue, empocha la 9 et demanda à l'employé de remettre les boules en place pour une nouvelle partie. Les parieurs se rabattirent sur la machine à sous en attendant un autre pigeon. Toussaint détailla leurs vêtements : chaussures jaune pâle à bout pointu, pantalon effilé, chemise à col ouvert portée sans veste, chapeau à bord étroit cerclé d'un large ruban dans lequel était coincée une plume. Il jeta une pièce de dix cents sur la table pour les deux parties et sortit.

Il se rendit au gymnase en bus. Les combats préliminaires commençaient à huit heures, et le sien était le troisième de la série. Chargé de son sac de sport en toile, il gagna le vestiaire et se mit en short et en peignoir. Cette place de docker était le meilleur emploi qu'il avait trouvé à La Nouvelle-Orléans cinq ans plus tôt, en arrivant de la ville voisine de Barataria. Les rapports à l'intérieur du syndicat et sur les quais n'en restaient pas moins rudes, et chacun travaillait de son côté sans s'occuper des autres. C'était très différent de ce que Toussaint avait connu à Barataria. Si aujourd'hui, à de rares exceptions près, ses collègues l'avaient accepté, au début, on l'avait souvent traité avec mépris. Deux hommes s'étaient même plaints auprès du syndicat de travailler dans la même cale qu'un Noir.

Il fit quelques exercices d'assouplissement et s'assit sur la table de massage. Il n'avait pas un gramme de graisse, et l'élastique de son short violet était plaqué bien à plat sur son ventre. Il combattait en préliminaires une fois par mois depuis un an. Il n'avait concédé qu'une seule défaite, et encore, sur une décision partagée. L'arbitre avait tranché contre lui à cause d'un coup bas. Certaines personnes dans l'assistance étaient convaincues que, correctement pris en main, il accéderait bientôt aux circuits les plus prestigieux, or, à trente ans, ses meilleures années étaient derrière lui. Il était puissant, agile et savait encaisser les coups. Sa carrière avait débuté lorsqu'un manager de boxe l'avait vu se battre sur les quais, contre un docker à qui ça ne plaisait pas de travailler avec un Noir. Le manager l'avait pris à part après la bagarre et lui avait proposé cinquante dollars pour venir mettre les gants au gymnase.

Depuis, Toussaint était devenu un boxeur prometteur doté d'un bon style classique.

Archie, son entraîneur, le rejoignit. C'était un ancien de la marine qui tenait une salle de musculation dans le centre-ville et entraînait quelques boxeurs pour mettre du beurre dans les épinards. Il était tout de blanc vêtu, pantalon de coton, tee-shirt et tennis basses. Les biceps épais, large d'épaules et de poitrine, il avait le teint hâlé, et une partie de ses cheveux châtains étaient décolorés par le soleil.

– T'es en avance, ce soir.

– Je suis raide. J'ai besoin d'un massage.

– J'ai vu le Rital dans le couloir. Il dit qu'il va t'ouvrir en deux.

– T'en penses quoi ?

– Je l'ai jamais vu boxer.

– Il paraît qu'il est bon.

– Dans la moyenne, sans plus.

– Faut que j'attaque fort, ce soir. J'ai pas envie d'aller aux points.

– Il a plus d'allonge que toi. Tu vas devoir casser la distance.

– Où est Ruth ?

Ruth était le manager de Toussaint.

– Au bord du ring, avec les financiers. Ils vont t'observer.

– Les books donnent qui gagnant ?

– Toi, à deux contre un.

– Dommage qu'on n'en sache pas plus sur cet Italien, quand même.

– Tu te sens comment ?

– Tendu.

– Allonge-toi. Je vais m'occuper de ton dos.

Archie lui massa les épaules et lui banda les mains. D'autres boxeurs préliminaires entrèrent à leur tour dans le vestiaire et commencèrent à se changer. Le buzzer retentit pour le premier combat. Un des boxeurs sortit, accompagné de son entraîneur. Un quart d'heure plus tard, ils étaient de retour. Le boxeur avait le nez et la bouche en sang. Il claqua la porte et jeta son peignoir dans un casier. Sa poitrine et son ventre étaient couverts de marques rouges. Il s'allongea sur le dos sur la table de massage.

– Il avait de l'huile sur les gants, je te dis, protesta-t-il. Je voyais pas ce que je faisais.

Son entraîneur lui pinça le nez pour arrêter l'hémorragie.

– Chaque fois que je m'approchais, il me visait les yeux. C'est pas réglo.

– T'as eu de la chance de tenir trois rounds, rétorqua l'entraîneur. Il te dominait dans tous les secteurs.

– Je l'aurais bouffé tout cru s'il s'était battu à la loyale, persista le boxeur, dont le nez continuait de saigner.

– Tu sais si Ruth a parlé aux organisateurs ? demanda Toussaint à Archie.

– Ils te donneront un dix rounds le mois prochain si tu étends le Rital.

– Faut pas que je traîne en prélim. J'ai plus beaucoup d'années devant moi.

– Ton dos, ça va mieux ?

Toussaint fit rouler ses bras et ses épaules.

– Ça ira.

– Ça te réussit, ton boulot sur les quais. T'es sec comme un coup de trique.

– Je suis pas sûr que charger de la quincaillerie avant un combat me fasse tant de bien que ça.

– Ça va bientôt être à toi. Échauffe-toi un peu.

Toussaint se leva et donna quelques coups dans le vide. Archie lui laça ses gants et coupa le bout plastifié des lacets à l'aide de ciseaux. Il plaça un protège-dents, une bouteille d'eau et quelques serviettes dans un sac de toile.

– Allez, dit-il lorsque le buzzer retentit. En piste.

Il prit le sac ainsi que la trousse à pharmacie, et Toussaint et lui sortirent dans le couloir avant de monter la rampe de béton brut menant en haut des gradins.

La salle était comble, et la fumée de cigarette remplissait l'air d'un nuage flottant. On baissa les lumières pour le troisième combat tandis que Toussaint et Archie descendaient au milieu des gradins, seuls les faisceaux des projecteurs au-dessus du ring transperçant la fumée. Dans le brouhaha des conversations ponctué par les grincements de chaise, plusieurs spectateurs apostrophèrent Toussaint lorsqu'il passa à leur hauteur. Il avait l'œil rivé sur son adversaire, déjà en place sur le ring. Le visage marqué de cicatrices, un peu plus lourd que lui, l'Italien enduisait ses semelles de colophane en frappant d'un gant dans la paume de l'autre. Toussaint monta sur le ring et sautilla sur place pendant que le speaker, en smoking, essayait d'attirer l'attention de la foule.

– Mesdames et messieurs ! Pour ce troisième combat, je vous prie d'accueillir deux excellents boxeurs. En short violet, quatre-vingt-huit kilos, un garçon de chez nous avec onze victoires pour une défaite : Toussaint Boudreaux ! Face à lui, en short noir, quatre-vingt-onze kilos, dix-sept victoires pour deux défaites, il nous vient de Chicago dans l'Illinois : Anthony Pepponi !

Toussaint et Archie s'avancèrent vers l'arbitre pour écouter le rappel des règles, après quoi ils regagnèrent leur coin. Se faufilant entre les cordes pour descendre du ring, Archie attrapa le peignoir violet que lui tendait Toussaint.

Le Noir jaillit au son du gong et commença à frapper. Il bloquait avec les avant-bras les coups puissants de Pepponi, dont l'allonge était effectivement supérieure à la sienne, en se maintenant près de lui, la tête baissée, à la recherche du corps à corps. Lorsque Pepponi ouvrit sa garde pour armer un crochet, Toussaint plaça un uppercut. La tête de l'Italien partit en arrière, et, sans lui laisser le temps de récupérer, le Noir enchaîna par deux gauches aux côtes et une nouvelle droite à la mâchoire. Pepponi recula, sur la défensive, puis profita de son allonge pour toucher Toussaint au menton. Toussaint revint au contact et travailla Pepponi au corps, toujours baissé pour rester sous les bras de son adversaire. Pepponi se dégagea du coin en repoussant Toussaint par des jabs du gauche, puis il l'atteignit d'une droite au-dessus de l'œil. Pour deux coups portés au corps de Pepponi, Toussaint en prenait un au front. L'Italien était essoufflé. Les deux boxeurs s'accrochèrent au centre du ring et se frappèrent les reins l'un l'autre jusqu'à ce que l'arbitre les sépare. La salle applaudit lorsque le gong annonça la fin du round.

Archie monta sur le ring avec son tabouret en bois. Toussaint était légèrement ouvert à l'arcade. Archie lui retira son protège-dents et lui donna la bouteille d'eau et le crachoir pour qu'il se rince la bouche.

– Reste au contact et attends qu'il se découvre, dit-il en frottant la poitrine du Noir avec une serviette. Elle lui a fait mal, cette première droite. Continue de le travailler au corps. Il est cuit, il sera obligé de défendre. Si ça va aux points, la victoire est pour toi.

– Il cogne dur, souligna Toussaint, qui sentait la chair se tendre autour de son œil.

– Dix secondes. Surtout, laisse-le venir et essaie de le choper en contre.

Pepponi concentra ses coups sur le front de Toussaint, qui monta sa garde pour protéger sa blessure à l'arcade. Le cuir claquait tandis que Toussaint parait les jabs, puis on entendit un craquement sourd lorsque la longue droite de Pepponi arriva à destination. Le sang coula dans l'œil de Toussaint, chaud et collant. Il se redressa pour appâter Pepponi, esquiva une droite et riposta par un coup au plexus. Le souffle coupé, l'Italien ramena les coudes près du ventre. Toussaint tenta d'en profiter, mais Pepponi l'accrocha, et le Noir en fut quitte pour deux coups supplémentaires à l'œil. Pepponi était plus prudent à présent. Il savait que Toussaint cherchait le coup dur et il donnait tout ce qu'il avait pour le tenir à distance, en espérant obtenir le K.-O. technique.

La blessure de Toussaint s'aggrava encore au troisième round, agrandie par un coup de tête lors d'un accrochage. Il ne voyait plus rien de l'œil gauche, ce qui mettait la droite de Pepponi hors de son champ de vision. Il avait le nez enflé et l'intérieur de la lèvre coupé. Le round était perdu, il le savait.

Durant la minute de repos, Archie lui essuya le visage avec une serviette humide et lui plaqua un coton-tige sur l'arcade gauche. Le goût du sang dans sa bouche lui donnait légèrement la nausée. Il but à la bouteille et recracha. Le quatrième round était le dernier. S'il n'envoyait pas Pepponi au tapis avant la fin, il était bon pour une décision partagée. Toussaint avait remporté les deux premiers rounds aux points, mais le troisième était pour Pepponi, et il avait de bonnes chances de remporter également le quatrième.

Peu solide sur ses jambes à la reprise du combat, Toussaint ne put esquiver un direct sur l'arête du nez. Il répliqua par une feinte du gauche suivie d'un crochet du droit au flanc, juste au-dessous du cœur. Pepponi baissa son gant, et le coup violent qu'il reçut alors à la tempe l'envoya dans les cordes, où Toussaint le bloqua pour passer à l'offensive. Lors d'un crochet du droit à la mâchoire de l'Italien, il sentit un craquement au dos de sa main. Une douleur fulgurante remonta le long de son bras et traversa son corps, lui faisant pleurer les yeux. L'os s'était brisé comme une allumette. Toussaint tint le gant droit en protection devant le visage tandis que, du gauche, il s'efforçait de repousser Pepponi qui s'était dégagé du coin et avançait à présent en frappant. Grâce à une feinte de cette même bonne main, il lui fit baisser sa garde et, s'appuyant de tout son poids sur son pied gauche, il lui lança un uppercut à la gorge. La douleur fut telle qu'il faillit perdre connaissance. L'Italien cracha son protège-dents, se raidit en rebondissant sur les tendeurs et s'affaissa jusqu'au tapis, la tête en arrière, les bras pendant mollement à travers les cordes.

Il fut incapable de se relever avant la fin du décompte de l'arbitre, qui alla prendre le bras de Toussaint et le leva à l'attention du public. Archie vint éponger le visage et le torse du Noir, dont l'œil était complètement fermé, lui drapa son peignoir sur les épaules, et ensemble ils quittèrent le ring pour regagner le vestiaire.

Toussaint s'allongea sur la table de massage tandis qu'Archie essayait de lui retirer son gant.

– T'as la main comme un melon, dit-il.

Il découpa le gant à l'aide d'une lame de rasoir. Le cuir s'écarta au passage de la lame.

– Tu te l'es peut-être définitivement bousillée avec ce coup.

Toussaint jeta son bras gauche en travers de son visage.

– Le médecin du ring sera là dans une minute. Tu as très mal ?

– C'est engourdi, maintenant.

– J'ai pas compris comment t'as fait.

– J'ai pas réfléchi. Je l'ai vu arriver, et c'était terminé.

– T'as pris beaucoup de coups. J'avais peut-être pas assez serré les bandes.

– Les bandes étaient très bien. Quand j'ai frappé, il a rentré la tête et je l'ai touché avec l'arrière du poing.

Le manager de Toussaint entra dans le vestiaire. Les cheveux en brosse, il était vêtu d'un complet sombre avec une cravate en soie maintenue par une pince ornée de bijoux et portait au doigt une bague maçonnique. Il avait le teint rougeaud et le dos des mains poilu.

– Qu'est-ce qui s'est passé ?

– Il s'est pété la main.

– Fais voir.

Toussaint montra sa main.

– Où est le médecin du ring ? demanda Ruth.

– Il arrive, répondit Archie.

– On va faire faire une radio à l'hôpital, on verra l'étendue des dégâts.

– C'est une fracture compliquée. Il saigne sous la peau.

– C'est vraiment con, Toussaint. Tout était réglé avec les organisateurs pour te mettre à l'honneur le mois prochain.

– Ce sera pour une autre fois. Les financiers se souviendront de lui.

– Ils te voyaient bien en attraction principale face à un boxeur d'une autre ville.

– Comment va Pepponi ? s'inquiéta Toussaint.

– Quand il s'est relevé, ça allait, le rassura Ruth. Tu lui as coupé la respiration, c'est tout.

Archie épongea le sang dans l'œil de Toussaint avec un morceau de coton.

– Tiens, voilà ce que je te dois pour ce soir, poursuivit Ruth. Je t'ai mis un peu plus, le temps que tu te soignes. Dis au médecin de m'envoyer sa note.

– Je demande pas l'aumône, monsieur Ruth.

– Je sais. Je donne toujours un supplément aux boxeurs qui se blessent et qui doivent arrêter de boxer pendant un moment.

Ruth fourra les billets dans la poche du peignoir de Toussaint.

– Quand ta main sera guérie, reviens au gymnase, on verra ce qu'on peut faire.

Ruth quitta la pièce. Le médecin du ring vint mettre à Toussaint le bras en écharpe, puis il lui nettoya l'arcade et referma la coupure au moyen de douze points de suture. Toussaint se rhabilla sans se doucher, et Archie le conduisit à l'hôpital pour qu'on lui fasse une radio. L'interne l'informa qu'il avait plusieurs fractures au dos de la main et que la guérison serait longue. Afin d'interdire tout mouvement aux os brisés, il lui immobilisa la main dans une orthèse en aluminium dont la forme épousait celle de la paume.

– Ruth était sincère quand il t'a dit de revenir une fois guéri, dit Archie en ramenant Toussaint chez lui.

– D'après le médecin, il faudra attendre six mois avant que je puisse reboxer.

– Et pour ton boulot sur les quais ?

– T'as déjà vu beaucoup de dockers manchots ?

Toussaint habitait une chambre à quelques rues du quartier des entrepôts. Il monta l'escalier étroit et gagna sa porte dans le couloir sans lumière. Pauvrement meublée, sa chambre était miteuse, à l'image de l'immeuble : un store jaune déchiré à la fenêtre, un lit une place au cadre de laiton, une glace au mur et une commode éraflée près d'un vieux canapé décoloré. Le papier peint était rayé de coulures marron par l'eau que laissaient s'infiltrer les fissures dès qu'il pleuvait. Il alluma l'unique ampoule nue qui pendait au plafond au bout de son fil, retira son écharpe pour se déshabiller et se rinça le visage dans le lavabo. Il regarda dans la glace la rangée de petits traits noirs au-dessus de son œil ; une grosse bosse dure lui déformait le côté du visage. Il se doucha, éteignit la lumière et alla se coucher.

En bas, dans la ruelle, il entendit des voix avinées et des bruits de poubelles. Il leva les yeux dans le noir et repensa à son Barataria natal, au sud de La Nouvelle-Orléans. Y retournerait-il un jour ? Une femme cria aux ivrognes de se taire. Toussaint se retourna dans son lit et ferma les yeux. Il s'imaginait sur le pont d'un chalutier, bercé par la houle du golfe, les filets amassés à l'arrière, face à lui l'horizon embrasé par les derniers rougeoiements du soleil disparaissant dans l'eau, l'odeur du sel et des algues et les tintements de la chaîne de l'ancre se déroulant de la proue. Il se retourna encore, incapable de dormir. Il revoyait la taverne où ils avaient l'habitude d'aller en rentrant au port. Un endroit agréable, avec un long bar en bois verni et de petites tables rondes recouvertes de nappes à carreaux. On y servait du crabe et des langoustines bouillis et, pour un dollar, on avait droit à une assiette de viande grillée accompagnée d'un pichet de bière pression. La salle était constamment remplie de pêcheurs. Debout au comptoir, Toussaint bavardait en buvant de petits verres de whisky sec en alternance avec de l'eau.

Le lendemain matin, il se mit en quête d'un nouvel emploi. À l'agence de placement de l'État — il commença par là —, on ne proposait que des places de groom, d'aide-serveur ou de gardien d'immeuble. Il fit alors le tour des entrepôts, des entreprises de transport et des garages. Chaque fois, c'était la même réponse : soit on n'embauchait pas, soit on lui disait de revenir une fois sa main guérie. Le troisième jour, il se rendit dans un magasin de vêtements de Canal Street ayant fait paraître une annonce pour une place de « manutentionnaire réserve ». Toussaint proposa sa candidature et fut embauché. Lorsqu'il se présenta pour sa première journée de travail, on lui montra où se trouvaient les balais, les serpillières, les pelles et les chiffons, et on lui demanda de laver le sol des toilettes hommes et femmes. Il partit sur-le-champ et chercha un autre emploi. Au bout d'une semaine, il n'avait toujours rien trouvé. Son logeur lui demanda de payer son loyer, ce qui le força à débourser ses derniers vingt dollars. En tramway, en bus, il parcourut une bonne partie de la ville pour chercher du travail. Il tenta sa chance dans une agence de placement privée. Là, on lui suggéra la tonte des pelouses ; diminué comme il l'était, on voyait mal ce qu'il pouvait faire d'autre.

Deux semaines plus tard, à la salle de billard, alors que toutes les tables étaient occupées et que Toussaint, assis sur un banc, lisait les offres d'emploi dans le journal, un homme tenant une cigarette entre ses dents vint s'asseoir à côté de lui. C'était l'un des parieurs qui avaient tenté de lui faire jouer de l'argent l'après-midi de son dernier combat.

– Tu cherches un emploi ?

– Comment t'as deviné ?

– Y a des offres intéressantes ?

Toussaint se tourna vers les tables de billard.

– Ça doit pas être simple de trouver du boulot avec ta main.

Toussaint plia son journal et le posa sur le banc.

– Si tu veux bosser, je peux peut-être t'arranger le coup, reprit le parieur.

– Tu diriges une agence de placement ?

– J'ai un ami qui a besoin de quelqu'un pour conduire un camion.

– Fais-le, toi.

– Je gagne ma croûte autrement.

– C'est qui, cet ami ?

– C'est lui, là-bas, près du tableau des courses.

– Je le connais pas.

– Lui non plus, il te connaît pas.

– Écoute, si t'as quelque chose à me dire, dis-le, ou retourne avec ton pote.

– Il a besoin d'un chauffeur et il a pensé que ça pourrait t'intéresser.

– J'en sais toujours pas plus. Ça consiste en quoi, ce boulot ?

– C'est pas une livraison ordinaire. Il recrute pas des chauffeurs syndiqués.

– Qu'est-ce qu'il faut transporter ?

– C'est ce que demande le syndicat.

– Et ses chauffeurs à lui, ils ne demandent rien.

– T'as tout compris.

– Moi, j'aurais quelques questions à lui poser.

– Il a pas l'habitude.

– Arrête ton cinéma. Il t'aurait pas envoyé recruter un manchot à moins d'être vraiment coincé.

– Ça va, t'énerve pas.

Ils allèrent voir l'homme près du tableau des courses. Un Noir au teint clair, bien habillé, avec des lunettes cerclées à verres épais. Seule la bague en verre à son petit doigt détonnait avec son allure de pasteur.

– Ce gars-là serait peut-être intéressé par un boulot de chauffeur, dit le parieur.

– Erwin t'a expliqué ?

– C'est quoi, la marchandise ? demanda Toussaint.

– Elle est à livrer en dehors de l'État. Le reste, je m'en charge.

– C'est payé combien ?

– Cent dollars.

– J'en veux deux cents si je sais pas ce que je transporte.

– Je ne donne pas plus de cent à un chauffeur.

– Trouvez-vous quelqu'un d'autre, alors.

– Cent maintenant, et cent quand tu seras à destination.

– Où je dois aller ?

– Tu le sauras ce soir. Erwin va te donner l'adresse de l'entrepôt.

– Ça peut se faire d'une seule main ?

– Vous partirez à deux camions.

– C'est quoi ? Du whisky ?

– Donne-lui l'adresse, Erwin.

Le parieur déchira un paquet de cigarettes vide, l'aplatit contre le mur et y écrivit quelque chose au crayon. Il le tendit à Toussaint.

– Voilà ton sésame, mon gars.

– « Transports Bonham », lut à haute voix Toussaint. C'est vous, Bonham ?

– Oui. C'est moi. Passe prendre le camion à neuf heures.

– Et mon argent ?

– C'est un malin, pas vrai, monsieur Bonham ? fit le parieur.

Avery Broussard

C'était la nuit. La lune était haute. Assis sur un rondin dans la clairière, Avery regarda Tereau retirer la cafetière du feu. Avec ses trois quarts de sang noir et son quart de sang indien chitimacha, Tereau produisait le meilleur alcool de contrebande du sud de la Louisiane. Lui-même ignorait son âge, mais pour qu'un Noir ait les cheveux blancs, il faut qu'il soit très vieux. Il avait régulièrement affaire à la maréchaussée et à l'administration fiscale pour conserver son alambic, et on disait qu'il avait un couteau à double tranchant caché dans sa botte, une lime dont il avait taillé les deux bords.

Tereau remplit leurs tasses de café et ajouta une goutte de whisky de la petite bouteille qu'il avait sur lui dans la poche de sa veste. Ils attendaient les bootleggers, qui devaient se faufiler en hors-bord à travers les marais pour venir les retrouver. Les mules et le chariot, chargé des lourds tonnelets de whisky, étaient cachés près des arbres au bord de la clairière. Avery versa dans sa tasse une nouvelle rasade de whisky.

– C'est pas le moment d'abuser du jus de maïs, lui fit remarquer Tereau.

– Ils sont passés où, nos bootleggers ?

– Ils vont arriver. La lune est très claire. Il faut qu'ils soient prudents.

– La police d'État ne les arrête jamais ?

– Ça arrive, mais, en général, ils se débarrassent du whisky avant d'être arrêtés. Ça ne prend pas longtemps de balancer les tonneaux par-dessus bord.

Tereau se roula une cigarette et tendit à Avery le paquet de tabac grossièrement haché.

– Ils ne risquent pas grand-chose, poursuivit-il. Ils sont toujours en mouvement et ils n'ont à éviter que la police d'État. Moi, en plus, je suis traqué par les agents des impôts. Ils sont toujours à la recherche de mon alambic. Tous les mois, ils se pointent à deux dans les marais pour essayer de mettre la main dessus.

Avery gloussa.

– Ils ont failli me choper un jour. Quand je m'absente, je délimite un périmètre autour de l'alambic en tendant une ficelle, à quelques centimètres du sol. Un jour, je suis revenu, et la ficelle était par terre, toute détendue. J'ai contourné discrètement la zone et j'en ai repéré un, un gars des impôts, planqué derrière mon installation. Je suis allé chercher mon frère et deux cousins, on a approché le chariot de l'alambic, puis j'ai envoyé mon frère à la voiture du gars. Elle était garée sur un petit chemin, à un peu plus d'un kilomètre. Mon frère a bloqué le klaxon en coinçant une allumette dans le bouton. Le gars a détalé pour aller voir ce qui se passait, et, pendant qu'il se battait avec les ronces, on a démonté l'alambic, on l'a chargé sur le chariot et on a tout emmené de l'autre côté des marais.

– Vieux fou, dit Avery.

– Tu vois un vieux ici, toi ?

Tereau tira une dernière bouffée de sa cigarette et la jeta dans le feu.

– Pourquoi tu as voulu venir avec moi, Avery ? Tu n'as jamais été du genre à enfreindre la loi.

– Depuis que j'ai perdu la ferme, je n'ai plus grand-chose à faire. Enfreindre la loi paraît un assez bon moyen de passer le temps.

– Si on ne finit pas par casser des cailloux dans un camp de travaux forcés.

– Toi, tu n'as jamais été pris.

– C'est parce que je fais ça depuis des lustres. Mon grand-père m'a appris tous les trucs quand j'étais petit. Dans sa jeunesse, il a vendu de l'alcool à la fois aux Confédérés et aux Fédéraux. Il ajoutait peut-être un peu de lessive ou de fertilisant pour les Nordistes. J'espère que tu ne comptes pas faire carrière.

» J'suis pas pressé de prendre ma retraite.

Il y eut du mouvement dans les buissons, et deux hommes débouchèrent dans la clairière. C'étaient les bootleggers qui venaient prendre le whisky de Tereau pour l'acheminer à travers les marais jusqu'à Morgan City, plus bas sur le fleuve, avant, enfin, de ravitailler La Nouvelle-Orléans et les comtés du Mississippi où la vente d'alcool était prohibée. Acheté un dollar le litre, le whisky était revendu le triple aux débitants. Il avait une couleur claire et le goût du whisky écossais, ce qui n'empêchait pas, en y ajoutant du colorant, de le faire passer à l'occasion pour du bourbon du Kentucky, alors que son producteur n'avait jamais mis les pieds en dehors de la Louisiane. Les bootleggers étaient des hommes secs et brûlés par le soleil ; les mains et le visage couverts de boue, ils avaient un mouchoir noué autour du cou pour se protéger des moustiques et portaient un épais pantalon de travail, une chemise en jean et un chapeau de paille défoncé et trempé de sueur. Ils étaient originaires du bassin de l'Atchafalaya, où on ne trouve que des plaines, des marécages, des bayous engorgés par la vase, des forêts d'arbres rabougris si denses qu'elles en sont presque infranchissables par endroits et des nuées de moustiques capables d'envoyer un homme au lit avec de la fièvre.

Les bootleggers pénétrèrent dans la lueur du feu. Ils s'appelaient LeBlanc et Gerard. LeBlanc, le plus grand des deux, avait un vieux revolver de l'armée, un 11,43, rentré dans sa ceinture. Il avait le teint mat, et le feu lui faisait briller les yeux. Mal rasé, Gerard avait, lui, le cou épais, de larges épaules légèrement voûtées et de longs bras musclés. Il marchait un peu en crabe. Il coupa un morceau de sa chique et la fourra dans sa bouche.

– Vous êtes pas en avance, ce soir, dit Tereau.

– On a dû faire le grand tour, expliqua LeBlanc. Les flics sont sur le fleuve.

– Va falloir qu'on change de soir pour la livraison, ajouta Gerard. Ils ont repéré quand on vient prendre la marchandise.

LeBlanc se tourna vers Avery.

– C'est qui, le môme ?

– Il est réglo, dit Tereau.

– Comment tu t'appelles ?

– Avery Broussard.

– Tereau a dû te prévenir : ce que tu vois la nuit dans les marais, c'est déconseillé d'en parler.

– Il m'a prévenu.

– Puisque Tereau dit qu'il est réglo, intervint Gerard.

– Bien sûr qu'il est réglo. Je veux simplement m'assurer qu'il comprend comment on fonctionne par ici.

– Il sait, confirma Tereau. Où est le bateau ?

– En bas, dans les saules, répondit Gerard. On l'a bien planqué.

– Y a trop de lune, ajouta LeBlanc, dont les yeux de fou fascinaient Avery. On nous voit à un demi-kilomètre sur le fleuve. On a dû passer par le bayou.

Tereau alla au chariot leur chercher des gobelets métalliques pour le café.

– J'ai du lapin. Vous voulez manger ?

– On n'a pas le temps, répondit LeBlanc. On doit être à Morgan City avant le lever du jour. Ça nous laisse à peu près quatre heures.

Ils s'assirent sur le rondin, et Tereau remplit leurs gobelets. LeBlanc étendit ses jambes, retira le revolver de sa ceinture et le posa sur le rondin.

– Il t'arrive de t'en servir ? lui demanda Avery.

– Personne n'est là pour en témoigner.

Il reprit l'arme en main et en fit rouler le barillet contre sa paume.

– Je l'ai eu à l'armée.

Ouvrit puis referma le barillet. Il plongea son regard dans le feu, un regard dur et lointain.

– C'est là-bas que j'ai appris à tirer. J'avais un Browning automatique. J'étais capable de dégommer des Japs à mille mètres.

Gerard se leva et vida le reste de son gobelet sur le feu.

– On ferait bien d'y aller, dit-il.

LeBlanc continua de regarder fixement devant lui, son revolver à la main. Gerard lui donna un petit coup de pied.

– Allez, en route. Il nous reste encore à charger le bateau.

LeBlanc essuya le canon huileux sur sa jambe de pantalon, arma le chien à moitié et remit le revolver en place dans sa ceinture. Son regard conservait la même dureté lointaine. Il termina son café d'un trait et accompagna Tereau au chariot pour aller compter les tonnelets de whisky.

– Évite de le faire parler de l'armée, dit Gerard à Avery. Il est pas bien depuis qu'il est rentré de la guerre.

– Il s'est déjà servi de ce revolver sur quelqu'un ?

– Je lui pose pas de questions. Il connaît son boulot. Le reste, c'est pas mes oignons. Le seul moment où je dois me méfier, c'est quand on a affaire aux flics. Dès qu'il les sent dans le coin, il sort son flingue et il arme le chien complètement. Il a des flammes dans les yeux quand il voit un uniforme.

Avery se tourna vers le chariot. LeBlanc venait de descendre du plateau, et Tereau refermait le hayon derrière lui. Les mules s'agitaient sous leur harnais.

– Qu'est-ce qui lui est arrivé à la guerre ? demanda Avery.

– Il a passé un an dans le Pacifique Sud. On lui a même donné une médaille. Et puis, un jour, il a tenté de buter son chef de section et il a déserté. On l'a retrouvé un mois plus tard et on l'a mis en taule. Là, il est devenu carrément dingue. On l'a envoyé quelque temps à l'hôpital, mais ça n'a rien changé. À la fin, comme on ne savait pas quoi faire de lui, on l'a démobilisé pour raison médicale.

Gerard décrocha la cafetière du piquet en fer planté dans le feu et la vida sur les braises, qui chuintèrent et crachèrent tandis que la clairière s'obscurcissait, seulement éclairée par la lune. Il arracha le piquet du sol et le frappa contre son pied pour faire tomber la terre sur les tisons encore rougeoyants.

– Te laisse pas impressionner par LeBlanc, dit-il avant de se diriger vers le chariot de sa lente démarche de travers, avec ses épaules voûtées, le piquet dans une main, la cafetière dans l'autre.

Avery le suivit.

– Vingt-cinq tonneaux, annonça LeBlanc.

– Faut te payer, je suppose, dit Gerard à Tereau.

– Tu supposes juste, monsieur le contrebandier.

Gerard ouvrit sa chemise et défit la ceinture-portefeuille qu'il portait à la taille. S'appuyant d'un pied au moyeu de la roue du chariot, il compta les billets sur sa cuisse, en fit une liasse et les donna à Tereau avant de rattacher sa ceinture à la taille.

– Quand est-ce que tu vas mettre mon nom sur les étiquettes ? demanda Tereau.

– Quand tu paieras des taxes fédérales et qu'on n'aura plus de boulot ni l'un ni l'autre.

– Vous entendez ? coupa LeBlanc.

Ils se turent un moment.
– Quoi ? dit Gerard.
– Quelque part sur le fleuve.
– C'est dans ta tête. On a semé les flics à cinq bornes d'ici.
LeBlanc porta la main à son revolver et plongea son regard dans l'obscurité.
– Y a un truc qui cloche, dit-il. Rien ne va, ce soir. Je le sens. Y a trop de lune, et y a quelqu'un sur le fleuve.
– Mais non.
– J'ai pas rêvé, j'ai entendu du bruit.
Gerard se tourna vers Tereau.
– Allons au bateau, dit Tereau. Mais, prudence, on sait jamais.
Gerard jeta la cafetière et le piquet à l'arrière du chariot. Tereau prit place sur le siège. Les rênes enroulés autour de son poing, il suivit le bord de la clairière, puis, s'engouffrant par un étroit passage entre les arbres, il gagna un chemin creusé d'ornières entre la digue et un profond fossé. On entendait les ragondins s'appeler entre eux dans les marais avec des cris aigus, on aurait dit des femmes hystériques. Des chênes se dressaient çà et là le long du fossé. Filtré par les branches, le clair de lune parsemait de zones de lumière pâle le tapis vert foncé de la végétation luxuriante. Avery et Gerard suivaient le chariot secoué par les ornières tandis que, devant les mules, LeBlanc ouvrait la marche en scrutant l'obscurité. Il s'arrêta et, sans se retourner, leva une main en l'air.
– Qu'est-ce qui se passe ? demanda Gerard.
– Ça recommence. C'est un bateau qui se laisse porter par le courant. J'entends l'eau clapoter contre la coque.
– Comment tu peux affirmer que c'est un bateau ?
– Je le sais, c'est tout.
– J'entends rien, moi, dit Tereau.
– Je pars devant en éclaireur.
– Reste ici, dit Gerard. On va y aller avec le môme.
– J'ai pas besoin qu'on me dise ce que j'ai à faire.
– On a besoin du flingue ici.
– Tereau a un fusil dans le chariot.
– Je l'ai pas pris cette fois-ci, nia Tereau.
D'une tape sur le bras, Gerard fit signe à Avery d'avancer, et ils contournèrent le chariot pour passer devant LeBlanc.
– J'aime pas qu'on me donne des ordres.

– Je te donne pas d'ordres. Je te demande simplement de surveiller le chariot.

Ils se fondirent dans l'obscurité. Le chemin continuait en ligne droite entre la digue et le fossé. Un peu plus loin se trouvait l'anse où le bateau était ancré au milieu des saules. Elle était large d'une cinquantaine de mètres, mais des bancs de sable en étranglaient l'entrée, de surcroît trop peu profonde pour laisser passer autre chose qu'une petite embarcation. Gonflé par les pluies, le fleuve s'écoulait rapidement en direction du golfe. Avery et Gerard quittèrent le chemin avant d'arriver à l'anse et en gagnèrent directement l'embouchure. Ils avancèrent dans les broussailles jusqu'au banc de sable affleurant, léché par l'eau stagnante, qui formait l'un des deux côtés du goulet d'étranglement. Accroupis au milieu des roseaux, ils pouvaient voir les saules, l'anse et le fleuve sans être vus.

– Y a rien ici, dit Gerard.

– Regarde là-bas.

– Où ça ?

– La tache sur l'eau devant le banc de sable. C'est de l'essence.

– Elle a pu être amenée là par le courant.

– Elle serait plus étirée. Un bateau se trouvait là il y a moins d'une heure.

Gerard cracha un jet de jus de chique dans le sable.

– Descendons un peu plus en aval. On verra peut-être quelque chose.

Ils reprirent leur progression sur la rive et, sans parler, s'éloignèrent de l'anse en restant à l'abri des arbres. Gerard marchait devant, parfaitement silencieux. On n'entendait que les grenouilles et les grillons dans les marais. Bloqués par un petit bras du fleuve qui s'enfonçait au milieu des arbres, ils y avancèrent jusqu'à ce que l'eau leur arrive à mi-cuisse. Gerard s'arrêta et se tourna vers le fleuve, appuyé d'une main à un tronc.

– Je vois rien, dit-il.

– Peut-être qu'on les a croisés.

– On n'a qu'à retourner de l'autre côté de l'anse. Si y a rien là-bas, on charge le bateau et on s'en va.

– Là, encore de l'essence.

Gerard contempla le dépôt huileux d'un bleu métallique à la surface de l'eau. Il leva les yeux et scruta la rive d'en face.

– Les enfoirés, souffla-t-il. Ils sont planqués dans l'ombre près de la rive. Ils ont dû couper leur moteur et se laisser dériver pour nous attendre.

– Qu'est-ce que vous allez faire ?

– Impossible de sortir de l'anse tant qu'ils sont là.

– Coulez le bateau et repartez à pied.

– Le bateau est à mon nom. Tôt ou tard, ils le retrouveront et ils relèveront mon numéro d'immatriculation.

Gerard cracha dans l'eau, puis, regagnant la rive :

– Faut qu'on se débarrasse d'eux. Viens, on va chercher les autres.

Ils repartirent en direction de l'anse.

– Combien on risque pour trafic de whisky ? demanda Avery.

– Un à trois ans.

– T'en as sur toi ?

– J'y touche jamais.

Ils traversèrent à nouveau la langue de broussailles par laquelle le banc de sable se prolongeait sur la rive. Le clair de lune permettait à peine de distinguer la crête bien tassée sous la surface de l'eau. Gerard s'arrêta et observa un instant les lieux avant de repartir derrière Avery au milieu des arbres, en direction du chemin. Passé le massif de saules, ils bifurquèrent pour longer le fossé. Ils devinaient la silhouette du chariot et de ses tonnelets de whisky dans la pénombre. LeBlanc était assis sur le siège à côté de Tereau.

– Qu'est-ce que vous avez vu ? demanda Tereau.

– Ils sont là, répondit Gerard.

– Les salauds, fit LeBlanc.

– On devrait quand même pouvoir passer. Commençons par charger le whisky.

– Vous les sèmerez jamais avec les tonneaux à bord, objecta Tereau.

– Y aura pas de course-poursuite. Si tout se passe comme prévu, ils seront échoués sur le banc de sable. Approche le chariot du bateau, qu'on charge la marchandise.

Tereau fit claquer les rênes sur le dos des mules, et les tonnelets oscillèrent tandis que le chariot s'ébranlait en grinçant. Assis à côté du Noir, LeBlanc avait la main sur la crosse de son revolver.

– T'en auras pas besoin, de ton flingue, lui dit Tereau.

– Ça, c'est à moi d'en juger.

– On s'est jamais servi des armes. Nous, on tire pas, et eux non plus.

LeBlanc regardait fixement devant lui d'un air déterminé. Gerard et Avery prirent les mules par leur harnais et leur firent faire demi-tour de façon à positionner l'arrière du chariot face au bateau. Tereau attacha les rênes au frein, puis il descendit et s'approcha du hayon, qu'il abaissa après avoir retiré les goupilles de fermeture.

– Il n'est pas trop tard, dit-il. Je vous rends votre argent et je rembarque mes tonneaux.

– On va y arriver, assura Gerard.

– Si vous avez envie de passer trois ans en taule…

Tereau prit le premier tonnelet et l'installa sur son épaule. Avery monta sur le plateau du chariot pour passer les suivants. En un quart d'heure, le bateau était chargé.

– Et maintenant ? demanda Tereau.

– Vous feriez bien de vous préparer à filer, dit Gerard.

– C'est pas malin ce que vous faites.

– J'ai encore jamais eu à balancer une cargaison.

LeBlanc monta à bord du long bateau à fond plat et escalada les tonnelets pour gagner la proue. Gerard s'arrêta, quant à lui, sur le banc devant le moteur. Ayant sorti une lampe torche de sous le siège et l'ayant posée à côté de lui, il enroula la corde autour du démarreur, mit le moteur au point mort et ouvrit l'arrivée d'essence. Il tira sèchement sur la corde ; le moteur démarra du premier coup. Il le fit hurler en mettant les gaz, toujours au point mort. De l'autre côté du fleuve, ils entendirent la vedette de la police mettre en marche ses deux Evinrude de soixante-quinze chevaux chacun.

Gerard alluma alors la lampe torche et la pointa vers les saules, afin que la lumière soit visible depuis le fleuve. Le vrombissement de ses moteurs de plus en plus proche, la vedette de la police apparut au détour de la pointe, lancée à pleine vitesse en direction de l'anse. L'étrave soulevait des gerbes d'écume qui éclaboussaient la cabine au toit incliné, les hélices creusant à l'arrière un sillage parfaitement rectiligne. Quelqu'un à bord dut apercevoir le banc de sable, car la vedette vira à bâbord juste avant d'en percuter la crête. L'étrave se retrouva dans le vide, et les moteurs, toujours en marche, firent pivoter l'embarcation sur sa quille jusqu'à ce qu'elle se retrouve couchée sur le côté, une partie de la poupe hors de l'eau, l'hélice tribord labourant le sable.

LeBlanc se leva dans le hors-bord et invectiva les occupants de la vedette.

– Assieds-toi ! dit Gerard. On n'est pas encore tirés d'affaire.

Il mit le moteur en prise et fonça en avant au milieu des saules. Le projecteur de la vedette s'alluma, et les arbres furent inondés d'une vive lumière électrique.

– Enfoirés, cria LeBlanc.

Il se remit debout et pointa le revolver devant lui. Le verre se brisa au premier coup de feu, mais l'ampoule était toujours allumée. Il fallut deux nouveaux tirs pour l'éteindre.

Avery et Tereau regagnèrent le chariot en courant. Ils grimpèrent sur le siège, et Tereau fit bondir les mules d'un claquement de rênes. Le chariot s'élança dans les ornières, tellement secoué qu'Avery dut se tenir au frein pour ne pas être éjecté. Il se retourna et vit le revolver de LeBlanc lancer trois éclairs successifs dans le noir. Tandis que les mules accéléraient sous les coups de rênes, le hors-bord ne tarda pas à disparaître. On entendait encore les jurons de LeBlanc.

– Manquait plus que ça, pesta Tereau. Jusqu'à présent, ils nous tiraient pas dessus, mais maintenant ils vont pas se gêner.

– On va où ?

– À l'alambic. Faut que je déménage tout ce que je peux. Les marais vont grouiller de flics avant le lever du jour.

Le bord du chariot frôla un arbre en vacillant sur le côté, puis retomba lourdement sur le chemin.

– La vache, s'écria Avery.

– On n'a pas de temps à perdre.

Tereau pressa encore les mules.

– Tu crois qu'il a touché quelqu'un ? demanda Avery.

– Nous, on n'y est pour rien.

– On était avec eux.

– Quand ils sont montés sur le bateau, ils étaient tout seuls.

– Attention !

La roue avant gauche heurta une grosse racine de chêne qui courait en travers du chemin. La jante s'ouvrit en deux, et les rayons se brisèrent comme des allumettes tandis que, s'affaissant sur l'essieu, le chariot dérapait vers le fossé. Il resta un bref instant au bord, en équilibre, couché sur le côté, avant de basculer, entraînant l'attelage avec lui. Éjecté, Avery atterrit à plat ventre au milieu du chemin. Le vide se fit d'un coup dans ses poumons, comme si l'air en était aspiré de l'extérieur, et le sol se déroba sous lui. Des formes multicolores se dessinèrent devant ses yeux, puis il distingua de la terre et des brins d'herbe tout près de son visage. Sa poitrine et son ventre cessèrent alors de se contracter, et il sentit lentement la pression quitter ses poumons tandis qu'il les gonflait à nouveau. Il se mit sur le dos et s'assit. Il chercha le chariot des yeux. En dérapant, l'essieu avait creusé un sillon sur le chemin. Il se releva et s'avança jusqu'au bord du fossé.

– Viens m'aider, dit Tereau.

Seul le haut de son corps dépassait des débris. Le chariot s'était immobilisé les roues en l'air, et Tereau avait les jambes coincées dessous. Les mules gisaient devant, agitées de soubresauts dans un emmêlement de sangles. Les tonnelets avaient volé en éclats, et l'air était chargé d'une forte odeur de whisky. Les morceaux de lattes de bois (la face intérieure noircie par le vieillissement du whisky) et les cerceaux de cuivre étaient éparpillés par terre. Avery se laissa glisser dans la pente et tenta de soulever le chariot à mains nues. Il réussit à le décoller du sol de quelques centimètres, mais dut le lâcher. Il passa à l'avant et réessaya en le prenant par l'essieu. Le chariot refusa de bouger. Se baissant alors pour placer son épaule sous l'essieu, il poussa vers le haut de toutes ses forces jusqu'à ce que ses muscles se tétanisent.

– Trouve de quoi faire levier, dit Tereau.

Avery chercha le long du fossé une grosse branche tombée d'un arbre. Il en trouva plusieurs, mais elles étaient pourries. Dans l'herbe, il finit par apercevoir une traverse de chemin de fer abandonnée par une des compagnies pipelinières qui travaillaient dans les marais. Elle était incrustée dans le sol. Avery l'en arracha avec ses doigts et vit apparaître les vers et les limaces dans l'humus qu'elle recouvrait. Il la rapporta au chariot.

– Je vais la glisser dessous près de tes jambes, annonça-t-il. Dès que je lève, tu te dégages.

– C'est quand tu veux, dit Tereau.

Avery enfonça la pièce de bois sous la ridelle du chariot et fit levier.

– Dépêche-toi. Je vais pas tenir longtemps.

– Je sens plus mes jambes. La circulation est coupée.

– Faut que je lâche.

Tereau plongea les mains sous le chariot, saisit ses jambes au-dessous des genoux et tira.

– C'est bon, dit-il. Tu peux lâcher.

Avery lâcha la traverse et le chariot retomba.

– Ça va ?

– Je sais pas. Aide-moi à me lever.

Avery passa le bras de Tereau autour de ses épaules et le hissa sur ses pieds.

– Elles sont pas cassées, mais je peux aller nulle part.

– Tu ne peux pas rester ici.

– On n'arrivera pas à sortir des marais avec moi dans cet état-là.

– Je vais t'aider. Tu peux marcher si je t'aide ?

– J'irai pas loin.

– Éloignons-nous du chariot. Ça doit sentir le whisky jusqu'au fleuve.

– Tu as une chose à faire, d'abord.

– Quoi ?

– Les mules, elles souffrent.

Tereau sortit le long couteau à double tranchant de sa botte. Éclairée par la lune, la lame renvoya un reflet bleuté, comme de la glace. Le tendant à Avery, il ajouta :

– Coupe sous la gorge. Ça leur fera pas mal comme ça.

Il s'appuya à un arbre pendant qu'Avery allait s'occuper des mules. Le couteau coupa vite et bien. Avery essuya la lame sur l'herbe et revint auprès de Tereau.

– Filons d'ici, dit-il.

Un peu plus loin, la pluie avait creusé un couloir en travers du fossé. À présent à sec, envahi de plantes grimpantes et de petits buissons, il permit à Avery de hisser Tereau jusqu'au chemin. Ils traversèrent ce dernier et pénétrèrent dans les fourrés pour prendre la direction de l'alambic, à l'autre bout du marécage. Tereau ne pouvait avancer que de quelques pas à la fois. Ils progressèrent ainsi pendant près d'une heure, Tereau soufflant comme un bœuf et contraint de multiplier les pauses. Les arbustes leur griffaient le visage et le cou. Particulièrement nombreux à certains endroits, les moustiques les harcelaient, entraient sous leurs vêtements. Garder le Noir debout demandait à Avery toute son énergie. Tereau retira son bras des épaules qui le soutenaient et s'assit par terre.

– File devant, dit-il. Continue sans moi.

– Tu sais très bien que je ne peux pas faire ça.
– Allez. Tu n'as pas ta place ici de toute façon.
– Tu n'arranges rien, là. Tu nous compliques les choses, c'est tout.
– Mes jambes sont HS. Il faudrait que tu me portes.
– D'accord. Je vais essayer.
– Ne dis pas n'importe quoi.
– Je vais chercher de l'aide. Ça ira si je te cache ici ?
– Te bile pas pour moi.
Avery installa Tereau dans les buissons et coupa quelques branches pour le recouvrir.
– Laisse-moi le couteau, dit Tereau.
– Pour quoi faire ?
– J'en ai besoin.
– Non.
– Donne-moi mon couteau et fiche le camp d'ici.
– Je refuse de te le donner. Reste caché et attends que je revienne.
Avery rentra le couteau dans sa ceinture.
– Je suis trop vieux pour aller en prison.
– Arrête de parler comme ça.
– Réfléchis, enfin. Tu seras jamais de retour à temps, et il est hors de question que je me fasse arrêter.
– Moins fort.
– Je me demande ce qui m'a pris de m'encombrer d'un jeunot.
– Je vais aller chercher Jean Landry à son house-boat. On va revenir avec sa pirogue.
Avery laissa Tereau dans les buissons et reprit sa progression à travers les marais, dont l'eau lui arrivait aux genoux. Il lui faudrait une demi-heure pour aller jusqu'à chez Landry, et environ la moitié de ce temps pour revenir en pirogue. Le fond des marais était un mélange de boue et de sable, où ses pieds s'enfonçaient jusqu'aux chevilles. Il crut entendre la police au loin. Les branches des arbres au-dessus de lui s'enchevêtraient les unes dans les autres, et il n'y avait pratiquement aucune lumière. Trouver la direction du house-boat dans ces conditions n'était pas facile. Le vieux Landry, qui, détestant toute forme d'autorité, s'était retiré dans les marais il y avait des années pour se soustraire à la loi et ne pas payer d'impôts, accepterait sûrement de les aider. Machinalement, Avery porta la

main au côté pour s'assurer que le couteau était toujours là. Il n'y était plus. Il lui sembla qu'il l'aurait entendu s'il était tombé dans l'eau. Il avait dû le perdre avant de quitter Tereau. Il repartit en direction de la rive, écartant les lianes avec les avant-bras. Alors qu'un mocassin venait de passer devant lui, il se retrouva la tête sous l'eau, le pied retenu par une racine. Il se dégagea et passa en force à travers les roseaux jusqu'à la rive.

Les branches dont il avait recouvert la cachette de Tereau n'avaient pas bougé. Avery les retira. Le Noir était assis par terre tel qu'il l'avait laissé, le couteau posé à côté de lui.

– Tu as oublié quelque chose ?

– Toi et ce foutu couteau.

– File. Tu n'as pas beaucoup de temps. J'ai entendu la police sur le chemin il y a quelques minutes.

– Allons-y, alors.

– Ça sert à rien. Y a un gros arbre au bord du fleuve où je peux me cacher. Laisse-moi là-bas, et Landry me récupérera demain matin en relevant ses filets. Toi, tu pourras rejoindre l'autre digue par le champ et rentrer en ville. Personne ne te suivra par là-bas.

– D'accord, mais c'est moi qui garde le couteau.

– Tout ce que tu vas réussir à faire avec, c'est te blesser.

Avery ramassa le couteau et le jeta au loin dans les marais. Ils entendirent son plouf dans l'obscurité.

– C'est malin, ça.

– Allons-y.

Avery aida Tereau à se lever, le prit en travers sur les épaules, puis sortit des fourrés et avança dans l'eau. À quelques mètres de la rive se trouvait un gros cyprès dont le tronc avait été fendu en deux, noirci et creusé par la foudre. Déposé dans ce creux par Avery, Tereau s'y cala avec les mains dans une position assise relativement confortable, avant de tirer ses jambes hors de l'eau pour les ramener elles aussi à l'intérieur de l'arbre. Il ôta alors ses bottes et essora ses chaussettes.

– Tu vas pouvoir me laisser, maintenant.

– Je vais pouvoir.

Tereau sortit la petite bouteille de whisky de sa poche et en retira le bouchon.

– À boire, jeune homme ?

– Vieux fou.

Avery et Tereau burent chacun une gorgée à la bouteille. Revenu sur la rive, Avery traversa à nouveau les fourrés, longea le fossé, repassa de l'autre côté du chemin puis de la digue, qu'il entreprit de longer dans le dos de la police. Il espérait que les recherches se limiteraient au chemin, ce qui lui permettrait de gagner sans être vu la vaste étendue d'herbe à alligators, laquelle le mènerait à l'autre bout du marécage. Il entendait des voix devant lui. Il remonta sans bruit en haut du talus et regarda sur le chemin. Plusieurs lampes torches brillaient à travers les arbres de l'autre côté du fossé. Deux agents armés de fusils Springfield encadraient un troisième homme. L'homme avait les mains menottées dans le dos. Il tourna son visage dans le faisceau d'une des lampes. Ses vêtements étaient trempés, et il avait perdu son chapeau ; ses cheveux bruns lui recouvraient les oreilles. Sa peau était blême dans la lumière de la lampe. Un capitaine et un autre membre de la police d'État se hissèrent sur le chemin depuis le fossé.

– Pourquoi tu ne nous dis pas par où ils sont partis, qu'on rentre tous chez nous ? demanda le capitaine.

LeBlanc le regarda en silence d'un air furieux.

– On va les avoir, que tu nous aides ou non. Ton collègue s'est certainement noyé en prenant la fuite à la nage. Quant à ceux du chariot, ils ne vont pas aller loin après le vol plané qu'ils ont fait. Ce serait mieux si tu coopérais.

– Allez au diable.

Le capitaine fit signe aux autres de poursuivre leur marche sur le chemin. Avery redescendit dans les broussailles et se remit en route. Il apercevait la lueur des lampes torches au-dessus de la digue. Il pénétra dans le champ d'herbe à alligators, qu'il savait parsemé de sables mouvants. Ils n'étaient pas assez profonds pour menacer la vie d'un homme, mais, quand on y était enlisé, on avait peu de chances de s'en extraire sans aide. Il était d'autant plus facile de s'y laisser prendre qu'ils étaient tapissés de feuilles mortes et d'herbe. Il ralentit sa progression à mesure qu'il s'enfonçait dans le champ, penché en avant, attentif aux pièges du sol. L'herbe tranchante lui blessait le visage. Repérant une zone suspecte devant lui, il la contourna par le bord. Le sable, humide et froid, recouvrit ses chaussures. Au milieu de la zone, à moitié enseveli, gisait le cadavre d'un ragondin. Les buses l'auraient dévoré si l'animal était mort ailleurs, mais elles ne pouvaient prendre appui sur le sol.

Avery leva la tête vers la froide blancheur ivoire de la lune déclinante. Ce serait le matin d'ici quelques heures, et le vieux Landry sortirait Tereau de son arbre. Un bon kilomètre plus loin, Avery arriva à l'autre bout du marécage. Il traversa les derniers mètres de sable, d'eau et de roseaux, et s'assit sur la rive, épuisé. Sur la digue, une lampe torche se braqua sur lui. Avery fit volte-face et se leva d'un bond. C'était un homme de la police d'État, Avery reconnut le chapeau rond à larges bords, le holster en cuir et l'uniforme marron clair. Le policier avait un revolver à la main, la lune éclairait le canon d'une lumière bleutée.

– Bouge pas, dit-il. Tu peux aller nulle part.

J.P. Winfield

Il se produisit au Louisiana Jubilee tous les samedis pendant cinq mois. L'émission était retransmise dans quatre États, et le nom de J.P. devint célèbre pour tous ceux qui, assis le samedi soir devant leur gros poste de radio en bois au vernis écaillé, avec son petit écran jaune de sélection de fréquences, écoutaient les chansons qu'ils avaient demandées en espérant qu'on lise leur message à l'antenne, entre les publicités pour les remèdes miracles et les fortifiants. J.P. devint l'un de leurs chanteurs préférés. Ils achetaient ses disques et lui écrivaient des lettres auxquelles J.P. répondait en leur envoyant une photo dédicacée de lui-même entouré du groupe. Il fut également augmenté et remplaça Seth comme vedette du spectacle. Sur scène, c'était J.P. qui prenait la parole et chantait la plupart des solos, avec sa guitare pour seul accompagnement. Son troisième disque s'était vendu à deux cent mille exemplaires, et Hunnicut faisait mettre son nom en gros sur les affiches accrochées aux portes des dancings et des relais routiers où ils jouaient.

En semaine, ils parcouraient les petites villes et se produisaient pour une soirée unique dans tout dancing prêt à débourser trois cents dollars pour recevoir un groupe du Louisiana Jubilee. Chaque soir de la semaine, J.P. chantait ses chansons dans les juke-joints et les boîtes de campagne, passant ses journées sur les routes, mort de fatigue. Le groupe jouait jusque tard dans la nuit, et ils n'avaient guère le temps de dormir que dans le bus. Lorsqu'ils rentraient le samedi pour la soirée du Jubilee, J.P. était physiquement épuisé.

C'est alors qu'April le mit en contact avec un médecin qui vendait sous le manteau des produits stupéfiants. Elle s'était mise à s'intéresser à J.P. depuis qu'il avait pris du galon au sein du groupe, et, ce dimanche après-midi-là, elle le fit venir dans sa chambre d'hôtel pour lui présenter un homme qu'il n'était pas près d'oublier.

– Voici Doc Elgin, dit-elle. Il peut te donner quelque chose pour que tu te sentes mieux.

Elgin était un homme maigre au teint cireux qui évoquait à J.P. un rongeur. Décharné, voûté, les mains tout en os. Il avait un sourire mielleux qui donnait envie de détourner les yeux, et son corps avait l'air si fragile qu'une simple gifle, semblait-il à J.P., l'aurait brisé comme du sucre d'orge.

– À ce que dit April, vous avez besoin d'un remontant.

– Je me sens à plat en permanence.

– On a tous des périodes comme ça, mon chou, souligna April. Doc va te remettre d'aplomb.

– J'ai ce qu'il vous faut, confirma Elgin.

Sa sacoche noire était posée sur une chaise. Il l'ouvrit et en retira une petite boîte en carton. Il la tendit à J.P.

– Prenez une de ces pilules chaque fois que vous aurez besoin d'un coup de fouet.

– C'est pas un euphorisant ?

– C'est de la benzédrine.

– Ça fait quoi ?

– C'est inoffensif.

– Je veux pas un truc qui me fasse voir des éléphants roses, hein ?

– Ça stimule, rien de plus.

J.P. fit glisser le couvercle et regarda les pilules alignées sur le matelas de coton.

– Combien je vous dois ?

– Rien. C'est un échantillon que m'a envoyé un labo.

– Ça se donne sans ordonnance ?

– Oui. Le dosage est très faible. Vous ne risquez rien.

Elgin se tourna vers April.

– Je vais y aller. Appelez-moi quand vous aurez besoin de moi.

– Entendu, Doc.

– Heureux de vous connaître, monsieur Winfield.

– Docteur.

Elgin sorti, J.P. prit une pilule dans la boîte et remplit un verre de l'eau de la carafe sur la commode. Il mit la pilule au fond de sa bouche et but.

– Je vais aller m'allonger, je crois, dit-il.

– T'es pas obligé de partir.

J.P. regarda April. Elle se tenait près de lui, la tête vers le haut. Elle attendait qu'il l'embrasse, il le comprit. Mais serait-elle d'accord pour coucher ? Il n'avait pas envie qu'elle le laisse s'exciter pour le repousser au dernier moment. Il regarda ses cheveux bruns et son visage aux traits grossiers.

– Troy a l'air de penser que tu es sa nana.

– Troy est un con. T'aimes pas les femmes ?

– J'évite de marcher sur les plates-bandes des autres.

– T'es un grand garçon.

Il se pencha vers elle et l'embrassa. Elle se colla à lui, enroula ses bras autour de son cou et lui respira dans l'oreille. Il avait très envie d'elle à présent. Elle écarta les cuisses et plaqua son ventre contre lui. Son sein se retrouva dans la main de J.P.

– Viens sur le lit, dit-elle, je vais t'apprendre un jeu agréable.

Elle s'éloigna pour aller tirer les stores. La chambre plongea dans une pénombre jaune. Elle se déshabilla, s'assit sur le lit et retira ses bas. La gorge serrée, il contempla ses gros seins, son ventre plat, ses cuisses blanches. Elle s'allongea sur les draps.

– On ne fait pas attendre les femmes, dit-elle.

Il se coucha à côté d'elle.

– Eh bien, voilà. C'est pas mieux comme ça, plutôt que de donner ton argent à ces filles ?

– Quelles filles ?

– Je sais qu'avec Seth vous fréquentez une de ces maisons à la sortie de la ville. Raconte-moi ce qu'elles font quand tu es dans la chambre avec elles.

– Demande à Seth.

– Je suis sûre qu'il est charmant quand il trouve une femme qui veut bien coucher avec lui.

– J'en sais rien, moi.

– Comme ça, ça te plaît ? Voilà, laisse-toi faire. April va bien s'occuper de toi.

Quand, ce soir-là, il finit par regagner sa chambre, il avait mal à la tête et ne tenait plus debout. Il s'affala dans le fauteuil devant la fenêtre, sans se soucier de la sueur qui ruisselait le long de son cou et rentrait sous le col de sa chemise. Il s'en voulait d'avoir sacrifié à April son sommeil de l'après-midi. Après être resté un moment avec elle, il avait voulu se reposer, mais elle l'en avait empêché. Chaque fois qu'il essayait d'arrêter, elle l'excitait à nouveau et l'obligeait à continuer, et, à présent, il ne se sentait pas bien. La benzédrine lui avait repris d'un coup l'énergie qu'elle lui avait donnée. Il posa ses pieds sur le lit et laissa pendre ses bras de chaque côté du fauteuil, ses mains effleurant le sol. Il regarda par la fenêtre le tardif soleil rouge darder de ses rayons obliques les toits et les murs des immeubles à présent brun roux. Les hirondelles formaient des cercles noirs autour des cheminées.

Il était sept heures et demie. J.P. devait retrouver Virdo Hunnicut dans sa chambre à neuf heures. Si seulement il s'était reposé cet après-midi-là au lieu de batifoler avec April. Il aurait volontiers dormi jusqu'au lendemain soir, mais Hunnicut avait soi-disant quelque chose d'important à voir avec lui. J.P. appela la réception, demanda à être réveillé à huit heures et demie, puis il se coucha sur le lit par-dessus les couvertures et s'endormit.

Il rêva qu'il était assis sur la véranda derrière chez lui et contemplait le champ de coton avec sa terre rouge et ses longs sillons verts. Les nuages obscurcissaient le ciel, que des éclairs de chaleur rayaient à l'est. Il humait l'odeur de la pluie tandis que les premières gouttes tombaient sur le champ. Il était seul sur la véranda de sa cabane de métayer, les éclairs illuminaient le bord des nuages, d'où s'abattaient soudain des trombes d'eau. Il se renversait en arrière dans son fauteuil en bois, posait ses pieds sur la balustrade et se demandait comment rassembler tout ça en une chanson.

J.P. se redressa dans son lit juste avant que la réceptionniste ne l'appelle au téléphone pour le réveiller. Il s'assit sur le bord du lit et se frotta le visage. Il était en nage ; son mal de tête avait empiré. Il se mit torse nu, alla dans la salle de bains et se passa la tête sous la douche. Il laissa l'eau couler jusqu'à ce qu'il ait les idées plus claires. Il se sécha avec une serviette et se regarda dans la glace. Il avait le visage endormi, les traits marqués par la fatigue.

Il se peigna, retourna dans la chambre et prit une chemise propre dans la commode. La douleur continuait de lui transpercer le crâne.

Alors qu'il s'apprêtait à quitter la pièce il s'arrêta, sortit la boîte de pilules de sa poche et l'ouvrit. Après un instant d'hésitation il retourna dans la salle de bains se servir un verre d'eau. Un petit remontant ne serait pas de trop pour arriver au bout de la soirée. Quelques minutes plus tard, il frappait à la porte de Virdo Hunnicut.

– C'est ouvert.

J.P. entra. Sa chemise hawaïenne tachée de sueur, le teint rose vif, Hunnicut était assis dans un fauteuil bien rembourré près du bureau, un ventilateur électrique orienté vers lui. Il avait installé une bassine de glaçons devant le ventilateur.

– Tu as déjà vu une chaleur pareille au mois de septembre ? J'ai une seule fenêtre dans la piaule, et elle ouvre sur le puits d'aération. On dirait qu'on a mis le chauffage.

J.P. s'assit sur la chaise à dossier droit en face de lui. Il regarda le gros homme transpirer et s'essuyer le visage.

– De quoi vous vouliez me parler ?

– Je vais te le dire, y a pas le feu.

– Je me sens pas très bien. Je suis pressé de retourner me coucher.

Se penchant sur le côté, Hunnicut ouvrit le tiroir du bureau, y prit une enveloppe et la lui tendit.

– Qu'est-ce que c'est ?

– Vois par toi-même.

J.P. déchira le haut de l'enveloppe et regarda à l'intérieur.

– Des billets de train.

– Tu vas à Nashville.

– Au Barn Dance ?

– Ton train part à minuit.

– Depuis quand je suis au programme du Barn Dance ?

– Depuis la fin de ma conversation téléphonique avec Jimmy Lathrop, y a environ trois heures.

– C'est qui, ça, Jimmy Lathrop ?

– C'est le patron de Live-Again, la boisson vitaminée la plus vendue du marché. À partir de maintenant, ton boulot, c'est de faire boire du Live-Again.

– Vous pourriez au moins me prévenir avant de me refiler à un type que je connais même pas.

– Tu voulais aller à Nashville, non ?

– Ouais. Mais pas comme ça, pas sans être prévenu.

– J'ai un contrat dans mon bureau, signé de ta main, où il est dit que c'est moi qui gère tes engagements sans avoir à te demander ton avis.

– J'ai pas envie de prendre le train ce soir.

– Y a autre chose dans l'enveloppe. Ça te mettra peut-être un peu de baume au cœur.

J.P. sortit le chèque et le tint à la lumière de la lampe du bureau. Un chèque à son nom, d'un montant de quatre cents dollars.

– Lathrop m'a chargé de te les avancer, expliqua Hunnicut.

– N'empêche que je suis pas en état de me taper huit cents bornes de train.

– Tu commences à me courir, J.P.

– Vous me prévenez deux heures à l'avance et vous pensez que je vais tout plaquer en pleine nuit pour aller vendre la boisson vitaminée d'un type que j'ai jamais vu ? Il me servira à quoi, ce fric, quand je serai à l'hosto ou dans une maison de dingues ?

– Écoute-moi bien, J.P., Lathrop est un des hommes les plus importants de l'État. Y a une dizaine de politiciens haut placés à la capitale qui se font arroser par Jim. Il aurait pu se payer un wagon de chanteurs hillbilly pour fourguer sa camelote, mais c'est toi qu'il a choisi parce que, lui et moi, on a déjà fait des affaires ensemble. Si tu as pris la grosse tête et que tu penses pouvoir m'imposer ce que tu veux, ou refuser la proposition de Lathrop, déchire ce chèque, et y aura quelqu'un d'autre dans le train ce soir.

– Je refuse pas sa proposition. Tout ce que je dis, c'est que je suis claqué et que j'aimerais être tenu au courant de ce qui se passe de temps en temps.

– J'en ai marre de discuter avec toi. Soit tu fais ce que je te dis, soit tu retournes dans tes champs de coton bosser comme un nègre pour trois dollars la journée.

– Vous avez pas le droit d'annuler mon contrat.

– J'ai tous les droits, mon gars.

– Mais pourquoi il faut que ce soit ce soir ?

– Parce que je l'ai décidé, répondit Virdo Hunnicut en abattant sa main à plat sur le bureau.

Puis, s'essuyant le visage :

– Fais tes bagages et file à la gare. Quand tu seras à Nashville, va au Grand Hotel. Un type de la radio t'y attendra.

J.P. resta assis un instant, le regard fixé sur Hunnicut, dans un silence uniquement troublé par les craquements de sa chaise et la respiration asthmatique de Hunnicut. Puis il plia le chèque, le rangea dans sa poche avec les billets de train et quitta la pièce.

Il rassembla dans une seule valise les vêtements dont il aurait besoin, prit sa guitare et monta dans un taxi. Tandis que la voiture roulait vers la gare, il appuya sa tête au dossier de la banquette et laissa flotter son regard au-dehors. Les lumières des néons s'étiraient en une longue et informe traînée de couleurs. L'air sec de cette nuit de septembre entrait par la fenêtre ouverte, chargé des parfums de la ville : le goudron et l'asphalte, l'odeur de brûlé électrique des tramways dont les perches claquaient bruyamment et jetaient des éclairs rouges en franchissant les jonctions de lignes, les effluves de pneu chaud et d'essence des voitures. Les pages de journaux couraient sur les trottoirs. Au coin de la rue, avec leur veste bleue à col montant et leur visage ingrat, leur voix aiguë couverte par les cuivres et les tambourins, les musiciens de l'Armée du salut chantaient « On Jordan's Stormy Banks We Stand ». Les clochards faisaient la queue devant les foyers catholiques, où on leur offrait le gîte et le couvert s'ils acceptaient d'écouter un sermon sur Jésus et sur la rédemption.

J.P. ferma les yeux et laissa sa tête rouler sur le côté. Le chauffeur dut le réveiller pour lui dire qu'ils étaient arrivés. Un porteur en casquette rouge prit sa valise et l'accompagna jusqu'à la salle d'attente. Il s'assit sur l'un des bancs — on aurait dit des bancs d'église —, posa à côté de lui sa guitare dans son étui et consulta le tableau d'affichage sur le mur d'en face. Quelques autres personnes attendaient dans la salle. Un portier dormait sur une chaise près de la porte d'accès au quai. J.P. examina ses billets. Hunnicut lui avait pris une place ordinaire. Il alla demander au guichet si on ne pouvait pas la lui échanger contre une couchette dans un wagon-lit. Le chef de gare lui répondit que toutes les couchettes étaient prises et qu'il devrait voyager assis.

À l'annonce de son train au haut-parleur, il sortit sur le quai avec sa valise et sa guitare. Les wagons transportant la glace et les bagages ébranlèrent le plancher. Le personnel de bord ouvrit les portes des wagons de voyageurs et installa les marchepieds.

Des hommes en bleu de travail allaient et venaient le long du train sur le ballast, des burettes d'huile en cuivre à la main. J.P. marcha jusqu'à sa voiture. Le contrôleur vérifia son billet avant de l'aider à monter.

Le wagon était bondé et enfumé. Bousculant les gens avec son étui de guitare, il se fraya un chemin dans le couloir et alla s'asseoir au bout du wagon. Un militaire ronflait bruyamment à côté de lui. J.P. inclina son siège en arrière et tâcha de se détendre. Il avait très peu de place pour ses jambes. Quelque part, un enfant se mit à pleurer. Il y eut un sifflement, un cahot, puis le train sortit lentement de la gare. On baissa les lumières dans le wagon, et J.P. sentit l'obscurité l'engloutir.

Les fils télégraphiques font des vagues en l'air de l'autre côté de la vitre je suis en route pour Nashville Tennessee je vais voir Big Jim Lathrop Big Jim graisse la patte des huiles de l'État le train me berce me berce je m'incline en arrière et m'endors dans une odeur de poussière de vieux coussins les mouvements du train transforment les coussins poussiéreux en draps frais contre mon dos avec April sur moi chaude et humide je sens les os de la main de Doc Elgin impossible de soutenir son regard il a donné un paquet à April je l'ai vu dans son tiroir elle a posé une combinaison dessus quand elle m'a vu le regarder elle a de petites marques bleues sur les bras

Hunnicut dit que je peux retourner dans mes champs de coton bosser comme un nègre pour trois dollars la journée mais il sait même pas ce qu'on y fait dans les champs de coton lever la houe son bruit sourd quand elle frappe la terre je vois l'ombre de mon chapeau de paille à mes pieds je ne connais pas le Tennessee Troy est de Memphis il n'a jamais ramassé le coton pour quatre cents *le kilo aucun d'eux ne sait cueillir d'une main les petits pompons blancs et les jeter dans le sac de toile qu'on traîne de l'autre main entre les sillons*

l'orchestre chante « On Jordan's Banks » les clochards font la queue devant les foyers parce que c'est la nuit et qu'ils cherchent un endroit où dormir je les entendais chanter dans le camp chez moi ils dormaient sur des lits de l'armée et mélangeaient l'alcool à brûler des briquets au jus d'orange j'en ai vu un échanger son manteau contre une bouteille de gnôle ils mettaient les lits en cercle autour d'un gros poêle en fonte les têtes hors de la couverture on aurait dit des têtes de mort parfois je regardais le train du soir passer devant le soleil et s'arrêter près du château d'eau ils sautaient d'entre les wagons cette nuit-là dans le camp je les ai entendus chanter des cantiques comme les marches funèbres des Noirs eux c'étaient pas des Noirs ils étaient blancs comme de la cendre sous leur couverture ils enlevaient leur manteau et l'enroulaient autour de leurs pieds pour se tenir chaud

Doc Elgin me dit de prendre une pilule quand j'ai besoin d'un coup de fouet que c'est pas un euphorisant j'ai vu des Noirs prendre de la cocaïne c'est sous forme de poudre ça les fait planer on le voit à leurs yeux quand ils en ont pris les yeux d'April étaient petits comme des têtes d'épingle j'ai voulu lui demander si Elgin en vendait de ça aussi mais j'ai pas pu parce qu'elle m'a dit d'arrêter de parler de lui la peau de ses seins était fine et laiteuse j'avais l'impression de voir à travers comme si elle était éclairée de l'intérieur par la flamme d'une bougie le désir est monté en moi je me suis accroché à ses jambes le désir a enflé il a explosé puis elle a entrepris de le ranimer

un coup de sifflet devant je regarde le soleil se décrocher de lui-même de l'autre côté des champs et le ciel écarlate s'assombrir derrière les arbres

Toussaint Boudreaux

Deux camions étaient garés à cul près du quai du hangar. Le peu de lumière éclairant la rue était celle qui s'échappait du bâtiment par les portes de chargement ouvertes, au-dessus desquelles on lisait « Bonham Shipping Company ». Un Blanc et un Noir sortaient des caisses et les chargeaient à l'arrière des camions. Bonham, le Noir au teint clair qui avait l'air d'un diacre baptiste, se tenait sur le quai. Toussaint attendait à côté de son camion la fin du chargement. Il avait le bras dans une écharpe noire. Le chauffeur de l'autre camion, un Blanc, était assis dans sa cabine derrière le volant. Gants de cuir jaune aux mains, casquette de l'armée sur la tête, il fumait une cigarette sans la retirer de sa bouche. Il avait de la cendre sur le devant de sa chemise.

– Ça fait longtemps que tu bosses ici ? lui demanda Toussaint.

– Si on veut, répondit l'autre sans le regarder, ses mains gantées posées sur le volant.

– T'as une idée de l'endroit où on va ?

L'homme continua de regarder droit devant lui.

– Bonham te le dira.

– C'est à toi que je pose la question.

– J'en sais rien.

Toussaint se tourna vers Bonham sur le quai. Il était vêtu d'un costume marron, les chaussures bien cirées ; sa bague en verre et ses lunettes cerclées réfléchissaient la lumière provenant de l'intérieur du hangar. Les dernières caisses chargées, un des deux hommes ferma les portes arrière des camions, les verrouilla et équipa chacun des deux verrous d'un lourd cadenas. Bonham rejoignit Toussaint en bas du quai.

– Prends l'US 90 jusqu'à Mobile, dit-il. T'as un plan de la ville dans la boîte à gants. L'endroit où tu dois aller est indiqué au stylo rouge.

– Qui est-ce qui va me donner les cent dollars restants ?

– Mon associé à Mobile te paiera dès que tu seras à son hangar.

– Je te suis, dit Toussaint à l'autre chauffeur.

– Pars devant, dit Bonham. J'ai un truc à voir avec lui.

– Il connaît mieux la route que moi.

– C'est tout droit tout du long, dit l'autre chauffeur. Tu peux pas te gourer.

– Et les stations de pesage ?

– T'es en dessous de la limite, dit Bonham. Les flics te feront pas chier.

– J'ai pas de carnet de bord.

– Ils ne les demandent que si tu es en surcharge.

– Vas-y, dit l'autre chauffeur. Je serai juste derrière.

Toussaint monta dans la cabine et retira l'écharpe noire de son bras pour pouvoir passer les vitesses. Il démarra, passa les premières vitesses et s'engagea dans la rue. Bifurquant au croisement, il prit la direction de l'autoroute. Il guettait l'autre camion dans son rétroviseur. Toussaint n'aimait pas la façon dont Bonham et l'autre chauffeur l'avaient fait passer devant. Il y avait là-dedans quelque chose de pas net. Pourquoi me laisser partir tout seul avec un camion dont le chargement doit valoir une fortune ? se demanda-t-il. Je pourrais piquer la marchandise, jeter le camion dans le fleuve, et ils ne me reverraient jamais.

Bonham s'est pourtant montré très prudent. Il ne me révèle ma destination qu'au dernier moment et, maintenant, il me lâche tout seul dans la nature. Et pourquoi faire appel à deux chauffeurs ? La totalité des caisses serait largement rentrée dans un seul camion. Il n'avait pas besoin de moi. Quel intérêt d'aller chercher un manchot dans une salle de billard ? Ça ne colle pas.

Toussaint regarda à nouveau dans son rétroviseur. Il y avait deux voitures derrière lui. Il ralentit pour qu'elles le doublent. Après un dernier changement de direction, il se retrouva sur la route principale menant à l'autoroute, avec, à sa gauche, la digue du fleuve, tandis que droit devant se dressait l'imposante structure noire du Huey

Long Bridge. Il accéléra pour ne pas créer d'embouteillage. Pourquoi il n'arrive pas ? s'impatienta-t-il. Il devrait être là depuis longtemps.

Il prit le rond-point précédant le pont et en sortit pour gagner l'autoroute. Il continua de rouler pendant un ou deux kilomètres et, une fois la circulation moins dense, il se rangea sur l'accotement de gravier qui tenait lieu de bande d'arrêt d'urgence. Il ouvrit la boîte à gants ; sous un plan de Mobile, il trouva les réflecteurs de signalisation. Il sortit les échelonner sur le bas-côté derrière le camion, puis il revint se poster près du marchepied pour attendre le second véhicule.

Celui-ci arriva une demi-heure plus tard. Toussaint fit signe au chauffeur de s'arrêter. Le camion ralentit avant de se ranger devant celui du Noir. Le chauffeur ouvrit sa portière et sauta de sa cabine tandis que Toussaint approchait.

– Qu'est-ce que tu fous ? T'es pas censé t'arrêter avant Mobile. Tu devrais presque être sorti de l'État à l'heure qu'il est.

– J'ai mis mes réflecteurs. Personne va venir nous emmerder.

– T'es pas censé t'arrêter.

– Qu'est-ce que vous avez goupillé avec Bonham ?

– Occupe-toi de tes oignons.

– Pourquoi tu m'as laissé une demi-heure d'avance ?

– T'as rien à savoir, t'es pas payé pour ça.

– T'aurais pu prendre toute la marchandise tout seul. Il avait pas besoin d'un deuxième chauffeur.

– Il divise la marchandise en deux pour pas risquer de tout perdre à la fois. Les flics vont pas nous choper tous les deux.

– C'est pas le genre de type à confier de la came volée à un inconnu.

– Vois ça avec lui.

– C'est à toi que je parle.

– Laisse tomber si ça te plaît pas.

– J'ai encore cent dollars à toucher.

– Alors gagne-les. J'ai assez perdu de temps comme ça.

– C'est quoi, l'embrouille ?

– Y a pas d'embrouille.

– Me prends pas pour un con.

– J'ai aucun compte à te rendre.

– Tu bosses bien pour un nègre.

L'homme voulut frapper Toussaint, qui, de sa bonne main, arrêta son poing en l'air et le garda ainsi, bloqué devant lui.

– Je pourrais te péter le bras comme une allumette, petit Blanc.

– Enfoiré.

Toussaint le repoussa.

– Remonte dans ton camion, lui dit-il. C'est moi qui vais te suivre, maintenant. Je vais plus te lâcher jusqu'à Mobile.

L'homme regagna sa cabine et claqua la portière. Toussaint alla récupérer les réflecteurs sur le bord de la chaussée, se remit lui-même au volant, laissa tomber les réflecteurs sur la banquette et quitta l'accotement derrière l'autre camion. Il le serra de près afin qu'aucune voiture ne puisse s'intercaler entre eux.

Tandis que la route devenait plus rectiligne, l'autre camion commença à s'éloigner. Toussaint accéléra pour revenir sur lui. L'aiguille du compteur se rapprochait du quatre-vingts, et l'écart continuait d'augmenter. Même le pied au plancher, impossible d'aller plus vite. Le moteur est bridé, comprit Toussaint. On a limité le débit de gasoil pour que le camion ne dépasse pas le quatre-vingts kilomètres/heure. Le mec est au courant. C'est peut-être même lui qui a bridé le moteur. Ils veulent s'assurer que je ne resterai pas avec lui. L'enfoiré, il doit faire du cent dix. La route est bien dégagée devant lui. Je ne le rattraperai pas s'il n'est pas ralenti par la circulation.

Toussaint regarda les feux arrière qui le précédaient faiblir, puis le camion franchit une côte et disparut. La lueur des phares brilla un instant de l'autre côté dans la nuit avant de disparaître à son tour. Toussaint rétrograda pour monter la côte. Lorsqu'il arriva en haut, il n'y avait plus personne devant lui. Sur le côté, il aperçut un chemin de terre qui s'enfonçait entre deux champs en direction d'un bois. Il a dû éteindre ses phares et prendre par là, se dit Toussaint. Il n'a pas pu me distancer à ce point.

Il s'engagea sur le chemin et se mit en pleins phares, illuminant les arbres. Un nuage de poussière jaune flottait encore dans l'air au-dessus du chemin. Deux profondes traces de pneu étaient gravées dans la terre sèche des ornières. Toussaint s'arrêta, coupa le moteur et éteignit les phares. Il entendait au loin l'autre camion avancer péniblement à travers le bois. Encore quelques minutes et il prendrait un autre chemin par lequel il rejoindrait le Mississippi.

Fouillant à tâtons parmi les outils sous la banquette, Toussaint trouva un pied-de-biche. Il gagna l'arrière du camion, glissa l'extrémité aplatie de l'instrument sous le verrou cadenassé entre les deux portes et arracha les vis du verrou en faisant levier. Il ouvrit alors les portes et monta. Les caisses étaient toutes empilées du même côté. Il souleva le couvercle de l'une d'elles à l'aide du pied-de-biche, puis le retira avec la main. Sous une couche de papier d'emballage il découvrit des fourrures. Il retourna la caisse sur le plancher et gratta une allumette. C'étaient des peaux de ragondin et de lapin. Il ouvrit une deuxième caisse. Même chose. Il défonça les parois de trois autres caisses et répandit les peaux sur le plancher. Ce n'était que du lapin et du ragondin. Ça ne vaut rien, tout ça, se dit-il. Cette came ne vaut même pas les deux cents dollars qu'on me donne pour la transporter. Ce qui a de la valeur est dans l'autre camion ; moi, je sers d'appât. Ils ont braqué un pelletier, et ces peaux sont tellement recherchées qu'ils ne peuvent pas les sortir de l'État. Bonham m'a refilé des peaux bon marché, et il est prévu que je me fasse choper avec pendant que son gars se tire par les petits chemins. Les flics ne savent pas faire la différence entre le ragondin et le castor. Ils seront sûrs d'avoir les bonnes peaux. Le temps qu'ils découvrent le pot aux roses, l'autre camion aura disparu. Bonham a décidé de m'envoyer à l'ombre, et, moi, je n'y ai vu que du feu.

Il descendit de l'arrière du camion et referma les portes. Il s'apprêtait à rentrer en stop — mieux valait laisser le camion sur place — quand, sur l'autoroute, une voiture ralentit en passant devant le chemin de terre. Elle fit demi-tour sur le bas-côté et revint en direction de Toussaint. Il jeta le pied-de-biche sous le camion avant qu'elle ne s'engage sur le chemin et ne l'éclaire de ses phares. Il regagna sa cabine et ouvrit la portière pour monter. La voiture s'arrêta à sa hauteur. Elle arborait sur la portière le blason blanc de la police d'État. Deux agents étaient assis à l'avant. Le chauffeur braqua une lampe torche sur Toussaint.

– Qu'est-ce que vous faites ici ?

– Je me suis arrêté pour dormir un peu.

– En général, les entreprises de transport recommandent à leurs chauffeurs de rester sur l'autoroute.

– Pas la mienne.

– Pour qui vous travaillez ?

– Bonham Shipping Company, à La Nouvelle-Orléans.

– Montrez-moi votre carnet de bord.

– J'en ai pas. Vous pouvez m'enlever la lumière des yeux ?

– Va voir ce qu'il transporte, dit le chauffeur à son collègue.

La portière passager s'ouvrit, et l'autre agent sortit puis s'approcha de l'arrière du camion.

Toussaint regarda autour de lui. Le bois était trop loin, et, dans les champs, on était complètement à découvert. Il ne pouvait que rester là et écouter passer les voitures sur l'autoroute, les yeux brûlés par la lumière de la lampe torche.

– Le verrou est cassé, lança l'agent derrière le camion.

Puis :

– C'est le bon. Y a des fourrures partout. Il était en train d'éventrer les caisses.

Le chauffeur descendit à son tour et sortit les menottes de l'étui en cuir à sa ceinture. Il les ouvrit.

– C'est pas la peine, dit Toussaint.

– Tends tes poignets.

Toussaint s'exécuta.

– Qu'est-ce qui t'est arrivé à la main ?

– Je me la suis cassée.

– C'est bon. Monte à l'arrière.

L'autre agent revint et monta à côté du Noir. Il tendit un petit carnet à son collègue de devant.

– J'ai noté le numéro de la plaque, dit-il. C'est le camion qui a été volé hier à Gretna.

Toussaint regarda les champs par la fenêtre et écouta le murmure des moteurs sur l'autoroute.

– Vol de véhicule, c'est trois ans de plus, dit le chauffeur.

– Je l'ai pas volé, rétorqua Toussaint.

– Tu les as trouvées où, les fourrures ?

– Bonham m'a payé pour que je les sorte de l'État.

– Comment tu comptais nous échapper ? s'étonna l'autre agent.

– Si y a eu un braquage, j'y étais pas. Les peaux que vous cherchez sont déjà dans le Mississippi. Celles-là, elles valent rien.

Ils ne comprirent pas ce que voulait dire Toussaint et ne cherchèrent pas à comprendre. Il regarda les champs sans protester tandis que l'agent à l'avant demandait par radio un autre véhicule pour venir enlever le camion volé. Les deux policiers étaient satisfaits d'avoir arrêté Toussaint et d'avoir mis la main sur les fourrures. En attendant l'arrivée de l'autre véhicule, le chauffeur demanda à Toussaint comment il s'était cassé la main. Quand le Noir le lui eut expliqué, il souligna qu'il aurait mieux fait de s'en tenir à la boxe.

LIVRE II

Un train dans la nuit

pour Robert Lee Sauls,
exécuté à la prison de la paroisse de Calcasieu,
Lake Charles, 1955

Avery Broussard

L'unité principale de détention était située au premier étage de la prison. Les murs, le sol, le plafond — tout était en béton brut. Deux fenêtres à chaque mur, fermées par des barreaux grillagés. La pièce était mal ventilée et, l'été, elle était humide et puait la transpiration. Une fois par mois, les prévôts (des détenus qui bénéficiaient d'un traitement de faveur en échange de leur aide dans le fonctionnement de la prison) passaient tout au désinfectant, mais sans résultat. L'odeur était toujours là. Impossible de s'en débarrasser. Ils brossaient le béton avec du sable, enduisaient les murs et le plafond de chaux, ils vaporisaient même la pièce d'insecticide, mais rien à faire. C'était incrusté dans le corps des hommes, dans leurs vêtements, dans les matelas de toile ; tout dans la pièce était imprégné de cette même odeur aigre.

Au milieu se trouvait une espèce de bas caisson entièrement métallique qu'on appelait « la cage ». Un cube laid et trapu, comme une seconde pièce à l'intérieur de la première. Les murs étaient peints en gris et perforés de petits trous carrés. Un étroit couloir divisait l'espace en deux rangées de cellules, chaque cellule contenant quatre couchettes en fer soudées aux murs. C'était là, dans la cage, que l'odeur était la pire. Il y avait très peu d'air, pas d'éclairage, de la condensation sur les murs. Chaque après-midi à cinq heures, on enfermait les détenus dans la cage pour la nuit. Ils étaient généralement en surnombre, et certains dormaient par terre dans le couloir.

À sept heures le matin, le directeur de la prison ouvrait la porte de la pièce, et les prévôts apportaient les chariots de nourriture et déverrouillaient la cage. L'espace autour de la cage était ce qu'on appelait « l'enclos », les hommes étaient libres d'y circuler durant la journée. Le directeur était toujours présent quand les hommes se mettaient en rang avec leurs gamelles et leurs cuillers pour le petit-déjeuner et le déjeuner (on ne servait pas de repas le soir). Il se tenait sur le seuil de la porte, dans un carré d'un mètre quatre-vingts de côté matérialisé par une ligne peinte au sol. C'était une zone interdite, nul n'avait le droit d'y pénétrer quand la porte était ouverte, sous peine d'être frappé et mis au sol, soit par le directeur lui-même, soit par l'un des prévôts. Le directeur, grand et corpulent, était un homme prudent ; il ne prenait aucun risque.

Durant la journée, les détenus pouvaient faire ce qu'ils voulaient dans l'enclos. La pièce devait rester propre, et on ne devait rien jeter par les fenêtres, ni mégots ni bouts de papier, ni interpeller les gens dans la rue. Contre les infractions au règlement, il existait principalement deux mesures de rétorsion : soit on mettait tous les détenus dans la cage et on les y laissait enfermés plusieurs jours, soit on mettait au trou celui qui avait enfreint le règlement. Situé dans une autre partie du bâtiment, le trou était une cage en acier, un peu comme celle à l'intérieur de l'enclos, mais en beaucoup plus petit, elle était tout juste assez grande pour deux. On y enfermait généralement les condamnés à mort dans l'attente de leur exécution. Ces hommes n'étant là que pour une courte durée, cette cellule était inoccupée la plupart du temps et servait d'unité de confinement individuel. Sur un de ses murs figurait une liste de noms écrits au crayon, avec une date à côté de chacun d'eux : les noms de ceux qu'on avait exécutés en haut.

Cela faisait une semaine qu'Avery était passé en jugement. Il avait plaidé coupable et avait été condamné à une peine d'un à trois ans dans un camp de travaux forcés. LeBlanc s'était vu infliger la même peine qu'Avery pour trafic d'alcool, plus sept ans pour attaque à main armée. Les deux hommes étaient détenus à la prison de la paroisse en attendant leur transfert au camp. À leur arrivée, leurs biens personnels avaient été mis dans une enveloppe marron, et chacun d'eux avait reçu un matelas de toile ainsi qu'une gamelle, un gobelet et une cuiller en fer-blanc. La cage était pleine, et ils faisaient partie de ceux qui couchaient par terre.

Leurs matelas avaient été rangés debout contre le mur pour libérer le passage. Une partie de poker était en cours dans le couloir. Cinq détenus étaient assis ou couchés en rond, leurs visages faiblement éclairés par la flamme vacillante d'une bougie à moitié fondue entre eux. Tous les soirs, ils jouaient au poker avec le même jeu usé et incomplet. Des allumettes leur tenaient lieu de jetons, et les deux vainqueurs étaient exempts de corvée de ménage le lendemain matin.

Avery observait la partie en silence. LeBlanc jouait, bien que rejeté par les autres. Depuis le premier jour, il ne créait que des problèmes. Il avait insulté le directeur et tenté de frapper un gardien, ce qui lui avait valu une semaine au trou. À sa sortie, il avait refusé de s'alimenter pendant trois jours. Lorsque l'un des détenus lui avait donné une assiette de nourriture et lui avait dit de manger quelque chose, LeBlanc avait jeté l'assiette contre le mur près de la porte, là où se tenait le directeur. Il était retourné au trou pour deux jours supplémentaires. Il disait à tout le monde qu'il tuerait le directeur ou un gardien à la première occasion. Lorsqu'il était sorti du trou la seconde fois, il avait mis le feu à son matelas et enfumé la pièce. Les autres avaient menti au directeur, ils avaient dit que quelqu'un avait fait tomber sa cigarette sur le matelas et que l'incendie était accidentel. Ils n'avaient pas menti par solidarité envers LeBlanc ; chaque fois qu'un détenu commettait un écart, Ben Leander, le directeur, les punissait tous. Il les voyait non pas comme des individus, mais comme un groupe, et, quand un membre de ce groupe s'opposait à lui, la faute retombait sur eux tous.

C'était à LeBlanc de donner. Il battit les cartes et les posa pour qu'on coupe le jeu.

– Stud cinq cartes, annonça-t-il.

– On joue au poker fermé, lui rétorqua un détenu.

– Moi, je donne pour un stud. T'es pas obligé de jouer.

Les autres lui demandèrent de donner pour un poker fermé.

– Je joue pas au fermé, dit-il. C'est au donneur de choisir, et, moi, j'annonce un stud. Une carte fermée et quatre ouvertes. Si personne veut jouer, je ramasse la mise.

– Continue comme on a commencé.

– On joue toujours de la même façon, ajouta un autre.

– Cette fois, ce sera un stud, persista LeBlanc en distribuant les cartes.

Avery assista à la scène sans intervenir. Sherry, son voisin, roula une cigarette dans un lambeau de journal. On l'avait surnommé ainsi, car il était arrivé à la prison avec une bouteille de vin cachée dans sa salopette. Il était incarcéré pour avoir braqué un magasin d'alcool.

– Il est pas un peu fêlé, ton copain ? dit-il à Avery. Qu'est-ce qu'il a à se conduire comme ça ?

– C'est parce qu'il est enfermé, répondit Avery.

– On est tous enfermés. C'est pas une excuse.

– Il a fait la guerre.

– Il a un regard de dingue. Foutre le feu à son matelas comme ça... C'était un coup à nous asphyxier. Il a de la chance qu'on lui ait donné un autre matelas.

– C'est dur pour lui, la prison.

– Attends qu'il arrive au pénitencier.

– Nous, on doit aller dans un camp de travaux forcés.

– C'est pire. On est mieux traité au pénitencier.

– Tu y es déjà allé ?

– Trois fois. Ça va, j'ai l'habitude. La seule chose qui me manque, c'est la bouteille. Chez certains, c'est les femmes. Ils ne parlent que de ça, là-bas. Moi, c'est l'alcool. Je peux me passer de chatte, mais, l'alcool, j'ai du mal.

Avery observa Sherry. Il avait un visage d'alcoolique. Ses lèvres étaient bleuâtres dans la pénombre, sa mâchoire sillonnée de petites lignes bleues et rouges. Il avait des tics aux yeux.

– Je me soûle une fois par mois, expliqua-t-il. Je continue de boire pendant environ une semaine, et après ça va. Mais il me faut cette semaine-là.

» T'es tombé pour quoi ?

– Trafic d'alcool.

– Vous bossiez ensemble avec LeBlanc ?

– On était quatre en tout. Y en a un qui a réussi à fuir, et l'autre s'est noyé.

Sherry regarda à droite et à gauche, puis, baissant la voix :

– Ça me regarde pas, mais tu ferais peut-être mieux de t'associer avec quelqu'un d'autre.

Comme Avery ne relevait pas, Sherry poursuivit :

– C'est un nid à emmerdes, ce mec-là, et les emmerdes, c'est à éviter en détention. Ils vont pas le rater au camp de travaux forcés.

Au mieux, il finira à l'asile. Je te le dis comme je le pense. Sois son copain si tu veux. Mais, au camp, il va tomber sur un os.

Avery porta à nouveau son attention sur la partie. La donne de LeBlanc était terminée, et son voisin battait les cartes. Chaque fois que LeBlanc avait une mauvaise main, il s'en prenait au donneur. Quand ce fut à nouveau son tour de donner, il refit le coup du stud. Les autres protestèrent.

– Alors personne ne joue du tout ! cria-t-il avant de se mettre à déchirer les cartes en petits bouts et à les jeter en l'air.

S'ensuivit une brève bagarre. Deux hommes plaquèrent les épaules de LeBlanc au sol tandis qu'un troisième lui arrachait des mains les cartes restantes. LeBlanc se défendit à coups de pied dont l'un atteignit un détenu entre les jambes. L'homme se cogna contre un mur en titubant, une expression de douleur ridicule sur le visage. Attirés par les cris de putois que poussait LeBlanc en essayant de se relever, les autres sortaient de leurs cellules pour venir assister au spectacle. LeBlanc réussit à libérer un de ses bras et frappa aveuglément les silhouettes autour de lui.

– Qu'on le fasse taire !

– Leander va nous coller dans la cage pour une semaine !

– Sortez les ceintures, qu'on en finisse !

– Filez-lui un coup de chaussure. Ça va le calmer.

Un poing s'abattit sur LeBlanc dont le crâne heurta sèchement le plancher métallique. Ses yeux se révulsèrent, et il perdit connaissance. Les hommes qui le tenaient se relevèrent.

– Il sait se battre, cet enfoiré.

– Leander devrait le garder au trou jusqu'à ce qu'il se tape la tête contre les murs.

– Regardez ce qu'il a fait à Shortboy.

– Ça va, Shortboy ?

Shortboy se tenait contre le mur, l'air hébété. Il était incapable de répondre.

– T'as vu ce qu'il a fait ? dit Sherry à Avery tandis que tous s'éloignaient de LeBlanc, le laissant étendu par terre.

Un détenu ramassa le morceau de bougie et les cartes éparpillées.

– Aide-moi à le mettre sur son matelas, dit Avery à Sherry.

– Laisse-le là où il est. C'est pas à nous de nous occuper de lui.

– Tu vas m'aider, oui ou non ?

– C'est pas bien d'être copain avec un type comme ça.

Avery s'approcha de LeBlanc et le traîna par les bras jusqu'à son matelas. Les autres se turent pour le regarder. Sherry gagna l'autre bout du couloir. Il y avait une petite tache rouge dans les cheveux de LeBlanc, derrière la tête. Avery le retourna pour l'allonger à plat ventre. Les hommes commencèrent à parler entre eux en regardant Avery. Il était entendu qu'on ne venait pas en aide à un détenu auquel les autres administraient une punition. Cette règle, Avery l'avait enfreinte. Sherry revint chercher son matelas pour aller s'installer au bout du couloir. On n'adressa plus la parole à Avery de la nuit.

Le lendemain matin, la porte principale s'ouvrit dans des claquements d'acier, et les prévôts entrèrent avec les chariots de nourriture. On déverrouilla la cage, et, gobelet, cuiller et gamelle dans les mains, les hommes sortirent en traînant les pieds dans l'enclos pour le petit-déjeuner. Avery secoua LeBlanc par l'épaule pour le réveiller. Il était allongé dans la même position que la veille. Il avait un hématome jaune et violet le long de l'os de la mâchoire, et un paquet de cheveux collés par le sang. Son teint était d'un gris cendré ; Avery se demanda s'il ne souffrait pas d'un traumatisme crânien. Il le secoua à nouveau.

– Faut y aller. C'est l'heure du petit-déjeuner.

LeBlanc ouvrit les yeux et se redressa en prenant appui sur les mains.

– J'ai mal à la tête.

– Viens manger.

LeBlanc se toucha l'arrière du crâne.

– C'est du sang. Quelqu'un m'a frappé à la tête.

– Laisse tomber. Ça suffit, les bagarres.

– Je me suis battu ? Je me souviens de rien.

– Tu jouais aux cartes, et ça a dégénéré.

– Je me souviens de la partie de cartes, mais pas de m'être battu. Quelqu'un m'a frappé par-derrière.

– C'est pas le moment de penser à ça. Allons nous mettre derrière les autres.

– C'est lequel qui a fait ça ?

– Ils étaient nombreux. Tu ne peux pas leur casser la gueule à tous.

– Pas à tous, juste à celui qui m'a frappé.

– Tiens, ta gamelle. Moi, je vais manger.

Avery sortit dans l'enclos, bientôt suivi par LeBlanc. Les hommes faisaient la queue devant les bacs en aluminium, où les prévôts leur servaient du gruau de maïs, des saucisses et du café. Une fois servis, ils allaient s'asseoir contre le mur pour manger. Quand Avery et LeBlanc sortirent de la cage et rejoignirent la file, tout le monde se tut. On n'entendit plus que le bruit des cuillers dans les gamelles. Leander, le directeur, observa LeBlanc depuis la porte. Il était dans le métier depuis suffisamment longtemps pour deviner ce qui s'était passé pendant la nuit. Que LeBlanc ait été corrigé par les autres ne le dérangeait pas en soi. Ce serait peut-être plus efficace que de l'envoyer au trou, et, avec un peu de chance, il ne lui poserait plus de problèmes. Mais, un jour, un homme avait été battu à mort dans la cage. Il y avait eu une enquête. L'incident avait coûté sa place à l'ancien directeur et donné bien du travail aux fonctionnaires de la ville.

– Qui t'a fait ça ?

LeBlanc regarda Leander d'un air haineux.

– Réponds.

LeBlanc cracha par terre.

– Sors de la queue. Pas de petit-déjeuner pour toi ce matin.

Leander se tourna vers les autres en les pointant du doigt.

– Je ne veux pas de ce genre de connerie dans ma prison. Je suis réglo, mais faut pas venir me chier dans les bottes, parce que là je deviens méchant. Je ne sais pas qui a tabassé LeBlanc, mais peu importe : vous allez tous payer. Encore une bagarre, et je vous laisse croupir dans la cage jusqu'à ce que l'odeur vous empêche de respirer. Certains d'entre vous ne savent pas ce que c'est de rester enfermé une semaine. Demandez à Shortboy.

Il ordonna aux prévôts de repartir avec les chariots. Généralement, il y avait un deuxième service, mais, ce matin-là, les hommes étaient punis. Leander jeta un dernier regard circulaire dans la pièce avant de sortir, en claquant la porte d'acier derrière lui.

– T'as bien réussi ton coup, toi, lança un détenu à LeBlanc.

– Pour le déjeuner aussi, il va nous rationner, ajouta un autre.

– On n'avait pas de problèmes avant que vous vous pointiez, toi et ton pote.

– T'es déjà resté enfermé dans la cage, Shortboy ? demanda un troisième.

– Il peut pas nous y laisser une semaine, quand même.

– Il va se gêner.
– Raconte-leur Shortboy.
– C'est comme il a dit, confirma Shortboy.

C'était un homme de petite taille et épais, avec des épaules carrées, un gros nez et des yeux rapprochés.

– L'odeur te rentre dans les tripes. Ils envoient plus les prévôts pour nettoyer les chiottes, et y a des mouches partout. Quand ils te passent la bouffe par la trappe, t'as envie de gerber. Y a environ six mois, y avait un vieux ici. Il se baladait en calbar toute la journée et il avait un problème à une jambe. Elle était rouge et gonflée comme un pneu. Un jour, la porte était ouverte, et il a pas fait gaffe, il a dépassé la ligne. Leander l'a balancé par terre et il l'a roué de coups. On a écrit ce qui s'était passé sur un papier, et tout le monde a signé. Un de nous a donné le papier à un journal quand il a été libéré. Le jour même de la parution, Leander nous a bouclés dans la cage et il nous y a laissés neuf jours. Neuf putains de jours, entassés là-dedans comme un élevage de cochons. On est allés jusqu'à cramer les bibles pour essayer de chasser l'odeur. On n'était pas beaux à voir quand on est sortis de là-dedans.

– C'est pas juste d'enfermer tout le monde à cause de ce que fait un seul gonze, dit quelqu'un. Il devrait foutre LeBlanc au trou et nous laisser tranquilles.

– On n'a aucun droit ici, dit un autre.

Avery et LeBlanc étaient à l'écart, près de la fenêtre, sur le rebord de laquelle Avery avait posé sa gamelle et son gobelet. Lui était debout. Leblanc était assis par terre, adossé au mur, les genoux ramenés devant lui. Ses cheveux bruns lui tombaient sur le visage.

– On n'a pas beaucoup d'amis dans le secteur, dit Avery.
– J'en ai rien à secouer. C'est de la racaille, ces mecs-là.
– Écoute. Si Leander nous enferme tous dans la cage, je ne donne pas cher de notre peau.
– Y en a deux-trois à qui je garde un chien de ma chienne. C'est eux qui devraient se méfier.
– Ils sont trente en tout. Une fois lancés, on ne les arrêtera plus.
– J'ai pas peur de la racaille.
– Le problème n'est pas là. Si tu veux sortir d'ici vivant, tu dois apprendre à te plier aux règles.
– J'ai rien à apprendre du tout.
– Mange un peu.

– J'ai pas faim.
– Comme tu voudras.
– T'es un bon gamin, mais t'as pas à veiller sur moi. J'ai vu plus de choses que tu peux en imaginer.
– J'essayais seulement de t'éviter de te faire égorger.
– Je te connaissais pas avant de te voir dans les marais, mais t'es quelqu'un de bien. Y a peu de gens qui valent quelque chose.
– Ne déclenche plus de bagarres tant qu'on sera ici, et tout ira bien pour nous.
– J'ai des comptes à régler.
– Tu vas retourner au trou.
– Rien à foutre.
– Tu nous as attiré suffisamment d'ennuis comme ça.
LeBlanc se leva et sortit sèchement sa chemise de son pantalon.
– Tu vois cette cicatrice sur mon ventre ? C'est une baïonnette de Jap qui a fait ça. Regarde mon dos. Ça, c'est un policier militaire. J'ai pas mal de comptes à régler.
Avery versa un peu de son café dans le gobelet de LeBlanc.
– Bois ça, dit-il.
LeBlanc rentra sa chemise et but.
– Tu sais pas ce que c'est, la guerre. Ne va jamais te battre quelque part, même si tu risques le poteau d'exécution. J'ai été appelé en 43. On nous a envoyés aux Mariannes. Les Japs nous ont bien canardés sur la plage, mais on les a pas ratés non plus. C'est là que j'ai tué mon premier homme. Les autres, après, j'ai oublié, mais, celui-là, je peux te dire que je m'en souviens. Il était presque nu en haut d'un palmier, il ne portait qu'un bout de tissu autour des reins. Je l'ai allumé à l'automatique, et il est tombé. Il avait une corde attachée à la ceinture. Il se balançait en l'air, et, moi, j'ai continué de tirer, les balles le faisaient tourner comme un bâton pris dans un remous.
– Je vais dormir un peu, dit Avery.
– T'as pas fini de manger.
– J'ai pratiquement pas fermé l'œil, la nuit dernière.
Avery entra dans la cage restée ouverte et alla s'allonger sur son matelas. Un bras sous la tête, il contempla le plafond. Il pensa à son frère Henri, mort en Normandie. Avery se souvenait du jour où il s'était engagé. Henri n'était alors âgé que de dix-sept ans et ne devait faire son service que l'année d'après, mais il s'était porté

volontaire pour entrer dans l'unité de formation que venait d'ouvrir la National Guard. Ç'avait été sa façon de partir, songeait Avery. Sa façon de quitter la maison, papa et tout le reste.

Sa formation terminée, Henri avait été envoyé en Angleterre en février 1944. Dans les trois mois qui suivirent, ils ne reçurent qu'une seule lettre de lui. Fin juin, un télégramme arriva chez les Broussard. M. Broussard ne l'ouvrit pas. Il tint un moment l'enveloppe dans sa main, puis il la laissa tomber sur la table et se retira au fond de la maison. Henri avait été affecté à une compagnie d'infanterie en tant que médecin. Il faisait partie des premières troupes américaines à débarquer sur les côtes françaises. Un grand nombre des hommes de sa compagnie n'atteignirent pas la plage. Il faisait une injection de morphine à un blessé qu'il venait de traîner hors de l'eau quand un obus de mortier tomba exactement là où il se trouvait. Les soldats chargés d'enterrer les morts rassemblèrent ses restes dans une taie d'oreiller.

Et voilà, songea Avery. Quelqu'un à Washington vous envoie un carré de papier jaune avec quelques mots tapés à la machine, et votre frère est mort. Plus de paroisse de Martinique, plus de papa, plus de maison tombant en ruine, construite il y a cent ans pour une manière de vivre aussi morte que papa et Henri. Et le dernier descendant de cette noble lignée d'aristocrates français et espagnols croupit à présent dans une prison de paroisse, allongé sur un matelas puant le vomi, en attendant d'être transféré dans un camp de travaux forcés où, un matricule de prisonnier sur le dos, il devra travailler avec une pelle et une pioche pendant un à trois ans, sans doute l'un des rares aristocrates parmi les condamnés.

Avery se rappela ce que lui disait son père quand ils étaient assis tous les deux sur la véranda, les longs après-midi d'été. M. Broussard parlait des débuts de la démocratie américaine et du rêve agraire de Thomas Jefferson, il expliquait comment tout cela était mort, avec pour seul vestige un coquillage d'esclave. Le rêve agraire avait été détruit par une révolution industrielle qui avait transpercé le cœur de l'Amérique. La république avait disparu au profit d'une autre société, très différente de la précédente. La société, l'époque, auxquelles M. Broussard avait été préparé n'existaient plus. Son sang et son héritage le rattachaient au passé, lequel demeurait aussi hors d'atteinte que ces lointains jours d'été, la canne haute et épaisse dans les champs, les Noirs allant travailler la houe sur l'épaule, les chariots remplis de coton en route pour l'égreneuse. Ne restait qu'un souvenir inné, la nostalgie d'une chose qui s'était épanouie puis éteinte avant sa naissance. Depuis la véranda, dans la lumière veloutée du crépuscule, peut-être voyait-il le cortège d'hommes dans leurs tenues orangées en loques, se repliant devant l'armée de l'Union, peut-être entendait-il le tintement des sabres et les efforts des chevaux, les craquements et grincements des affûts, tandis que la colonne remontait le long du fleuve pour aller livrer une dernière bataille contre les troupes du général Banks.

C'est à cette époque-là qu'il aurait dû vivre, se dit Avery. Il aurait dû mourir en même temps qu'elle et ne jamais avoir de fils qui termineraient pulvérisés en France ou enfermés dans un camp de travaux forcés.

Avery entendit un objet métallique heurter le côté de la cage, puis rebondir sur le sol. Des voix en colère jurèrent dans l'enclos. Il se leva et alla à la porte. Tous regardaient LeBlanc, assis par terre. Il y avait un petit gobelet au pied du mur de la cage. Les hommes s'approchèrent de LeBlanc et l'encerclèrent. Il se leva pour leur faire face, les poings serrés près des hanches.

Un gros au poitrail de taureau menait le groupe. Il se déplaçait avec les mouvements maladroits d'un lutteur, les pieds à plat, ses jambes épaisses légèrement écartées, les mains pataudes. Il était coiffé d'un feutre cabossé qu'il ne quittait que pour dormir. On l'appelait Johnny Big, car on le considérait comme le plus costaud de la cage, et les autres faisaient ce qu'il disait. Il était également le porte-parole du groupe. Quand les hommes avaient besoin de quelque chose, ils s'adressaient à Johnny Big, qui lui-même s'adressait à Leander, et il arrivait qu'ils obtiennent satisfaction. Chaque détenu donnait à Johnny Big deux cigarettes par jour. C'était lui le chef, et personne ne remettait en cause son autorité.

Avery prit un homme par le bras et l'attira à l'écart.

– Qu'est-ce qui s'est passé ?

– Lâche-moi.

– Réponds.

– LeBlanc a lancé son gobelet sur la cage, il a failli éborgner Sherry.

Avery lâcha l'homme, qui s'empressa d'aller retrouver les autres.

– Pourquoi tu t'en es pris à Sherry ? demanda Johnny Big à LeBlanc.

– Si je m'en étais pris à lui, répondit LeBlanc, il aurait plus de mal pour tenir debout. Et c'est pas avec un gobelet que je règle mes comptes.

– Tu nous attires que des emmerdes. Faut qu'on te donne une leçon.

– Je suis prêt à prendre n'importe lequel d'entre vous.

– Personne va se battre avec toi. Leander a dit qu'il voulait plus de bagarre. On va faire ça autrement.

– Mollo, intervint un détenu plus âgé. Leander va nous mettre dans la cage.

– Il se rendra compte de rien. Quelqu'un a l'intention de cafter ?

Johnny Big scruta tour à tour chaque visage avant d'ajouter :

– Il existe une manière qui laisse pas de traces.

Il sortit un journal de la poche arrière de son jean et le roula en un étroit cylindre qu'il tapota dans la paume de sa main.

– Tu dois connaître, LeBlanc. À part quelques marques rouges sur les côtes, tous les dégâts sont concentrés à l'intérieur. Y a que toi qui sais qu'on t'a tapé dessus.

– Laisse-le, Johnny, insista le détenu plus âgé.

– La ferme.

La plupart des détenus avancèrent. Quelques-uns se désolidarisèrent du groupe, ne voulant pas prendre part à ce qui allait se passer.

– Attrapez-le et retirez-lui sa chemise, ordonna Johnny Big.

LeBlanc se jeta sur lui, mais les hommes l'interceptèrent et lui tinrent les bras derrière le dos. Il se débattit en jurant, le regard fou. Johnny Big commença à lui fouetter les flancs avec le journal, d'un côté, puis, en ramenant la main, de l'autre, de plus en plus fort. C'était un homme corpulent, et il mettait tout son poids dans son épaule et dans son bras. Le corps de LeBlanc se tordait à chaque impact. Le journal sifflait dans l'air et claquait sur sa peau. Les coups s'accélérèrent. Soudain, le journal en lambeaux, tous étaient sur LeBlanc et le frappaient avec tout ce qu'ils pouvaient.

Avery avait plongé dans la mêlée et tirait sur les corps et sur les vêtements pour tenter d'arriver jusqu'à Leblanc. Il fut projeté au sol, et on lui marcha sur la main. Il revint à la charge et donna à l'homme devant lui un coup de poing à la nuque. L'homme en question sembla ne rien sentir. Avery eut beau s'acharner, rien ne pouvait détourner la meute de sa proie. Un détenu repoussa le jeune homme en plaquant sa main sur son visage, une main dont il sentit la sueur crasseuse dans sa bouche. Il se retrouva soudain de l'autre côté de cette barrière humaine et trébucha, déséquilibré, vers l'avant. Le passage à tabac était terminé, et les hommes reculaient. LeBlanc gisait contorsionné sur le béton, la chemise, déchirée et en sang, sortie du pantalon. Il avait les lèvres fendues, le front couvert de bosses. Sur son visage tuméfié, les rougeurs commençaient déjà à bleuir.

– Bande de salauds, dit Avery. Bande de lâches.

– Chopons-le, lui aussi, lança quelqu'un.

– Il vaut pas mieux que LeBlanc.

– Il m'a frappé par-derrière.

– Ouais, Johnny. Lui aussi, il mérite une leçon.

Johnny Big laissa tomber aux pieds de LeBlanc ce qui restait de sa matraque de papier.

– Celui-là est un peu gringalet pour nous tous, dit-il.

Les autres comprirent les intentions de Johnny Big. Ils avaient déjà oublié que le directeur allait les enfermer dans la cage pour ce qu'ils avaient fait à LeBlanc. Plus ou moins activement, ils avaient frappé un homme jusqu'à ce qu'il perde connaissance et ils ne voulaient pas en rester là. Ils formèrent un cercle autour d'Avery et de Johnny Big.

– Qu'est-ce que t'en dis, mon garçon ? reprit ce dernier. T'as envie de te mesurer à moi ?

Le premier coup d'Avery l'atteignit au menton. La tête de Johnny Big partit en arrière, et son feutre s'envola. Avery eut le temps d'enchaîner avec deux coups au ventre avant que Johnny ne passe lui-même à l'offensive en cognant des deux poings. Avery recula. Autour de lui, les hommes criaient, ravis. Il avait l'impression qu'un tremblement de terre lui avait retourné le cerveau. Chaque coup était comme un coup de massue qui lui coupait les pattes et faisait monter en lui une vague de nausée. Recroquevillé, il se tortillait pour échapper à cette pluie de coups et en reçut néanmoins un en pleine face. La pièce parut se cabrer ; il heurta le mur de la cage et tomba. Il tenta de se relever, mais Johnny Big, qui l'avait suivi, le renvoya contre la cage d'un coup de genou. Il resta à terre, sonné, un goût de sang dans la bouche, l'odeur du béton humide dans les narines. Deux jambes épaisses se dressaient devant lui. Il entendait des voix lointaines, comme si quelqu'un criait du haut d'un puits.

Son regard se fixa sur les bottes d'ouvrier en cuir grossier au bas de la paire de jambes.

Quelqu'un rit, et la paire de jambes s'éloigna. Plongeant en avant, Avery la saisit alors par-derrière et, les bras serrés au-dessous des genoux, il tira vers le haut. Johnny Big chercha un instant son équilibre, puis s'affala et heurta le béton de tout son poids. Avery se dégagea et se leva. Il ignorait s'il pouvait tenir debout. Ses membres lui donnaient la sensation de ne plus être rattachés à son corps. Alors que Johnny Big, marqué d'une coupure à la naissance des cheveux, prenait appui sur le sol pour se relever, Avery joignit les mains, abattit les bras comme s'il tenait une hache et le frappa sur l'arête du nez. Johnny Big retomba au sol en se tenant le visage. Assis sur les fesses, il regarda bêtement ses mains, puis les remit sur son visage. Il avait le nez cassé. Il se leva et tituba à travers la pièce jusqu'à l'endroit où était tombé son feutre. Avery le suivit du regard, certain qu'il abandonnait, et fut surpris de le voir glisser les doigts sous le ruban du chapeau pour retirer une fine lame de rasoir à un seul tranchant. Johnny Big revint alors vers lui en tenant la lame entre le pouce et l'index, bas sur ses jambes et légèrement de côté, comme un homme qui sait se battre à l'arme blanche.

Tandis que les spectateurs se dispersaient, Avery recula. Il ne voyait rien qui puisse lui servir d'arme à part un balai appuyé contre le mur d'en face, et Johnny Big lui en interdisait l'accès. Il longea le mur de la cage sans quitter la lame des yeux.

– Laisse-le, Johnny, dit Shortboy. Pas comme ça.

Johnny Big fit reculer Avery en direction du mur.

– Il s'est battu à la loyale, fit le plus vieux. T'as pas le droit de le piquer.

Certains approuvèrent et demandèrent à Johnny Big de laisser Avery tranquille. Johnny avait été loyalement vaincu, il avait eu le nez cassé, il n'était donc plus le chef de la cage. Il avait trahi les autres en perdant la bagarre.

– Il mérite pas le surin.

– T'as déjà à moitié tué l'autre, souligna l'ancien.

– Ouais, approuva Shortboy.

– Le premier qui approche, je lui fais une boutonnière, dit Johnny.

Bien qu'à plus de cinq mètres, Shortboy recula.

La porte principale s'ouvrit brusquement, et Ben Leander entra, accompagné de deux gardiens.

– Je vous avais prévenus de ce qui arriverait si je vous y reprenais. Cette fois, vous n'y couperez pas.

Il aperçut LeBlanc étendu sur le sol de l'autre côté de la pièce. Johnny Big fourra sa lame de rasoir dans la poche arrière de son jean. Avery se tenait dos au mur, le visage et le cou parsemés de gouttes de sueur.

– Vous ne savez pas ce que c'est que d'en baver, reprit Leander. Vous ne sortirez plus de la cage à part pour brosser le béton. Je vous l'ai dit, on ne déconne pas dans ma prison. Je vous ai prévenus ça fait à peine deux heures. Maintenant, je sanctionne.

Il se tourna vers les gardiens :

– Allez voir s'il est mort, cet abruti.

Les gardiens allèrent examiner LeBlanc. L'un d'eux lui releva brièvement la tête.

– Il fait une hémorragie interne.

– C'est toi qui as commencé, Johnny ? s'enquit Leander.

– Non, m'sieur.

– Alors qui ?

– J'en sais rien.

Leander s'approcha du rouleau de journal déchiqueté. Il le ramassa et le tendit en direction de Johnny Big.

– C'est à toi, ça ?

Johnny Big fit non de la tête.

– Ça te ressemble, pourtant.

– C'est pas moi qui ai commencé. C'est LeBlanc et son copain. LeBlanc s'est mis à balancer des objets après votre départ. On a voulu l'arrêter, et le gamin s'en est mêlé.

– T'as morflé, mon gars, dit Leander à Avery.

– Johnny Big aussi, il a morflé, précisa le vieux détenu.

– On t'a sonné, toi ? rétorqua Leander.

– Tout le monde s'est acharné sur LeBlanc, et le gamin a essayé de l'aider, ajouta malgré tout le vieux détenu. Johnny a cru pouvoir s'amuser avec lui, et il s'est fait péter le nez.

– C'est vrai, Shortboy ?

– J'ai pas bien vu.

– Peu importe qui a commencé, dit Leander. Tout le monde dans la cage. Vous en sortirez quand bon me semblera.

Aux gardiens :

– Sortez-moi LeBlanc de la vue. Mettez-le en bas le temps que j'appelle une ambulance. Je veux plus le voir. Emmenez Johnny avec vous et faites-lui réparer le nez.

Les gardiens prirent LeBlanc par les bras et le soulevèrent. Sa tête pendait en avant, et ses pieds traînaient sur le sol. Johnny Big les suivit.

– Une petite seconde, dit Leander.

Johnny Big s'arrêta.

– Tu as planqué quelque chose dans ta poche arrière quand je suis entré.

– J'ai rien.

– Sors-le.

– Oui, m'sieur.

– Maintenant, jette-le par terre et file.

– Oui, m'sieur.

Leander ramassa la lame de rasoir et la laissa tomber dans la poche de sa chemise.

– Toi, viens avec moi, dit-il à Avery.

Avery sortit de l'enclos, et Leander referma la porte derrière lui. Il fit coulisser la tige du verrou, puis rabattit le levier dans son encoche de sûreté. Ils enfilèrent un couloir, gravirent un escalier métallique en spirale jusqu'au deuxième étage du bâtiment. Leander ouvrit la porte d'une pièce blanche vide pourvue d'une seule fenêtre et d'une cage métallique au milieu. Avery se mit près de la fenêtre et regarda en bas dans la rue pendant que Leander ouvrait la cage. De l'autre côté de la place se trouvait le palais de justice, avec ses piliers blancs, sa façade classique et sa pelouse, verte et mouillée par l'arrosage automatique sous le soleil, le monument confédéré à l'ombre des arbres.

– Entre, dit Ben Leander.

Avery s'avança jusqu'à l'entrée de la cage.

– Qu'est-ce que ça vous apporte ? C'est pour l'argent que vous faites ça ?

Leander le poussa à l'intérieur et ferma la porte. Il fit tourner la clef dans la serrure.

– Tu dois être transféré au camp de travaux forcés la semaine prochaine. Tu as une sacrée veine.

Cet après-midi-là, Avery eut une visite. Batiste était venu en car de la paroisse de Martinique pour le voir. Il s'assit dans la salle d'attente, son chapeau à la main, ne sachant à qui s'adresser. Il avait un paquet posé près de lui, emballé dans du papier kraft et attaché avec de la ficelle. Ben Leander sortit de son bureau pour lui demander ce qu'il voulait. Batiste répondit qu'il voulait voir Avery Broussard, qu'il avait du tabac et du cake pour lui. Leander répondit que les visites étaient interdites à Avery, que personne ne pouvait le voir ni ce jour-là ni un autre tant qu'il serait détenu à la prison de la paroisse. Batiste voulut laisser son paquet.

– Il est au trou, dit Leander. On ne peut rien recevoir de l'extérieur quand on est au trou.

Que Batiste comprenne bien comment les choses se passaient à la prison de la paroisse.

J.P. Winfield

Il se trouvait dans le studio d'enregistrement d'une radio de Nashville. Trois fois par semaine, le matin, il enregistrait une demi-heure d'émission qui était diffusée l'après-midi. La séance du jour touchait à sa fin. Debout au micro, il chanta la dernière chanson. L'animateur, assis à la table derrière un deuxième micro, lut les pages dactylographiées dans sa main. Une femme très ordinaire dans une robe de coton imprimé était assise en face de lui. Elle entortillait nerveusement son mouchoir autour de ses doigts. Il y avait deux hommes debout à côté de J.P., l'un tenant une guitare, et l'autre un banjo. Ils attendaient le moment d'interpréter la publicité. Un des ingénieurs du son en régie derrière la vitre leur fit un signe quand J.P. eut terminé. Ils grattèrent leurs cordes et entonnèrent la chanson de Live-Again :

Live-Again, Live-Again, the sick man's friend,
It helps you every time,
There ain't anything like it
That makes you feel so fine.
Drink Live-Again today,
Chase them miseries away,
Get out of bed and holler,
Live-Again for a dollar.[1]

1. Live-Again, Live-Again, le remède à toutes vos peines / Efficace et fidèle / C'est une boisson miraculeuse / qui vous donne des ailes/Un doigt de Live-

– Absolument, mes amis, c'est une boisson miraculeuse, lut l'animateur. Live-Again contient tout ce dont vous avez besoin pour que vous retrouviez votre énergie d'autrefois. Son pouvoir vitaminé vous gagne tout le corps, et vous vous remettez à gambader comme si vous n'aviez jamais été malade un seul jour de votre vie. C'est trop bête de gâcher votre existence en restant cloué au lit. Partout dans le pays, il y a des gens qui dépérissent parce qu'ils n'ont pas l'énergie de sortir de chez eux pour aller se divertir. Vous n'êtes plus obligé de vivre en reclus. Allez au drugstore ou à l'épicerie et demandez le tonifiant vitaminé Live-Again, la grande bouteille dans sa boîte noire et jaune. J'ai ici avec moi une dame qui vivait en recluse, elle aussi. Elle était incapable d'accomplir ses tâches ménagères, et son foyer s'en allait à vau-l'eau à cause de sa mauvaise santé. Elle a entendu parler de Live-Again, elle l'a essayé, et à présent elle est en pleine forme, et son foyer est à nouveau uni. Racontez à nos auditeurs, madame Ricker.

Mme Ricker lut d'une voix monocorde :

– Je ne sais pas comment remercier les braves gens qui fabriquent Live-Again. Ils m'ont redonné goût à la vie. Avant d'essayer Live-Again, j'avais l'impression d'être au bout du rouleau. Je passais tout mon temps au lit, j'étais incapable de m'occuper de mes enfants, et mon mari dépensait tout notre argent en frais médicaux. Le diacre de notre église nous a parlé de Live-Again, et, en quelques semaines, je suis devenue une nouvelle femme. Ce remède extraordinaire m'a sauvée, moi et ma famille, et nous avons retrouvé le bonheur.

– Et croyez-moi, mes amis, reprit l'animateur, ça marche pour tout le monde. Bon, nous allons en rester là pour aujourd'hui. Vous écoutiez le J.P. Winfield Show. N'oubliez pas de nous envoyer vos cartes et vos lettres, et d'acheter du Live-Again. C'est une boisson miraculeuse. Au revoir, mes amis, et que le bon Dieu veille sur vous.

Drink Live-Again today,
Chase them miseries away,
Get out of bed and holler,
Live-Again for a dollar.

Again dans un verre / Et dites adieu à toutes vos petites misères / Sautez du lit, c'est un plébiscite / Pour un dollar je ressuscite.

La lumière rouge au-dessus de la porte s'éteignit. Les deux musiciens rangèrent leur banjo et leur guitare. Mme Ricker se tourna vers l'animateur en torturant son mouchoir.

– J'étais bien ? demanda-t-elle.

– Qu'est-ce que t'en dis, J.P. ? dit l'animateur. As-tu déjà entendu un témoignage aussi poignant que celui de cette bonne dame ?

Diplômé d'une école de commerce, il était employé par la station pour vendre des boissons vitaminées, des bibles phosphorescentes, des nappes illustrées de représentations de la Cène et des manuels de guérison par la foi.

Les musiciens gloussèrent avant de sortir. J.P. rangea sa guitare dans son étui.

– Je ne suis encore jamais passée à la radio, expliqua Mme Ricker. Je vais être à l'antenne cet après-midi ?

– Absolument, madame. On va vous entendre dans tout le sud du pays. Mme A.J. Ricker, la voix des terres méridionales.

– Ça alors. Vous croyez qu'on va me demander de faire d'autres enregistrements ?

– C'est peu probable. Vous pouvez rentrer chez vous l'âme en paix. Il ne faudrait pas que vous ratiez l'émission de cet après-midi.

– Je vais laisser mon numéro de téléphone au cas où on aurait à nouveau besoin de moi.

– Bonne idée. Au revoir.

La porte fit entendre un déclic en se refermant derrière elle.

L'ingénieur du son passa la tête hors de la régie.

– Tu veux écouter la bande ?

– Pourquoi pas ? Écoutons Mme Ricker nous parler du remède miracle qui a sauvé son mari et ses mioches de la ruine.

– Moi, je rentre à l'hôtel, dit J.P. J'en ai assez entendu sur les boissons vitaminées.

Il prit son étui et quitta le studio. Dehors, il remonta le col de son manteau. On était en novembre, et l'air était d'un froid piquant. Il y avait beaucoup de vent. Une bourrasque faillit lui arracher son étui des mains. Des nuages de neige se formaient à l'est, et le soleil, caché par eux, donnait au ciel une couleur lavande et rose. J.P. tourna le coin d'un immeuble pour se protéger du vent. Aucun taxi à l'horizon. Une vieille femme était assise sous le porche de l'immeuble, un manteau de l'armée sur les épaules. Elle avait un chariot, fabriqué à partir de cagettes, rempli de guenilles, de journaux et d'objets trouvés dans les poubelles. Ses mains étaient irritées, gercées. Elle prit du tabac à priser dans une boîte de conserve et cracha sur le trottoir. J.P. se remit en route et gagna à pied son hôtel, à six rues de là.

Il traversa le hall et entra dans la cafétéria. Le serveur lui apporta du café et une assiette de sandwichs. Un pauvre paysan blanc avec un futal satiné et un nœud pap à pois, songea-t-il. J'ai claqué mes derniers cinq dollars pour m'inscrire à un minable radio-crochet et, aujourd'hui, me voilà au Nashville Barn Dance. De Raleigh à Little Rock, on peut m'écouter tous les samedis soir. Sept semaines au Barn Dance et une émission quotidienne à la radio par-dessus le marché. Un vrai conte de fées.

Il repensa aux quelques jours de vacances dont il avait profité pour aller dans les montagnes. Il travaillait pratiquement sans interruption depuis son arrivée à Nashville. Le producteur de l'émission lui avait donné trois jours de repos. J.P. était monté jusqu'à la frontière du Kentucky et s'était installé dans un gîte de chasse. Les matins étaient froids et brumeux, et il flottait toujours une odeur de sapin brûlé dans l'air. Quand il sortait sur la véranda après le petit-déjeuner, il voyait les cabanes de rondins éparpillées dans la vallée, leurs cheminées de pierre blanchies par le givre. Les premiers flocons commençaient à tomber, les pins et les sapins verdissaient les montagnes. Un ruisseau à truites courait à la lisière de la forêt, il serpentait à travers les prés avant de se jeter dans un profond gouffre rocheux derrière le gîte. Les paysages étaient magnifiques, parmi les plus beaux que J.P. ait jamais vus. Il serait bien resté, mais il avait fallu retourner à Nashville vendre du Live-Again.

Il sortit un flacon d'aspirine et en fit tomber une benzédrine et un Seconal dans sa main. Voilà à peine un mois, quelques jours après avoir épuisé le stock que lui avait donné Doc Elgin, il avait acheté dix sachets d'amphétamines et de barbituriques à un junkie de l'autre côté de la ville. Il avait appris à mélanger les deux de manière à atteindre un état d'euphorie dont il ne s'était jamais approché avec l'alcool. Il lui faudrait bientôt retourner en acheter. Il ne lui en restait qu'un demi-sachet dans sa chambre.

Un bagagiste entra dans la cafétéria et lui remit un télégramme. J.P. lui donna un pourboire et déchira l'extrémité de l'enveloppe. PRÉPARE-TOI À PARTIR — T'APPELLE CET APRÈS-MIDI — HUNNICUT.

Il régla sa note et regagna le hall. Il demanda au réceptionniste de le biper au bar s'il recevait un appel longue distance. Il confia sa guitare au bagagiste pour qu'il la monte dans sa chambre. Le bar avait un comptoir en acajou très foncé. Des bois de cerf et des fusils anciens décoraient les murs. Un feu brûlait dans la cheminée en pierre au bout de la pièce, les bûches craquaient et crachaient dans les flammes. Une épaisse moquette lie-de-vin recouvrait le sol. Des lampes bougeoir en laiton et en verre étaient disposées le long du comptoir. J.P. but un whisky avec de l'eau et se demanda quels projets Hunnicut avait à présent pour lui.

Lorsque, enfin, on le bipa, il sortit dans le hall et prit la communication à la réception.

– C'est toi, J.P. ? fit Hunnicut à l'autre bout de la ligne.

– J'ai eu ton télégramme.

– Ils sont gentils avec toi à Nashville ?

– Ça va.

– Il s'est passé pas mal de choses depuis ton départ.

– Pourquoi je dois rentrer ?

– On est sur un gros coup. Jim Lathrop est ici avec moi. Je veux que tu rappliques dès que possible.

– Pour quoi faire ?

– Jim se lance en politique. Il se présente aux sénatoriales, et on fait campagne pour lui. On va monter un spectacle avec lequel on va parcourir l'État.

– J'y connais rien en politique.

– Tu es une star du Barn Dance. Les gens t'écouteront.

– Y aura qui d'autre dans ce spectacle ?

– Tout le groupe, sauf Troy.

– Qu'est-ce qui lui est arrivé ?

– Il est à l'hôpital. Il prenait de l'héroïne. Je ne me suis aperçu de rien jusqu'au jour où il s'est pointé sur scène si défoncé qu'il ne se souvenait plus des paroles de ses chansons.

– Je savais pas qu'il tournait à ça.

– Tu peux rentrer quand ?

– Je vais prendre le train de l'après-midi.

– Je peux t'envoyer un mandat si tu veux.

– Ça va aller.

– Tu m'en veux toujours pour notre accrochage avant ton départ ?

– Non.
– Parce qu'on a de grandes choses devant nous, et rien ne doit nous les gâcher.
– À demain matin, dit J.P.
– Un problème ? Ça n'a pas l'air de beaucoup t'intéresser.
– Ça m'intéresse. À demain.
Il raccrocha et regagna sa chambre. Il appela la gare, réserva une place dans le train de trois heures, puis il ouvrit sa valise sur le lit et y rassembla ses affaires. Le bagagiste vint la chercher. J.P. avait une heure et demie devant lui avant le départ. Il sortit sa guitare et en gratta les cordes avec le pouce pour tuer le temps. *Oh the train left Memphis at half past nine. Well it made it back to Little Rock at eight forty-nine*[1]. Une chanson de blues, il entendait les Noirs la chanter dans sa région autrefois. *Jesus died to save me and all of my sins. Well glory to God we're going to see him again*[2].
Il prit un compartiment privé dans un wagon-lit. Il demanda qu'on lui prépare son lit, et il dormit le reste de l'après-midi. Le train quitta Nashville pour s'enfoncer dans le sud du Tennessee, à travers les vallons d'herbe rase en partie recouverts de neige. Le relief se fit moins prononcé à l'approche de Memphis tandis qu'on pénétrait dans le bassin du Mississippi. Le fleuve était haut et jaune sous le ciel hivernal. Puis, plus au sud, apparurent les terres rudes et desséchées de l'Arkansas. Sur des kilomètres, on voyait les cabanes en bois louées aux métayers par les sociétés agricoles, toutes identiques avec leur sol de terre battue, leur cheminée en torchis et leurs dépendances rongées par les intempéries, au milieu des jachères sinistres, des rizeries, des égreneuses de coton et des coopératives.
Il changea de train à Little Rock et arriva en Louisiane le lendemain matin. Il s'installa à l'hôtel, se rasa et se rendit à la chambre de Hunnicut. Il croisa Seth dans le couloir.
– Le gars de Live-Again est à l'intérieur avec Virdo. Ils t'attendent.

1. Le train a quitté Memphis à neuf heures et demie. Il était de retour à Little Rock à huit heures quarante-neuf.
2. Jésus est mort pour me sauver et racheter mes péchés. Gloire à Dieu, nous le reverrons.

– J'arrive directement de la gare. Je pouvais pas faire plus vite.

– T'es au courant pour le spectacle ?

– Virdo m'en a parlé au téléphone.

– On va tourner dans tout l'État, et c'est Lathrop qui rince. Il m'a donné deux cents dollars d'avance pour les putes.

– C'est quoi, cette histoire sur Troy ?

– Il est chez les dingues. Il a fallu l'attacher au lit quand on l'a interné. D'après le médecin, il se pique. Une dose dans le bras deux fois par jour. La dernière fois qu'il est monté sur scène, il s'est mis à balancer des insanités au micro. On nous a coupé l'antenne. À mon avis, c'est April qui l'y a fait goûter. Elle et cette espèce de charlatan qui vient la tringler tous les dimanches.

– D'où tu sors ça ?

J.P. le scruta, avec son visage grêlé, son teint rouge et ses cheveux châtains raides comme de la paille.

– C'est comme ça qu'elle se paye sa came, en écartant les jambes pour Doc Elgin. Il vient ici tous les dimanches matin pour encaisser.

– N'importe quoi.

– Je l'ai vu la rejoindre dans sa chambre. Il a une grosse bosse au niveau de la braguette et la langue qui traîne par terre. Il a toujours la main dans la poche quand il marche dans le couloir. Traîne pas trop avec elle, J.P. J'ai déniché une nouvelle adresse si tu veux des filles qui sachent y faire.

– Faut que je te laisse.

J.P. frappa à la porte de Virdo Hunnicut, puis entra. Hunnicut était avachi dans un fauteuil en cuir, les pieds sur un repose-pieds, en robe de chambre violette et en chaussons. Assis près du bureau, Big Jim Lathrop mangeait sur un plateau un petit-déjeuner qu'on lui avait monté. Âgé d'une petite cinquantaine d'années, ses fins cheveux gris lissés en arrière, il était vêtu d'un costume bleu sur mesure avec une luxueuse cravate en soie. La chaîne en or d'une montre de gousset formait un arc de cercle en travers de son gilet. Il coupa un morceau de la côte de porc sur son assiette et porta la fourchette à sa bouche de la main gauche. Ses yeux gris et durs se fixèrent sur J.P. tandis qu'il mâchait.

– Entre, dit Hunnicut. Je te présente M. Lathrop.

Lathrop pivota sur sa chaise en continuant de mâcher.

– Enchanté, mon garçon. Assieds-toi.

– Prêt pour ta nouvelle carrière politique ? lança Hunnicut.

– Je suppose.

– Jim et moi, on a tout organisé pour le spectacle. On est à Alexandria demain soir. On va réunir toute la ville dans la salle polyvalente. Entrée gratuite. Tout ce qu'on demande aux gens, c'est d'avoir sur eux une étiquette de Live-Again.

– Vous vous présentez contre qui ? demanda J.P.

– Jacob Arceneaux, de La Nouvelle-Orléans, répondit Lathrop. Un Français, un catholique. La plupart des paroisses du sud lui sont acquises, à nous de les faire basculer en notre faveur.

– Comment vous comptez vous y prendre ?

– On va l'attaquer sur la question des Noirs, dit Virdo Hunnicut. Arceneaux a la réputation de leur lécher le cul. Il ne s'est pas opposé à l'entrée des petits Noirs dans les écoles des Blancs, et ça, ça va lui coûter cher.

– On va jouer la carte ségrégationniste, reprit Lathrop. On va montrer aux habitants du sud de la Louisiane ce qui se passera si Arceneaux est élu. Leurs enfants seront mélangés aux enfants de couleur, et bientôt ils n'arriveront plus à les différencier les uns des autres. Les générations futures ne seront plus qu'une seule race de racaille métissée.

– Les Noirs aussi, on va avoir leurs voix, ajouta Hunnicut. On va donner des représentations rien que pour eux dans les bidonvilles.

– C'est pas en chantant que je vais faire élire quelqu'un.

– Les gens te connaissent, ils t'écouteront, dit Hunnicut. Dès que tu ouvres la bouche, ils savent que tu es des leurs. En Louisiane, un bon campagnard qui parle aux péquenauds, ça vaut tous les politicards et leurs grands discours. Si un homme arrive à rassembler derrière lui les péquenauds, les négros et la racaille blanche, il peut faire tout ce qu'il veut.

– Je crois que J.P. comprend, dit Lathrop. Il sait où est l'argent, que ce soit en politique ou dans la vente de Live-Again.

– Il est chez les péquenauds prêts à lâcher le peu qu'ils ont pour une bouteille de boisson vitaminée qui leur apportera rien.

– Eh là, J.P...

– Il a raison, dit Lathrop. On donne aux gens ce qu'ils veulent. En l'occurrence, une administration ségrégationniste.

Il nettoya l'os de sa côte de porc en le tenant avec les mains et le laissa tomber dans son assiette.

– La partie nord de l'État est déjà pour nous, dit Hunnicut.

– Ce qu'il faut, c'est démolir Jacob Arceneaux, dit Lathrop en s'essuyant les doigts sur une serviette. Je veux que tu écrives une chanson sur lui.

– Avec une référence à son penchant pour les Noirs, précisa Hunnicut.

– Je suis pas parolier.

– On ne te demande pas de la grande poésie.

– Adressez-vous à Seth.

– Je ne sais même pas s'il sait lire, Seth.

– Pour votre chanson, moi, je peux rien pour vous.

– Tu prends tout le monde de haut depuis que tu es au Barn Dance. N'oublie pas que c'est Jim qui t'a envoyé là-bas.

– Je prends personne de haut.

– Laisse-le tranquille, dit Lathrop. Il a un long voyage en train dans les pattes et il est un peu à cran. Ça ira mieux quand il aura dormi.

– Je ne vous écrirai pas de chanson, monsieur Lathrop.

– On en reparlera.

– Pas la peine. C'est non, un point c'est tout.

– Qu'est-ce qui t'arrive ? demanda Hunnicut.

– J'ai mon mot à dire sur ce que j'ai envie de faire ou pas.

– On a déjà eu cette discussion. Je t'ai dit au téléphone que je ne voulais plus en entendre parler.

– Laisse tomber, Virdo. Qu'il aille manger un morceau et qu'il revienne ensuite. On parlera argent à ce moment-là. Il verra que je sais me montrer généreux.

– Je ne me plains pas de mon salaire.

– Je suis plutôt un gars facile, dit Lathrop. Tu n'as aucune obligation.

– S'il veut s'en aller, la porte est grande ouverte, dit Hunnicut.

– Ça m'étonnerait que tu sois si pressé de me voir partir. Avec tout le fric que tu te fais sur mon dos.

– Je t'ai amené jusqu'au sommet. Tu ne savais même pas boutonner ton pantalon tout seul avant que je te prenne en main.

– Restons-en là, dit Lathrop. Va prendre un petit-déjeuner, J.P. Une bonne côte de porc.

Il raccompagna J.P. à la porte et, la lui ouvrant :

– On arrivera toujours à s'expliquer, tous les deux. On parle la même langue. Moi aussi, je suis de la campagne.

– Vous avez un langage bien soigné pour quelqu'un de la campagne.

– C'est à force de fréquenter ces citadins.

Lathrop ferma la porte derrière J.P. et retourna terminer son café.

– Depuis quand tu caresses les gens dans le sens du poil ? s'étonna Hunnicut, son gros visage dégoulinant de sueur.

– Je suis vieux, maintenant.

– Le meilleur moyen d'obtenir ce qu'on veut de J.P., c'est de lui rentrer dedans.

– Il finira par faire ce que je lui dis, tout comme toi, Virdo, et je crois que l'incident est clos.

Hunnicut détourna subitement les yeux. Il chercha une réplique pour sauver la face, mais rien ne lui vint, et il resta silencieux dans son fauteuil.

J.P. petit-déjeuna dans la salle de restaurant, puis il demanda à la réception le numéro de la chambre d'April. Il avait besoin d'elle pour contacter Doc Elgin. Il monta au troisième et gagna la chambre qu'on lui avait indiquée. April était au lit. Elle remonta le drap jusqu'au menton et lui demanda de l'embrasser. Sa bouche avait mauvais goût.

– C'est dur pour une fille de rester toute seule si longtemps, dit-elle.

– J'ai appris pour Troy.

– Je t'en prie, me parle pas de Troy. On ne parle que de lui. Tout le monde le plaint. Si tu l'avais vu, le dernier soir. Il a forcé ma porte et il s'est jeté sur moi. Le détective de l'hôtel a dû intervenir pour le faire sortir.

– Depuis quand il prenait de l'héroïne ?

– Pourquoi tu me parles de lui ? Ça fait sept semaines que tu ne m'as pas vue, et la seule chose qui t'intéresse, c'est Troy.

– Je me sens personnellement concerné.

– Troy était un con.

– Moi aussi, je suis accro. Je m'en suis aperçu à Nashville.

– N'importe quoi.

– J'ai retourné toute la ville pour trouver un dealer.

– La benzédrine, c'est pour les bébés.

– J'avais les nerfs tendus comme de la corde à piano. J'ai cru que j'allais exploser.

April regarda par la fenêtre en se rongeant une petite peau au coin de l'ongle.

– Écoute-moi, lui dit-il.

– Je t'écoute.

– Je suis accro.

– Envole-toi avec les oiseaux des neiges.

– C'est pas la coke, mon truc.

– Les oiseaux des neiges, ils planent haut dans le ciel. Ils s'en foutent, d'être accros.

Elle coupa la petite peau d'un coup de dents et la retira de sa langue avec les doigts.

– Appelle Elgin. Il me faut des pilules.

– Il passe le dimanche.

– J'ai besoin de lui maintenant. J'ai terminé mon stock dans le train.

– Tu peux prendre de ma poudre.

– Je veux pas de cocaïne.

– T'es pas obligé de te l'injecter. Tu t'en mets un peu sous la langue.

– Appelle Elgin.

Elle décrocha le téléphone sur la table de nuit et composa un numéro. Elle s'attaqua à une nouvelle petite peau en parlant avec Doc Elgin.

– Il sera là dans un petit moment, annonça-t-elle. Il a d'autres personnes à voir.

– Je serais sur le point de me jeter par la fenêtre qu'il se presserait même pas.

– Doc n'est pas un dealer ordinaire. Il ne coupe pas sa came.

– Seth m'a dit un truc sur toi et lui.

– Je sais très bien à quoi tu penses, mais je t'arrête tout de suite : je le paye comme tout le monde. Il ne s'approche pas de moi.

Sans lâcher le drap, qu'elle tenait d'une main, remonté jusqu'aux épaules, elle s'assit dans le lit et installa l'oreiller derrière elle.

– Combien ça te coûte par semaine ? dit J.P.

– Ma came, je la paye.

– C'est pas ce que je t'ai demandé.

– Il me fait un prix spécial. Je lui amène des clients de temps en temps.
– Comme moi et Troy ?
– Je t'ai pas forcé la main.
– Comment il a commencé, Troy ?
– Il fumait de la marie-jeanne avant que je le connaisse.
– J'ai presque de la peine pour lui, le pauvre.
– Aies-en pour toi-même. Tu as un aller simple pour la même destination que lui.
– Il existe des cures de désintoxication. J'en ai entendu parler. Y a un endroit dans le Kentucky.
– Ne crois pas ce qu'on raconte. Les cures, c'est du vent.
– J'ai entendu parler de ce centre. Il paraît qu'on reste là-bas un moment et que, quand on ressort, on est clean.
– J'en ai fait une, de cure. Deux semaines après ma sortie de l'hôpital, je replongeais.
– Y a des gens qui ont réussi à arrêter.
– Mets-toi ça dans le crâne dès maintenant, J.P. Tu as acheté un aller simple. D'abord tu te bousilles toutes les veines d'un bras, puis de l'autre. Quand les veines des deux bras sont mortes, tu te piques dans les jambes. Après les jambes, il te reste le ventre, et là, t'es foutu.
J.P. se passa la main dans les cheveux.
– Je prends pas de neige. J'en suis encore aux pilules.
– Tes besoins grandissent. Bientôt tu vas devoir prendre quelque chose de plus fort. C'est impossible d'arrêter.
Elle lissa le drap sur elle.
– Pense à autre chose. Ça ne sert à rien de ruminer là-dessus. Viens t'asseoir près de moi.
Il s'assit sur le bord du lit.
– Voilà qui est mieux.
– Rien n'est mieux.
– Tu veux pas qu'on se fasse du bien ?
– J'ai pas envie ce matin.
– Je te crois pas.
– J'ai pas du tout la tête à ça, là.
– Tu m'as fait des infidélités à Nashville ?
– Non.
– Tu aimes trop les filles pour ça.

– D'accord. J'ai pas arrêté de me taper des putes.
– Sois pas méchant.
– Ça me bouffe complètement.
– Ça sert à rien d'y penser.
– C'est insupportable.
– Baisse le store et viens te coucher.
Elle laissa tomber le drap de ses épaules et se découvrit.
– On peut te voir par la fenêtre.
– Baisse le store si tu veux pas qu'on me voie.
Il alla à la fenêtre et fit ce qu'elle lui demandait.
– Tu dors toujours comme ça ?
– Doc Elgin dit que les pyjamas, ça coupe la circulation.
– Remonte le drap.
– Je te plais pas ?
– T'es pas obligée de te conduire comme une pute à deux dollars.
– Elle te manque vraiment, ta benny. Viens faire des gentilles choses à April. Ça te changera les idées en attendant Doc.

J.P. s'essuya le visage avec la main. Il commençait à transpirer. Il était pressé de voir arriver Elgin. Ils firent l'amour dans la pénombre de la chambre. J.P. sentait son cœur claquer en lui sous l'effort. Il transpirait à présent abondamment, et ses muscles se raidissaient.

– Il sera là quand, Elgin ?
– Il va finir par arriver.
– Rappelle-le, dit-il.
Elle rappela Elgin ; pas de réponse.
– Y a pas un autre endroit où tu puisses le joindre ?
– Il fait des livraisons dans toute la ville.
– Essaie encore une fois.
– Il est pas là.
– Qu'est-ce qui fout, cet enfoiré ?
– On recommence ?
– Je suis pas en état.
– Allez.
– Merde, non.
– Là…
– Arrête.
– Tu es un petit garçon.
– Où est Elgin ?

– J'en sais rien, dit-elle. Arrête de me poser la question.
– Je me sens déchiré de l'intérieur.
– Je ne peux rien pour toi à moins que tu veuilles de la neige.
– Vas-y, donne.
– Tu disais que t'en voulais pas.
– J'en veux, maintenant.

Elle alla, nue, chercher un sachet de papier blanc au fond d'un tiroir de la commode. De retour au lit, elle détortilla l'extrémité du sachet.

– Tends ta main.

Elle fit tomber une petite quantité de poudre blanche dans la paume de J.P.

– Mets-la sous la langue et laisse-la imprégner ta bouche. Essaye de ne pas l'avaler. C'est moins efficace et ça risque de te rendre malade.
– Je serai pas obligé de continuer d'en prendre. Je pourrai revenir à la benzédrine.
– Tu seras obligé de prendre plus fort.
– On devient pas accro en en consommant juste une fois.
– Le besoin grandit. Les grands garçons prennent des produits de grands garçons.
– Y a des cures.
– Pas pour nous.
– Il existe des traitements pour arrêter en douceur.
– Ça commence déjà à faire effet. Je le vois à tes yeux.
– Y a un centre dans le Kentucky.
– C'est une légende. Il n'existe aucun endroit pour toi et moi.
– Je me sens tout mou. Tout est lent et ramolli.
– Ferme les yeux et laisse-toi emporter. Laisse venir les rêves.
– Pourquoi est-ce que tout est aplati ? Toi, la chambre, vous êtes tout plats.
– Tu es un peu endormi et tu es loin, personne ne te dérange. C'est comme s'allonger dans la neige, sauf qu'il fait bon et qu'on se sent bien.
– Un hôpital à Lexington. J'y étais, près de la frontière du Kentucky. Il s'est mis à neiger.
– Tu es loin.
– Oui, dit-il. Il neigeait.

Le spectacle Live-Again débuta sa tournée de trois semaines le lendemain. De toute la paroisse, on vint écouter J.P. et Big Jim Lathrop. Big Jim était l'ami des gens ordinaires. Il promettait de combattre l'intervention fédérale et les intégrationnistes. Le camp d'en face voulait mélanger les nègres avec les enfants blancs. Jim allait s'y opposer. Il ne connaissait pas grand-chose à la politique, mais il savait quand il avait raison sur un point. C'était lui-même un gars de la campagne, et il fallait être de la campagne pour représenter les campagnards. Les citadins n'avaient rien à faire dans le gouvernement de l'État. Les gens ordinaires devaient voter pour l'un des leurs. J.P. aussi, il était de la campagne. Il chantait de la country. Il savait que Lathrop était le seul qualifié pour ce boulot. La Louisiane devait assumer sa façon de vivre et ne pas laisser un politicien de la ville lui imposer la sienne. On savait que J.P. était quelqu'un de bien et on était d'accord avec lui. On l'avait entendu à la radio. Il avait désherbé les champs de coton et été métayer, comme tout le monde. Il soutenait Jim Lathrop, et chacun devait en faire autant s'il ne voulait pas voir l'État aux mains d'un étranger. J.P. et les gens ordinaires étaient derrière Lathrop. Pas question de se laisser marcher sur les pieds par les politiciens de la ville et les intégrationnistes du Nord. On avait trop longtemps courbé l'échine, et, à présent, l'heure de la revanche avait sonné, comme sonnerait un jour celle du jugement dernier.

Toussaint Boudreaux

Le baraquement du camp de travaux forcés était composé de bâtiments rectangulaires en bois, situés dans une clairière au milieu des pins. Construit par la WPA[1] et destiné au départ à l'usage de l'armée, ce baraquement avait fini par être racheté par l'État pour devenir un établissement pénitentiaire. Les bâtiments étaicnt au nombre de sept, tous peints en blanc, avec des barreaux aux portes et aux fenêtres. Un haut grillage surmonté de trois fils barbelés entourait la clairière, où pas un brin d'herbe ne poussait. Constamment piétinée, la terre était lisse et nue, et avait tôt fait d'engloutir les aiguilles de pin que le vent apportait avec le doux parfum des arbres. Quant aux pommes de pin qui réussissaient à franchir le grillage, leurs graines, à l'image de l'herbe, refusaient de germer à l'intérieur de la clairière.

C'était le petit matin. Les gardiens de nuit sortaient se réchauffer au soleil en attendant la relève. Un coup de sifflet retentit, suivi de bruits de clefs ouvrant des serrures et d'hommes se réveillant. Le soleil s'élevait au-dessus de la masse vert foncé des arbres et martelait la clairière de ses rayons déjà brûlants. La lune n'était plus qu'une maigre silhouette pâle à l'ouest. Les détenus sortirent

1. Work Projects Administration. Organisme gouvernemental créé en 1935 (sous le nom de Works Progress Administration) dans le cadre du New Deal, avec pour objectif de redonner un emploi aux chômeurs en faisant appel à eux pour réaliser des travaux d'utilité publique.

peu à peu de six des bâtiments et s'alignèrent les uns derrière les autres devant le réfectoire. Les gardiens de jour prirent leur service et se tinrent près de la file tandis que celle-ci s'égrenait à l'intérieur. Tous les détenus étaient vêtus du même uniforme de toile bleue portant l'inscription L.A. PENAL SYSTEM marquée au pochoir sur le dos de la chemise. Certains étaient nu-tête, d'autres coiffés d'un chapeau de paille. Ils étaient très bronzés, les mains abimées et calleuses. Ils entrèrent en traînant les pieds dans le réfectoire, où ils défilèrent devant le comptoir de service, puis allèrent manger leur petit-déjeuner sur les tables en bois avant qu'un nouveau coup de sifflet n'annonce l'appel.

Dehors, ils se répartirent par équipes de sept et attendirent que le capitaine des travaux viennent les pointer sur sa liste. Ils étaient sept par équipe, chaque équipe étant surveillée par un gardien. Aucune évasion n'avait jamais réussi, le camp était trop bien organisé pour ça : les gardiens savaient où se trouvait chaque détenu à chaque minute de la journée. Les équipes formées, le capitaine des travaux passa devant elles, son écritoire à la main. Il était vêtu de la même tenue marron que les gardiens, sauf que, au lieu du traditionnel casque colonial, lui portait un de ces chapeaux ronds à larges bords caractéristiques de la police d'État et de hautes bottes en cuir dans lesquelles était rentré son pantalon.

– Adams !

– Présent !

– Ardoin !

– Présent !

– Benoit !

– Présent !

– Boudreaux !

– Présent !

Le capitaine, qui s'apprêtait à faire une croix à côté du nom de Toussaint, leva les yeux de sa liste.

– Je croyais que tu devais retourner au mitard aujourd'hui, dit-il.

– Personne n'est venu me chercher ce matin.

– Evans risque de t'y laisser pourrir jusqu'à la fin de ta peine si tu recommences à jouer les fortes têtes.

Un gardien qui se tenait à l'ombre près du grillage se retourna en entendant prononcer son nom. C'était John Wesley Evans, le gardien de l'équipe n° 5. Sous son casque colonial auréolé de taches de sueur brunâtres, la peau de son visage était rosie par les coups de soleil. Il était incapable de bronzer. Il brûlait, pelait, redevenait tout blanc, puis brûlait à nouveau. Des lunettes de soleil à monture verte dépassaient de la poche de sa chemise. Corpulent, il portait sa ceinture de revolver en bandoulière pour détourner l'attention de son ventre. Il mit ses lunettes et rejoignit le capitaine des travaux sous le soleil.

– Vous avez besoin de moi, monsieur ?

– Je croyais que Boudreaux avait encore une journée de mitard à tirer.

– Un gars de la 3 a déclenché une bagarre. On a dû libérer Boudreaux pour avoir la place.

– Tu as de la chance, dit le capitaine à Toussaint. Tu as gagné une journée.

– Il pourra la rattraper plus tard, dit Evans en regardant le Noir.

– Broussard ! appela le capitaine en reprenant sa liste.

Pas de réponse.

– Broussard ! On répond à l'appel de son nom.

– Ici.

– Plus fort.

– Ici !

– C'est ton premier jour au camp. Obéis au règlement, et tout ira bien. Ne bavarde pas pendant l'appel et n'arrête pas de travailler avant le coup de sifflet. À l'intérieur du camp, ne t'approche pas à moins d'un mètre cinquante du grillage. Quand tu travailles à l'extérieur, ne t'écarte pas de la vue du gardien. C'est compris ?

– Oui.

– Tu veux dire : oui, monsieur.

– J'ai dit que j'avais compris.

Le capitaine se tourna vers Evans.

– Un nouveau client pour vous, apparemment.

– Ça lui passera, répondit Evans.

Le gardien fit face à Avery.

– Recommence.

– J'ai compris le règlement.

– Je veux t'entendre dire : oui, monsieur.

– J'ai compris les explications de votre collègue.

– Ça ne suffit pas. Je t'écoute.

Avery resta stoïque, le soleil dans les yeux. Evans le dévisagea derrière ses lunettes noires.

– Tu finiras par marcher droit, dit-il. Ce n'est que ton premier jour. On en a beaucoup à passer ensemble.

Il y eut un nouveau coup de sifflet, et la grille de l'entrée principale s'ouvrit pour laisser entrer les camions. Les prévôts allèrent prendre le nombre de pioches et de pelles nécessaires dans la cabane à outils. Les hommes se répartirent dans les camions, dont les portes arrière furent verrouillées de l'extérieur. Les prévôts jetèrent les outils dans la benne d'un pick-up. Les hommes des équipes n°s 3 et 5 partagèrent le même camion, assis dans le noir sur deux bancs en bois placés le long des parois. Les gardiens montèrent à l'avant avec le chauffeur.

Toussaint sortit un paquet de Virginia Extra de sa chemise et roula une cigarette. Il lécha la feuille, comprima le rouleau, puis en pinça les extrémités avec l'ongle du pouce.

– Je peux t'en piquer une ? lui demanda son voisin. J'ai oublié mon tabac au camp.

Toussaint lui donna son paquet et ses feuilles. L'homme en question s'appelait Jeffry. Longiligne, les traits délicats, des yeux aussi clairs que ses cheveux. Ses mains fines et blanches, presque des mains de femmes, étaient sujettes aux ampoules. Régulièrement en proie à des crises de dysenterie, il échangeait son tabac contre des oranges de la cuisine, dont il aspirait le jus pour éviter de boire l'eau du camp.

À côté de lui se trouvait Billy Jo. Il avait les cheveux blond roux et une fine cicatrice rouge qui descendait d'un œil jusqu'à la lèvre. Un souvenir de mutinerie, prétendait-il, mais d'après deux détenus qui l'avaient connu avant, il avait récolté cette cicatrice dans une bagarre pour une Noire. Billy Jo se vantait d'avoir été incarcéré dans six pénitenciers.

Frère Samuel était assis entre Billy Jo et Avery. C'était un Redbone de la région de Lake Charles, un mélange de Blanc, de Noir et d'Indien. Il flottait dans sa tenue, et son chapeau de paille lui descendait jusqu'aux oreilles. Il avait été prêtre, mais il pratiquait également la magie noire. Un disque de bois portant une inscription indéchiffrable était suspendu à son cou par un lacet de cuir. Il disait que ce disque lui avait été remis par l'Homme des Ténèbres, qui errait dans les marais les nuits sans lune. Il avait sur lui des bouts de ficelle avec des nœuds, une dent de mocassin d'eau, une patte de tortue desséchée et une pelote de poils extraite d'un estomac de vache. Les autres l'aimaient bien. Il s'occupait d'eux quand ils souffraient de dysenterie, et il partageait son tabac quand on le lui demandait. Il avait été condamné à perpétuité pour avoir tué un Blanc.

De l'autre côté d'Avery était assis Daddy Claxton. C'était l'aîné du camp. Il avait la peau sèche et plissée par l'âge, et des tatouages à moitié effacés de femmes nues ornaient ses bras. Ancien soldat professionnel, il prétendait avoir connu John Dillinger[1] lorsqu'il était stationné à Hawaï. Il avait été renvoyé de l'armée pour s'être livré au marché noir, et sa troisième condamnation en Louisiane lui avait valu une peine de réclusion à perpétuité pour cause de récidive.

– Pourquoi on t'appelle « Daddy » ? lui demanda Billy Jo.

– J'en sais rien, répondit Daddy Claxton. On m'a toujours appelé comme ça.

– T'as vraiment connu John Dillinger ?

– Un peu, que je l'ai connu. C'était pas un tendre.

– Tu nous raconterais pas des craques pour te faire mousser ?

– Demandez à qui vous voulez. Tout le monde vous le confirmera.

– J'ai du mal à t'imaginer dans l'armée, Daddy.

– Pourtant j'y étais. On m'a donné des papiers quand je suis parti. Je pourrais vous les montrer si je les avais sur moi.

– C'était quel genre de mec, Dillinger ?

– Pas un tendre, je vous dis.

– Il croupirait pas ici, lui, souligna un des hommes de l'équipe n° 3. Il s'évaderait.

– Ben non, puisqu'il est mort.

– Ta gueule, Billy Jo.

– Il s'est fait descendre devant un cinéma je sais plus où.

– Ta gueule.

– Je l'ai connu quand on l'a mis au trou, reprit Daddy Claxton.

– Il était vraiment aussi dur qu'on le dit ? demanda Billy Jo.

– Une vraie peau de vache.

1. Célèbre gangster du début des années 1930.

Le camion cahota en franchissant une voie de chemin de fer et s'engagea sur une route dont les gravillons, soulevés par les roues, claquèrent sous les ailes.

– On est quel jour, aujourd'hui ? demanda Jeffry.

– Vendredi, répondit Toussaint.

Jeffry fronça les sourcils et compta sur ses doigts.

– C'est quand que vous vous tirez ? fit un homme sur le banc d'en face.

Jeffry continua de compter en remuant muettement ses fines lèvres.

– Vous nous quittez quand, tous les deux ?

– La ferme, le remballa Billy Jo.

– Tout le camp est au courant, pauvre abruti.

– La ferme, je te dis.

– Vous le racontez à tout le monde.

– Personne n'irait nous dénoncer.

– Et lui ?

L'homme désignait Avery du doigt.

– De quoi on parle ? demanda Billy Jo à Avery.

– Je sais pas, j'écoutais pas.

– C'est que t'es sourd, alors.

– Je suis pas suspendu à tes lèvres, tu sais.

– C'est ça, ouais. T'as forcément entendu.

– Il n'a pas fait attention, plaida Frère Samuel.

– Gloire au Seigneur, mon frère, lança quelqu'un dans le noir.

– Gloire à lui, répondit Frère Samuel.

– Amen, mon frère.

– J'aime pas qu'on épie mes conversations, dit Billy Jo.

– Je parie que les gardiens sont au courant, reprit l'homme sur le banc d'en face. Ils vont vous ramener tous les deux au bout d'une laisse.

– Pendant que tu te casseras le dos ici, moi, je serai à Memphis, sur Gayoso Street, en train de me taper des putes.

– Va te faire foutre.

– Vous avez pas fini, tous les deux ?

– On n'a plus que vingt-neuf jours à tirer, annonça Jeffry.

– Vingt-neuf jours et à eux la liberté. Pas vrai, Frère Samuel ?

– Ça vaut bien une prière, mon frère.

Le camion était presque arrivé à destination, et personne ne voulait penser à la longue journée qui l'attendait.

– J'ai perdu le pouvoir de préserver les âmes, dit Frère Samuel.
– Tant pis. Préserve au moins la nôtre.
– Mes pouvoirs ne sont plus ce qu'ils étaient. J'ai essayé de guérir Jeffry, et ça n'a pas marché.
– Pourquoi t'as pas laissé Frère Samuel te soigner, Jeffry ?
– C'est pas marrant, dit Jeffry. Vous avez pas le bide bouffé par la dysenterie, vous autres.
– À genoux et prie, Jeffry. Laisse Frère Samuel poser sa main sur ton front et nettoyer ton ventre.
– C'est pas marrant.
– Pataugeons sur les rives du Jourdain, mais ne buvons pas de son eau sans quoi on va choper la chiasse.
– On voit que vous avez pas des nœuds aux intestins.
– Repentez-vous, pécheurs, avant de choper la courante jusqu'à la fin des temps.
– C'est pas bien de se moquer de la parole divine, tança Frère Samuel.
Le camion tourna brusquement, s'arrêta, et on déverrouilla puis ouvrit les portes arrière. Les hommes clignèrent des yeux, éblouis par la lumière. Evans, au bas du camion en compagnie d'un autre gardien, les regarda à travers ses lunettes de soleil, le visage ombragé par son casque colonial.
– Équipe n° 5, dit-il, suivez-moi.
Les hommes sautèrent un à un et marchèrent derrière lui en file indienne. Le camion était garé près d'un canal d'irrigation qu'on était en train de creuser dans un bassin de crue. Le canal s'arrêtait d'un coup, là où on en était resté la veille. Deux longs talus d'argile rouge poussiéreuse s'élevaient de chaque côté du fossé. Formant des bois qui s'étendaient sur cette terre fertile en direction du fleuve, les pins étaient verts et sentaient bon dans l'air du matin. Un vent léger chargé de leur odeur éparpillait les aiguilles sur le sol.
Les hommes de l'équipe n° 5 suivirent Evans jusqu'à la cabane du chantier, où deux prévôts procédaient à la distribution des outils. Chacun pouvait demander soit une pelle soit une pioche. Les premiers prenaient toutes les pelles. Travailler avec une pioche était plus pénible.
Billy Jo arriva à la porte de la cabane.
– Pelle.
– Y en a plus, répondit le prévôt. Claxton a pris la dernière.

– C'est bien ma veine.
– Allez, suivant, dit Evans.
C'était au tour de Jeffry.
– Eh, Evans, je peux pas avoir une pelle ? J'ai encore été malade cette nuit.
– Fallait te mettre en tête de file.
– Je vais m'arracher les boyaux avec une pioche.
– Tu ralentis la distribution.
Jeffry hissa la pioche des deux mains sur son épaule et se dirigea vers le canal d'irrigation.
– C'est quoi, ton nom ? demanda le prévôt à Avery.
– Broussard.
– Il devrait y avoir un autre type ici… un LeBlanc.
– Tu peux le rayer, dit Evans. Il est à l'hôpital, à Angola.
– Je suis pas censé rayer quelqu'un sans ordre.
– Je te le donne, ton ordre. Il sera pas là avant trois semaines.
– Ils peuvent pas accorder leurs violons au bureau et arrêter de me foutre en l'air ma liste ? Qu'est-ce que tu fais ici, Boudreaux ? T'es déclaré au mitard.
– J'en suis sorti.
– Je vois bien.
– Donnez-moi donc ma pelle, que je vous fasse pas perdre davantage votre temps précieux.
– Comment je peux garder ma liste à jour si la moitié des gars de votre équipe ne sont pas là où il faut ? dit le prévôt à Evans.
– Plains-toi au directeur, il te donnera peut-être un autre boulot. On manque de bras sur le chantier.
– Boudreaux : une pioche, dit tout haut le prévôt en griffonnant dans son registre.
Evans se tourna vers Toussaint.
– Qu'est-ce que tu regardes comme ça ?
– Rien.
Toussaint jeta d'une main sa pioche sur son épaule et soutint le regard d'Evans. La pointe effilée de l'outil luisait au soleil, la main de Toussaint était crispée sur le manche de bois lisse. Le gardien avait le visage qui pelait, rosi par les coups de soleil.
– Ne te leurre pas. J'aurai sorti mon arme avant que tu aies levé ta pioche au-dessus de ta tête.
– Ça frappe vite, un bagnard. Même d'une main et de l'épaule.

Evans commença à reculer, sur le qui-vive.
– Tu risques le mitard avec des paroles de ce genre.
– Je connais les lieux.
– Un de ces jours, t'en reviendras pas. Tu te mettras à parler tout seul et à te pisser dessus, et tu deviendras dingue, comme les autres.
Toussaint fit basculer la tête de sa pioche dans le vide à côté de lui et laissa l'outil se balancer le long de son bras. La main d'Evans eut un sursaut involontaire en direction de son revolver, puis se détendit. Le Noir passa devant le gardien pour gagner le fossé.
– Qu'est-ce qu'il te voulait encore, Evans ? demanda Jeffry.
– Il m'a dit que je risquais de passer prévôt cette année.
Au bout du canal, le visage déjà recouvert d'un masque de poussière, les hommes entamaient à coups de pioche le mur de glaise et extrayaient à la main les morceaux de racine. Jeffry s'appuya sur sa pioche et se tourna vers Evans.
– Faudrait que quelqu'un lui fasse la peau, à cet enfoiré.
– Une vraie peau de vache, convint Daddy Claxton.
– J'aimerais lui ouvrir le crâne en deux comme une boîte d'allumettes, dit Billy Jo.
– Je vais m'arracher les boyaux à cause de lui, ajouta Jeffry.
– T'es pas le seul du camp à avoir la chiasse, rétorqua Billy Jo.
– Je crève de soif en permanence. Si j'ai le malheur de boire une goutte d'eau, elle repart directement. Chez moi, y a un puits. Quand je serai dehors, j'irai plonger la tête dedans et je boirai jusqu'à ce que cette saloperie m'ait lâché le bide.
– Moi, ça fait quatre piges que j'ai pas vu une femme, dit Billy Jo. Je vais me payer les deux plus belles putes de Memphis et je vais les limer jusqu'au sang. Ça fait si longtemps que je me suis pas envoyé en l'air que je sais même plus comment c'est.
– Plus qu'un mois, maintenant, dit Jeffry.
– Vous devriez l'écrire sur un bout de papier et l'épingler au tableau du directeur, ironisa un homme qui travaillait à côté de Billy Jo. « Jeffry et Billy Jo vont se faire la belle dans un mois. »
– Je me souviens d'un type à Folsom qui a bavé sur un projet d'évasion, dit Billy Jo. On l'a découpé au rasoir comme on tranche un jambon.
– C'est pas ce qui a ramené à la vie ceux qui se sont fait trouer la peau, rétorqua l'homme.

Billy Jo planta violemment la tête de sa pioche dans le mur de terre.

– T'aurais pas l'intention de passer prévôt en nous balançant, des fois ?

– Les prévôts, j'ai pas d'atomes crochus avec eux.

– Tu me rassures, dit Billy Jo en déplantant sa pioche.

– Et toi, Toussaint ? demanda Jeffry. Qu'est-ce que tu vas faire quand tu sortiras ?

– Je réfléchis pas à si long terme.

– T'as raison. On devient cinglé quand on commence à compter les jours.

Deux hommes amenèrent les brouettes à l'avant du fossé et, pelle en main, les remplirent de déblais.

– C'est pas bon pour le moral de compter les jours, poursuivit Jeffry. T'as envie de te flinguer quand tu penses à tout ce qu'y a dehors et dont tu peux même pas profiter.

– De la chatte, par exemple, dit Billy Jo. Ça, je vais m'en mettre jusque-là quand je serai sorti.

– Ce camp, c'est le pire de tout l'État, dit Jeffry. Même ceux, en Caroline, où les gars bossent enchaînés, c'est pas pire qu'ici.

– Y a plus dur, mon gars, objecta Billy Jo. J'ai fait cinq pénitenciers avant d'atterrir ici.

– Sacrée carrière, dis donc.

Une nouvelle pique de l'homme qui s'était moqué de Billy Jo dans le camion.

– Un jour, je t'enverrai une carte postale, et tu pourras te tripoter en pensant à moi entre les cuisses d'une fille.

– C'est arrivé comment, cette balafre que t'as sous l'œil ?

– Au pénitencier du Tennessee.

– Moi, j'ai entendu dire que c'était à cause d'une négresse que tu te tapais.

– Connard.

– Ta balafre est en train de rougir, Billy.

– Je vais te planter cette pioche dans ta poitrine d'enfoiré.

– Cours toujours.

– Je t'aurai prévenu.

– Le maton nous regarde, fit Frère Samuel.

Tous levèrent les yeux. Evans se tenait près des arbres, à l'ombre.

– Il nous regarde pas, dit Billy Jo. Il pense à ce qu'il va faire à sa bonne femme ce soir en rentrant. Pourquoi tu nous as dit qu'il nous regardait ?

– J'ai dû mal voir.

– Évite les bagarres, conseilla Jeffry à Billy Jo. Tu vas te retrouver au mitard, et on va être obligés de retarder notre départ.

– Vous devriez être plus discrets, dit Frère Samuel.

– On va réussir.

– Je ne dis pas le contraire. C'est pas plus mal de garder ce genre de projet pour soi, c'est tout.

– Tu t'es déjà fait la belle, Daddy ? demanda Billy Jo.

L'homme avec qui il avait failli en venir aux mains était parti travailler seul de l'autre côté du fossé.

– Non. Mais j'ai déjà assisté à une mutinerie. J'étais à Angola quand ils ont aligné les gardiens devant le bâtiment et qu'ils s'apprêtaient à leur foutre le feu avec des torches.

– Dommage qu'Evans n'y était pas, dit Billy Jo. Je donnerais la plus belle fille que je me sois tapée pour le voir pris en otage dans une mutinerie.

Il se tourna vers l'homme qui travaillait de l'autre côté du canal :

– Pareil pour l'autre grande gueule, là-bas. Lui aussi, j'aimerais bien le voir se faire cramer la queue.

– Pourquoi il faut toujours que tu parles de cul ? dit Jeffry.

– Parce que j'adore ça, monsieur le suceur d'orange. C'est la seule chose dont je ne puisse pas me passer. Mon meilleur coup, c'était avec une fille de Birmingham que j'ai levée dans un bar. Elle avait la peau du ventre aussi douce que de l'eau, et, à l'intérieur, elle était comme de la soie mouillée. Je lui ai donné tout ce que j'avais, et elle en voulait encore.

– Moi aussi, je courais après les femmes quand j'étais jeune, dit Daddy Claxton.

– C'était y a combien de temps, Daddy ?

– Je suis trop vieux pour penser à ça, maintenant.

– Tu peux encore jouer avec elles.

– Ça fait huit ans que je suis enfermé, et j'ai pris perpète. Les femmes, c'est plus un sujet qui me tracasse.

Evans s'approcha du fossé. Sous son regard, les hommes cessèrent de bavarder et se remirent à creuser. Il retourna à l'ombre des arbres.

Toussaint observa la façon dont Avery se servait de sa pioche. Il la levait au-dessus de sa tête et l'abattait avec les bras.

– Tu t'y prends mal, dit le Noir.

– Quoi ?

– Tu tiendras pas la journée si tu fais comme ça.

– Je sais quand même me servir d'une pioche.

– Pas pour creuser huit heures par jour.

– Comment il faut faire, alors ?

– Le mouvement doit partir des épaules. Laisse la pioche travailler pour toi. Ça sert à rien de te tuer à la tâche. T'as rien d'autre à gagner que le billet de dix dollars qu'on nous donne quand on nous relâche.

– Tu as un accent du Delta.

– Je suis de Barataria.

– Moi, je suis de la paroisse de Martinique.

– T'es là pour longtemps ?

– De un à trois ans pour trafic d'alcool.

– T'as pourtant pas une tête de contrebandier.

– Je commençais tout juste dans le métier.

– Tu peux être libéré dans un an si tu te tiens à carreau.

– Je me suis déjà accroché avec le capitaine.

– Comment ça se fait que tu aies atterri dans cette équipe ? En principe, la 5, c'est pour les condamnés à perpétuité et les fauteurs de troubles.

– Il y a eu une bagarre quand j'étais à la prison de la paroisse.

– Qui est-ce qui s'est battu ?

– Moi, entre autres. Celui avec qui je suis arrivé a dû être envoyé à l'hôpital carcéral d'Angola.

– Tiens-toi en dehors des bagarres, au camp. Tout ce que ça va te rapporter, c'est des journées de mitard, et on ne te laissera pas déposer une demande de libération conditionnelle à la fin de ta première année.

– C'est comment, le mitard ?

– C'est une caisse en fer pas plus grande qu'un coffre de voiture installée en plein soleil.

– Pour combien de jours ils te mettent là-dedans ?

– Autant qu'ils veulent, mais ils doivent t'en sortir pour la nuit. Le médecin du camp les y oblige.

– Ils m'ont gardé huit jours au trou à la prison de la paroisse. Au bout du troisième jour, je ne pouvais plus dormir. La journée, il faisait trop chaud, et, la nuit, je commençais à avoir des hallucinations.

– Si tu te retrouves au mitard, essaie de compter les rivets sur la porte. Quand t'en as marre, tu peux compter les vagues de chaleur qui tapent contre les parois.

– T'as été condamné à combien, toi ?

– Dix ans.

– La vache. Qu'est-ce que t'as fait ?

– On m'a accusé d'avoir braqué un marchand de fourrures.

– Tu es innocent ?

– J'ai pris dix ans. Le juge est dehors, moi, je suis ici. C'est le juge qui a raison.

– Comment on résiste à un endroit comme ça ?

– On n'y résiste pas, à ce qu'on dit. Personne ne s'en échappe et personne n'en ressort le même.

– Les deux du camion, ils ont l'air persuadés qu'ils vont s'évader, eux.

– Jeffry et Billy Jo ?

– Le balafré et son copain.

– S'ils s'évadent, ils seront les premiers. Il y a deux ans, un gars de la 3 a essayé. Il était en train d'escalader le grillage quand ils lui ont tiré dessus au fusil à pompe. Ils ont fait sortir tout le monde des baraques pour qu'on le regarde pendu au grillage.

Le soleil était maintenant haut au-dessus des arbres, et ses rayons frappaient le fossé verticalement. Frère Samuel et Daddy Claxton nouèrent leur mouchoir autour du front pour empêcher la sueur de leur tomber dans les yeux. Se plaignant de la chaleur et de son ventre, Jeffry grattait la terre et les racines du bout de sa pioche, les mains haut sur le manche. Billy Jo continuait de parler des femmes avec lesquelles il avait couché, même si plus personne ne l'écoutait. On ramena une brouette et y pelleta les déblais. Appuyés sur leurs pioches, les hommes maudirent le soleil et la poussière, puis ils cognèrent à nouveau devant eux dans la paroi de terre durcie.

– Apportez la flotte, merde, dit Billy Jo.

– Il est où, le prévôt ? dit un autre. Eh, Evans, envoie-nous le bidon.

– Je peux pas boire d'eau, dit Jeffry.

– Nous, on peut, dit Billy Jo. Evans ! Dis au prévôt qu'il nous apporte la flotte.

Evans s'avança au bord du fossé.

– C'est quoi, le problème ici ? dit-il à Billy Jo en fronçant les sourcils.

– On a soif.

– Remettez-vous au boulot.

– Il fait une chaleur à crever, en bas.

– Je vous envoie le prévôt. Continuez à piocher.

Evans remonta la colonne de forçats et envoya le prévôt en tête de chantier. Le bidon en aluminium contenant l'eau était recouvert de gouttes de condensation. Une louche en fer-blanc était accrochée près de l'ouverture. Billy Jo retira le couvercle et remplit la louche. Il but deux gorgées et cracha le reste par terre.

– C'est quoi, cette eau ? s'indigna-t-il. Evans y a lavé ses chaussettes ou quoi ?

– C'est ça ou avoir soif, répondit le prévôt.

– Va te faire foutre, sale lèche-cul.

– T'auras peut-être plus d'eau jusqu'à ce soir.

– Et toi, tu te feras peut-être égorger pendant que tu dors.

Le prévôt referma le bidon.

– Tu boiras pas une goutte de plus aujourd'hui.

– Moi, j'en veux, dit Daddy Claxton. Je suis comme du coton à l'intérieur.

Le prévôt rouvrit le bidon et le laissa y remplir la louche. L'eau dégoulina le long du menton de Claxton et sur sa poitrine. Il replongea la louche et but à nouveau. Jeffry se frotta les lèvres avec le dos de la main en le regardant.

– Tu vas avoir la chiasse pendant une semaine, dit Billy Jo.

– Lui, il aura pas la langue gercée avant le début de l'après-midi, rétorqua le prévôt.

– Ta gueule, ducon.

La louche circula parmi les membres de l'équipe. Le prévôt la remit en place et referma le bidon lorsqu'ils eurent terminé.

– Y a une source là-bas vers les arbres, dit-il. C'est là-bas que je vais boire, moi.

– De l'eau propre, juste là-bas ? s'émerveilla Jeffry.

– Elle sort directement d'un groupe de rochers.

– Va y remplir le bidon. On te paiera.
– Avec quoi ?
– J'ai trois dollars planqués au camp.
– Ça suffit pas.
– Cet enfoiré te mène en bateau, dit Billy Jo. L'écoute pas.
– Les rochers d'où elle sort, ils ont de la mousse dessus.
– Moi, je le crois, dit Jeffry. On est dans une région vallonnée. Y a toujours des sources là où y a des vallons.
– T'es bien dans la baraque n° 2 ? fit Billy Jo au prévôt. Il se trouve que j'ai des copains là-bas, dis donc, alors tu ferais bien d'éviter de dormir pendant les prochaines nuits si tu veux pas qu'on te règle ton compte. Un coup de lame, et t'auras plus à tapiner pour personne. Maintenant, dégage, connard.
– C'est long, une journée sans eau, dit le prévôt avant de charger son bidon sur l'avant-bras et de s'éloigner vers l'autre extrémité du fossé.
– T'aurais pas dû l'énerver, dit Daddy Claxton. Il risque de plus revenir nous donner à boire.
– Il a pas le choix. Evans l'y obligera. On peut pas travailler sans eau.
– Tu dois avoir raison.
– J'en ai rien à secouer, de ces mecs-là, de toute façon.
– Moi, ça me gênerait pas de passer prévôt, dit le vieil homme.
– Prévôt, c'est bon pour les cons et les lèche-cul.
– Tu crois qu'il y a une source quelque part dans le coin ? demanda Jeffry.
– Y a pas d'eau à dix bornes à la ronde qui soit pas truffée de merde ou d'œufs de moustique.
– Je pensais qu'on pourrait en avoir de la propre.
– On aura peut-être des oranges avec le déjeuner. Tu pourras boire le jus.
– Des oranges, tu crois ?
– Aujourd'hui, on est vendredi, dit Frère Samuel. C'est carpe et fruits.
– Un jour, j'ai vu des carpes et des brochets-lances bouffer le cadavre d'une vache qui s'était noyée, dit Daddy Claxton.
Evans franchit le talus de déblais et vint s'accroupir au bord du fossé. Ses bottes firent tomber de petits amas de terre qui roulèrent le long de la paroi.

– Le capitaine veut qu'on lui creuse de nouvelles latrines, annonça-t-il aux hommes.

– C'est nous qui avons creusé les dernières, rétorqua Billy Jo. C'est au tour des gars de la 6.

– Le capitaine apprécie la façon dont on les creuse. On fait ça bien. Peut-être même qu'à l'avenir il nous les fera creuser en exclusivité. Boudreaux et Machin, là, montez.

Toussaint et Avery le rejoignirent en haut du fossé.

– Vous voyez la haie de buissons là-bas ? Creusez une tranchée de quatre mètres cinquante de long et d'un mètre de profondeur.

– On n'a pas de pelle.

– Claxton, passe ta pelle.

– Elle est enregistrée à mon nom. Faut que je la rende, après.

– Allez.

Evans prit la pelle par le bout du manche et, la donnant à Avery :

– Donne ta pioche à Claxton.

Avery fit glisser l'outil le long de la paroi jusqu'au vieil homme.

Toussaint et lui gagnèrent la haie de buissons désignée par Evans, qui se plaça à l'ombre des arbres pour les surveiller. Avery délimita le périmètre de la tranchée à l'aide de sa pelle.

– Je casse la terre, et tu creuses derrière moi, dit Toussaint.

Ils se mirent au travail. Derrière Toussaint, qui labourait à coups de pioche la terre craquelée et arrachait les racines des buissons, Avery avançait en creusant, progressant par carrés.

– Qu'est-ce qui fait penser à Billy Jo et à Jeffry qu'ils peuvent y arriver ? demanda-t-il.

– Billy Jo a un frère à l'extérieur. Il est censé les aider.

– Tu penses qu'ils ont une chance ?

– Pas quand tout le camp est au courant, répondit Toussaint. D'après Billy Jo, son frère doit les attendre avec une voiture. Je suis surpris qu'il n'ait pas précisé le numéro d'immatriculation.

– C'est peut-être possible avec un complice à l'extérieur.

– Tu as l'intention de nous quitter ?

– L'idée m'a traversé l'esprit.

– Tu peux être libéré dans un an. Purge ta peine. Un an, c'est rien du tout. Si tu tentes de t'évader et qu'on te rattrape, on te rajoute cinq ans de plus.

– T'as jamais envie de te tirer, toi ?

– J'en parlerais pas si c'était le cas, dit Toussaint. Tu es jeune. Sois patient.

La tranchée devint plus profonde. L'heure du déjeuner approchait.

– Pourquoi tu étais au mitard ? demanda Avery.

– J'ai parlé pendant l'appel.

– On t'a collé une journée pour ça ?

– Non, deux journées. On m'a laissé sortir pour enfermer quelqu'un d'autre.

– Qui est-ce qui t'a puni ?

– Evans.

– Il doit avoir une dent contre toi.

– Il aime personne.

– Son travail a l'air de lui plaire.

– Il faut avoir une tournure d'esprit particulière pour être maton, dit Toussaint.

– Il est après toi comme ça tout le temps ?

– Tu disais que tu étais de la paroisse de Martinique.

– Oui.

– Parle-moi plutôt de ton coin.

Ils travaillèrent en silence pendant une demi-heure.

– Qu'est-ce que tu comptes faire quand tu seras libéré ? demanda Toussaint.

– Je viens d'arriver. Je n'y ai pas encore réfléchi.

– Ça viendra. Tu ne penseras plus qu'à ça d'ici un moment.

– J'irai peut-être à La Nouvelle-Orléans.

– Pourquoi La Nouvelle-Orléans ?

– Je connais pas.

– T'as nulle part où aller ?

– Plus maintenant, non. Mon père cultivait la canne. On avait dix hectares à nous. Aux dernières nouvelles, quelqu'un a racheté le terrain aux enchères pour y construire un lotissement.

– C'est là que j'habitais, à La Nouvelle-Orléans. J'étais docker.

– Ça embauche beaucoup, là-bas ?

– Pas mal. T'as quoi comme expérience ?

– J'ai travaillé dans l'exploration pétrolière.

– Je connais un type qui pourra peut-être t'aider.

– On dit que c'est bien, La Nouvelle-Orléans.

– Tu as fait une croix sur le commerce du whisky ? demanda Toussaint.

– Il vaut sans doute mieux que je me contente de le boire.

– L'alcool ne fait pas disparaître les peines.

– Il permet de leur mettre une bonne claque, quand même.

– Tu es trop jeune pour être porté sur le whisky.

– Je ne suis pas trop jeune pour creuser des latrines avec toi, alors ne parlons pas de mon âge.

– Le whisky peut te détruire.

– J'ai vu beaucoup de choses être détruites, et ce n'était pas par le whisky.

Evans siffla la pause déjeuner. Les hommes remontèrent hors du fossé et se mirent en ligne derrière un pick-up garé à l'ombre. Toussaint et Avery jetèrent leurs outils dans la tranchée inachevée et rejoignirent les autres. Les gamelles et les cuillers en fer-blanc distribuées, les prévôts servirent la nourriture apportée dans les gros containers en aluminium à l'arrière du pick-up. Les hommes s'installèrent à l'ombre pour manger.

– T'avais dit qu'on aurait des oranges, protesta Jeffry.

– Je suis pas le dirlo, rétorqua Billy Jo. Je peux pas deviner le menu.

– T'étais sûr qu'ils serviraient des oranges.

– Bois le thé, conseilla Frère Samuel. Ça te fera du bien aux intestins.

– C'est pareil que l'eau du bidon.

– Arrête de râler, dit Billy Jo.

– Un jour, j'ai vu des carpes manger un cadavre de vache, répéta Daddy Claxton.

– C'est peut-être une de celles-là que t'as dans ta gamelle, dit quelqu'un.

– Ça me dérangerait pas. J'ai mangé pire. Quand j'étais petit, mon père ramenait à la maison des brochets-lances qui s'étaient échoués dans le bassin de crue.

– Ce thé est fait avec la même eau que celle qu'on nous donne à boire, insista Jeffry.

– Pour le thé, elle est bouillie, dit Billy Jo. C'est toute la différence. Bois et tais-toi.

– Je vais dégueuler mon repas.

– Laisse Frère Samuel te soigner, proposa un gars de l'équipe n° 2.

– J'ai déjà essayé.

– T'y as pas mis du tien.

– Je n'ai plus mes pouvoirs, dit Frère Samuel.

– Tu sais que c'est pas vrai, ça, mon frère. C'est quoi, ce truc à ton cou ?

Frère Samuel toucha le disque de bois suspendu par un lacet de cuir.

– C'est l'Homme des Ténèbres qui me l'a donné. L'inscription qui y figure est écrite dans une langue que plus personne ne parle. Elle signifie que je détiens le pouvoir de contrôler les esprits.

– Je croyais que tu les avais perdus, tes pouvoirs.

– Il me reste mes pouvoirs magiques. C'est mes pouvoirs spirituels que j'ai perdus.

– C'est quoi, la différence ?

– Mes pouvoirs magiques me viennent de l'Homme des Ténèbres, les autres du Seigneur. Je me méfie de l'Homme des Ténèbres depuis qu'il m'a obligé à pécher contre Jésus.

– Faut voir les choses du bon côté, dit le détenu de l'équipe n° 2. En utilisant les pouvoirs de l'Homme des Ténèbres pour accomplir la volonté de Jésus, tu te venges de lui.

– J'avais pas vu les choses sous cet angle.

– Soigner les gens, c'est ce que veut le Seigneur, non ? Eh bien, c'est ce que tu fais.

– Moi aussi, je vois ça comme ça, dit Daddy Claxton.

– Utilise les trucs que tu trimbales avec toi, ajouta le gars de la 2.

Il s'appelait Benoit. Le teint mat, mal rasé, de petits yeux porcins rapprochés. Il sentait la terre et la sueur.

– Je ne sais pas si je dois. Je suis revenu sur le chemin de Dieu.

– Allonge-toi, Jeffry, et laisse-le te soigner.

– J'ai pas envie qu'on me soigne. J'ai essayé une fois. Ça marche pas.

– Mais si, ça marche, insista Benoit.

– Je suis déjà à deux doigts de gerber mon poisson. J'ai pas envie de jouer à vos conneries.

– Convaincs-le, Billy Jo.

– Fais-toi soigner, dit Billy Jo, la bouche pleine de pain et de carpe.

– Foutez-moi la paix.
– Vas-y, mon frère.
– J'hésite.
– C'est pas chrétien de laisser quelqu'un souffrir alors qu'on peut le guérir.
– Tu veux que j'essaie, Jeffry ?
– Non.
– L'écoute pas, dit Benoit. La fièvre lui fait perdre la raison.
– C'est pas la raison, son problème, dit Frère Samuel. C'est son manque de foi.
– T'as pas la foi, Jeffry, dit Benoit.
– Laissez-moi tranquille.
La plupart des détenus avaient terminé de manger et s'approchèrent pour assister au spectacle.
– Qu'est-ce que t'en dis, mon frère ?
– Je veux bien essayer.
On tint Jeffry les bras et les jambes plaqués au sol et on remonta sa chemise pour dénuder son ventre.
– Bande de salauds ! Lâchez-moi, vous entendez ? Je suis malade ! Lâchez-moi, merde !
Il se débattit quelques instants, puis s'immobilisa. Il releva la tête pour regarder son ventre et voir ce que Frère Samuel allait faire.
– C'est quoi, ces trucs que tu as ? demanda Daddy Claxton.
– C'est avec ça que je contrôle les esprits.
Frère Samuel s'agenouilla à côté de Jeffry, son visage coloré par la boue sous le chapeau de paille qui lui descendait jusqu'aux oreilles. Ses vêtements trop grands pour lui étaient mouillés de sueur.
– Je vais commencer par utiliser ma dent de mocassin et ma patte de tortue. Ça ne va pas faire mal, tu vas simplement sentir une sorte de tiraillement quand l'esprit quittera ton corps.
– Vous avez pas le droit de le laisser faire ça, vous autres, enragea Jeffry.
– Il est temps que tu découvres Dieu, dit Benoit.
– Ça n'a rien à voir avec Dieu, ça. C'est de la magie noire. Le laissez pas me toucher avec ces saloperies.
– Reste tranquille, dit Frère Samuel. Je vais dessiner une croix sur ton ventre.

Griffant légèrement le ventre de Jeffry avec la patte de tortue, il traça une ligne blanche horizontale, qu'il barra en en traçant une verticale avec la dent de serpent. Puis, posant la dent et la patte par terre à côté d'un bout de ficelle et de la pelote de poils extraite d'un estomac de vache, il joignit les mains et se balança lentement d'avant en arrière.

– Soyez tous maudits, bande de salauds, dit Jeffry en se débattant à nouveau.

Les hommes le tinrent fermement. La croix blanche sur son ventre commençait à rosir.

– Grand Bélial, commença Frère Samuel, chasse les esprits de Sion qui veulent que cet homme se prosterne devant la colline ensanglantée où tu détruisis la foi de la glorieuse Jérusalem et permets-lui de porter le serpent à sa joue.

Il prit la dent de serpent entre ses doigts et en tint la pointe d'ivoire incurvée au-dessus du ventre de Jeffry.

– Par le signe de ton royaume, poursuivit-il, je plonge le venin de l'ombre dans le cœur de ton ennemi.

Abattant alors la dent, il frappa le centre de la croix.

– Je saigne, s'écria Jeffry. Regarde ce que t'as fait. Tu m'as rempli les veines de venin. Je t'ai entendu le dire.

Il y avait une petite goutte de sang à l'intersection de la croix.

– J'ai jamais vu un truc pareil, dit Daddy Claxton.

– Il a pas bonne mine, Jeffry.

– Quelle mine tu crois qu'on a quand on t'injecte du venin de serpent dans le corps ?

– Je ne t'ai injecté aucun venin, rétorqua Frère Samuel.

– Tu l'as dit toi-même.

– Ça fait partie de la formule que je dois prononcer pour chasser l'esprit.

– Tu sens une différence ? demanda Daddy Claxton.

– Ouais. J'ai un trou dans le ventre que j'avais pas y a encore cinq minutes.

– D'autres manipulations sont sûrement nécessaires, dit Benoit.

– C'est bon, j'ai eu mon compte. Ça suffit, la magie.

– L'esprit qui s'est emparé de toi est un esprit puissant, expliqua Frère Samuel.

– C'est pas un esprit, dit Jeffry. C'est la chiasse. Ça arrive à tout le monde d'avoir la chiasse.

– Essaie un autre remède, Frère Samuel.

– Pas sur moi. Pour moi, fini les remèdes.

Les hommes continuèrent de le maintenir au sol.

– Il ne m'en reste qu'un.

– Vas-y, utilise-le. Jeffry est prêt à tout pour ne plus avoir la courante.

– Bande de salauds.

– Faut pas jurer quand on parle du monde des esprits, dit Benoit, ses yeux porcins souriant à Jeffry.

– Je ferais ça à aucun de vous si vous étiez malades.

– Ça, c'est parce que t'es pas charitable. C'est normal pour un mécréant, pas vrai ? Jeffry ne croit en rien.

– Sale enf…

Une main fut plaquée sur la bouche de Jeffry.

– Allez, Frère Samuel. Il n'y a que par la force qu'on arrivera à le soigner.

Jeffry roula des yeux rageurs.

– Qu'est-ce que tu vas faire avec cette pelote de poils ? demanda Benoit.

– C'est pour chasser l'esprit.

– Comment ça marche ? dit Daddy Claxton.

– J'y enferme l'esprit qui est en Jeffry, puis je la brûle pour le libérer.

– Et s'il reste coincé ?

– Bélial enverra un autre esprit en moi pour que je le sorte de là.

– C'est qui, ce Bélial ? demanda Billy Jo.

– C'est un des anges que le Seigneur a chassés du Paradis.

– Jamais entendu parler d'un Bélial.

– C'est parce que t'es comme Jeffry, dit Benoit, tu crois en rien.

– J'ai pas besoin de la religion.

– Mmmmfff, fit Jeffry sous la main qui le bâillonnait.

Frère Samuel apposa la pelote de poils sur ventre de Jeffry, puis ferma les yeux et se mit à parler dans une langue qu'aucun des hommes ne comprenait. Il fit rouler la pelote en un mouvement circulaire, et ses mots devinrent une psalmodie. Le ventre de Jeffry s'agita de frissons sous ses mains. La marque rose et blanche de la croix avait disparu, seule subsistant une petite tache de sang là où la dent de serpent avait piqué la chair. Frère Samuel conclut ses incantations sur un crescendo tandis que, toujours à

genoux, il se penchait au-dessus de Jeffry et se balançait à nouveau.
– C'est tout ? s'étonna Billy Jo.
– Il faut maintenant que je libère l'esprit.
– Tu veux dire qu'il est à l'intérieur de la pelote de poils ?
– Prends-la et tiens-la dans ta main.
– Non, non.
Frère Samuel la proposa à Daddy Claxton.
– Pas question, dit le vieil homme.
– C'est bon, dit Benoit. Je vais la tenir, moi.
Frère Samuel la lui déposa dans la main.
– Elle a sauté ! Bon Dieu, y a quelque chose dedans !
Il retira brusquement sa main et laissa tomber la pelote par terre. Les autres le regardaient, hilares.
– Je vous dis qu'elle a sauté. Je déconne pas. Elle m'a cogné la main comme si elle était vivante.
– Le soleil a dû te griller le cerveau.
– Essayez, vous verrez.
Personne ne broncha.
– Allez-y, prenez-la. Vous verrez si je mens. Elle a voulu s'échapper de ma main.
– T'as encore été picoler le gas-oil à la cabane de chantier ? dit Billy Jo.
– Prends-la, gros malin. Tu verras bien.
– Tu joues au sorcier si ça te plaît. Moi, je refuse de me ridiculiser.
– Vous pouvez lâcher Jeffry, dit Frère Samuel.
Jeffry s'essuya les lèvres du revers de la main et rentra sa chemise dans son pantalon. Il avait de la bave et des marques de doigt rouges autour de la bouche.
– Tu vois ce bout de ficelle ? lui dit Frère Samuel. J'y fais trois nœuds. Je vais te le donner, et je veux que tu le mettes dans ta poche et que tu ne le regardes plus jusqu'à ce soir. Quand les nœuds seront défaits, tes problèmes digestifs seront terminés.
– Tu veux dire que ces nœuds vont se défaire tout seuls ? demanda Daddy Claxton.
– Pourvu qu'il ne regarde pas la ficelle avant la nuit.
– Je suis pas près de la regarder, ta ficelle. J'en veux pas. Eh, qu'est-ce que tu fais ?

– Je te la mets dans ta poche.

– J'en ai marre de ces conneries.

– Tais-toi et fais ce qu'il te dit, ordonna Billy Jo.

Frère Samuel ramassa la pelote de poils. Il sortit de sa poche une allumette de cuisine, l'alluma sur la semelle de sa botte et la tint près de la pelote en attendant que le feu prenne. Une mince volute de fumée jaune et noire s'éleva, et l'odeur âcre des poils brûlés fit reculer les hommes. Se levant alors, Frère Samuel jeta la boule de feu en l'air, où elle explosa en une myriade de flammèches. Des morceaux de poils brûlés retombèrent lentement au sol.

– C'est fini, déclara Frère Samuel. Je l'ai libéré.

Jeffry se leva à son tour et s'éloigna dans la clairière en marchant à petits pas.

– Où tu vas ? demanda Billy Jo.

– Aux latrines, tiens.

Le sifflet annonça la fin de la pause déjeuner. Les hommes défilèrent devant l'arrière du pick-up pour déposer leurs couverts dans un carton. Toussaint et Avery retournèrent travailler à leur tranchée.

– Ça arrive souvent, ce genre d'animation ? demanda Avery.

– C'est la première fois que je vois Frère Samuel se livrer à la magie. En général, il se contente de parler de Dieu et du salut des âmes.

– Il a planté la dent de serpent en plein centre de la croix.

– J'ai déjà vu quelqu'un faire ça chez moi, un guérisseur que je connaissais. Il a fait exactement la même chose pour guérir un malade. Il disait qu'à sa mort il pourrait transmettre ses pouvoirs, mais uniquement à une femme. Un homme ne peut les transmettre qu'à une femme, et vice versa.

– Sacré spectacle, en tout cas.

– Frère Samuel est un brave type, dit Toussaint. Il n'aurait rien fait s'il ne pensait pas que ça pouvait marcher.

– Pour le coup, ça n'a pas l'air d'avoir été très efficace. Jeffry est toujours de corvée de chiottes.

Evans vint voir où ils en étaient. La tranchée était à présent matérialisée en longueur et en largeur, la pelle d'Avery ayant porté sa profondeur à une trentaine de centimètres. Evans, qui mâchouillait une allumette, la fit rouler d'un côté à l'autre de sa bouche avec sa langue.

– Il faut que ce soit fini cet après-midi, dit-il. Bavardez un peu moins, vous avancerez plus vite.
– On parlait d'un certain Bélial.
– De qui ?
– On se débarrasse de toutes sortes de choses aux latrines du camp. Même des esprits malfaisants.
– De quoi tu parles, Boudreaux ?
– Vous êtes le seul gardien du camp à avoir un sorcier dans son équipe.
Sans lever les yeux, Avery jeta une pelletée de terre à côté de la tranchée.
– Tu n'as vraiment rien dans la tête, dit Evans. Si tu la ramenais moins, ta vie serait plus facile.
– Vous vous ennuieriez. Vous n'auriez plus personne à mettre au trou.
– Tu as encore de nombreuses années à tirer. Tu n'arriveras pas au bout.
– Ne pariez pas d'argent là-dessus.
– Tu finiras par courber l'échine, dit Evans. J'ai vu des plus costauds que toi craquer. Certains sont allés à l'asile de Pineville. Tu as déjà vu quelqu'un devenir cinglé en taule ? Ça vaut le détour.
– Vous voulez quelle profondeur pour la tranchée ? demanda Avery.
– Je te l'ai déjà dit, un mètre.
– Ça semble assez profond comme ça.
– Il y a une chose que tu ferais bien de comprendre dès maintenant. Au camp, on fait ce qu'on vous dit.
– On peut proposer des choses, non ?
– Non.
– D'accord.
– L'homme qui est avec toi est un fauteur de troubles. Acoquine-toi avec lui et tu récolteras des jours de mitard.
– Ce n'est pas moi qui ai demandé à creuser des latrines avec lui.
Evans regarda fixement Avery comme s'il le jaugeait, puis il jeta l'allumette qu'il mâchouillait dans la tranchée. La crosse de son revolver et les balles dans sa cartouchière brillèrent au soleil.
– Tire ton temps sans faire de vagues. C'est dans ton intérêt. Ne me donne pas de fil à retordre.
Il les quitta et retourna près des arbres.

– C'était pas la peine, dit Toussaint.
– Quoi ?
– T'avais pas à venir à mon secours.
– J'en ai eu marre de l'entendre parler.
– Je ne veux pas que tu te mouilles pour moi.
– Pourquoi tu lui as sorti ce truc sur Bélial ?
– J'ai voulu lancer la conversation.
– Il a raison, dit Avery. Tu n'arriveras jamais au bout de ta peine.
– Tu le crois quand il dit qu'on finit tous par courber l'échine ?
– Je sais pas. Quelques années de ce traitement... La vache.
– Tu penses qu'il peut te casser ?
– Je ne cherche pas les ennuis.
– Peu importe que tu les cherches ou pas, dit Toussaint. Tu les as trouvés pour un à trois ans à partir du moment ou tu as passé le portail de ce camp.
– Libre arbitre.
Toussaint l'interrogea du regard.
– C'est une blague que nous apprenaient les frères à l'école, dit Avery.
Le soleil disparut derrière un nuage, et la clairière fut plongée dans l'ombre. Le vent qui soufflait du fleuve fraîchit soudain ; le ciel était sombre. Un tourbillon de poussière s'éleva près de la tranchée. Fouetté par le vent, il s'évasa, puis disparut.
L'après-midi passa, et, à cinq heures, on remonta dans les camions pour rentrer au camp. Sur les routes de gravier, le cortège franchit la voie de chemin de fer et traversa les champs d'herbe jaune et verte, éclairés par les derniers rayons du soleil qui tombaient en oblique par-dessus les pins. Les hommes se douchèrent, changèrent d'uniforme et s'alignèrent devant le réfectoire pour le dîner. Assis sur les bancs de chaque côté des tables, ils avalèrent les plats sans goût où on décelait l'odeur du Crésyl utilisé pour laver la cuisine. De retour aux baraques, ils s'écroulèrent, épuisés, sur les lits et écoutèrent les bruits des grenouilles et des oiseaux nocturnes dans les bois. Puis arriva neuf heures ; les lumières s'éteignirent, quelqu'un alluma la bougie avec une allumette, et ceux qui en avaient encore l'énergie préparèrent les lieux pour la partie de poker.
Le lit de Toussaint était à deux lits de celui d'Avery. La couverture de l'armée qui le recouvrait était bordée si serrée sur le

matelas qu'une pièce de monnaie y aurait rebondi. L'oreiller était disposé bien au centre à sa tête, sa malle bien alignée avec son pied. Le Noir avait une boîte en carton fixée au mur au-dessus de son oreiller, où il rangeait son rasoir, son savon, sa brosse à dents, son tabac, ses allumettes et son papier à cigarettes. S'asseyant sur le bord du lit, il leva le bras pour attraper son paquet de Virginia Extra. Il roula une cigarette et gratta une allumette sur l'ongle de son pouce. Il jeta l'allumette calcinée dans une petite boîte de conserve cachée sous son lit.

En guise de table de jeu, on avait poussé la malle de Jeffry dans l'allée entre les deux rangées de lits et on y avait étendu une couverture. Malgré l'interdiction pour les détenus de posséder de l'argent, quelques billets moites et froissés parvenaient à entrer lors des visites. Ils finissaient par circuler à travers tout le camp, misés au poker et aux dés, ou donnés aux prévôts et aux gardiens en échange de faveurs. Les parties jouées dans la baraque de Toussaint étaient placées sous l'autorité de Billy Jo, qui prélevait cinq *cents* sur chaque pot pour l'utilisation de ses bougies et de ses cartes. Il couvrait les mises à hauteur de cinq dollars et faisait crédit contre certaines garanties.

– Il nous faut deux joueurs supplémentaires, dit-il.

– On est déjà quatre, dit Benoit.

– Il faudrait qu'on soit six. Claxton, tu en es ?

– Tu me donnes quelque chose sur ma prochaine ration de tabac ?

– Tu me la dois déjà. Qu'est-ce que t'as d'autre ?

– Rien.

– Frère Samuel ?

– Je ne joue pas d'argent.

– Qui est partant ? Il nous faut deux joueurs.

– Prends Jeffry.

– Il est aux chiottes.

– Toussaint, ça t'occupera.

– Je n'ai que vingt-cinq *cents*.

– C'est suffisant. Benoit, fais-lui une place.

Toussaint s'assit par terre devant la malle et échangea sa pièce de vingt-cinq *cents* contre cinq de cinq *cents*.

– Vas-y, donne, dit Benoit à Billy Jo.

– Il nous faut encore quelqu'un. Toi, tu veux jouer ?

– Je suis fauché, dit Avery.
– Je t'avance vingt-cinq *cents* sur ta première ration de tabac.
On fit une place à Avery. Billy Jo jeta deux pièces de dix *cents* et une de cinq sur la couverture.
– Le tabac est distribué le lundi, dit-il. Apporte-moi le tien dès que tu l'auras.
– Allez, on commence, dit Benoit.
– Cinq cartes fermées, pas de mise de départ, valets ou mieux pour ouvrir.
Billy Jo donna. Les joueurs regardèrent leurs cartes à la lueur des deux bougies fondues à chaque extrémité de la malle.
– J'ai pas de quoi ouvrir, dit le voisin de gauche de Billy Jo.
– Moi non plus.
– J'ouvre pour cinq *cents*, annonça Toussaint.
– Je me couche.
– Moi aussi.
Deux pièces de plus tombèrent sur la couverture.
– Trois cartes, demanda Toussaint.
– Une, dit Benoit.
Ses yeux porcins étudièrent pensivement sa main.
– Deux pour le donneur, dit Billy Jo.
Puis, à Toussaint :
– À toi de miser.
– Dix *cents*.
– Tes dix *cents*, plus dix de mieux, dit Benoit.
– Vingt pour voir, dit Billy Jo.
Toussaint, entré dans le jeu sur une paire de reines, venait d'en tirer une troisième.
– Pour voir, dit-il.
– T'as quoi ? lui demanda Benoit.
– Trois reines.
– Merde. J'avais deux paires, dont une d'as.
Ils posèrent leurs cartes, et Billy Jo préleva cinq *cents* sur le pot. Toussaint ramena ses gains vers lui. Sur les quatre mains suivantes, il en remporta deux. Ils n'étaient à présent plus que cinq autour de la malle, un joueur ayant abandonné pour aller se coucher. Nouvelle main, nouvelle victoire de Toussaint sur une suite. Il avait un dollar cinquante en pièces devant lui. Benoit donna.
– J'ouvre pour cinq *cents*, dit Avery.

Tout le monde suivit.
– Combien de cartes ?
– Servi, dit Avery.
– Tu veux aucune carte ?
– Non.
– Trois, dit Toussaint.
Les cartes jetées s'éparpillèrent sur la couverture. Le joueur en face de Toussaint changea une carte.
– Pareil, demanda Billy Jo.
Benoit tira deux cartes du paquet pour lui-même. Il les mélangea aux siennes et les écarta lentement.
– C'est toi qui as ouvert, dit-il à Avery, à toi de miser.
– Mes derniers cinq *cents*.
Toussaint n'avait pas obtenu le troisième roi qu'il cherchait. Il jeta ses cartes.
– Je me couche, dit l'homme en face de lui.
– Je te vois, dit Billy Jo à Avery.
– Je suis et je relance de vingt-cinq *cents*, dit Benoit.
– C'était ma dernière pièce, dit Avery. Il faut que je tape dans le pot secondaire.
– Un pot unique, et personne ne tape dedans, rétorqua Benoit. C'est la règle de la maison.
– Je ne peux pas suivre, alors.
– Je lui fais un prêt, proposa Toussaint, avant de poser trois pièces de vingt-cinq *cents* devant Avery.
Avery les ramassa et les jeta dans le pot.
– Tes vingt-cinq et je relance de cinquante, dit-il.
– Tu partages avec lui, Toussaint ? lança Benoit.
– Je fais l'avance, c'est tout.
– Qu'est-ce que t'as à filer ton fric comme ça ?
– J'aime pas que ce soit un frein au jeu.
– Égale sa relance ou couche-toi, dit Billy Jo à Benoit.
– Laisse-moi une seconde.
Benoit mélangea les cartes dans ses mains.
– Décide-toi.
– Il joue avec le fric d'un autre.
– Ça t'empêchera pas de l'empocher si c'est toi qui gagnes.
Benoit réfléchit, ses petits yeux fixés sur le dos des cartes d'Avery.

– C'est bon, dit-il, je me couche.

Avery sortit cinq *cents* du pot pour Billy Jo et prit le reste.

– Voilà avec quoi j'ai ouvert, dit-il en révélant une paire d'as.

– Qu'est-ce que t'as d'autre ? demanda Benoit.

– T'as pas payé pour voir.

– J'ai le droit de savoir.

– Non, justement, dit Toussaint.

Benoit retourna prestement les autres cartes d'Avery, une paire de huit et un sept de trèfle.

– T'avais que deux paires. Moi, j'avais trois dix.

– Fallait payer pour voir ces cartes.

– Écoute, mon grand…

– Moi non plus, ça me plaît pas, ces manières-là, intervint Billy Jo. C'est des parties réglo qu'on joue ici, y a un règlement à respecter. Voir la main d'un joueur, ça se paye.

Benoit regarda les cartes retournées d'un air mauvais et resta silencieux.

– Eh, les gars, regardez ça !

C'était Jeffry, de retour des latrines. Il était pieds nus, la ceinture défaite, son pantalon à moitié déboutonné. Il avait à la main le bout de ficelle que lui avait donné Frère Samuel.

– Tu vas réveiller ceux qui dorment, dit Billy Jo.

– Regardez la ficelle. Les nœuds ont disparu. C'est comme Frère Samuel avait dit. Il n'en reste plus un seul !

– Ta gueule, grommela-t-on dans un lit.

– Je suis allé aux chiottes, je m'attendais à évacuer mon dîner, comme tous les soirs, eh bien, non : aucun problème d'intestins. Pas la moindre envie de chier. En remontant mon pantalon, j'ai sorti le bout de ficelle, et les nœuds avaient disparu. Je ne me sens plus malade. Je vous jure, c'est fini. Réveille-toi, Frère Samuel ! Tu as guéri mon ventre. T'avais raison. J'ai plus la chiasse.

Frère Samuel remua dans son lit. Il s'assit et regarda Jeffry. Il avait l'air à moitié endormi.

– T'as réussi, dit Jeffry.

– Je ne sais pas si tu devrais tant m'en être reconnaissant.

– C'est la première fois que j'arrive à garder ce que je mange depuis mon arrivée au camp.

– Je t'ai guéri par l'intermédiaire de l'Homme des Ténèbres. Parfois les esprits reviennent et s'en prennent à vous d'une autre manière.
– J'ai plus peur d'eux maintenant. Ils peuvent faire tout ce qui leur plaît tant qu'ils me redonnent pas la dysenterie.
– Fermez-la, merde, se plaignit une voix dans le noir.
– Je vous l'avais dit qu'y avait quelque chose dans cette pelote de poils, souligna Benoit.
– Ça fait trop longtemps que vous êtes enfermés, tous les deux, dit Billy Jo. La captivité vous porte sur le ciboulot.
– Regarde la ficelle, dit Jeffry. Les nœuds ont disparu.
– Parce que d'après toi, c'est ce Bélial qui les a défaits ?
– J'en sais rien. Mais qui que ce soit, j'aimerais lui serrer la main.
– Les esprits, ça peut revenir, insista Frère Samuel.
– Pour le moment, ils me foutent une paix royale, assura Jeffry. Franchement, j'aurais jamais cru un truc pareil possible.
– Reboutonne-toi, dit Billy Jo. T'es tout débraillé.
– Je savais bien que cette pelote de poils avait sauté dans ma main, dit Benoit. J'ai senti un coup sec, comme un coup de patte de grenouille.
– Ébruite cette histoire dans le camp, et vous allez tous vous retrouver à l'asile, dit Billy Jo.
– Les esprits peuvent te jeter un grigri, dit Frère Samuel.
– C'est quoi, un grigri ?
– Un sort. Quelque chose qui te porte malheur.
– Ça m'est égal. Ça peut pas être pire que la chiasse.
– Je ne pourrai pas te le retirer. Seul un homme qui a vendu son âme a le pouvoir de retirer un grigri.
– Ça me fait pas peur.

Quelque part, au loin, un train siffla. Les hommes entendaient le souffle saccadé de la locomotive et le grondement des roues. Ils ne voyaient jamais le train sinon le jour où ils le prenaient pour être amenés au camp et le jour de leur départ. Une vieille légende disait que, si un détenu voyait le feu avant du train se tourner vers lui dans le noir, il serait bientôt libéré. Un deuxième sifflement retentit, et les hommes écoutèrent en silence. Même Jeffry se tut. Le train était tout proche quand son sifflet déchira à nouveau le calme de la nuit.

– Le spécial de minuit en route vers la liberté, dit Frère Samuel. Éclaire-moi de ta lumière.

Trois semaines passèrent, et le ciel devint de la couleur du cuivre roussi. L'air était chaud et sec, comme s'il s'échappait d'un four, brassé par le vent qui faisait chuinter l'herbe jaune dans les champs. La terre était toute craquelée. De sombres nuages orageux obscurcissaient l'horizon, mais les pluies ne venaient pas. La nuit, des éclairs de chaleur zébraient le ciel, et des voiles noirs de nuages de pluie s'enroulaient autour de la lune. Les hommes guettaient le moment où des trombes d'eau s'abattraient sur le sol desséché, leurs espoirs nourris par les coups de tonnerre qui résonnaient au loin telle une tôle ondulée géante frappée dans le ciel.

L'équipe n° 5 travaillait toujours sur le canal d'irrigation le jour où LeBlanc fut amené au camp. Un pick-up avança lentement, en surrégime, sur la desserte, avant de s'arrêter près du fossé. LeBlanc était assis à l'avant entre deux gardiens. Il descendit du côté conducteur, suivi par le second gardien qui se glissa sur la banquette pour descendre du même côté que lui. Il avait le visage marqué de cicatrices, l'arête du nez tordue. Ses cheveux n'avaient pas été coupés depuis son arrestation ; ils étaient plaqués sur ses épaules par-dessus le col de sa chemise. Les deux gardiens le conduisirent jusqu'à la zone où travaillait l'équipe n° 5.

– Un petit nouveau pour toi, Evans, annonça le chauffeur. Il arrive d'Angola. Le directeur m'a demandé de te l'amener pour qu'il commence.

– C'est quoi, son nom ? fit Evans.

– LeBlanc.

– Je l'attendais. Vous pouvez y aller. Je vais lui donner une pioche et le mettre au travail.

– Méfie-toi. Il a craché sur le flic qui l'escortait dans le train.

– Il fera pas ça ici.

Les gardiens remontèrent dans le pick-up, firent demi-tour et reprirent la desserte en direction de la route de gravier.

– Viens avec moi, dit Evans.

À la cabane de chantier, LeBlanc se vit remettre une pioche, puis Evans le ramena au fossé.

– J'ai pas encore pris de petit-déjeuner, dit LeBlanc.

– Tu aurais dû le signaler quand tu es passé à l'administration.
– Je l'ai fait. Les deux, là, ils devaient m'emmener au réfectoire.
– Ils devaient être pressés. Descends dans le fossé et mets-toi au travail. Tu mangeras au déjeuner.
– J'ai pas l'habitude de travailler le ventre vide.
– Tu vas t'habituer à beaucoup de choses ici. Tu dois avoir un mauvais dossier pour qu'on t'ait mis dans mon équipe. Fais-toi remarquer et tu vas regretter le temps où tu étais à l'hôpital. Maintenant, mets-moi un peu de sueur sur le manche de cette pioche.
– Je suis pas très réceptif à ce que disent les gens qui portent un uniforme.
– Descends dans le fossé.
LeBlanc franchit le talus de déblais et se laissa glisser le long de la paroi.
– Salut, LeBlanc, dit Avery. T'es là depuis quand ?
– Je suis arrivé ce matin par le train.
– Comment c'était, à l'hôpital ?
– On m'a recousu la tronche et on m'a remis les côtes en place. Je dois encore porter une bande de contention.
– Je me suis demandé si t'allais t'en sortir. T'avais l'air mal en point quand on t'a sorti de l'enclos, à la prison.
– Je me vengerai un de ces jours de ce qui s'est passé là-bas.
– Tu ferais mieux d'oublier cette affaire pendant quelque temps.
– J'ai bien l'intention de régler mes comptes. Ceux qui m'ont passé à tabac ne s'en tireront pas comme ça.
– De quoi il te parlait, Evans ?
– C'est qui, Evans ?
– Le maton.
– J'ai eu un accrochage avec un flic.
– Comment ça ?
– Je lui ai craché dessus à la grille.
– C'est qui, le nouveau ? demanda Billy Jo.
– Je vous présente LeBlanc, dit Avery. Il arrive d'Angola.
– Qu'est-ce qui t'est arrivé à la figure ? demanda Jeffry.
– Je suis tombé sur le trottoir en jouant à la marelle.
– Moi aussi, je suis allé à Angola, dit Billy Jo. Daddy Claxton aussi.

– J'y étais quand ils ont voulu faire cramer les matons, précisa Daddy Claxton.

– Qui c'est qui t'a arrangé le portrait comme ça ? insista Jeffry. Tes coutures ont l'air toutes fraîches.

– Il s'est battu, expliqua Avery.

– L'autre avait une batte de base-ball ou quoi ?

– Ma tronche, c'est pas tes oignons, dit LeBlanc.

– J'ai jamais dit le contraire.

– Alors regarde autre chose.

– Tu es dans la meilleure équipe du camp, dit Billy Jo. Tout le monde ici est condamné à perpétuité ou a donné du fil à retordre aux matons.

– T'as une clope sur toi ? demanda Daddy Claxton.

– Ils me les ont prises à l'administration.

– Combien t'as à tirer ? demanda Billy Jo.

– Trois plus sept.

– Daddy et Frère Samuel ont pris perpète, dit Jeffry.

La poussière monta du sol tandis que les hommes travaillaient. LeBlanc posa sa pioche et retira sa chemise. Une large bande Velpeau lui entourait les côtes et le ventre. Il planta sa pioche dans la terre.

– T'as quelque chose de cassé ? demanda Billy Jo.

– C'est guéri, maintenant.

– Frère Samuel peut te soigner si t'as un problème, dit Jeffry.

– J'ai aucun problème.

– Qui c'est qui t'a fait ça ?

– Laissez-le tranquille, dit Frère Samuel.

– Je m'intéresse, quoi.

– Écoutez le tonnerre, dit Daddy Claxton. Peut-être qu'on va avoir de la pluie ce soir.

– Il pleuvra pas, dit Billy Jo. On va continuer à respirer cette foutue poussière jusqu'à la fin de l'année.

– Pas nous, rétorqua Jeffry. Nous, on n'a plus qu'une semaine à tirer.

– La ferme.

– Pourquoi tout le monde m'envoie bouler aujourd'hui ?

– Parce que tu le cherches.

– Quoi que je dise, ça va jamais.

– Eh ben, tais-toi.

– Vous sentez cette odeur de pluie dans l'air ? fit Daddy Claxton. Ça sent comme près des fabriques à papier. On dit que quelqu'un va mourir quand il pleut d'un coup après une longue période de sécheresse.

– C'est pas naturel, le temps qu'il fait, embraya Frère Samuel. J'ai vu ça qu'une fois. Le ciel était jaune, et le soleil était comme un ballon rouge. Quand les pluies sont arrivées, le typhus est venu avec, et les gens tombaient morts dans les marais comme des lapins malades. On retrouvait encore des corps deux mois après.

– C'est une sécheresse, dit Billy Jo. Vous avez jamais vu une sécheresse avant ?

– Celle-là, elle n'est pas naturelle. Elle signifie quelque chose.

– Où est-ce qu'on trouve de l'eau à boire, par ici ? demanda LeBlanc.

– Appelle le prévôt.

– Il est où ?

– Quelque part dans le fossé.

– Essaie de ne pas trop boire dans la mesure du possible, dit Avery.

– C'est quoi, le problème ?

– L'eau rend malade.

– Prévôt ! cria Billy Jo. Apporte la flotte !

– Pourquoi on nous donne pas de l'eau correcte ? s'étonna LeBlanc.

– L'État veut pas payer l'aménagement d'un nouveau puits, expliqua Jeffry.

Le prévôt apporta le bidon. LeBlanc but à la louche.

– J'en filerais même pas au bétail, de cette flotte-là ! s'indigna-t-il en jetant la louche dans le bidon, d'où jaillirent des éclaboussures.

– Merde ! s'exclama le prévôt. Tu m'as mouillé la chemise.

– Va mettre de l'eau propre dans ton bidon, dit LeBlanc.

– Y en a pas d'autre. Tu bois la même que tout le monde.

– Qu'est-ce qui se passe, ici ? demanda Evans depuis le bord du fossé.

– Ce gars refuse de boire l'eau.

– Qu'il reste sans boire, dit Evans.

– Cette eau vient d'un marais, accusa LeBlanc.

Les autres avaient cessé le travail pour regarder. Les yeux de LeBlanc, fixés sur Evans, luisaient de rage. Le rose des cicatrices et des trous laissés par ses points de suture ressortait sur son visage.

– Tu commences mal ton séjour, dit Evans.

– Vous avez jamais été dans l'armée ? Vous ressemblez à ces types qu'ils prennent pour garder les prisons militaires.

– Du calme, dit Avery.

– Ils sont toujours armés, toujours en uniforme, et parfois on les laisse porter une matraque pour frapper les détenus dans les côtes. J'en ai vu des comme vous pendant la guerre.

– Tu veux passer ta première journée au mitard ?

Le prévôt responsable de l'eau commença à s'éloigner.

– Reviens, toi, dit LeBlanc.

Il lui arracha le bidon des mains et l'ouvrit.

– Regardez-moi ça. De l'eau des marais.

– C'est de l'eau du robinet, assura Evans.

– Vas-y, goûte.

– Toi, tu cherches vraiment à aller au trou.

– Tiens, dit LeBlanc en tendant le bidon en direction d'Evans. Bois, gros porc. Remplis ton gros bide de vers.

– Tu vas voir. Viens ici. T'as gagné une séance de sauna, connard.

– Pourriture.

LeBlanc jeta le bidon à la tête d'Evans. Une gerbe d'eau éclaboussa les hommes.

Evans avait son revolver à la main et s'époumonait dans son sifflet. Deux gardes accoururent depuis l'autre bout du chantier. Les détenus s'étaient éparpillés le long du canal au moment où Evans avait sorti son arme. Pelles et pioches jonchaient le sol. La brouette était posée à l'envers sur un monticule de terre.

– Amenez-le-moi, dit Evans.

Les gardiens se laissèrent glisser dans le fossé et avancèrent vers LeBlanc. Ils s'arrêtèrent en le voyant reculer, la pioche levée au-dessus de l'épaule. L'un d'eux, un homme mince à la peau granuleuse du nom de Rainack, sortit son revolver, en arma le chien et le pointa vers la tête de LeBlanc.

– Je risque pas de te rater, dit-il.

– Bon Dieu, LeBlanc, dit Avery, pose cette pioche.

– On est trois contre toi, souligna Evans, et tu n'auras pas l'occasion de frapper deux fois.

– Le premier qui approche, je l'embroche, répondit LeBlanc.

– Rends-toi pendant que c'est encore possible, conseilla l'autre gardien.

– Je les connais, les types comme vous. Des champions de la matraque. Ils savent frapper là où ça fait mal et où ça laisse pas de trace.

– Lâche ta pioche.

– Obéis, dit Avery. Ils te tiennent. Tu n'as aucune chance, de cette manière-là. LeBlanc, écoute-moi, je t'en supplie. Il est sérieux. Il va te tuer.

– J'attendrai pas éternellement, précisa le dénommé Rainack. Encore quelques secondes, et t'es un homme mort.

Alors qu'Avery s'élançait vers LeBlanc pour tenter de le désarmer, il fut ceinturé par Toussaint, qui le plaqua contre la paroi du fossé et le maintint ainsi. Avery se débattit en criant : « Il est malade, il a fait la guerre et il n'a plus toute sa tête, vous ne comprenez pas ? il devrait être à l'hôpital, vous ne pouvez pas l'abattre, Evans, il ne sait pas ce qu'il fait, il vous prend pour un gardien de prison militaire… »

– Reste tranquille, dit Toussaint.

– Décide-toi, dit Rainack à LeBlanc. Dans un sens ou dans l'autre.

LeBlanc resta immobile, la pioche toujours brandie. Son regard s'arrêta un instant sur les deux gardiens dans le fossé face à lui, puis se tourna vers Evans. Il baissa sa pioche et la laissa tomber à ses pieds.

– Je vais pas vous laisser me buter, dit-il. Vous seriez trop contents, vous m'auriez plus sur le dos. Et puis ce serait pratique : y aurait pas d'enquête, personne se ferait taper sur les doigts par le dirlo. Ben non, je vais rester en vie, parce que, quand je sortirai de l'endroit où vous allez m'enfermer, je tuerai l'enfoiré qui se tient en haut de ce fossé.

– Tu feras rien du tout, dit Rainack, à part rester allongé dans la caisse et prier que la mort vienne te délivrer.

– Je vais te tuer, dit LeBlanc à Evans. Tu m'entends ? Que je meure et que j'aille en enfer si je te fais pas la peau.

Le gardien lui appuya le canon de son revolver contre le flanc et le poussa en direction du talus.

– L'enfer, lui dit-il, t'auras l'impression d'y être après quelques heures dans la caisse. Allez, grimpe.

LeBlanc ramassa son chapeau de paille et sa chemise, et, suivi des deux gardiens, escalada la paroi du fossé. Il jeta sa chemise sur l'épaule et coiffa son chapeau. Evans avait toujours son revolver à la main.

– T'as entendu ce que j'ai dit ? Je vais te tuer, espèce de gros porc bedonnant.

Se servant de son arme comme d'une matraque, Evans donna un grand coup de canon dans les côtes bandées de LeBlanc. Ce dernier se plia en deux en se tenant le flanc. Entre ses longues mèches brunes qui pendaient devant lui, on distinguait ses dents serrées et le voile de douleur sur ses yeux. Il avait les genoux légèrement pliés, comme s'il allait tomber.

– Enfoiré, je vais te, oh merde, oh putain…

– Virez-le-moi d'ici, dit Evans.

Les deux gardiens le prirent chacun par un bras et l'emmenèrent, plié en deux, jusqu'à l'un des camions. Son dos transpirant brillait au soleil. La bande autour de ses côtes était humide et se détachait de sa peau. Il perdit son chapeau, qui roula au sol. Rainack le ramassa et le jeta dans la cabine du camion, où il poussa ensuite LeBlanc lui-même.

– Reprenez vos outils et remettez-vous au travail, ordonna Evans aux hommes.

Il rengaina son revolver dans son étui et ferma le bouton pression du rabat pour le maintenir en place. Remettant la brouette à l'endroit, Daddy Claxton entreprit de la remplir avec sa pelle, tandis qu'autour de lui résonnaient à nouveau les coups de pioche. Evans observa son équipe quelques instants, puis s'éloigna vers l'autre extrémité du chantier.

– Vous avez vu la tête d'Evans quand il l'a traité de gros porc ? dit Billy Jo. Il l'aurait abattu si on n'avait pas été là.

– Il en serait bien capable, confirma Daddy Claxton.

– Je l'ai jamais vu dans une rage pareille, dit Jeffry. Même pas contre Toussaint.

– Il n'assume pas d'être gros, souligna Frère Samuel. C'est pour ça qu'il porte son arme en bandoulière, pour qu'on remarque moins son ventre.

– Je l'ai vu dans son regard, dit Billy Jo. Si on n'était pas là, il le butait.

– L'autre parlait comme s'il était mûr pour l'asile, dit Jeffry. C'était quoi, cette histoire de prison militaire ?

– Il a été enfermé quelque part quand il était dans l'armée, expliqua Avery.

– Tu as risqué gros, toi, en essayant d'intervenir, dit Frère Samuel.

– Evans t'aurait tiré dessus comme sur LeBlanc, renchérit Jeffry. Ce qu'il aime, c'est faire souffrir, peu importe qui.

– Le bidon d'eau lui est pas passé loin de la tête, dit Billy Jo. Merde, j'aurais bien aimé le voir se le prendre en pleine poire.

– Vous croyez qu'il est sérieux, LeBlanc, quand il dit qu'il va le tuer ? demanda Jeffry.

– Tout ce qu'il y a de plus sérieux, répondit Avery.

– J'ai connu des durs en taule, dit Daddy Claxton, mais ce gars-là soutient la comparaison avec n'importe lequel d'entre eux.

– Il a subi de grandes vexations, dit Frère Samuel. Quand il sortira de la caisse, il ne pensera qu'à se venger d'Evans.

– Je veux être là pour voir ça, dit Billy Jo.

– Il va faire rudement chaud dans la caisse s'il ne pleut pas, dit Daddy Claxton.

– C'est comment, d'être là-dedans ? demanda Jeffry.

– Pas agréable, répondit Toussaint.

– Y a un gars, il paraît qu'il y est mort étouffé, dit Daddy Claxton.

– Je tiendrais pas le coup, moi, dit Jeffry. Je deviendrais dingue, enfermé dans un endroit si confiné.

– Tu prendrais sur toi, t'aurais pas le choix.

– Pas avec cette chaleur. Le soleil va chauffer les parois comme un chalumeau.

– Peut-être que le directeur va le renvoyer à Angola ou dans un autre pénitencier de haute sécurité, dit Claxton.

– Evans se débrouillera pour qu'il purge ses jours de mitard, dit Toussaint. Il est capable de ne pas remettre de rapport s'il pense que le dirlo va vouloir le transférer.

– Je veux le voir faire la peau à Evans, dit Billy Jo. Benoit a un couteau planqué sous son matelas. Je pourrais le lui demander et le donner à ce gars s'il est prêt à s'en servir.

– Il a pas de couteau, Benoit.

– Si, si. Je l'ai vu aller aux chiottes tard le soir pour bosser dessus avec une pierre à aiguiser.

– Laisse LeBlanc tranquille, dit Avery. Si tu veux planter Evans, personne ne te retient.

– Il peut s'en charger pour moi.

– Si tu lui donnes un couteau, il finira exécuté.

– Ça, c'est son problème.

– Ne fais pas ça.

– Je fais ce qui me plaît. Il dit qu'il veut tuer Evans, je l'oblige à rien.

– Tu n'es pas capable de régler tes comptes tout seul ?

– Lâche-moi, Broussard. Personne dans cette équipe n'a d'ordre à me donner.

– Encore une fois, je te demande de laisser LeBlanc tranquille. Il a dix ans à tirer, et ce sera assez difficile comme ça sans que tu lui attires des emmerdements supplémentaires.

– Occupe-toi de tes oignons.

– Si t'as pas les couilles de planter Evans toi-même, dit Toussaint, n'envoie pas un fou au casse-pipes à ta place.

– Vous nous gonflez, tous les deux, dit Billy Jo. Ce cinglé ne tiendra pas un an ici. Pourquoi on le laisse pas s'occuper d'Evans pendant qu'il en a l'occasion ?

– Occupe-toi de lui toi-même. Tu ne parles que de ça depuis que je suis arrivé ici.

– J'attends le bon moment.

– Tu dis que tu t'évades la semaine prochaine. Prends le couteau de Benoit et emporte un morceau d'Evans avec toi.

– Ce serait un coup à foutre en l'air mon évasion.

– On ne met pas un couteau dans la main d'un fou parce qu'on n'est pas prêt à risquer sa peau soi-même.

– Qu'est-ce que t'as à voir là-dedans, toi ? dit Billy Jo. T'es Jésus-Christ ou quoi ?

– Ça me gêne de te voir envoyer quelqu'un à la chaise pour ce que t'es pas capable de faire toi-même, dit Toussaint.

Avery Broussard

On était dimanche après-midi, et, au mépris de la procédure disciplinaire normale, on avait laissé LeBlanc passer la nuit au mitard. Les toits de taule du baraquement étaient d'une blancheur aveuglante sous le soleil écrasant, et l'air, parfaitement immobile, saturé par les odeurs des pins, de la poussière et de la chaleur. On avait chargé l'équipe n° 3 de nettoyer les alentours des baraques. Se déplaçant lentement avec leurs sacs de toile, ses membres ramassaient les mégots et les bouts de papier éparpillés par terre. Les lettres noires de l'inscription L.A. PENAL SYSTEM ressortaient sur le dos de leurs chemises en jean, presque blanches à force d'être lavées.

Dans la baraque d'Avery, on avait tendu des couvertures devant les fenêtres pour empêcher le soleil d'entrer. On entendait l'eau couler dans les douches, où les hommes faisaient la lessive. Benoit et Jeffry balayaient le sol de béton peigné, que trois autres brossaient derrière eux à l'eau savonneuse. Lits et malles avaient été poussés contre le mur pour un grand ménage avant l'inspection de cinq heures. À la fenêtre, la couverture légèrement relevée, Avery et Toussaint regardaient la clairière écrasée par le soleil.

– Il doit faire près de quarante dans la caisse, dit Avery.

– Plus que ça, dit Toussaint. Ils vont devoir le laisser sortir cet après-midi. Un homme ne peut pas supporter plus de deux jours de mitard.

– Vous gênez, là, dit Benoit, qui venait vers eux en balayant.

Ils reculèrent pour le laisser passer.

– Pourquoi vous glandez ? L'inspection est dans à peine deux heures.

– On était de ménage ce matin, expliqua Avery.

– Moi aussi, et j'y suis encore maintenant. J'ai même pas encore eu le temps de faire ma lessive.

– On n'y est pour rien si tu te tapes la part de Billy Jo parce que t'as pas pu couvrir tes pertes à la partie d'hier soir, rétorqua Toussaint.

– D'où tu sors ça ?

– Je le tiens de Daddy Claxton.

– Claxton est un con. Il dit n'importe quoi.

– Au fait, dit Avery. Je voulais te parler.

– J'ai du travail.

– C'est vrai que tu as un couteau ?

– Non. Qui t'a raconté ça ?

– Combien tu en veux ? J'ai deux dollars.

– J'ai pas de couteau, et, de toute façon, il est pas à vendre.

– Mes deux dollars sont à toi. Ça te permettra de payer ce que tu dois à Billy Jo, et tu pourras roupiller le reste de l'après-midi.

– Si j'avais un couteau, je le lâcherais pas pour deux dollars.

– Très bien, garde-le. Mais si Billy Jo te le demande, le lui donne pas.

– Pourquoi il me le demanderait ?

– Il veut le donner à LeBlanc pour qu'il tue Evans.

– Ce serait pas un mal.

– Si LeBlanc plante Evans avec ton couteau, j'irai expliquer au directeur comment il se l'est procuré.

– C'est mal vu, les balances.

– On croira que tu étais impliqué. Tu peux prendre de dix à vingt ans.

– Ouvre-la et tu finiras pas la semaine.

– C'est possible, mais toi, tu passeras le reste de ta vie dans ce camp.

– Il me reste que deux ans à tirer.

– Ne donne pas ton couteau, dit Avery.

– Je dis pas que je vais le faire ou pas, mais réfléchis avant de me balancer au directeur.

– Vingt ans. Y a de bonnes chances qu'on t'enterre ici.

– Je vais garder ce que tu m'as dis pour moi, parce que, si ça se savait, quelqu'un pourrait te tomber dessus une nuit et te passer une ceinture autour du cou. Mais plus de menaces, sinon c'est toi qui vas y avoir droit, à mon couteau, planté par moi en personne.

– Ça marche dans les deux sens, Benoit. À toi de voir si tu veux pourrir ici.

Les petits yeux de Benoit se remplirent de colère.

– Le spécial de minuit, y en a qui le reprennent dans une caisse en bois, dit-il, avant de s'éloigner en balayant devant lui.

– Tu es complètement fou, dit Toussaint à Avery.

– Ça lui a fait peur. Il ne donnera pas le couteau à Billy Jo.

– Comme il dit, il se peut qu'il te le donne à toi d'une autre manière.

Ils se tournèrent à nouveau vers la clairière accablée par la chaleur de l'après-midi. De rares touffes d'herbes poussaient tant bien que mal autour des baraques, et la terre nue de la cour, sans cesse foulée aux pieds, évoquait le sable d'un désert. Les hommes de l'équipe n° 3 transpiraient sous le soleil. Avery en vit un ramasser plusieurs mégots, puis tourner le dos aux autres pour les cacher dans sa poche.

– Le voilà ! cria Jeffry, à l'autre bout de la baraque. Ils l'amènent !

Tous posèrent leurs balais et leurs serpillières pour se masser aux fenêtres. Ils écartèrent les couvertures et collèrent leur visage au grillage afin d'avoir la vue la plus large possible.

– Il est où ? demanda Daddy Claxton. Je le vois pas.

– Derrière, de l'autre côté. Je les ai vus des latrines. Il a l'air d'une pomme cuite au four.

La clef tourna dans la serrure, et la porte s'ouvrit. Evans et Rainack entrèrent en tenant LeBlanc chacun par un bras. Ses jambes étaient incapables de le porter, et ses genoux pliaient lorsqu'il essayait de se tenir debout. Des taches de rouille noires et rouges maculaient la toile de son uniforme. La peau tout abîmée, il avait les mains et le front parsemés de rougeurs sombres. Sa barbe épaisse était chargée de terre et de rouille. Ils le traînèrent jusqu'à son lit et le jetèrent sur le matelas. LeBlanc fixa les deux gardiens de son regard aveugle. Sa respiration était saccadée.

– Evans, dit-il. Pour l'instant, j'y vois rien, mais je sais que c'est toi. Je n'ai pensé qu'à ça depuis que tu m'as foutu là-dedans. Je sais comment je vais m'y prendre. Je vais t'éventrer, salopard.

– Tu veux deux jours de mitard supplémentaires ? menaça Evans.
– Ne traînons pas ici, dit Rainack. Il pue, c'est une infection.
– On dirait que quelqu'un a pissé sur un radiateur, hein ?
– Allons-y. Ma relève arrive dans quelques minutes.

Evans retira son casque colonial et s'essuya le front avec sa manche. Une tache d'humidité apparut sur la toile de sa chemise. Écrasant LeBlanc du regard, il remit son casque.

– Comme de la pisse sur un radiateur, dit-il.
– Allez, viens, dit Rainack. J'ai hâte d'aller me laver les mains.

Ils quittèrent la baraque et refermèrent à clef la porte munie de barreaux derrière eux.

– Regardez ses mains, dit Jeffry. Elles sont brûlées. Il a dû essayer de soulever le couvercle.
– Sa tête aussi est brûlée, dit Billy Jo.
– Quelqu'un a de la graisse ? demanda Toussaint.
– Y en a autour des tuyaux aux latrines.
– Va en chercher.
– J'ai pas envie de me saloper, dit Jeffry.
– Billy Jo. Vas-y, toi.
– Je viens de me changer.
– J'y vais, dit Frère Samuel.
– Il a dû essayer de défoncer la caisse à coups de tête, avança Daddy Claxton.

LeBlanc avait la main sur les yeux. Il la retira et regarda le plafond en battant des paupières. Ses pupilles étaient de petits points noirs.

– Il y voit rien, dit Jeffry.
– Ça fait deux jours qu'il a pas vu la lumière, expliqua Toussaint.
– Je sais comment je vais m'occuper de lui, dit LeBlanc. J'ai trouvé. Je voyais son visage devant moi comme s'il était peint sur le couvercle. J'ai réfléchi à toutes les façons dont je pouvais lui faire la peau, et j'ai choisi.
– Comment tu vas faire ? demanda Jeffry.
– J'ai trouvé le bon moyen.
– Déshabillez-le, dit Toussaint.

Avery lui retira sa chemise et son pantalon, les jetant par terre. Les sous-vêtements de LeBlanc étaient jaunes et souillés.

– Il va tout dégueulasser, protesta Benoit.
– Tais-toi, dit Avery.

– Voilà la graisse, dit Frère Samuel. C'est tout ce que j'ai.
– Mets-la-lui sur les mains et sur le visage.
Frère Samuel l'étala en une fine couche sur les cloques.
– Qu'est-ce que c'est ? demanda LeBlanc.
– Ça va apaiser tes brûlures.
– Comment tu comptes t'y prendre avec Evans ? redemanda Jeffry.
– Vous verrez le moment venu.
– Il faut le mettre tout nu et le couvrir, dit Toussaint.
Ils terminèrent de le déshabiller et remontèrent le drap sur lui. Ses mains étaient posées sur le drap, crispées et noires de graisse. On aurait dit des serres de rapace.
– On va te rapporter quelque chose du réfectoire après dîner, dit Frère Samuel. Quand tu te seras reposé et que tu auras mangé un morceau, on te donnera une douche. Tu pourras te faire porter malade demain.
– Pas question que je me fasse porter malade.
– À l'infirmerie, dit Daddy Claxton, ils te donneront de la pommade pour tes brûlures. Peut-être même qu'ils te garderont deux ou trois jours. T'es pas obligé de retourner sur le chantier.
– Je veux pas de traitement de faveur.
– Dans l'état ou tu es, dit Toussaint, tu ne pourras pas travailler demain.
– Je serai à l'appel demain matin.
Chacun retourna à sa tâche, laissant LeBlanc dormir. Le sol balayé, on le mouilla et le frotta à la serpillière. Les lits et les malles furent remis en place, bien alignés, les couvertures décrochées des fenêtres et pliées sur les lits. Quelqu'un dans les douches essorait son linge en le frappant contre le mur. Les balais et les seaux furent rangés, puis on s'assit sur les lits et fuma en attendant l'inspection.
– Ce gars-là n'arrivera jamais au bout de sa peine, dit Toussaint, debout à la fenêtre.
– C'est peu probable, approuva Avery, qui avait vidé sa malle pour la nettoyer et y mettre de l'ordre.
– Comment tu t'es retrouvé avec lui ?
– Il passait du whisky sur le fleuve. Il a tiré sur les flics quand on s'est fait arrêter.
Toussaint s'appuya sur les coudes et regarda les arbres.

– L'orage va finir par éclater, dit-il. Il fait trop chaud.

– Frère Samuel y voit un signe.

– En tout cas, il a raison, c'est pas naturel. J'ai jamais vu une telle chaleur pendant si longtemps sans pluie.

Avery ferma sa malle et rentra les coins de sa couverture sous son matelas.

– J'ai entendu le tonnerre hier soir, dit-il.

– Ça fait deux semaines qu'on l'entend. Il va forcément pleuvoir bientôt.

Le lundi matin, le ciel était noir de nuages quand les hommes s'alignèrent pour l'appel. Un large front orageux approchait en provenance du golfe. L'air était frais et humide, le ciel zébré d'éclairs. Quelques gouttes d'eau creusaient de petits trous par terre. Les pins enténébrés oscillaient dans le vent, et des bourrasques de poussière balayaient la cour. L'une d'elles arracha un chapeau de paille d'une tête et le fit rouler au sol jusqu'au grillage, où il fut stoppé net. Le capitaine et les gardiens avaient mis les cirés. Quelques détenus demandèrent à retourner aux baraques chercher leur manteau. Un coup de tonnerre retentit juste au-dessus du camp.

À dix heures, le ciel noircit encore, et la pluie commença. Les hommes travaillaient dans le fossé à ce moment-là. L'eau tambourinait sur le toit des camions pour retomber en cascade, avalée par les crevasses de la terre desséchée. Elle formait un rideau gris acier qui empêchait de voir au-delà des arbres. La terre se changea en boue, et de grandes flaques se formèrent et s'écoulèrent dans le canal d'irrigation, emportant des morceaux du talus de déblais. Les hommes avaient de l'eau jusqu'aux genoux. Ils se marchaient dessus et perdaient leurs outils, les récupéraient à tâtons. Les pelletées d'argile détrempée qu'ils jetaient par-dessus les parois pour tenter de reconstruire le talus étaient inlassablement ramenées par les ruissellements. Trois pompes furent apportées et installées au fond du fossé, leur tuyau de caoutchouc drainant l'eau rouge de l'autre côté du talus, mais le niveau de celle-ci continuait de monter. Seul un des bras de la brouette était encore visible. Le froid de la pluie transperçait la peau comme des aiguilles. Engorgées par la boue, les pompes cessèrent de fonctionner. La moitié des hommes avaient perdu leurs outils et tentaient de s'extraire du fossé en s'accrochant aux racines dépassant des parois. Dans la confusion, les gardiens ne distinguaient plus quels hommes appartenaient à quelle équipe. Perché sur le talus, la pluie dégouttant de son casque et de son ciré, Evans aboyait ses ordres à ceux de la 5. Un peu plus haut, une portion de paroi s'écroula, et l'eau s'engouffra par l'ouverture.

Le capitaine des travaux allait et venait le long du chantier en soufflant dans son sifflet pour que les gardiens rassemblent leurs hommes et les fassent regagner les camions. Ceux qui avaient encore leurs outils les jetèrent hors du fossé et se poussèrent les uns les autres pour tenter de les rejoindre.

– Allez ! allez ! dit Evans. Tout le monde dans les camions.

– J'arrive pas à monter, dit Benoit au milieu du tumulte.

– T'es pas dans mon équipe. Dégage.

– Où est la 3 ?

– Qu'est-ce que j'en sais ? Dégage de là et laisse passer mes gars.

– Poussez pas, protesta quelqu'un.

– Abruti, dit un autre. T'as fait tomber mon chapeau dans l'eau.

– Équipe n° 5, ici !

– Aidez Claxton à monter.

– Accroche-toi à une racine, Daddy.

Avery, Toussaint et Frère Samuel le poussèrent en le tenant par les jambes. Alors que ses mains atteignaient le bord du fossé, il tomba en arrière et disparut sous l'eau. Il se redressa, assis au fond, ne laissant émerger que la tête et les épaules. Ses cheveux gris étaient collés en paquets par la boue.

– Recommence.

– Par ici, équipe n° 5 ! Benoit, qu'est-ce que tu fous encore là ?

– Je trouve pas mon équipe.

– Où est Rainack ? demanda un autre détenu.

– De l'autre côté, répondit Evans.

– Arrêtez de pousser, merde.

– Laisse-moi monter sur tes épaules.

– Du calme.

Ils poussèrent Daddy Claxton jusqu'à ce qu'il puisse passer le ventre par-dessus le bord du fossé et terminer de grimper avec les coudes et les genoux.

– À qui, maintenant ? dit Toussaint.

– J'y vais, dit Benoit.

– Où sont Jeffry et Billy Jo ?

– Ils sont partis à la pêche, répondit LeBlanc.

– Benoit, je t'ai demandé de rejoindre ton équipe, s'impatienta Evans, la pluie cognant contre son casque colonial.

– Je sais pas où elle est.

– À Frère Samuel, dit Toussaint en joignant les mains pour lui faire la courte échelle.

Aidé par les autres, Frère Samuel se hissa jusqu'au talus, puis le franchit à quatre pattes.

– Et moi ? dit Benoit.

– Attends ton tour, rétorqua LeBlanc.

– Je trouve personne. Je vais aller au mitard si je rejoins pas mon équipe.

– Ça me fendrait le cœur.

– À toi, Avery.

LeBlanc et Toussaint poussèrent Avery jusqu'en haut. LeBlanc suivit, après quoi Avery et Frère Samuel se penchèrent à plat ventre par-dessus le bord pour aider Toussaint à monter. Il planta un pied dans l'argile et sauta jusqu'à des racines. Il s'y accrocha et, suspendu ainsi, chercha un appui avec les pieds sur la paroi. Les autres le saisirent par les poignets et le tirèrent jusqu'à eux. Benoit se retrouva seul dans le fossé.

– Et moi ?

– Va te baigner, dit Evans.

– Soyez pas vaches. Je vais avoir du mitard.

Evans regarda autour de lui. Ses yeux s'enflammèrent. Il oublia Benoit.

– Où sont Billy Jo et Jeffry ?

– Ils sont partis à la pêche, je te dis.

– La ferme. Qui a vu Billy Jo et Jeffry ?

Personne ne répondit.

– Vous allez me dire où ils sont, bon Dieu ?

– Je les ai pas vus depuis qu'il s'est mis à pleuvoir, dit Daddy Claxton.

– Ils étaient avec vous dans le fossé. Vous êtes pas aveugles. Qu'est-ce qui leur est arrivé ?

– Ils se sont peut-être mélangés à une autre équipe.

– L'un de vous les a forcément vus. Je veux savoir où ils sont.

– Demande à mon cheval, dit LeBlanc.

– Toi, je vais te renvoyer dans la caisse pour ça.

– Gros porc.

Evans le frappa avec la base de la main.

– La prochaine fois, tu auras droit au canon de mon revolver.

– Tu peux bien faire ce que tu veux. T'en as plus pour longtemps.

LeBlanc avait une tache rouge sur les lèvres. Il s'essuya la bouche sur sa manche et cracha.

– T'as les mains sales, dit-il.

Evans le frappa à nouveau, cette fois sur le nez.

– File au camion, espèce d'enfoiré. Les autres aussi, grouillez-vous.

– Je sais comment je vais m'y prendre, dit LeBlanc. Tu vas déguster.

– Grouille ! Je m'occuperai de toi plus tard.

Sous la pluie, dans la boue, ils marchèrent jusqu'au camion et grimpèrent à l'arrière. Une fois monté, LeBlanc se tourna vers Evans.

– T'as déjà vu un cochon se faire saigner ?

– Ça va te coûter très cher, dit Evans avant de claquer les portes et de cadenasser le verrou.

Il n'y avait pas de lumière à l'arrière du camion. Assis sur les bancs dans leurs vêtements trempés, les hommes écoutèrent le bruit de la pluie sur le toit. Ils entendirent Evans parler dehors avec le capitaine.

– Il m'en manque deux, dit Evans.

– Où sont-ils ?

– Je ne sais pas. Peut-être avec une autre équipe.

– Ils ont disparu depuis combien de temps ?

– Je m'en suis aperçu quand j'ai demandé aux autres de sortir du fossé.

– Vous n'êtes pas capable de surveiller sept hommes sans en perdre ?

– Il y avait une dizaine de gars en bas qui ne faisaient pas partie de mon équipe. Je ne voyais pas lesquels étaient les miens.

– On va passer en revue les autres équipes. Vous avez intérêt à ce qu'on les retrouve.

– Oui, monsieur.

– Dites à Rainack d'avertir le directeur par radio.

– On n'est pas encore sûrs que ce soit une évasion.

– Le directeur veut qu'on lui signale la moindre disparition.

– Bien, monsieur.

– Cherchez de ce côté du chantier, je commence de l'autre.

Daddy Claxton avait l'oreille collée à la porte arrière du camion, la bouche ouverte en un demi-sourire. Des gouttes d'eau tombaient de ses vêtements.

– Bon Dieu, ils l'ont fait, dit-il. Ils se sont évadés.

– Quelqu'un les a vus ? demanda Avery.

– Ils travaillaient à côté de moi, dit Frère Samuel. Quand les parois ont commencé à s'écrouler, ils ont jeté leurs outils et ils sont partis en courant vers l'autre bout du fossé.

– Vous avez entendu le capitaine engueuler Evans ? dit Daddy Claxton. Ils vont le virer s'ils les reprennent pas.

– On n'est pas encore sûrs qu'ils se soient fait la belle, souligna LeBlanc.

– Ils sont pas partis en courant pour faire de l'exercice, dit Toussaint.

– Ils sont peut-être montés par l'autre côté au moment des éboulements, dit Daddy Claxton. Entre l'inondation du fossé et les pompes en panne, les matons ne savaient plus où donner de la tête.

– Sous la pluie, dit Avery, les chiens ne vont pas pouvoir suivre leur trace. Ils ont toutes leurs chances.

– D'après Billy Jo, ils avaient une voiture planquée quelque part.

– Ils auront de la chance s'ils ne trouvent pas les flics assis dedans en train de les attendre, dit Toussaint.

– C'est sûr qu'ils n'ont pas été très discrets, concéda Frère Samuel.

– Ils sont déjà loin, dit Daddy Claxton. Je regrette de pas être avec eux.

– Pourquoi t'y es pas allé ? s'enquit LeBlanc.

– Je leur ai demandé. Ils m'ont dit que j'étais trop vieux.

– Ils pouvaient pas t'empêcher de les accompagner.

– Ils ont sûrement raison. Je suis en prison depuis trop d'années pour m'aventurer dehors.

– Je ne sais pas si je tiendrais tellement à être avec eux, dit Frère Samuel.

– Pourquoi ? dit Claxton.

– Jeffry est habité par un esprit. J'ai vu le signe ce matin. Il avait une grosse verrue sur le doigt.

– Les verrues, ça s'attrape en touchant les grenouilles.

– Pas des comme ça.

– Ils sont partis. C'est pas une verrue qui va les retenir.

– Je le lui ai dit, à Jeffry, que l'esprit pouvait revenir quand je l'ai guéri.

– Ils seront sortis de l'État d'ici demain matin, persista Daddy Claxton.

– C'était une verrue maléfique. Il faut une magie particulière pour s'en débarrasser.

– Combien de temps ils vont nous garder là-dedans ? dit LeBlanc.

– On n'a pas à bosser tant que les matons fouillent le secteur, se réjouit Claxton.

Evans déverrouilla les portes arrière et les ouvrit en grand. Poussée par le vent, la pluie s'engouffra dans le camion. Evans et le capitaine montèrent et laissèrent les portes ouvertes. Leurs bottes et le bas de leur pantalon étaient couverts de boue. Du chapeau rond à larges bords du capitaine coulait un filet d'eau. Leurs cirés, trempés, brillaient.

– Il y a forcément quelqu'un ici qui les a vus partir, dit le capitaine. Je veux que vous me disiez où ils sont allés.

Les bourrasques de pluie formèrent de petites flaques sur le plancher du camion.

– Parlez, dit Evans. Vous n'êtes pas sourds-muets.

– Toi, dit le capitaine en désignant Daddy Claxton. Je t'écoute.

– J'ai pas arrêté de travailler. J'ai rien vu.

Le capitaine interrogea chacun d'entre eux.

– Je ne me suis pas rendu compte qu'ils n'étaient plus là avant qu'on sorte du fossé, dit Avery.

– On était trop nombreux, dit Toussaint.

– Il paraît qu'ils sont partis à la pêche, dit LeBlanc.

– J'ai rien vu, dit Frère Samuel.

– Tout le monde dehors, ordonna Evans.

– On va où ? s'inquiéta Daddy Claxton.

– Vous allez rester debout sous la pluie jusqu'à ce qu'on les retrouve ou que quelqu'un nous dise où ils sont.

– Mais les autres camions rentrent au camp.

– Pas celui-ci.

Ils descendirent et se tinrent face à Evans et au capitaine. La pluie tombait de leur chapeau de paille et coulait sous leurs vêtements. Les autres camions passèrent devant eux dans la boue. Plusieurs gardiens entraient dans le bois de l'autre côté de la clairière. Ils étaient armés de fusils, dont certains à pompe. L'un d'eux examinait la zone où la paroi du fossé s'était écroulée, une pente d'argile meuble qui descendait jusqu'au fond du canal. Il se pencha en avant pour scruter le sol, les gouttes de pluie se brisant sur le dos de son ciré.

– Ils sont sortis par là ! cria-t-il.

Les autres gardiens le rejoignirent et constatèrent la présence de profondes traces de bottes dans l'argile.

– C'est sûr, capitaine. Ils sont partis dans le bois.

– Appelez le directeur, dit le capitaine, qu'il demande à la police d'État de venir vers nous par l'autre côté.

– Et nous ? demanda Claxton.

– Vous restez ici jusqu'à ce qu'on les ait repris, dit Evans.

– Il commence à faire froid. Laissez-nous au moins remonter dans le camion.

– Je vais vous envoyer Rainack pour vous surveiller. Ne bougez pas jusqu'à notre retour.

– On les a pas aidés, assura le vieil homme. Pourquoi on n'a pas le droit de rentrer au camp avec les autres ?

– Parce que vous vous foutez de notre gueule en jouant les muets.

– Allez chercher Rainack, dit le capitaine.

Evans s'éloigna le long du chantier, puis revint.

– Il arrive, annonça-t-il. Je lui ai demandé de prendre deux fusils dans le pick-up.

– Je suis vieux, dit Daddy Claxton. Je peux pas rester dehors tout mouillé comme ça.

Rainack arriva sous la pluie avec deux fusils à la bretelle, le canon vers le bas pour le garder au sec. C'étaient des Springfield 1903 qui avaient été rachetés au gouvernement. Il les retira de son épaule en les tenant par la bretelle et les tendit au capitaine. Il plongea la main sous son ciré et sortit de sa poche une poignée de balles.

– C'est tout ce qu'on a, dit-il en les donnant au capitaine. Les autres sont corrodées.

Le capitaine tendit l'un des deux fusils à Evans, et chacun ouvrit la culasse pour charger. Le bois très nervuré des deux armes avait été frotté à l'huile de lin. Celle d'Evans était comme éclaboussée de rouille sur le tampon de la crosse.

Ils contournèrent le fossé pour gagner l'autre côté de la clairière. Sur l'ordre du capitaine, les autres gardiens et eux se déployèrent, et tous s'enfoncèrent dans le bois. Montant à l'arrière du camion, Rainack s'assit sur l'un des bancs. Il sortit son tabac et roula une cigarette. Il gratta une allumette sur la paroi du camion, couvrit la flamme avec ses mains, puis cracha la fumée dans l'air humide.

– Ils sont partis, maintenant, dit Claxton. On peut se mettre à l'abri.

Rainack fuma en silence.

– Allez, personne verra la différence. On dira rien. Je suis trempé jusqu'aux os.

– Vous avez entendu les ordres. Vous devez rester là jusqu'à leur retour.

– Ils le sauront pas, plaida Claxton.

– J'ai des ordres, dit Rainack. Si ça ne tenait qu'à moi, je n'y verrais pas d'inconvénient.

Claxton avança vers le camion.

– Reste où tu es.

– J'ai eu une pneumonie, dans le temps. Je suis pas assez costaud pour y résister une deuxième fois.

– Je ne peux rien pour toi.

– Demande pas à un enfoiré de se conduire correctement, dit LeBlanc.

– Qu'est-ce que t'as dit, là ?

– J'ai dit que t'étais un enfoiré.

– Apparemment, le mitard, ça ne t'a rien appris.

– Laissez le vieux se mettre à l'abri.

– J'en référerai à Evans quand il reviendra.

– Viens régler ça toi-même.

– Tu devrais être dans un asile, dit Rainack.

– Pourquoi t'es pas allé avec les autres ? Tu va rater la partie de tir.

– Je ne veux plus t'entendre.

– On peut avoir un œil à deux cents mètres avec un Springfield, dit LeBlanc.

– Tais-toi.

Daddy Claxton se mit à tousser.

– Laissez-le monter dans le camion, dit Toussaint.

– J'ai des ordres.

– Y a rien à lui demander, dit LeBlanc. Même si le vieux crachait du sang, il lèverait pas le petit doigt.

– Prends mon chapeau, proposa Avery à Claxton.

– Je te revaudrai ça, dit ce dernier.

Il se l'enfonça jusqu'aux oreilles. Des mèches de cheveux gris mouillés étaient collées sur son front. Il fut pris d'une nouvelle quinte de toux. L'eau continuait de se déverser du ciel en trombes tourbillonnantes. Le canal d'irrigation était presque totalement rempli. Le talus avait disparu. À la surface, où flottaient des racines et des morceaux de branches cassées, un mocassin avança en ondulant, ridant l'eau rouge en V derrière sa tête noire. Il tenta de se hisser sur le bord, mais retomba, avalé par le courant. Dressant alors sa tête comme pour grimper en l'air, il se jeta sur le bord et s'efforça de prendre appui sur la glaise. Alors qu'il glissait, il fut pris par une branche qui flottait et entraîné sous l'eau.

La pluie piquait les yeux d'Avery. La peau de ses doigts était blanche et plissée à cause de l'eau. Le froid commençait à lui engourdir les pieds. Frère Samuel regardait droit devant lui en direction des arbres. Ses vêtements trop grands pendaient, trempés, le long de son corps. Toussaint, Claxton et LeBlanc avaient la tête légèrement penchée en avant, la pluie dégoulinant de leur chapeau. Ils suivaient d'un œil vide son ruissellement dans la boue. Frère Samuel regardait fixement l'endroit par où les gardiens étaient entrés dans le bois.

– Ils ne reviendront pas, dit-il.

– Ils seront dans le Mississippi demain matin, dit Claxton.

– Il avait un esprit en lui. J'ai vu le signe. Je n'aurais pas dû utiliser mes pouvoirs pour le guérir.

– T'inquiète pas pour eux. Ils sont jeunes. Ils sont capables de se débrouiller tout seuls. C'est nous, les vieux, qui sommes là sous la pluie et qui allons mourir de pneumonie.

– J'ai cru bien faire et j'ai commis une grave erreur.

– Tu n'as rien à te reprocher, dit Toussaint. S'ils se font tuer, c'est la faute à pas de chance. Tu n'y es pour rien.

– Je suis revenu sur ma promesse au Seigneur en traitant avec l'Homme des Ténèbres. J'aurais dû me méfier. Mon imprudence va coûter cher à Billy Jo et à Jeffry.

Il retira le disque de bois suspendu à son cou par un lacet de cuir et le tint dans sa main. L'inscription qui y figurait était profondément gravée dans le bois. Il enroula le lacet fermement autour du disque.

– Qu'est-ce que tu fais ? dit LeBlanc.

– Je renonce à mes pouvoirs.

Jeté dans le canal, le disque frappa l'eau avec un flac sonore et resta à la surface, emmené par le courant. Frère Samuel sortit ensuite de sa poche la dent de serpent et la patte de tortue desséchée. Il enfonça la première dans la seconde et jeta le tout de l'autre côté du canal. Le petit paquet heurta le bord et retomba dans l'eau.

– Tu veux dire que t'as plus de pouvoirs, maintenant ? s'étonna Daddy Claxton.

– J'y ai renoncé.

– Juste parce que t'as balancé tes trucs, tu peux plus guérir ?

– Je m'y suis pris trop tard. Jeffry et Billy Jo vont devoir affronter le jugement dernier aujourd'hui.

– Ils se débrouilleront, dit Claxton. Ils sont pas vieux et usés.

– Ils vont se présenter devant le Seigneur avec l'esprit maléfique accroché à leur âme, et lorsque le Seigneur les regardera, il détournera son visage. Il pointera le doigt vers eux, la foudre surgira de sa main, et l'esprit les entraînera dans le monde des ombres.

Une heure passa. La pluie se calma, puis le déluge reprit. Le vent secouait les arbres. Des morceaux de feuilles mortes tapissaient les flaques. Les camions avaient creusé de profondes ornières dans la clairière. Venus sur les lieux, le directeur, le shérif de la paroisse et deux de ses adjoints s'étaient enlisés. Les roues de leur voiture, embourbées jusqu'au moyeu, patinaient en faisant crier les pneus. Une odeur de caoutchouc brûlé emplit l'air. Lorsque les adjoints descendirent pour pousser, la boue éclaboussa leurs uniformes, mais la voiture ne bougea pas d'un pouce. L'équipe n° 5 fut appelée à la rescousse. Toussaint sortit le cric du coffre, souleva l'arrière, et ils glissèrent des feuilles et des broussailles sous les roues. Le cric retiré, ils empoignèrent le pare-chocs arrière et, tandis que le directeur accélérait, ils firent rebondir la voiture jusqu'à ce qu'elle sorte des ornières. Rainack les ramena alors au camion, où lui-même remonta, les laissant à nouveau sous la pluie.

Il était maintenant deux heures, et Avery sentait ses jambes faiblir. Il avait les yeux fermés, et son visage, inlassablement fouetté par la pluie, le piquait. Déplaçant son poids d'un pied sur l'autre, il se revit sur les eaux du golfe à l'époque où il travaillait dans l'exploration pétrolière. Ça semblait loin. Il se rappelait ces journées chaudes et ensoleillées à bord de la barge de forage bercée par la houle où perçaient quelques crêtes blanches au loin, les flancs argentés et tachetés de rouge des truites de mer jaillissant de l'étendue bleu-vert le matin, la ligne de fond qu'ils jetaient le soir et relevaient le lendemain chargée de poissons-chats ; l'amarre rugueuse du bateau de servitude qu'on attachait à la cloison rouillée de la barge, le pont malmené par le gros temps et les gilets de sauvetage qu'il fallait enfiler, car il y avait toujours quelqu'un pour passer par-dessus bord quand on relevait les sismos, les boîtes d'explosifs, vissées les unes aux autres, qu'on faisait descendre par le tube de forage dans le sous-sol du golfe, la batterie et le détonateur dont se servait le boutefeu pour faire exploser la charge, la secousse de la barge au moment de l'explosion, l'âcre fumée jaune qui remontait du fond de l'eau et donnait mal à la tête si on la respirait, les beuveries à bord de la navette qui ramenait tout le monde à terre et les discours sur la future tournée des bordels jusqu'au prochain changement d'équipe, la petite île côtière avec le kiosque au milieu des cyprès où on servait le vin blanc frappé et la bière dans des chopes dégoulinantes de condensation.

Il repensa à Suzanne, la fille avec qui il était sorti durant sa dernière année de lycée, du vivant de son père. Ils ne se quittaient plus et parlaient de se marier. Elle avait la peau très blanche, ses cheveux tombaient sur ses épaules comme de la soie noire, et, à dix-huit ans, elle avait déjà l'air d'une vraie femme. Il se rappela ce fameux samedi où il l'avait emmenée pêcher dans sa barque, lui ramant, les chênes, les cyprès et les saules défilant de chaque côté du bayou, elle assise à l'avant, de la joie dans ses yeux sombres, relevant ses cheveux pour sentir la brise sur sa nuque. Il s'était rapproché du bord, avait sauté dans l'eau et tiré la barque dans les bas-fonds, sans qu'aucune question ou mot ne soit nécessaire, car elle avait déjà compris. Et tout le reste du printemps, il en avait été ainsi. Le samedi matin, il passait la prendre sur la digue, et ils retournaient au même coin de verdure au milieu des azalées et du jasmin, après quoi ils buvaient du vin, pêchaient, puis il la ramenait dans l'après-midi.

Leur diplôme en poche, Avery s'était mis à boire davantage, jusqu'à ce week-end à Biloxi où ils s'étaient rendus dans la voiture de sport offerte à Suzanne par son père en guise de cadeau de fin d'études. Avery l'avait laissée dans la chambre d'hôtel pour aller chercher un paquet de cigarettes et il était revenu ivre mort trois heures plus tard. Allongée sur le lit, les yeux mouillés, les cheveux étalés sur l'oreiller, elle s'était détournée quand il avait voulu la toucher. Il était reparti, avait acheté une bouteille au bar et était allé la boire sur la plage, où il s'était endormi. Il s'était réveillé la tête dans un étau et les vêtements et les cheveux pleins de sable ; le soleil était chaud, la façade de l'hôtel d'une blancheur étincelante. Il était remonté dans la chambre, mais il n'y avait plus rien à dire ou à faire, ses mots d'excuse avaient semblé vides de sens. Elle était profondément blessée et prenait sur elle pour ne pas le montrer, ce qui ne faisait que renforcer la frustration et la honte d'Avery. Ils restèrent silencieux durant toute la route du retour, et plus rien ne fut jamais comme avant. L'été laissa place à l'automne, et, tandis que Suzanne entrait à l'université de la Louisiane, Avery intégra une équipe de prospection pétrolière. Elle lui écrivit quelques lettres la première année, puis elle partit étudier la peinture en Espagne, et il n'entendit plus parler d'elle. Cette histoire s'était terminée sans drame, sans poésie, sans passion, et il s'étonna de penser à elle à présent. Il n'était en prison que depuis peu de temps, et, pourtant, tout ce qui avait existé avant, y compris Suzanne, semblait appartenir à un autre monde. Leurs samedis, tout ce qu'ils avaient vécu ensemble était comme détaché de la réalité, plus rien n'était réel sinon les vêtements trempés, la pluie, la boue, les pieds gelés, la toux de Daddy Claxton, Rainack assis à l'arrière du camion dans son uniforme et son ciré, portant à la ceinture son revolver 11,43 avec lequel il pouvait vous donner des coups de canon sur le crâne si vous tentiez de vous mettre à l'abri, et deux fuyards quelque part dans les bois, poursuivis par des hommes armés.

– Faut que je pisse, dit Claxton.

– Vas-y, dit Rainack.

– Je peux pas aller dans les buissons ?

– Je dois tous vous tenir à l'œil.

Claxton eut l'air gêné.
– Je vais me sauver nulle part, dit-il.
– T'es plus un gamin, dit Rainack. On va pas te regarder.
– J'en ai pour une minute. Je reviens tout de suite.
Il finit par se tourner sur le côté et urina dans la boue. Il reboutonna son pantalon et fixa son regard sur le canal d'irrigation, pour éviter celui des autres.
– Ça fait quoi d'être un enfoiré ? lança LeBlanc à Rainack.
– Tu t'en tireras pas comme ça. Attends un peu qu'Evans revienne.
– Si Evans te doit de l'argent, je te conseille de le récupérer tant que c'est encore possible.
– T'es que de la gueule, LeBlanc. Les gars comme toi, ça cause, c'est tout. Ça passe jamais aux actes.
– Un peu de patience.
– Evans vivra assez vieux pour pisser sur ta tombe.
– Toi aussi, tu ferais bien de payer tes dettes.
– J'aurais dû te tuer, l'autre fois, dans le fossé. Ça aurait épargné à tout le monde beaucoup de problèmes.
Des coups de feu retentirent dans le bois. Lointains, à peine audibles au milieu de l'orage. Une détonation isolée suivie de deux autres, puis quelqu'un qui tirait coup sur coup. S'ensuivirent quelques instants durant lesquels on n'entendit plus que le bruit de la pluie. Rainack descendit du camion la main sur son revolver et se tourna vers les arbres. Le devant de ses vêtements de toile, entre les deux pans de son ciré ouvert, était trempé. L'équipe n° 5 attendit en tendant l'oreille. Soudain, un dernier *pa-ow !* de fusil et, presque immédiatement derrière, la détonation sourde d'un fusil à pompe. Puis plus rien. Quelques minutes passèrent, et le bois resta silencieux.
– Et voilà, dit Rainack. C'en est fini de vos copains.
Il remonta dans le camion et ferma une des portes pour se protéger de la pluie. Il s'essuya le visage avec son mouchoir.
– Les coups de feu étaient trop proches, dit Daddy Claxton.
– Ça fait trois ou quatre heures qu'ils sont partis, dit Avery. Ils auraient dû être dans la paroisse d'à côté.
– C'était peut-être Evans qui s'entraînait au tir sur un ami, dit LeBlanc.

– Je sais que c'est pas eux, insista Claxton. Ils sont jeunes. Ils ont pu faire près de vingt bornes depuis qu'ils sont partis. Si, comme le disait Billy Jo, une voiture les attendait, ils sont peut-être sortis de l'État à l'heure qu'il est.

– Ils se tiennent devant le Seigneur, assura Frère Samuel. Ils ont franchi le grand fleuve, et le Seigneur est en train de les juger. Ce soir, leur âme volera à travers les ténèbres, traînée par l'esprit maléfique au bout d'une chaîne.

– Je refuse d'y croire. Ils sont jeunes. Un vieux n'y serait pas arrivé, mais des jeunes, ils ont toutes leurs chances.

– J'ai vu le signe ce matin. Ça ne servait à rien de les prévenir, je le savais.

Daddy Claxton fut pris d'une violente quinte de toux. Le souffle rauque, il manqua s'étouffer sur la manche de sa chemise.

– Y a plus de raison de nous laisser dehors maintenant, fit remarquer LeBlanc. Laisse le vieux monter dans le camion.

– Adresse-toi à Evans, rétorqua Rainack.

– Rien ne t'oblige à nous laisser sous la pluie.

– Ce sera bien pire pour toi quand Evans va revenir.

– Billy Jo et Jeffry sont morts, dit Frère Samuel.

– J'ai des ordres.

– Essayez de réfléchir, dit Avery. Vous allez le tuer, le vieux.

– Toi, la ferme.

– Pourquoi vous ne le balancez pas directement dans le canal d'irrigation ? poursuivit Avery. Au moins, vous serez sûr qu'il attrape une pneumonie.

– Ça, ce sera signalé à Evans.

– Y a des coins profonds dans ce canal. Il ne sait sûrement pas nager.

– Continue. Tu auras ton nom sur la liste des punis avec celui de LeBlanc.

– Ou alors, vous l'emmenez dans les marais et vous lui trouvez des sables mouvants. Ça ou mourir de pneumonie, ce n'est pas très différent. Ses poumons se rempliront de sable au lieu de se remplir d'eau.

– Tu vas trop loin. Ma patience a des limites.

– Tu ne vas rien faire du tout, dit LeBlanc.

– Continue de la ramener et tu verras.

– J'en ai connu des gars de ton espèce à l'armée, incapables de baisser leur froc pour chier sans en avoir reçu l'ordre. On est cinq contre toi. Prends-t'en à un seul d'entre nous et tu vas devoir utiliser ton flingue. Et là, y aura une enquête, et le dirlo te virera pour sauver sa peau.

– Il va te soigner, Evans.

La voiture du directeur revint en longeant le chantier et passa devant les hommes. Elle était couverte de boue. À nouveau les roues patinèrent, mais le directeur réussit à contourner l'endroit où il s'était enlisé la première fois. Le shérif était assis sur le siège passager, ses deux adjoints à l'arrière. On apercevait le bout d'un canon de fusil derrière la vitre de l'un d'eux. Un camion bâché les suivait, les gardiens massés vers l'avant, car la bâche avait été arrachée de ses fixations par le vent et claquait en l'air. Derrière, roulant en seconde dans les ornières, le pick-up du capitaine aborda la zone glissante où le directeur s'était enlisé. Alors que ses roues gémissaient dans la boue, il passa la marche arrière et donna un coup d'accélérateur avant de repasser la seconde, créant un cahot qui lui permit d'atteindre un endroit plus ferme. Evans était assis à côté de lui. Le pick-up s'arrêta, et les deux hommes en descendirent pour gagner l'arrière. Leurs fusils étaient appuyés contre le dossier de la banquette, près du levier de vitesses.

– Fais-les venir, dit Evans à Rainack.

Ce dernier écrasa sa cigarette, boutonna son ciré et sortit sous la pluie.

– Vous avez entendu, dit-il aux détenus. Bougez-vous.

Avery et les autres avancèrent péniblement jusqu'au pick-up. Les jambes molles d'être resté debout trop longtemps, Avery avait du mal à coordonner ses pas. Le froid rendait ses pieds douloureux pour marcher. Daddy Claxton titubait, toussant et crachant des mucosités. On avait étendu une bâche dans la benne du pick-up. Des flaques d'eau s'y formaient et s'écoulaient par les creux et les plis. Une tache sombre s'y étalait. Evans en tenait une extrémité d'une main, prêt à la relever.

– Je veux que vous voyiez ce qui arrive à ceux qui croient pouvoir s'évader d'ici, dit-il. Regardez-les bien et, en rentrant, dites à tout le monde ce que vous avez vu.

Il releva la bâche et découvrit les deux corps. Ils gisaient sur le dos, le visage tourné vers le ciel, le regard vide. La pluie leur tombait dans les yeux. Billy Jo avait été touché deux fois à la poitrine ; une troisième balle était rentrée par son œil gauche et ressortie par la tempe. Des morceaux de tissu étaient incrustés dans les plaies de sa poitrine. Sa chemise le moulait, raidie par le sang coagulé. Il était pieds nus, le pantalon, déchiré aux genoux, taché de boue et d'herbe. Son œil restant était révulsé. Des fragments d'os dépassaient de l'ourlet de chair et de cheveux collés qui bordait le trou, très gros, par lequel la balle était sortie de la tempe. Jeffry n'avait plus qu'une chaussure. La cheville de son pied nu était cassée. Enflée, décolorée, on aurait dit un poing, et le pied était tordu sur le côté. Sa chemise était en lambeaux. On avait tiré sur lui, de près, au fusil à pompe ; les plombs s'étaient éparpillés sur le tronc et le haut d'une cuisse. Une des carotides avait été sectionnée, et une large zone rouge s'étendait sous le cou comme un bavoir d'enfant.

– Ils étaient où ? s'enquit Rainack.

– Ils sont tombés dans une glaisière. Ils remontaient quand on les a repérés. Billy Jo est parti en courant vers les arbres, et Jess et moi, on l'a tiré comme un lapin. On a raté Jeffry, mais Abshire l'a eu au fusil à pompe. Il a été projeté dans un fourré sous l'impact.

– Qui a eu Billy Jo dans la tête ?

– Difficile à dire. On tirait en même temps. Une partie de lui est restée là-bas, accrochée à un arbre.

– Recouvrez-les et rentrons, dit le capitaine.

Evans remit la bâche en place. Ruisselant le long des plis, l'eau lui coula sur les bottes.

– Sale porc, dit LeBlanc.

Il avait la peau blanche, et sa brûlure au front devint rouge sang.

– Faites taire cet homme, ordonna le capitaine.

– Il n'a pas arrêté de créer des problèmes depuis que vous êtes partis, dit Rainack. J'ai failli le corriger plusieurs fois.

– Vous n'êtes pas capable de tenir vos hommes, Evans ?

– J'aimerais l'emmener dans les bois et revenir sans lui, dit Evans.

– Bande d'enfoirés.

– Tu vas la fermer, ou tu veux ma main dans la gueule ?

La bave au menton, LeBlanc se jeta sur Evans et le saisit à la gorge. Le gardien tomba à la renverse dans la bouc avec LeBlanc sur lui. Un soupir sec s'échappa de sa bouche ouverte, et les yeux lui sortirent des orbites. Les doigts de LeBlanc s'enfonçaient dans sa peau tendre et rose. D'une main faible, il cherchait son revolver dans son étui.

Rainack et le capitaine martelaient le crâne de LeBlanc avec leur arme, et, au milieu des craquements d'os, la salive coulant de sa bouche, LeBlanc cria au visage d'Evans : « T'as pas pu me laisser attendre, j'avais tout préparé, mais tu m'as pas laissé le temps, enfoiré, sois maudit, si t'avais attendu un peu j'aurais fait ça bien… », puis Rainack lui asséna un violent coup de canon à la tempe, et il tomba sur le côté dans une flaque.

J.P. Winfield

Après deux mois de tournée dans le sud de l'État, la troupe était de retour à son point de départ. Il faisait nuit, et un gros camion rouge pétard à plateau, précédé d'une berline noire, franchit un passage à niveau sur un chemin de terre qui menait au quartier noir de la ville. Après une portion avec, de chaque côté, des cabanes de planches aux cours de terre battue et leurs annexes rudimentaires, le chemin se transforma en route goudronnée bordée de commerces – tavernes, billards, cireurs de chaussures – et de marchés à ciel ouvert qui puaient les ordures, le poisson mort et les légumes pourris. Les portes des tavernes et des billards étaient ouvertes, et la nuit était remplie par la musique bruyante des juke-box, ponctuée de rires avinés. Les Noirs flânaient sous les enseignes au néon des bars et s'interpellaient d'un côté à l'autre de la rue. Un orchestre hillbilly était installé avec ses instruments sur le plateau du camion, auquel était fixé un petit piano droit, adossé à la cabine. Plusieurs tonneaux de bois étaient empilés à côté du piano. Peints en grosses lettres blanches sur le camion rouge pétard, figuraient des slogans politiques :

UN HOMME QUI A FAIM A LE DROIT DE TUER UN LAPIN
REDONNONS À LA LOUISIANE UN GOUVERNEMENT HONNÊTE
OUI AU BINGO DANS LES ÉGLISES
VOTEZ JIM LATHROP, L'ESCLAVE DE PERSONNE ET LE SERVITEUR DE TOUS
LE PEUPLE EST ROI

Le convoi s'arrêta devant les tavernes, sous le regard méfiant des Noirs sur le trottoir. D'autres Noirs apparurent aux portes. De jeunes enfants arrivaient en courant, sortis des cabanes au passage du camion.

– Qu'est-ce vous venez faire ici ? demanda un homme sur le trottoir.

Jim Lathrop descendit de la berline. Il était vêtu d'un costume marron clair avec une chemisette bleue boutonnée jusqu'en haut, mais sans cravate. Il se tourna vers son interlocuteur.

– On est en campagne électorale. Les élections sénatoriales approchent, vous n'êtes pas au courant ?

– C'est pas ici que vous allez récolter des voix, dit une femme.

– Comment sais-tu ça, ma sœur ? lui rétorqua Lathrop. Comment sais-tu que tu ne veux pas voter pour moi sans m'avoir écouté ? Comment sais-tu que je ne suis pas le seul candidat qui puisse faire quelque chose pour toi ? Dis-le-moi, ma sœur, et je rentre chez moi. Mais, bien sûr, tu ne peux pas me le dire, parce que tu ne sais pas ce que j'ai à te dire. Voilà pourquoi je suis là ce soir. Vous autres, vous n'avez pas d'amis à Baton Rouge et vous n'en avez pas beaucoup à Washington, eh bien, moi, je suis là pour vous expliquer comment en avoir un. Je suis là pour vous apprendre qu'il existe un homme dans cet État qui n'est l'esclave de personne et le serviteur de tous, et je dis bien *tous*, qu'ils soient de couleur ou blancs.

– Tu feras que dalle pour nous, assura un autre.

– Tu te trompes, mon frère. Si je suis élu, vous serez traités équitablement. Ça, je vous le promets. Tous ceux qui connaissent Jim Lathrop vous diront qu'il prend soin de ses amis. Ce soir, nous avons un orchestre et du vin à gogo. Je veux que vous vous amusiez en écoutant ce que j'ai à vous dire. Sur le camion, il y a J.P. Winfield, star du Louisiana Jubilee et du Nashville Barn Dance. Il va vous interpréter quelques chansons. Il y a assez à boire pour tout le monde, alors mettez-vous en file derrière le camion, et on va pouvoir commencer.

Personne ne bougea du trottoir. Lathrop les regarda un instant, puis il alla chercher un carton de gobelets derrière le piano et en sortit un.

– Amène un tonneau par ici, J.P., dit-il.

J.P. fit rouler un tonneau sur sa base jusqu'au bord du plateau. Lathrop en ouvrit le robinet de bois et remplit le gobelet de vin. Il le but jusqu'à la dernière goutte, l'écrasa dans sa main et le jeta sur la chaussée. Il en remplit un autre et, ce gobelet à la main, s'approcha du trottoir.

– Je n'ai jamais vu de braves gens de couleur refuser un verre de vin, dit-il. Je n'aurais jamais acheté tous ces tonneaux si j'avais pensé devoir les boire tout seul. Et toi, mon frère ? Tu ne bois pas ce soir ?

– Je bois n'importe quand, le matin, le midi ou le soir, répondit le Noir.

– Vois ce que tu peux faire avec ça.

Lathrop lui tendit le gobelet.

Le Noir le vida en renversant la tête en arrière, le vin ruisselant le long de son menton et de sa gorge avant de disparaître sous sa chemise. Il s'essuya la bouche et s'esclaffa.

– Tu m'as rincé pour rien, dit-il.

– Comment ça ?

– Je suis pas inscrit sur les listes électorales. Je peux pas voter.

D'autres rires se joignirent au sien.

– Il t'a bien eu, patron, dit quelqu'un.

– Aucun de nous n'est inscrit. On est bloqués par le test de lecture.

– Tu ferais mieux d'aller boire ton vin de l'autre côté de la ville. Je te l'ai dit, t'as aucune voix à gagner ici.

Tous riaient à présent.

– Je ne suis pas venu ici pour que vous votiez pour moi, dit Lathrop. Tout ce que je vous demande, c'est de m'écouter un petit moment. Et si après, vous avez envie de voter pour moi et que vous n'êtes pas inscrits, alors là je vous traînerai jusqu'au bureau de vote et je vous inscrirai moi-même. Alors maintenant, si vous voulez du vin, mettez-vous en file. Peu importe que vous votiez pour moi ou non ; je suis venu ici pour qu'on boive et qu'on chante, et, bon Dieu, je n'ai pas l'intention de renoncer. J.P., chante-nous quelque chose pendant que nos amis se servent.

L'orchestre commença à jouer, et J.P. chanta la chanson qu'il avait écrite pour la campagne de Lathrop. Les Noirs se rassemblèrent autour de l'arrière du camion, et les gobelets se succédèrent sous le robinet du tonneau, que Lathrop avait laissé ouvert.

Le tonneau fut bientôt vide, et on en apporta un autre. J.P. chanta trois autres chansons, April et Seth une chacun. La foule autour du camion grossit. Plusieurs Noirs dansaient dans la rue, le visage brillant et violet sous les néons. L'air était chargé d'une forte odeur de transpiration et de vin bon marché. Les tonneaux vides étaient jetés dans le caniveau, et, perchés dessus, les enfants essayaient de les faire rouler dans la rue. On commença à se bousculer pour se servir. Lathrop ouvrit un tonneau en enfonçant le couvercle et le posa sur la chaussée. Les Noirs y remplirent leurs gobelets en les trempant directement. Le tonneau fut vidé en quelques minutes. Un homme voulut en boire le fond comme à un verre. Il le prit à deux mains, le souleva et, portant le bord à sa bouche, le renversa vers lui. Le vin ruissela sur son visage et sur ses vêtements. Riant, il jeta le tonneau en l'air. Les lattes de bois se brisèrent et volèrent en éclats au milieu de la rue.

– La police va finir par arriver.

– Tais-toi, femme. La police ne me fait pas peur.

– Tu vas passer la nuit au poste, négro.

– Mais tais-toi donc.

– Comment ça va, tout le monde ? demanda Lathrop.

– Envoyez d'autres tonneaux.

– Tout de suite, dit Seth.

Il en plaça un au bord du plateau et en arracha le robinet d'un coup de pied. Une cascade de vin se déversa dans la rue. Les Noirs se pressaient avec leurs gobelets. Le vin éclaboussait les vêtements et les corps.

– Bon Dieu, qu'est-ce que ça pue, dit April. Combien de temps on doit rester ici ?

– Jusqu'à ce que Lathrop ait prononcé son discours et en ait marre de jouer les Abraham Lincoln, dit J.P.

– J'en dégueulerais tellement ça pue.

– Tu ne bois pas du vin avec tes frères ? dit Seth.

– Très drôle.

– L'odeur importune April. Qu'ils rentrent tous chez eux et qu'ils prennent un bain.

– Quel humour, ce soir.

Lathrop les appela depuis la rue, où il distribuait des prospectus expliquant comment utiliser les machines dans les isoloirs et quel levier pousser pour voter Lathrop.

– Un peu de musique, là-bas !

J.P. chanta une vieille chanson de Jimmie Rodgers.

I'm going where the water drinks like cherry wine
Lord Lord
I'm going where the water drinks like cherry wine
Because this Louisiana water tastes like turpentine[1]

Seth amena un nouveau tonneau au bord du plateau. Quelqu'un le prit par le haut et le fit basculer dans la rue. Une latte se brisa, et le vin s'écoula dans le caniveau. Une bagarre éclata entre l'homme qui avait fait tomber le tonneau et un autre qui attendait pour remplir son gobelet.

Lathrop grimpa à l'arrière du camion et fit signe à l'orchestre de cesser de jouer. Son costume marron clair était parsemé de taches de vin.

– C'est parti, chuchota April. Bon sang, j'espère que ce sera court. J'ai envie de gerber.

– Maintenant que je connais la plupart d'entre vous, commença Lathrop, j'aimerais vous exposer ce que je compte faire quand je serai sénateur. Vous voyez ce chemin de terre par où on est venus ? Quand je serai élu, nous n'en aurons plus, des chemins comme ça. Non, monsieur, nous aurons des routes et des autoroutes aussi belles qu'ailleurs. Quand vous serez assis sur votre véranda, vous ne serez plus obligés d'avaler toute cette poussière chaque fois qu'une voiture passe devant chez vous. Nous aurons l'électricité et l'eau courante dans les maisons, et vous pourrez envoyer vos enfants dans des écoles dignes de ce nom.

– Mon Dieu, chuchota Seth.

– Faudrait les arroser avec une lance à incendie, dit April. Personne ici n'a dû prendre un bain depuis la guerre de Sécession.

– Ça te plaît pas, le populisme négrophile ?

– Et nous aurons une assurance chômage, une Sécurité sociale et des hôpitaux gratuits pour les pauvres, poursuivit Lathrop. Nous

1. Je vais là où l'eau se boit comme du cherry / Seigneur Seigneur / Je vais là où l'eau se boit comme du cherry / Car cette eau de Louisiane a un goût de térébenthine.

allons virer tous ces politiciens du capitole et rendre au citoyen ordinaire la place qui lui revient. Dehors, tous ces gros lards qui saignent l'État sans rien donner au peuple ! Nous allons augmenter les salaires et le niveau de vie, et le seul moyen d'y parvenir, c'est de déloger ces bons à rien de la grande ville et de désigner un homme du peuple pour servir et représenter le peuple.

– C'est la dernière fois que je viens embrasser les nègres pour Lathrop, promit April.

– Tu comptes démissionner ? dit Seth. Doc Elgin a sûrement du boulot pour toi. Il paraît que ça se vend bien la poudre de perlimpinpin dans les écoles primaires.

April se tourna vers lui et articula un « ta gueule » avec ses lèvres.

– Et des aides, disait Lathrop, cet État en mérite beaucoup d'autres. Pendant des années, vous avez payé des impôts aux riches, et tout ce que ça vous a rapporté, c'est de la sueur et des larmes. J'ai vu des gens de couleur travailler dans les champs douze heures par jour et ne même pas gagner assez pour se payer du pain et des légumes. J'en ai vu trimer pour construire des autoroutes, des voies de chemin de fer et des immeubles, et ne recevoir pour seul salaire que des coups de soleil. Eh bien, ça, ça va changer. Chaque homme de cet État bénéficiera des mêmes chances, fini les riches qui marchent sur les pauvres...

Son discours continua ainsi pendant encore une demi-heure. Une voiture de police approcha et passa doucement devant l'attroupement. À l'avant, un agent salua Lathrop de la main. Lathrop répondit par un signe de tête, et la voiture disparut au bout de la rue. On termina le dernier tonneau de vin, l'orchestre rangea ses instruments, et Lathrop souhaita une bonne nuit à la foule. Il serra quelques mains avant de remonter dans sa berline pour regagner l'autre côté de la ville, où il devait prononcer un discours nocturne devant des ségrégationnistes rassemblés sous un chapiteau sur un terrain inoccupé. Le convoi repassa devant les cabanes en planches et franchit à nouveau le passage à niveau.

À l'hôtel, J.P. s'arrêta au bar et but un whisky avec de l'eau. Un premier, puis un second. Il se fit faire de la monnaie par le barman et alla téléphoner à la cabine. Il appela Doc Elgin chez lui.

– T'es pas passé aujourd'hui, dit J.P.

– J'étais occupé, dit Elgin. Je t'ai demandé de ne plus m'appeler ailleurs qu'à mon cabinet.

– J'ai besoin de bonbons.

– Tout le monde a besoin de bonbons.

– Je n'ai presque plus rien. Il m'en faut pour demain.

– J'ai beaucoup de gens à voir.

– Demain matin, c'est possible ?

– Tu seras où ?

– À l'hôtel.

– Tu ne m'as toujours pas payé pour les deux dernières livraisons.

– Je le ferai demain.

– Je te le conseille, dit Elgin avant de raccrocher.

Après avoir pris au comptoir une bière pression et un sandwich au jambon, J.P. monta à la chambre d'April. À travers la porte, il entendait couler l'eau de la douche. Il entra sans frapper, s'assit dans un fauteuil près de la fenêtre et l'attendit. Il souleva le store et plongea son regard dans la rue. Le lampadaire à l'angle éclairait l'obscurité. Un Noir qui vendait des fruits poussait son chariot sur les briques usées de la chaussée. Seuls les grincements des roues de bois sur les briques et le bruit des pas lents et traînants du Noir rompaient le silence de la nuit.

April sortit de la salle de bains en peignoir, les cheveux mouillés, en s'essuyant la nuque avec une serviette. Le regardant sans dire un mot, elle sortit une cigarette d'un étui nickelé sur la table et l'alluma.

– Qu'est-ce que tu voulais me dire ?

Plus tôt, sur le camion, elle lui avait demandé de venir la retrouver dans sa chambre quand ils seraient rentrés du quartier noir.

Elle jeta la serviette sur le lit et s'assit dans le fauteuil rembourré en face de lui. Elle fuma en le dévisageant.

– Ça peut attendre, répondit-elle. Tu as appelé Elgin ?

– Il a dit qu'il passerait demain. Il veut son pognon.

– Donne-le-lui.

– Cet enfoiré est un vrai cancer.

– Y a pire.

– Comment ça se fait qu'il ait pas été radié de l'ordre des médecins ?

– Il l'a été y a bien longtemps. Combien il te reste de sachets jusqu'à demain ?

Il sortit de sa veste un petit carré de papier plié et le tint entre deux doigts.

– C'est le dernier, dit-il, et j'ai l'intention de le consommer tout de suite.

Il en déplia un côté, le porta à sa bouche et laissa tomber la poudre blanche sous sa langue. Se levant, il posa le papier dans le cendrier sur le bureau. Il en enflamma un coin avec une allumette et le regarda brûler.

April gagna la commode et sortit une boîte à chaussures du tiroir du bas. Elle se retira alors dans la salle de bains et y resta quelques minutes, puis elle ressortit avec la boîte, qu'elle remit en place dans le tiroir. La manche de son peignoir était remontée, roulée au-dessus du coude. Elle la déroula jusqu'à son poignet.

Elle éteignit la lumière à l'interrupteur mural, retira le peignoir et s'allongea sur le lit. J.P. se releva et se mit à la fenêtre. Il avait avalé une partie de la cocaïne avant qu'elle se soit dissoute et avait la nausée. La tête d'April pivota vers lui sur l'oreiller. Ses pupilles étaient réduites à deux petits points. La lumière du lampadaire projetait l'ombre de J.P. sur le plafond.

– T'es à l'envers, glousse April. Si, regarde. Le cheval du sucre candy est au galop, et tu le montes la tête en bas.

Il s'assit sur le lit. Il planait, mais avait peur de vomir, car alors les tremblements commenceraient, et il se mettrait à transpirer et à frissonner en même temps.

– Quand vas-tu te décider à te piquer ? dit April. Les petits garçons ne peuvent pas se contenter de sucreries toute leur vie.

Son gloussement était à présent permanent.

– Les petits garçons se rendent malades à force de manger du sucre. J.P. est-il barbouillé ? Pauvre J.P., il est toujours barbouillé. Pauvre, pauvre, pauvre, pauvre J.P. Ce gentil petit garçon qui a trop de sucre dans la bouche.

Elle passa sa main sur le côté pour le toucher entre les jambes.

– April va te soigner. Ce sera pas douloureux.

Il se leva pour se déshabiller. Alors qu'il était debout en caleçon, le sol se déroba sous ses pieds ; dans sa tête tout devint jaune, puis violet, puis noir, et il sentit son esprit glisser hors du temps et une partie de lui être aspirée dans l'obscurité. Il tomba sur le bord du lit et roula au sol *dans l'odeur de femme de son peignoir le satin caresse mon visage ça pue l'amour de la veille et elle qui rit lève-toi J.P. trop de sucre dans la bouche du petit garçon viens ici April va arranger ça elle est penchée vers moi sur le lit elle me regarde en souriant ses cheveux mouillés collent à son cou sa main descend et me touche pire que les putes derrière la gare allez J.P. pas par terre on peut pas s'amuser par terre elle rit plus fort si je pouvais à nouveau m'arracher au présent et remonter le temps sa main est chaude comme l'odeur de femme de son peignoir comme l'odeur de sueur de lait tourné et de savon de ses seins ce maudit jour à Lafayette où elle m'a collé ce poison dans la main c'est sûr j'étais défoncé j'aurais jamais cédé si j'avais pas été défoncé maintenant je peux plus m'arrêter sa main est de l'eau chaude et je m'élance à sa rencontre dans l'éruption finale de maïs blanc qui retombe en pluie sur le sol.*

Il se réveilla le lendemain matin avec une douleur à l'arrière du crâne, courbaturé d'avoir dormi par terre. Il se leva et essaya de marcher. Au bout de quelques pas, il fut pris de vertiges et dut s'asseoir. April dormait encore. Sa tête était tournée vers lui sur l'oreiller. Elle avait la bouche ouverte, les rides du visage et du cou soulignées par la lumière matinale. J.P. ne se rappelait pas ce qui s'était passé la veille, puis la mémoire lui revint. Il éprouva un sentiment de dégoût en se regardant. Il ramassa ses vêtements sur le fauteuil et alla se doucher. Il enroula le caleçon souillé dans une serviette, fourra le tout dans le sac à linge accroché à la porte et s'habilla. Lorsqu'il sortit de la salle de bains, April était réveillée.

– Passe-moi mon peignoir, dit-elle.

Il le ramassa par terre et le lui jeta.

– Tu pourrais me le donner plus gentiment.

– T'as l'air d'une déterrée.

– Qu'est-ce qui me vaut ce compliment ?

– Franchement, à ton avis ?

– Ah, ça ! Qu'est-ce que tu étais drôle ! Tu te serais vu. J'ai ri jusqu'à ce que le voisin d'à côté se mette à taper au mur. La tête que tu faisais, allongé sur la moquette… Je regrette de ne pas avoir pris une photo.

– Arrête de rire.

– Je peux pas. Tu étais tellement drôle. On aurait dit un enfant qui suce son premier sucre d'orge.

– T'as pas plus de pudeur qu'une pute.

– Tu ne devrais pas dire du mal de ta future épouse.

– T'es encore défoncée.

– Je suis enceinte.

– Quoi ?

– J'ai attendu d'en être sûre pour te l'annoncer.

– Pourquoi t'as pas pris tes précautions ?

– Je les ai prises. C'est arrivé quand même.

– Tu peux pas le faire sauter ?

– Tu veux que je boive de l'essence ou que je me fasse ouvrir le ventre ?

– Qu'est-ce que t'as foutu, bon Dieu ?

– Ce bébé est en route, et tu dois faire avec, alors prépare-toi à demander une autorisation de mariage.

– Qu'est-ce qui me prouve qu'il est de moi ?

– Y en a pas deux pour dire un truc comme ça.

– D'après Seth, y aurait quelque chose entre Doc Elgin et toi.

– Toi et moi, on va passer devant un juge de paix. Tu n'y échapperas pas.

– Y a aucune loi qui oblige au mariage dans cet État. Tu peux pas m'obliger à t'épouser. Le seul devoir que j'ai, c'est de subvenir aux besoins de l'enfant.

– Attends un peu que ton public de baptistes-méthodistes apprenne quel genre de type tu es.

– Tu comptes mettre des affiches sur le bord des routes ?

– Je ferai faire une prise de sang et j'irai devant le tribunal. Comme ça, en lisant le journal, tous les péquenauds sauront comment tu m'as traitée. Lathrop et Hunnicut te paieront le car pour rentrer à ta ferme.

– Je suis pas loin d'y rentrer de moi-même.

– Comment tu te paierais ta came ?

– Je peux encore décrocher. C'est pas trop tard.

– Pauvre idiot.

– Je me la mets pas encore dans le bras.

– Ça viendra.
– On n'est pas tous obligés de finir au cimetière des junkies.
– Je suis pas d'humeur à t'entendre parler de tes cures ce matin.
– C'est toi et cet enfoiré d'Elgin qui m'avez rendu accro, dit-il.
– Ce genre de jérémiades, garde-les pour quelqu'un d'autre.
– Ça te gêne pas de rabattre des clients à Elgin ?
– On se débrouille comme on peut.
– T'as fait exprès de tomber enceinte.
– Je n'en ai pas envie, de cet enfant, dit-elle. Je n'ai jamais aimé les enfants.
– Pourquoi t'as pas fait attention, alors ?
– Le tribunal ferme à cinq heures. On va déposer la demande d'autorisation cet après-midi et, dans trois jours, on sera mariés. C'est pas merveilleux ?
– Il faut que j'y réfléchisse.
– Je te retrouve dans le hall à une heure.
– Aujourd'hui, je peux pas. Elgin doit passer pour me livrer.
– Y a de la coke dans le tiroir. Prends-la, emporte-la.
– Il faut que je le paye, de toute façon.
– Il reviendra demain.
– Écoute, on n'est pas aux pièces. C'est jamais bon de brusquer les choses.
– Arrête de te défiler.
– On n'est pas faits pour être mariés, tous les deux.
– Il est hors de question que je me retrouve coincée avec ton môme et pas de mari.

Deux heures plus tard, il était en bas dans le hall et l'attendait. Il prit un café à la cafétéria et gagna le stand à cigares à l'extérieur pour se faire cirer les chaussures. Le stand se trouvait sous la colonnade de brique de l'hôtel. Un gros chêne poussait à travers une ouverture dans le trottoir. Il ne faisait pas encore trop chaud, et à l'odeur de la vieille brique se mêlaient des parfums estivaux de pastèque apportés de la campagne par une brise légère. J.P. donna cinquante *cents* au cireur et rentra boire un verre au bar. Il en informa la réception à l'attention d'April.

Assis sur l'un des hauts tabourets du comptoir, il but une pression. April entra et vint s'asseoir à côté de lui. Elle portait une jupe bleu marine, un chemisier blanc et des chaussures noires à talons hauts.

– Tu veux une bière ?

– Non. Il faut aller au tribunal.

– Une autre, s'il vous plaît, dit J.P. au barman.

– Il faut qu'on y aille.

– J'ai soif de bière.

– Tu boiras plus tard.

Le barman remplit une chope à la tireuse et la posa sur le comptoir. J.P. le paya et en but la moitié d'un trait. Il essuya la mousse aux coins de sa bouche.

– Tu vas bien boire quelque chose, insista-t-il.

– Ça me dit rien.

– Le shoot d'hier est mal passé ?

– Termine ta bière, et on y va.

– Y a pas le feu.

J.P. avala ce qui restait de sa bière et fit signe au barman de lui en servir une autre.

– Tu ne peux rien faire sans te mettre d'abord dans un état second ?

– J'ai envie de me bourrer la gueule.

– Quand on sera rentrés, tu pourras t'écrouler dans le hall si tu veux.

– Tu seras une épouse charmante.

La nouvelle bière arriva. J.P. regarda April par-dessus la chope en la buvant.

– Paye, et on y va, dit-elle.

– T'as déjà bu un « boilermaker » ? Ça me paraît la journée idéale pour essayer.

Il appela le barman et lui fit verser une double dose de whisky dans son verre. Il le vida en deux longues gorgées et mit un dollar sur le comptoir.

Ils se rendirent au tribunal en taxi, remplirent les papiers au greffe. J.P. régla les frais de dossier à l'employé et sortit du bureau en y laissant April. Dans le couloir de marbre, alors qu'il se dirigeait vers l'entrée principale, il entendit ses talons hauts claquer derrière lui.

– Où tu vas ? dit-elle.

– C'est fini, non ?

– Pourquoi tu m'as laissée toute seule ?

– Là où je vais, dit-il, je crois pas que t'aies envie de venir avec moi.

Il franchit le seuil de la grande porte et s'engagea sur le large trottoir qui menait à la rue. Le soleil était à présent très chaud, et la luminosité du béton lui faisait mal aux yeux. Il entendit à nouveau claquer les talons hauts derrière lui. Il ne se retourna pas. Il arrêta un taxi, y monta et claqua la portière avant qu'April ait atteint la rue. Il vit son visage passer derrière la vitre tandis que le taxi commençait à rouler.

– Qu'est-ce qui vous fait rire, monsieur ? lui demanda le chauffeur en le regardant dans le rétroviseur.

– Vous le croiriez pas tellement c'est drôle.

– Ça va ?

– Je pourrais vous le dire, mais vous le croiriez pas.

– Vous allez où, déjà ?

– Au Jerry's, derrière la gare.

Le chauffeur lui jeta un dernier regard dans le rétroviseur et s'engouffra par une petite rue dans la vieille ville. La voie de chemin de fer franchie, ils ralentirent derrière la gare et s'arrêtèrent devant un bar situé en face du dépôt de marchandises. Le bar occupait le rez-de-chaussée d'un immeuble en bois sur deux niveaux. Les fenêtres de la façade étaient sales, et un court-circuit faisait grésiller bruyamment l'enseigne lumineuse, dont seules la moitié des lettres étaient allumées.

J.P. entra. La salle sentait la bière éventée et la sciure, à travers laquelle on distinguait des taches de jus de chique sur le parquet de bois brut. La glace derrière le comptoir était jaunie. Une partie des chaises étaient retournées sur les tables. Deux employés des chemins de fer buvaient à l'autre bout du comptoir, derrière lequel un homme d'une cinquantaine d'années portant un tablier sale essuyait des verres. Ses cheveux étaient peignés par-dessus la zone dégarnie au sommet de son crâne.

– Bonjour, monsieur Winfield, dit-il.

– Donne-moi un whisky et de l'eau, Jerry, dit J.P.

– Bien, monsieur.

Le barman donna un coup de chiffon sur le comptoir devant J.P. et posa le verre de whisky.

– On vous voit plus. La politique doit beaucoup vous occuper.

– Quand est-ce que tu vas arrêter de couper ton whisky ?

– On fait pas ça ici, monsieur Winfield. Je peux vous remettre une dose si vous le trouvez trop léger.

Il remplit à nouveau le doseur et le vida dans le verre de J.P.

– Je veux une chambre en haut pour l'après-midi.

– C'est un peu tôt. Je ne sais pas s'il y a déjà des filles qui sont arrivées.

J.P. sortit son portefeuille et posa cinq billets de dix dollars sur le comptoir.

– Je vais demander à ma femme, dit le barman. Emma, viens une seconde !

La femme qui balayait la salle cala son balai contre une table et passa derrière le bar. Corpulente, elle avait des bras d'homme et une grosse verrue sur le menton. Elle ne regarda pas J.P.

– M. Winfield veut monter, expliqua le barman. Je lui ai dit que c'était un peu tôt pour les filles.

Elle ramassa les billets sur le comptoir, ouvrit le tiroir-caisse et les y rangea.

– Venez avec moi, dit-elle.

J.P. entra derrière elle dans un étroit couloir au fond de la salle. Elle ouvrit une porte donnant sur un escalier qu'elle monta, suivie de J.P. L'étage était coupé en deux par un couloir bordé d'une série de portes de chaque côté. Au sol, une moquette bordeaux râpée. Le couloir débouchait dans une grande pièce centrale qui faisait office de cuisine. L'entrée en était fermée par un rideau. Laissant J.P. en haut de l'escalier, la femme parcourut le couloir en ouvrant les portes et en regardant à l'intérieur des pièces. Elle revint sur ses pas et, sans le regarder, passa devant J.P. pour gagner la cuisine.

– Elles sont incapables de ranger leurs chambres, grommela-t-elle. Pires que des nègres.

Elle tira le rideau de la cuisine. Quatre filles étaient en train de manger, assises autour de la table. Tout en tenant le rideau ouvert, elle recula pour qu'il puisse les voir.

– Vous en voulez une en particulier ? demanda-t-elle.

– Margaret n'est plus là ?

– Elle est malade.

– Peu importe, alors.

– Un client pour toi, Honey, dit la femme.

– Oui, m'dame, répondit une des filles, avant de s'essuyer la bouche avec une serviette et de se lever.

Elle sortit dans le couloir. Elle avait de longs cheveux blond miel et portait une robe de chambre rose à fleurs. Elle avait un peu d'embonpoint, et le vernis rose sur ses ongles était écaillé.

– Honey est une de nos meilleures filles, dit la femme. Personne ne s'est jamais plaint d'elle.

La fille sourit à J.P. Il fourra un billet dans la main de la femme.

– Dites à Jerry de nous monter une bouteille et des verres.

– C'est un établissement respectable, ici. On n'a jamais eu de problèmes avec les habitants ou avec la police.

– Je vais pas tout casser. Dites à Jerry de nous monter une bouteille.

La femme rangea le billet dans la poche de sa robe et redescendit. J.P. suivit Honey dans sa chambre.

– Dis, tu serais pas ce chanteur, là ? lui demanda-t-elle. Celui du Louisiana Jubilee ?

– Non.

– Tu lui ressembles, pourtant. Comment il s'appelle ?

– J'en sais rien. Moi, je suis représentant en boissons vitaminées. Ça t'intéresse pour rester tonique dans ton travail ?

– Tu parles comme lui, en plus. T'es sûr que c'est pas toi ?

– Je vends des boissons vitaminées aux jeunes ouvrières qui ne comptent pas leurs heures, dit-il.

– Les représentants n'ont pas les moyens de se payer une fille pour tout l'après-midi.

– T'es une maligne, toi.

– On rencontre toutes sortes d'hommes, ici, dit-elle. Je vois du premier coup d'œil à qui j'ai affaire. Je sais que c'est toi qui chantes au Jubilee.

Trois jours plus tard, J.P. et April allèrent retirer leur autorisation de mariage au tribunal. J.P. avait été ravitaillé en poudre par Doc Elgin, et il plana tout l'après-midi. En fin de journée, ils se rendirent au domicile d'un juge de paix à la sortie de la ville. Le magistrat avait une haute idée de ses responsabilités matrimoniales. Il sourit et parla des nombreux jeunes gens qu'il avait mariés. On décelait un parfum de whisky dans son haleine. La maison sentait le vieux papier peint, les fleurs mortes et la vieille dame. Sa femme servit de témoin. Complètement défoncé, J.P. ne cessa de lutter contre l'envie de rire durant la cérémonie. Il regarda les slogans désuets accrochés au mur, dans leurs cadres aux arabesques dorées. Il crut s'entendre glousser. Dans le taxi qui les ramenait, mariés, à l'hôtel, il sentait encore l'odeur du vieux papier peint et des fleurs fanées.

Avery Broussard

Au bout d'un an de détention, Avery put déposer une demande de libération conditionnelle. Le comité se réunissait une fois tous les deux mois, et il dut attendre cinq semaines après la fin de sa peine minimum avant qu'on examine son dossier. Il n'avait jamais été condamné auparavant et n'avait fait l'objet d'aucun rapport disciplinaire durant sa détention, Evans rechignant à engager cette démarche fastidieuse contre les hommes de son équipe. La réunion eut lieu dans la maison du directeur à la bordure du camp, en pleine chaleur, un vendredi après-midi. Un gardien vint chercher Avery sur le chantier à midi et le ramena au camp. Il prit une douche et enfila une tenue propre tandis que le gardien l'attendait, assis sur un lit près de la porte. Il fut alors conduit à la maison du directeur pour y être entendu par le comité.

Il avança sur la véranda, escorté par le gardien. Dans la salle à manger, six hommes en manches de chemise étaient assis autour de la table où frissonnaient leurs papiers, agités par le ventilateur du plafond. Le gardien fit entrer Avery dans la pièce et lui fit signe de s'asseoir sur une chaise installée contre le mur. Le président du comité observa Avery depuis l'autre côté de la table. Son visage ne trahissait aucun sentiment sinon l'assurance du bien-fondé de sa fonction. C'était le genre d'homme qui parlait de correction, de châtiment et de réinsertion sans avoir jamais vu des forçats sur un chantier ou senti l'odeur de sueur et d'urine quand on ramène l'un d'eux du mitard.

– Nous avons étudié votre dossier, dit-il, et, bien que nous nous soyons prononcés en votre faveur, j'attire votre attention sur le fait que la liberté conditionnelle ne s'appelle pas conditionnelle pour rien. C'est votre première condamnation, et, étant donné votre jeune âge, nous nous montrons cléments en vous relâchant alors que vous n'avez purgé qu'un tiers de votre peine. La liberté conditionnelle s'accompagne cependant de restrictions auxquelles vous devrez vous soumettre durant les deux prochaines années. Vous n'avez pas le droit de vous associer à des individus ayant un comportement criminel ou antisocial, ni de quitter l'État sans y avoir été autorisé par votre comité local de probation. Interdiction de vous adonner excessivement à la consommation d'alcool, interdiction de posséder une arme, et vous devez vous présenter à votre comité une fois par mois. Désirez-vous dire quelque chose avant qu'on vous ramène ?

– Quand est-ce que je peux sortir ? demanda Avery.

– Notre avis doit être envoyé à Baton Rouge pour approbation. Un courrier sera ensuite envoyé au directeur de ce camp pour ordonner votre libération.

Les autres hommes à la table avaient chaud et s'ennuyaient.

– Y a-t-il autre chose que vous souhaitez savoir ? L'un des buts de ce comité est de vous aider à vous réinsérer dans la société.

Le président attendit en vain un mot de remerciement. Il appréciait que ceux à qui il accordait la liberté conditionnelle lui expriment leur gratitude.

– Si vous n'avez rien à ajouter, le gardien va vous reconduire.

Avery et le gardien regagnèrent à pied le pick-up resté garé devant la baraque. Avery demanda s'il pouvait remettre sa tenue sale avant de retourner sur le chantier, à quoi le gardien répondit qu'ils n'avaient pas le temps. Dans le pick-up, Avery assis à l'avant à côté du gardien, ils franchirent à nouveau le portail grillagé et reprirent le chemin de terre en direction du chantier.

– Apparemment, dit le gardien, tu seras le seul de la 5 à être sorti. Billy Jo et Jeffry sont morts, LeBlanc est chez les dingues, quant aux autres, à part Boudreaux, ils sont tous condamnés à perpète.

– Combien de temps ça prend pour que l'ordre de libération arrive ici ? demanda Avery.

– Quatre-cinq jours. T'as de la chance qu'Evans ait pas fait de rapport. T'aurais pu dire adieu à ta conditionnelle.

– Sans blague.
– Il t'aime pas, tu sais.
– Et moi qui nous croyais amis.
– Ce qu'il digère pas, c'est que tu sois pote avec LeBlanc. Il a eu le cou tout bleu pendant une semaine. Il paraît que LeBlanc bavait comme un chien enragé. C'est vrai qu'ils l'ont frappé une demi-douzaine de fois sur le crâne avant qu'il lâche Evans ?
– Demande à Rainack.
– T'y étais pas ?
– Non, dit Avery. Moi, j'étais dans le camion.

L'ordre de libération d'Avery arriva la semaine suivante. Un soir, au réfectoire, un gardien lui dit de préparer ses affaires avant le petit-déjeuner du lendemain. Il se leva à six heures avec les autres, nettoya sa malle et plia ses draps et sa couverture de l'armée. Il roula son matelas au pied de son lit et posa son paquetage sur sa malle. Par la fenêtre, il voyait le soleil briller à travers les pins. Toussaint s'assit sur le lit d'à côté et roula une cigarette.
– Content de partir ?
– Plutôt.
– Tu seras dans Bourbon Street ce soir.
– Pas avec moins de dix dollars en poche.
– Essaie les quais. Y a pas mal à gagner dans la manutention des marchandises.
– Personne n'embauche les anciens taulards.
– T'es pas obligé de dire d'où tu viens.
Le coup de sifflet annonçant le petit-déjeuner retentit. Les hommes s'alignèrent devant le réfectoire.
– Évite les ennuis, dit Toussaint à table. Te fais pas renvoyer ici.
– Ça risque pas.
– Dans ces comités de probation, ils peuvent te renvoyer terminer ta peine.
– Ils ne me ramèneront pas ici.
– Ne leur en donne pas l'occasion.
Ils terminèrent de manger et se remirent en rangs dehors pour l'appel. Le capitaine demanda à Avery de retourner à la baraque une fois son nom appelé et d'attendre que le gardien vienne le chercher.

– À la prochaine, contrebandier, dit Toussaint.

Ils se serrèrent la main.

– Fais attention à toi, dit Avery.

– Inquiète-toi pour toi-même. Pour moi, ça peut pas être pire.

– Je t'écrirai.

– T'es pas obligé.

– On se reverra peut-être à La Nouvelle-Orléans.

Avery regretta aussitôt cette phrase idiote.

– Ce sera pas avant un moment.

Ils échangèrent une nouvelle poignée de main.

– Salut, dit Avery.

– Salut.

Avery alla attendre le gardien dans la baraque. Rainack arriva avec, sous le bras, un paquet emballé dans du papier kraft. Il le laissa tomber sur le lit.

– Voilà les affaires que tu avais en arrivant, dit-il. Regarde si tout est là.

Avery rompit la ficelle et défit le paquet. À l'intérieur, il trouva les vêtements qu'il portait lorsqu'il avait été arrêté. On les avait lavés, repassés et emballés il y avait près d'un an. Il reconnut les chaussures marron éraflées, la chemisette imprimée si décolorée qu'elle en était presque blanche, le pantalon de travail gris. Posée par-dessus, se trouvait une enveloppe marron au dos de laquelle figuraient son nom en majuscules et son matricule de prisonnier. Il l'ouvrit et en fit tomber un canif, trois pièces de vingt-cinq *cents*, un portefeuille et une montre au bracelet de cuir et au verre brisé.

– Qu'est-ce qui est arrivé à ma montre ?

– Adresse-toi aux prévôts du bureau. Tout le reste est là ?

– Oui.

– Mets tes vêtements à toi. Tu dois passer chez le directeur avant de partir.

Avery se changea. Il s'assit sur le lit pour mettre ses chaussures.

– Les bottes, tu peux les emporter, dit Rainack. On ne donne jamais les mêmes bottes deux fois.

– Vous pouvez les garder.

Ils se rendirent chez le directeur. Le prévôt qui servait de secrétaire était assis dans l'entrée derrière un petit bureau.

– Amène-le au directeur, dit Rainack au prévôt. Moi, il faut que je retourne sur le chantier.

Il sortit en laissant la porte moustiquaire claquer derrière lui.

Le prévôt frappa à la porte du directeur.

– Broussard est ici, monsieur, dit-il.

– Je suis occupé. Une petite minute.

Après un quart d'heure d'attente, Avery fut prié d'entrer. Il s'assit sur la chaise à dossier droit qui faisait face au bureau.

– Tu vois ce billet de dix dollars ? dit le directeur. Avec ça, tu peux te payer un voyage en car pour n'importe quelle partie de l'État. On se moque de savoir où tu vas, tout ce qu'on veut, c'est ne plus te revoir ici. Ton hébergement dans ce camp coûte très cher à l'État, et on se dit qu'après être passé par ici tu ne voudras plus nous coûter d'argent. Dans quelques minutes, tu seras dehors, et là, ce sera à toi de choisir : obéir à la loi et rester loin de nous, ou revenir. Mais je te préviens, on n'aime pas beaucoup revoir des têtes connues.

– C'est tout ? demanda Avery.

– C'est tout.

Avery prit le billet sur le bureau et le rangea dans son portefeuille.

– Tu sais comment on rejoint la grand-route ?

– Je trouverai.

Avery se leva, quitta la pièce et retraversa l'entrée en direction de la porte.

– Attends, l'arrêta le prévôt. Il faut que je t'accompagne au portail.

Ils marchèrent dans la cour de terre battue du camp. Avery contempla les baraques blanches sous le soleil, les toits de tôle ondulée, le grillage surmonté de ses trois barbelés. Le gardien posté au portail était assis à l'ombre d'une bâche tendue entre le grillage et deux poteaux de bois plantés dans le sol. Il avait un fusil à pompe à double canon posé sur les genoux.

– Broussard est libéré, annonça le prévôt.

Le gardien posa son fusil contre le grillage et déverrouilla le portail.

– Repasse nous voir à l'occasion, dit-il.

Avery sortit et entendit le portail se refermer derrière lui. La route du camp s'enfonçait au milieu des pins et ne tardait pas à se diviser en deux. C'était là que les camions tournaient à droite pour emmener les hommes sur le chantier, comme en attestaient les traces de pneus dans la terre. La voie de gravier qui partait vers la gauche devenait un chemin de ferme qui menait à la grand-route. Avery marcha à l'ombre des arbres, dont les troncs noirs donnaient une impression de fraîcheur. Au loin, il apercevait les champs de coton, les étendues d'argile rouge et les Noirs qui binaient dans les longues allées de verdure. Il suivit le chemin de ferme sur deux bons kilomètres, les épaules et la nuque chauffées par le soleil. La rosée avait séché, et les sauterelles faisaient des bonds devant lui en travers du chemin. Il repensa au temps lointain où il attrapait ces grosses sauterelles noires et jaunes au bord du bayou pour aller pêcher à la nègre avec une canne en bambou. Lorsqu'il arriva à la jonction entre le chemin de ferme et la grand-route, il se mit sur le bas-côté et fit du stop. Deux heures s'écoulèrent sans que personne ne s'arrête. C'était le milieu de la matinée, et il commençait à faire chaud. Il déboutonna sa chemise et laissa le vent s'engouffrer dessous. Le soleil se reflétait sur le pare-brise des voitures qui arrivaient et dont les pneus faisaient entendre une plainte stridente sur le goudron ; elles passaient en trombe devant lui avant de disparaître. Un vieux coupé au radiateur fumant ralentit et se rangea sur le bas-côté. Avery monta à l'avant, puis referma la portière.

Le chauffeur était un paysan. Il portait une salopette, une chemise à carreaux et un vieux Stetson trempé de sueur. Il avait un visage maigre et brûlé par le soleil. Il actionna le levier de vitesses au plancher et regagna la chaussée.

– C'est pas un bon coin pour faire du stop, par ici, dit-il.

– Pourquoi ?

– T'as pas vu les panneaux sur le bord de la route ?

– Non, dit Avery.

– C'est marqué que les autostoppeurs peuvent être des détenus échappés. Y a une prison un peu plus haut.

– Vous allez jusqu'où ?

– Je m'arrête à une trentaine de kilomètres d'ici. Tu voyages léger, dis donc.

– On m'a volé ma valise.

– Tu viens d'où ? demanda le paysan.

– Du nord.

– Ça, t'as mal choisi ton coin pour faire du stop. La plupart des gens ont peur de se retrouver avec un détenu dans leur voiture.

– Pas vous ?

– Je prends des jeunes ici tout le temps. Certains, ils sortent de prison, ils viennent d'être libérés. J'ai pas peur d'eux.

Ils roulèrent une vingtaine de kilomètres. Les vagues de chaleur ressemblaient à des flaques sur la chaussée. Dans les champs, l'herbe était haute et verte. Les nuages passaient devant le soleil et créaient des zones d'ombre sur le paysage. À gauche de la route, le fleuve faisait un méandre entre les collines onduleuses plantées de coton et de maïs.

– T'as l'air d'avoir beaucoup bossé en plein air, dit le paysan.

– C'est le cas.

– Tu faisais quoi, comme boulot ?

– Je travaillais pour l'État. Vous pouvez me laisser là, au croisement.

– Tu sais, moi je m'en fous, d'où tu viens.

– Ah bon ? Vous vous donnez pourtant beaucoup de mal pour le savoir.

– Je causais pour passer le temps, dit le paysan. Je juge pas les gens sur leur passé.

– C'est là que je descends, de toute façon.

Le coupé s'arrêta à la jonction avec l'autoroute fédérale. Avery descendit et regarda la voiture s'éloigner. Une épicerie de campagne était installée à l'angle, à l'ombre de deux grands arbres. Assis sur un banc, sous un panneau Hadacol, un groupe de vieux chiquaient en crachant par terre. Ils regardèrent Avery passer devant la pompe à essence en panne dans l'allée sablonneuse, puis entrer dans le magasin. Il faisait frais à l'intérieur. Un employé sortit de l'arrière-boutique et vint se placer derrière le comptoir. Avery acheta du jambon, une miche de pain et une boîte de sardines. Il leva les yeux vers l'étagère des alcools derrière l'employé.

– C'est combien, le whisky ? demanda-t-il.

– Deux dollars.

– Vous n'avez rien de plus ordinaire ?

– On ne vend que du whisky d'origine contrôlée, ici, dit l'employé.

– C'est bon, je vais prendre ça.

L'employé mit la bouteille dans un sac de papier kraft. Avery la fourra dans la poche de son pantalon, prit le reste de ses courses et retourna sur le bord de la route.

Il s'assit sous un pin et déjeuna. Des aiguilles de pin roussies recouvraient l'herbe. Il ouvrit les sardines et, se servant de son canif comme d'une fourchette, les mangea avec du pain. Cela ne suffit pas à calmer sa faim, et il aurait bien mangé le jambon, mais mieux valait le garder pour le dîner. Le soleil était à présent très chaud. Il jeta la boîte vide sur le bord de la route, sortit la bouteille de sa poche et utilisa son canif, après l'avoir essuyé sur l'herbe, pour en ôter le sceau. Il dévissa alors le bouchon et but ; le whisky lui chauffa l'estomac. Ça faisait du bien après si longtemps. Il but une deuxième gorgée et replaça la bouteille dans sa poche. Il remballa le reste de pain avec le jambon, se leva et se posta sur le bas-côté pour tenter d'arrêter un deuxième véhicule. Trois voitures passèrent avant qu'il ne soit pris par un représentant qui allait directement à La Nouvelle-Orléans.

Avery arriva en ville tard le soir. Le représentant lui indiqua un bed and breakfast bon marché et le laissa sur le bas de Magazine Street. Par les rues sombres d'un quartier noir, Avery rejoignit Saint Charles Avenue, d'où il prit le tramway en direction du centre jusqu'à Canal Street. Depuis le carrefour, il contempla l'étendue blanche du boulevard avec son esplanade de gazon, ses palmiers et ses voies de tramway, et les lumières aux couleurs acidulées des devantures des magasins. Il y avait encore du monde sur les trottoirs, et des notes métalliques s'échappaient des bars et des strip-teases. Il marcha jusqu'à Liberty Street et trouva le bed and breakfast dont le représentant lui avait parlé. Cette vieille maison de bois avec une balancelle sur son imposante véranda était située à une rue de Canal Street et à deux rues de Bourbon Street. La patronne, une Française, veillait à la propreté des lieux et servait du café et des petits pains à ses pensionnaires tous les matins.

Avery prit une chambre pour la nuit, et, le lendemain matin, la femme lui apporta son café sur un plateau. Elle versa dans sa tasse le café et le lait chaud contenus dans deux pots en cuivre au long bec effilé. Elle était en robe de chambre, les cheveux détachés. Elle ne s'était pas encore coiffée.

– Tu comptes rester une deuxième nuit ? demanda-t-elle.

– Je cherche du travail, répondit Avery. Je resterai si j'en trouve.

– Tu as un nom français. *Tu parles le français ?**[1]
– Je le comprends.
– *D'où tu viens ?**
– De la paroisse de Martinique.
– Qu'est-ce que tu cherches comme travail ?
– N'importe quoi. Je vais aller voir sur les quais aujourd'hui.
– Mon mari est soudeur sur les pipelines. Il peut t'en trouver, du travail.
– Je n'ai jamais travaillé sur un pipeline.
– Tu peux apprendre. Il te montrera.
– Il est où ?
– Il prend son petit-déjeuner. Descends lui parler quand tu auras terminé ton café.

Avery se présenta au mari, qui l'emmena avec lui en voiture sur son lieu de travail. Il se fit embaucher comme aide-soudeur sur la construction d'un gazoduc de trente centimètres de diamètre, destiné à acheminer à l'autre bout de la paroisse le gaz d'une raffinerie. Le chantier venait de commencer. Affecté à l'équipe de jointage, Avery conduisait le camion, réglait le poste à souder, nettoyait les soudures. Ce travail lui plaisait. Tous les matins, son équipe et lui empruntaient la desserte créée au milieu des arbres et des marais, et le long de laquelle, montés sur des cales en bois à côté de la tranchée, étaient alignés les tronçons de tuyau. Les pinces de soudage à la main, sa brosse métallique et le piochon pour casser la calamine dans les poches, il suivait le camion contenant le poste à souder et le générateur. Le soudeur attendait qu'il ait clippé la pince de masse sur le tuyau, puis, lunettes noires de protection sur les yeux et casquette à l'envers, le col et les manches de sa chemise de toile boutonnés, il commençait son travail. La boule de feu orange de l'arc électrique se déplaçait lentement tout autour du tuyau, et une âcre odeur de goudron et de métal chaud s'ajoutait à celle des gaz d'échappement du générateur et du camion.

Il resta au bed and breakfast. Parfois, le soir, il allait dîner dans un restaurant italien du Vieux Carré, près de Bourbon Street, puis il se baladait dans les ruelles pavées en admirant les vieux immeubles de stuc rouge et rose, les grilles de fer forgé aux balcons

1. Les passages en italique suivis d'un astérisque sont en français dans le texte.

et ces magnifiques cours de dalles avec des saules et des palmiers qui surplombaient les toits. La nuit, la lune éclairait les murs couverts de lierre de la cathédrale Saint-Louis, tandis que dans le square de la place, en face du Marché français, les clochards et les ivrognes dormaient sous la statue d'Andrew Jackson.

Un soir, dans Rampart Street, il trouva un petit bar sans touristes et où l'orchestre était bon. Il buvait depuis la fin de sa journée. Il s'installa au comptoir et sirota un énième whisky-citron en écoutant l'orchestre en terminer avec « Yellow Dog Blues ». Le batteur faisait tournoyer ses baguettes dans ses mains et jouait sur le bord nickelé de sa caisse claire. L'homme assis sur le tabouret à côté d'Avery se disputait avec le barman. Dans une tenue décontractée, il était très beau — de fins cheveux roux, les yeux bleus, un visage pâle et classique à la lord Byron — et complètement soûl. Il n'avait pas de quoi payer son verre. Il se tourna vers Avery.

– Dis-moi, l'ami, tu n'aurais pas dix *cents* ?

Avery poussa une pièce vers lui sur le comptoir. L'homme la donna avec d'autres au barman.

– Ce monsieur était prêt à me reprendre mon verre.

– Redresse.

– Pardon ?

– Ton verre. Il est en train de couler sur ta veste.

– Ne parle pas de malheur…

Il essuya sa manche avec la main.

– Je m'appelle Wally.

– Avery Broussard.

– Tu m'as l'air sympathique. Tu veux m'accompagner à une fête ?

– Où ça ?

– Dans Royal Street. Un ami à moi donne une sauterie.

– Je ne vais connaître personne.

– Sans importance. Sera présent le microcosme littéraire et artistique. Nous te présenterons comme un romantique agraire. Tu as une bouteille ?

– Non.

– Il va falloir en trouver une. Le microcosme artistique exige qu'on apporte son alcool.

Ils quittèrent le bar et gagnèrent un magasin de vins et spiritueux un peu plus loin dans la rue.

– Tu veux bien prendre du scotch ?

Avery entra et acheta une bouteille de vingt-cinq centilitres.
– À la bonne heure, s'exclama Wally.
– T'es anglais ?
Avery but une gorgée puis passa la bouteille à Wally.
– Pourquoi vouloir être anglais quand on a la chance d'appartenir à la classe moyenne américaine ?
– Tu as un accent anglais.
– J'ai étudié en Angleterre. J'ai picolé pendant mes quatre ans à Tulane, puis je suis allé à Cambridge pour préparer un doctorat. J'ai été renvoyé de l'université. Tout ce que j'ai acquis là-bas, c'est un goût pour le scotch et un vilain accent. J'habite à présent le Quartier français et j'écris.
– Passe la bouteille, dit Avery.
– Et toi, tu fais quoi ?
– Je suis dans les pipelines.
– Dis donc, elle descend rudement vite, cette bouteille.
– Va falloir en racheter une.
– Je suis complètement fauché. Je ne voudrais pas abuser de ton argent.
Avery but une longue gorgée.
– Tu m'en laisses un peu ? dit Wally.
Avery lui donna la bouteille. Wally s'appuya au mur d'un immeuble et but.
– Je crois que j'en tiens une bonne, dit-il.
– Elle a lieu où, cette fête ?
– Dans Royal Street.
– On est dans la mauvaise direction.
Au croisement, ils bifurquèrent en direction de Royal Street. Des vingt-cinq centilitres, il ne restait presque plus rien.
– Termine, dit Wally.
– Non, toi.
– C'est ta bouteille.
Avery s'exécuta et jeta la bouteille dans une ruelle.
– Voilà qui nous met dans l'embarras, dit Wally. Impossible d'aller à cette fête sans alcool.
– Reste le vin de table.
– Je n'en bois jamais.
– C'est pas cher.
– Assez inhabituel d'apporter du vin de table à une fête.

– Je connais un resto italien qui en vend du buvable.

– Un petit restaurant près de Bourbon Street ?

– Oui, voilà.

– Il faudra que j'attende dehors. Je ne peux pas entrer.

– Pourquoi ?

– Soi-disant que j'y aurais cassé des verres. Je ne m'en souviens pas. J'étais en état d'ébriété au moment des faits.

– Ils ont du vin pas mal.

– Je t'attendrai. C'est toujours délicat, les esclandres avec les restaurateurs italiens.

Deux cents mètres plus loin, Avery acheta une bonbonne de deux litres de rouge dans un panier en osier. Il retrouva Wally au coin de la rue.

– J'ai oublié de prendre un tire-bouchon, dit-il.

Il découpa la partie supérieure du bouchon avec son canif et enfonça le reste à l'intérieur de la bouteille.

– Bravo, dit Wally.

Ils burent chacun une gorgée. Ils sentaient le goût du bouchon lorsque celui-ci remontait à l'intérieur du goulot. Ils avancèrent, Avery tenant la bouteille par les anses en osier du panier. Ils arrivèrent à un petit immeuble avec une cour à l'espagnole fermée par un portail en fer dans une arche de brique. Des lampions étaient suspendus en l'air par des ficelles, et, au milieu de la cour, il y avait un puits en pierre à côté duquel poussait un bananier. Les murs étaient couverts de lierre, des fougères en pots ornaient les dalles. Les gens allaient et venaient dans l'escalier. Sur le balcon, des filles appelaient en riant de jeunes hommes dans la cour.

– Ohé ! fit Wally.

– C'est Wally ! s'écria-t-on.

– Pardonnez-moi, y a-t-il une fête ici ?

– Entre donc. Tu n'as pas l'air très stable sur tes jambes.

– Quelqu'un sait-il s'il y a une fête ici ?

– Aidez Wally à monter, enjoignit une voix féminine.

– Nous sommes des romantiques agraires. Je vous présente Freneau Crèvecœur Broussard.

– Avery.

– Ce n'est pas assez agraire. Il te faut un autre nom.

Tout le monde se tourna vers Wally.

– Tu te souviens de ma fête samedi dernier ? lui demanda une fille.

– Je donnais un coup de main à la mission samedi dernier. Nous lançons une campagne pour interdire l'alcool à La Nouvelle-Orléans.

– Il disait qu'il était un personnage de *Guerre et Paix*, expliqua-t-elle aux autres. Il s'est mis dos au vide sur le bord de mon balcon et il a essayé de boire une bouteille de scotch sans tomber.

– Ça ne peut pas être moi. Je n'ai jamais lu Tchekhov.

– Tu te serais brisé la nuque si tu n'avais pas atterri dans les fleurs.

– Je ne les aime pas, ces Russes, de toute façon. Une bande d'affreux moralistes.

– Assieds-toi, l'ami, dit-on à Wally. Tu tangues.

– Je ne pourrai plus me relever.

– Freneau Crèvecœur ferait bien de s'asseoir, lui aussi, dit la fille. Il n'a pas l'air en forme.

– Avery.

– Vous dites ?

– Je m'appelle Avery.

– Pardonnez-moi, monsieur Avery.

– Nous sommes des romantiques agraires, répéta Wally.

– Avery, c'est mon prénom.

– Pourquoi lire une bande d'affreux Ruscofs quand on a des romantiques agraires sous la main ?

– Qu'est-ce qu'il a dans sa bouteille, ton ami ? s'enquit la fille.

– Le meilleur vin importé d'Italie qu'une paire de pieds crasseux puisse presser dans une baignoire. Buvons, voulez-vous ?

Il prit la bouteille à Avery et se la renversa dans le gosier.

– À toi, mon vieux.

Avery s'assit sur le bord du puits et but.

– Un homme, un vrai, dit Wally. Une capacité remarquable. Allez-y, vous tous. Faites passer. Chacun doit boire une gorgée. Je ne bois jamais seul. C'est un signe d'alcoolisme.

– Tu es impossible, Wally.

– Je ne supporte pas les gens qui ne boivent pas.

Un homme prit la bouteille et fit boire sa petite amie. Elle rit, et quelques gouttes lui coulèrent sur le menton. La bouteille passa d'un couple à l'autre.

– Je refuse d'aller aux fêtes où tout le monde n'est pas soûl, dit Wally.

– Vous habitez le Vieux Carré, monsieur Crèvecœur ? demanda une autre fille.

– Jamais un écrivain n'habiterait le Vieux Carré, souligna Wally.

– Vous êtes écrivain ?

– Je travaille sur les pipelines, dit Avery.

– Qu'est-ce qu'il a dit ?

– C'est un agraire désenchanté.

– Vous avez vraiment écrit quelque chose ?

– Nous nous sommes entendus avec un éditeur pour écrire des dialogues de bandes dessinées, poursuivit Wally.

– Sérieusement.

– Il a fait sa thèse sur les sonnets de Wordsworth à la dame en noir.

– Je m'intéresse moi-même à l'écriture, dit la fille à Avery.

– Elle est correctrice au *Picayune*.

– Où est le vin ? demanda Avery.

– Y en a plus.

– Faut retourner en chercher.

– J'ai écrit quelques poèmes que j'ai envoyés à des revues, dit la fille.

– La bouteille était pleine quand on est arrivés, dit Avery.

– Ça marche à tous les coups. Tu fais goûter ta bouteille à tout le monde, et tu bois à celle des autres tout le reste de la soirée.

– Vous publiez beaucoup ?

– Je suis aide-soudeur.

– Vous disiez que vous étiez écrivain.

– C'est ce qu'il est.

– J'ai failli être recalé en anglais au lycée, dit Avery.

– Pourquoi vous être fait passer pour un écrivain ?

– Il *est* écrivain, je te dis.

– Il nous faut une autre bouteille.

– Allons voir en haut.

– Si j'avais su, je ne vous aurais pas parlé de mes poèmes.

– Crèvecœur se fera un plaisir de lire ta poésie et de te dire ce qu'il en pense.

– Ça va trop loin.

– Voilà autre chose.

– C'est vrai.

– Excuse-toi auprès d'elle, Crèvecœur.

– Je retourne chez le marchand de vin.

– Ces messieurs nous doivent une tournée. Passons à l'étage.

Ils gravirent l'escalier et pénétrèrent dans le séjour d'un appartement. La pièce était bondée, et ils durent s'y ouvrir un chemin pour atteindre la cuisine, où se trouvait l'alcool. Wally prit une bouteille de scotch sur le buffet et deux verres dans la vitrine. Il y avait un sac de glace pilée dans l'évier. Il prépara les verres et en donna un à Avery. Ils retournèrent dans le séjour. Un petit orchestre jouait dans un coin. Le guitariste était noir. À l'intérieur de cet espace clos, la musique était très forte. Quelqu'un fit tomber un verre sur la table basse. On disait qu'une fille était tombée ivre morte dans la salle de bains. Avery trébucha sur un couple assis par terre. Les portes vitrées qui donnaient sur le balcon côté rue étaient ouvertes pour laisser entrer la fraîcheur nocturne. Avery voulut aller sur le balcon, mais il entendit une fille chuchoter et rire dans l'obscurité. Le pianiste de l'orchestre chantait une chanson paillarde en espagnol. Avery ne voyait plus Wally dans la foule. Deux hommes qui avaient l'air d'homosexuels parlaient dans un coin près de la bibliothèque. L'un d'eux adressa à quelqu'un un salut efféminé de la main. La fille tombée ivre morte dans la salle de bains fut amenée sur le balcon pour y prendre l'air.

Avery se faufila entre les groupes. Il termina son verre et le posa sur une table. Son visage le chauffait, et le bruit lui était de plus en plus pénible. Il avait besoin de sortir. Il se souvint qu'il commençait à sept heures le lendemain matin. Levant les yeux, il remarqua une fille qui le regardait de l'autre côté de la pièce. Elle lui sourit et s'excusa auprès des gens avec qui elle était. C'était Suzanne. Vêtue d'une robe lie-de-vin, elle portait au cou une chaine en or avec une croix. Elle n'avait jamais été aussi belle.

– Je n'étais pas sûre que ce soit bien toi, dit-elle.

– Salut, Suzanne.

– Je te voyais te déplacer dans la foule. J'ai failli t'appeler, mais j'avais peur que ce ne soit pas toi.

– Je te croyais en Espagne ou quelque part par là.

– J'y étais. Qu'est-ce que tu fais ici ?

– Je ne sais pas trop, dit-il. Je partais quand je t'ai vue.

– Ne pars pas.

– Je reste.

– Viens, on va dehors. Il y a trop de bruit ici.

– J'ai essayé de sortir. Je n'ai pas pu atteindre la porte.

– On peut passer par la cuisine, dit-elle.

Ils sortirent par-derrière, par une porte qui donnait sur le balcon côté cour. Il faisait frais. La lune éclairait les toits de tuiles.

– Je t'ai à peine reconnu, dit-elle. Tu as changé.

– Toi aussi. Tu es encore plus belle qu'avant.

C'était la vérité.

– Ça fait tellement longtemps.

– C'était bien, l'Espagne ?

– J'ai adoré.

– Tu es revenue vivre ici ?

– J'habite Dauphine Street. Je loue un atelier avec une autre fille. Il faut que tu viennes voir. On se croirait à Paris au XIXe siècle.

Ils s'assirent sur les marches de pierre qui menaient à la cour.

– Je fais partie de ces peintres de rue qu'on voit à Pirates Alley, dit-elle. Papa était furieux quand il l'a appris. Il m'a menacée de me couper les vivres.

– Tu parles…

– Je sais. Il dit toujours qu'il va le faire, puis il m'envoie un nouveau chèque pour s'excuser.

Il détailla son profil dans l'obscurité. Elle lui parlait, la tête légèrement de côté. La lumière des lampions éclairait ses cheveux. Il s'en voulait d'avoir tant bu. Il se donnait beaucoup de mal pour cacher son état.

– Je suis venu avec un certain Wally. Il m'a mis un verre dans la main, et je ne l'ai plus revu.

– Ça alors ! Comment tu connais Wally ?

– Il était fauché. Je lui ai prêté dix *cents*.

– Un soir, il est allé faire la quête dans Bourbon Street pour l'Armée du salut.

– Qu'est-ce qui s'est passé ?

– Il s'est servi de l'argent pour payer à boire à deux poivrots au Famous Door.

Un couple les frôla en descendant les marches. D'autres suivirent. Une partie de la fête se déplaçait à l'extérieur. Wally sortit sur le balcon et cria :

– Quel abruti lirait une bande de moralistes russes ?

– Allons au Café du monde, proposa Suzanne. Leur café et leurs pâtisseries sont extra, et on pourra s'asseoir dehors sur la terrasse.

– Et les gens avec qui tu es ?

– J'essaie de m'en défaire depuis le début de la soirée. Des copains de fac, ils sont venus voir la bohème.

Ils quittèrent la fête et marchèrent en direction du Marché français dans les rues aux chaussées de briques ou de pavés. Ils longèrent les rangées de bâtiments de stuc où avait autrefois vécu l'aristocratie française et espagnole, et dont on ne conservait aujourd'hui que les murs pour les reconvertir en bars, en bordels, en salons de tatouage, en théâtres burlesques, en restaurants chic et en boîtes de nuit pour homosexuels. Ils entendaient la musique gueuler dans Bourbon Street et la foule sur le trottoir, les rabatteurs qui essayaient d'attirer les touristes dans les bars, lesquels touristes ignoraient qui avait construit le Vieux Carré et s'en fichaient pas mal.

– Je n'ai appris ce qui t'est arrivé qu'à mon retour d'Espagne, dit-elle. Je suis vraiment désolée.

– C'est fini, maintenant.

– Je n'en ai pas cru mes oreilles quand papa m'a raconté. Ça paraît si injuste.

– J'ai été libéré au bout d'un an. Ils auraient pu m'en faire faire trois.

– C'était très dur ?

– Oui.

– Je regrette de ne pas l'avoir su. Moi, je prenais du bon temps, et toi, tu étais dans un de ces camps.

– J'en suis sorti.

– Quand je pense à ce que tu as dû vivre là-bas, ça me rend malade.

– Tu es gentille.

– Ç'a dû être terrible.

– Ç'a été pire pour certains.

– Je ne supporte pas de t'imaginer dans une prison.

Ils traversèrent Jackson Square par le parc et gagnèrent le Café du monde de l'autre côté de la rue. Ils s'installèrent dehors à l'une des tables. Un petit vent soufflait depuis le fleuve. Le serveur en veston blanc leur apporta du café et un plateau de pâtisseries.

– On ne s'est jamais écrit après ma première année de fac, dit-elle. J'avais envie de t'écrire, mais tout ce que je trouvais à dire semblait à côté de la plaque.

– Je n'étais pas sûr que tu veuilles avoir de mes nouvelles.

– Tu sais bien que oui. Tout est tombé à l'eau pour si peu de chose.

– Mon coma éthylique sur la plage à Biloxi…

– Je ne t'en ai pas voulu. Ça m'a simplement fait de la peine de te voir t'infliger ça à toi-même.

– Je me suis senti affreusement coupable en voyant ta tête le lendemain matin.

– Je n'avais pas dormi de la nuit. J'étais tellement inquiète pour toi.

– Tu as toujours été une chic fille.

– Arrête.

– Une chic fille et un sacré canon.

– Oh, Avery.

– Tu as vu les types dans le parc, comment ils se sont retournés pour te regarder ?

– Tu es injuste.

– Pourquoi tu es si belle, bon Dieu ?

– Je veux te montrer mon appartement. Tu peux venir dîner demain soir ?

– Ne change pas de sujet.

– Tu peux venir ?

– D'accord.

– Je cuisine formidablement bien. Ma colocataire refuse de manger avec moi.

– Tant mieux. Dis-lui de partir.

– Tu as bu quoi, ce soir ?

– Je pensais avoir fait illusion.

– Tu étais tout blanc. J'avais peur d'allumer une cigarette à côté de toi.

– Dis quand même à ta colocataire de partir.

– Tu es encore soûl.

– Le vin de table me laisse dans cet état-là pendant deux ou trois jours.

– C'est bon d'être à nouveau avec toi, Avery.

– Je te raccompagne.

LIVRE III

Quand le soleil commencera à briller

Toussaint Boudreaux

Ils nettoyaient un champ de souches le jour où il s'évada. Toussaint attendait avec l'attelage de mules pendant que Frère Samuel séparait la souche de ses racines à la tronçonneuse. Les arbres abattus, le champ semblait plat et nu. Le sol était jonché d'éclats de bois. L'air résonnait des coups de hache et des vrombissements des tronçonneuses. On faisait brûler un gros tas de broussailles sur le bord du champ. Samuel posa sa tronçonneuse et coupa à la hache les racines plus profondes. Son visage couleur de boue luisait tandis que, un genou à terre, il levait la hache au-dessus de l'épaule et frappait. Toussaint fit approcher les mules à reculons. Ayant attaché les chaînes autour de la souche, il fit doucement avancer les bêtes jusqu'à ce que leur harnais se tende, puis leur battit la croupe avec les rênes. Quand, après quelques secondes d'effort, elles réussirent à arracher la souche, Samuel et Toussaint prirent leur hache et découpèrent le bloc de bois pour le charger dans la brouette.

– T'es pas bavard, aujourd'hui, dit Frère Samuel.

– J'ai un truc en tête, dit Toussaint.

La plupart des équipes travaillaient à l'autre bout du champ. Evans était le seul gardien présent dans cette zone-là. Il se tenait un peu à l'écart du feu de broussailles, d'où il pouvait voir tous ses hommes. Le feu dégageait une chaleur intense. Toussaint passa devant Evans avec la brouette et commença à jeter les morceaux de souche dans les flammes. Il se retourna vers l'autre côté du champ. C'était bientôt l'heure de la pause déjeuner, et les autres gardiens regagnaient la route avec leurs équipes pour y attendre le camion de nourriture.

La lisière du bois se trouvait juste derrière le tas de broussailles. Toussaint laissa un gros morceau de branche au fond de la brouette. Evans était à une trentaine de mètres dans son uniforme marron, son casque colonial sur la tête. Il retira ce dernier et en essuya l'intérieur avec son mouchoir. Toussaint savait que, s'il parvenait à échapper à Evans, il lui serait possible de gagner les arbres avant que les autres gardiens s'aperçoivent de son évasion. Il jeta un nouveau coup d'œil de l'autre côté du champ. Aucun des gardiens n'était tourné vers lui. Il poussa la brouette sur le sol creusé d'ornières jusqu'à ce qu'il se trouve juste devant Evans. Faisant alors basculer la brouette sur le côté, il s'accroupit dos au gardien et arracha le pneu en caoutchouc de la roue.

– Qu'est-ce qui se passe ? demanda Evans.

– La roue est cassée.

– Répare-la.

– Le pneu s'est ouvert. Il faut que j'aille en chercher un autre à la cabane de chantier.

– Tu ne vas nulle part. Fais-moi voir ça.

Toussaint empoigna fermement le morceau de branche et attendit. Lorsqu'Evans fut arrivé à sa hauteur, il se redressa brusquement et le frappa en plein front. Pourri, le morceau de branche se brisa dans sa main. Evans tomba lourdement en arrière et resta inanimé, son casque colonial au sol à côté de lui. Toussaint avait déjà détalé. Guettant le cri d'un gardien donnant l'alerte, il terminait de traverser la bande de terrain nu à côté du tas de broussailles et entrait dans le bois, protégé par les arbres, leurs branches fouettant son visage et déchirant ses vêtements. Il ne cherchait pas à contourner les fourrés, trébuchait sur les plantes rampantes qui recouvraient le sol, les ronces le griffaient. Bientôt, le rideau d'arbres se fit moins dense, et l'herbe verte de la rive apparut derrière.

Il courut jusqu'au bas de la pente et plongea dans le fleuve, avant d'en gagner le milieu pour se laisser entraîner par le courant. Il regarda défiler les flancs de glaise du rivage et les arbres surplombant l'eau. Un house-boat était amarré d'un côté. Il ne vit personne à bord. Il disparut sous l'eau et y resta le temps qui lui sembla nécessaire pour le dépasser. Des branches immergées lui frôlèrent les jambes. Il remonta pour respirer et nagea vers la rive opposée.

Le fleuve faisait un coude un peu plus loin, en aval duquel une compagnie forestière exploitait le bois. Toussaint marcha dans les bas-fonds jusqu'à la platière argileuse. La police allait devoir attendre que les chiens retrouvent sa trace de ce côté du fleuve. Il entra dans un champ de pacaniers et s'arrêta pour reprendre son souffle et quitter ses bottes. Le cuir mouillé était source d'ampoules, et on courait plus vite pieds nus. Le champ de pacaniers donnait sur un pré ; à droite, se trouvait un étroit bayou qui s'enfonçait dans les fourrés. Ses bottes à la main, Toussaint suivit le bayou en s'efforçant de rester dans l'eau pour compliquer la tâche des chiens. Il ôta sa chemise et la renfila après l'avoir retournée pour cacher l'inscription de l'administration pénitentiaire.

En fin d'après-midi, il arriva à un carrefour sur la grand-route. Il y avait là une épicerie-quincaillerie, et, au loin, on apercevait des fermes. Une mule était attachée par son harnais à la balustrade de la véranda du magasin. Un Noir sortit avec ses courses dans un sac de toile, monta sur la mule et s'éloigna sur le chemin de gravier. Toussaint savait que la police avait dû installer des barrages sur les principaux axes routiers, et qu'on le rechercherait dans les petites localités. Il lui fallait des vivres, de quoi se changer, une arme et des munitions. Son intention était de continuer vers le sud jusqu'au marécage qui s'étendait autour du Bayou Lafourche ; là-bas, il trouverait une pirogue et se faufilerait par les canaux jusqu'à Barataria, où il pourrait se cacher indéfiniment. Il avait de la famille à Barataria, et c'était une région où les gens n'aimaient guère la loi. Plus tard, quand on aurait cessé de le rechercher, il pourrait quitter l'État.

Il se cacha dans un champ de maïs et attendit la nuit. Une voiture de police arriva. Elle s'arrêta devant le magasin, et un agent en descendit pour venir parler aux hommes assis sur la véranda. Il retourna à sa voiture et parla à l'émetteur de sa radio, un pied sur le marchepied. Toussaint vit la crosse de son revolver briller au soleil. Il lui fallait absolument une arme. Il était possible qu'on le ramène au camp s'il n'était pas armé.

L'agent remonta dans sa voiture et s'en alla. Toussaint sentit l'odeur pure de la terre. Il en frotta un peu entre ses mains. C'était de la bonne terre. Le maïs était haut et vert, et il y avait un champ de fraises de l'autre côté de la route. Dans sa région, la plupart des hommes étaient pêcheurs, mais lui aimait la terre et voir pousser les plantes. Cela faisait longtemps qu'il n'avait pas travaillé dans une exploitation agricole. C'était avant la prison, et avant la ville où il n'avait vu que du béton et les visages de gens avec lesquels il n'avait rien en commun. Il aurait pu se coucher dans ce champ et ne plus jamais se relever. Le sol était frais, et un petit vent soufflait dans le maïs. Un lapin entra d'un bond dans le sillon de Toussaint et se figea, les oreilles plaquées contre le dos, remuant le museau. On peut pas rester là, pas vrai, lapin ? songea Toussaint. Si on reste, fini le maïs, fini les fraises, plus personne ne rentrera chez lui. Tout s'arrêtera.

Le soir venu, il attendit la fermeture du magasin. Par la fenêtre, il voyait deux hommes qui jouaient aux dominos. La lumière s'éteignit dans l'arrière-boutique, et les deux hommes accompagnés du patron sortirent sur la véranda, avant de monter dans une voiture et de disparaître. Toussaint s'avança jusqu'au bord du champ et fit le guet quelques instants au cas où ils reviendraient chercher quelque chose. Au loin, les fermes étaient maintenant éclairées. La lune était sous l'horizon, et la route était plongée dans l'obscurité. On entendait les grillons et les grenouilles dans le bois. Toussaint traversa la route et gagna l'arrière du magasin. Il appuya de la main sur la porte moustiquaire jusqu'à ce que le loquet cède. La porte intérieure avait un carreau. Il tenta d'abord de la forcer en s'y appuyant doucement de tout son poids. Elle était verrouillée. Dénichant un morceau de brique, il l'enroula dans du papier journal, brisa le carreau au coin de la feuillure, puis il passa la main par le trou et tira le verrou.

Il avait soif. Il ne s'était pas désaltéré depuis sa traversée du fleuve. Il prit une bouteille de soda dans le réfrigérateur et la vida. Il en ouvrit une deuxième qu'il but en choisissant sur les étagères les boîtes de conserve dont il aurait besoin pour s'alimenter. Il les fourra dans un sac de jute qui traînait derrière le comptoir. Il y avait un portant chargé de vêtements d'occasion et de tenues de travail près de l'entrée. Toussaint prit une chemise et un pantalon, les mit avec les conserves et, après en avoir noué le haut, posa le sac sur le comptoir et jeta un regard circulaire. Les fusils étaient accrochés au mur sur un râtelier. Tous d'occasion. Il décrocha une carabine Winchester et actionna le levier de sous-garde. Il ne trouva que deux boîtes de cartouches adéquates. Il en inséra le maximum dans le magasin tubulaire et mit le reste dans sa poche. Il allait également lui falloir un couteau. Il tira vers lui le couvercle d'une vitrine et choisit un bon couteau Queen muni d'un manche d'os jaune et de deux longues lames. Il reprit le sac de jute sur le comptoir et scruta la route par la fenêtre de devant. Ressortant alors par-derrière, il fit à nouveau le tour du magasin, traversa la route, puis s'élança dans le champ de maïs en direction des arbres.

Il s'enfonça profondément dans le bois avant de s'arrêter pour se changer. À mains nues il creusa un trou dans les feuilles et la terre, y enterra, roulée en boule, sa tenue de prisonnier, puis, vêtu de la chemise et du pantalon qu'il venait de voler, il reprit sa route vers le sud à travers les prés et les bois, en évitant les routes et les habitations. Il progressa à un bon rythme, jusqu'à ce que, avant l'aube, il tombe sur une cabane déserte dans une forêt de pins où il pouvait se cacher en attendant la nuit suivante. Un tas de grain en occupait un côté, la remplissant d'une odeur de farine humide et fraîche. Des écureuils étaient venus en manger et y avaient laissé des traces. Il manquait un gros morceau du toit ; par ce trou, à l'est, Toussaint voyait la lueur bleue du jour gagner le ciel. Il était fatigué. Après avoir mangé, il s'adossa au grain et s'endormit.

Il était midi quand il se réveilla et entendit les chiens aboyer. Ils avaient retrouvé sa trace au carrefour. Il prit sa carabine et sortit en courant dans la chaleur du soleil. Il ne pensait pas qu'on le rattraperait si vite. Il fila à travers le bois en espérant trouver un bayou où il pourrait perdre les chiens. Les arbres étaient serrés et ralentissaient sa progression ; il n'y avait pas de bayou. Les aboiements semblaient à présent plus lointains, mais ça, c'était parce que ses poursuivants s'étaient arrêtés pour fouiller la zone autour de la cabane ; ils ne leur faudrait pas longtemps avant de découvrir que Toussaint venait de repartir et ne possédait guère plus d'un kilomètre d'avance. Il avait laissé le sac de nourriture à la cabane.

Il se dirigea vers le marécage. Il ne restait plus que cette solution. S'ils lui tombaient dessus en terrain dégagé, il serait soit tué sans avoir pu se défendre, soit, pire, menotté et ramené au camp. Le marécage était loin ; il devait maintenir un rythme soutenu sans faire de haltes pour se reposer. Les hommes du shérif essayaient de le prendre en sandwich, déployés à sa gauche sur la route principale et à droite à la lisière du bois. Il évoluait dans un rectangle qui se resserrait d'heure en heure à la manière d'un étau et au bout duquel se trouvait l'impasse où il livrerait son dernier combat.

À un moment, ils faillirent l'avoir. Il traversait le lit d'une rivière asséchée quand ils ouvrirent le feu depuis l'à-pic formé par la rive derrière lui. Cuit par le soleil, le fond plat de glaise rouge brun de la rivière s'effritait et s'enfonçait sous ses bottes. Pataugeant dans les quelques filets d'eau qui subsistaient dans les parties les plus profondes, il courut escalader l'autre rive et s'abrita derrière un rondin, d'où il riposta avec sa carabine jusqu'à ce que les hommes reculent et disparaissent derrière l'à-pic. Le rondin, un tronc de cyprès déposé là par une crue, était mangé aux vers. Une balle vint s'y ficher, projetant sur lui une gerbe d'éclats de bois. Un policier était descendu jusqu'à un replat et tirait sur lui par le flanc. Toussaint riposta et vit un petit nuage de poussière monter derrière le policier. Il tira à nouveau alors que l'homme remontait rapidement en s'aidant des mains et des pieds pour se mettre à couvert. La Winchester en joue, le canon appuyé sur le rondin, Toussaint attendit. Ils n'allaient pas réessayer. Ils allaient traverser la rivière un peu plus bas pour le prendre à revers. Il courut jusqu'en haut de la digue et redescendit de l'autre côté dans le bois. Son visage le piquait et saignait légèrement, blessé par les éclats de cyprès. Il avait eu de la chance. S'ils avaient mieux visé, ils l'auraient eu.

Il continua droit vers l'ouest en s'arrêtant de temps en temps pour tirer sur les policiers. Il sortit du bois le soir et franchit le talus d'une voie ferrée. Devant lui s'étendait le marécage. Il voyait les chênes aux branches chargées de mousse, les cyprès dont les troncs s'élargissaient au niveau de l'eau, l'herbe à alligators, les bambous, les saules, les grues blanches survolant le gris des cimes.

Les hommes du shérif avaient fini par refermer le rectangle. La Winchester contre la poitrine, Toussaint s'élança à travers les broussailles et commença l'ascension de la butte en courant le plus vite possible en direction du marécage. La nuit n'allait pas tarder à tomber, et, s'il parvenait en haut sans être touché, les policiers allaient devoir attendre le lendemain matin avant de tenter quoi que ce soit. Il entendit un coup de feu derrière lui et sentit une balle venir frapper le sol près de ses pieds. Il se voûta et zigzagua tandis que deux nouvelles détonations retentissaient. Les balles se rapprochaient. Certaines passaient à quelques centimètres de sa tête, comme le lui indiquaient les sifflements creux à son oreille. Il trébucha et tomba, atterrissant sur les coudes pour ne pas lâcher la carabine. Il se releva d'un bond en plantant ses bottes dans la terre. Les policiers continuaient de tirer, mais à une cadence à présent trop rapide pour être précis. Il crut que ses poumons allaient exploser avant d'atteindre le sommet. Il s'y jeta à plat ventre et resta étendu là, haletant dans les herbes.

Les tirs avaient cessé. Toussaint releva légèrement la tête, juste assez pour voir une douzaine d'hommes déployés en une ligne régulière derrière les broussailles. Adossée au marécage, la butte était flanquée de deux profondes ravines de glaise, une de chaque côté. Toussaint était déjà venu dans le secteur l'année précédente quand, à la suite du débordement du fleuve, l'État avait fait appel à la main d'œuvre carcérale pour surélever la digue avec des sacs de sable. Il avait délibérément choisi cet endroit pour s'y retrancher. Si ses assaillants montaient par les ravines, il n'aurait qu'à les abattre un à un. Il ne pensait pas qu'ils tenteraient de passer par-derrière. Le marécage était large d'une vingtaine de kilomètres, et il faudrait plus d'une journée pour le traverser en barque, le seul canal qui le parcourait étant peu profond et encombré de troncs et de bancs de sable. Ils pouvaient y entrer un peu plus loin de ce côté-ci et essayer de contourner sa position, mais il y avait des trous profonds, des sables mouvants, et il doutait qu'ils prennent le risque d'y perdre des hommes.

Ils donneraient l'assaut le lendemain matin. Ils auraient alors le soleil dans le dos, et, d'ici là, ils feraient venir des mitrailleuses. Tout était à leur avantage, mais il vendrait chèrement sa peau. Il sortit son mouchoir de la poche arrière de son pantalon et l'étala soigneusement sur le sol pour y compter ses cartouches. Quinze, plus neuf dans le magasin. Il n'en gaspillerait aucune. Il ne tirerait que lorsqu'ils seraient bien en évidence (ils étaient obligés de se découvrir). Il remit les cartouches dans sa poche. L'acier de la carabine était usé. Il y avait des taches de rouille sur le canon. La rouille était peu épaisse et disparut lorsqu'il la frotta avec la paume de sa main. Il ouvrit la culasse et la nettoya ainsi que le mécanisme du levier de sous-garde à l'aide de son mouchoir, pour supprimer tout grain de sable.

Les dernières lueurs du soleil firent place à l'obscurité. Toussaint entendit crier le moteur d'un camion avançant doucement dans un champ face à lui. Les renforts arrivaient. Il pensa à l'eau. Il pouvait se passer de manger, mais il ne résisterait pas aux efforts du lendemain sans quelque chose à boire. Il allait avoir le soleil de juillet en plein dans les yeux jusqu'à l'après-midi. Il descendit sans bruit par l'arrière de la butte jusqu'au bord du marécage. Il allait boire un bon coup à présent, et, juste avant le lever du jour, il retirerait sa chemise et la tremperait dans l'eau afin de pouvoir s'humidifier la bouche tout au long de la matinée. L'eau était encombrée de feuilles de nénuphar et de roseaux. Il en écréma la surface avec la main. Ce n'était pas bon de boire l'eau des marais, mais il n'avait pas le choix. Il était capable de supporter les moustiques, la faim et le manque de sommeil, et, s'il ne tombait pas malade, il allait pouvoir livrer une bataille digne de ce nom. L'eau avait un goût aigre dans sa bouche. Il remonta en haut de la butte et s'allongea, la Winchester au creux de son bras. Un feu brûlait en bas. Ils faisaient du café. Il distinguait la silhouette d'un homme jetant du petit bois dans le feu. Toussaint était trop loin pour effectuer un tir précis, mais, même dans le cas contraire, il se serait abstenu. Ils auraient leur chance le lendemain matin.

Allongé sur le ventre, il attendit le lever du jour. Au bout d'un moment, pendant la nuit, il s'affaiblit et fut pris d'une crampe violente dans le bas-ventre. Les premiers effets de l'eau contaminée qu'il avait buc. La tête lui tournait, le feu de camp au loin était flou. Il enfonça son poing au creux de son estomac pour calmer la douleur. Mon Dieu, faites que je ne m'évanouisse pas, pria-t-il intérieurement. Faites que je sois prêt à les accueillir demain matin. Il faut que je sois au meilleur de ma forme demain. C'est la fin du voyage, il faut qu'il se termine en beauté. Je préfère encore utiliser cette arme contre moi plutôt que les laisser me trouver inconscient en arrivant ici.

Il essuya la sueur qui lui tombait dans les yeux et secoua la tête. Son esprit s'éclaircit un moment, puis il sentit comme un morceau de métal chaud se retourner en lui. Il serra les dents pour s'empêcher de hurler. Il avait déjà eu des crises de dysenterie au camp, mais jamais aussi violentes. Il crispa tellement les mains sur son ventre que ses ongles traversèrent sa chemise. La douleur empirait. Tels étaient les symptômes de la fièvre des marais. Ils se manifestaient par à-coups. Pour l'heure, il avait le front brûlant, et, dans une minute, il serait grelottant de froid.

Si seulement il avait une couverture. Ou une grosse courtepointe bien chaude, comme celle sur laquelle ses frères et lui dormaient derrière le Marché français à La Nouvelle-Orléans. Il avait treize ans à l'époque, et les jumeaux un an de plus. Ils venaient en ville le week-end et s'installaient derrière le Marché, là où on déchargeait les camions. Ça sentait toujours le poisson mort et les légumes en train de pourrir. Le soir, ils allaient danser sur le trottoir de Bourbon Street pour les touristes. Un de ses frères tapait sur une boîte en carton tandis que l'autre frère et lui chantaient en battant des mains.

Oh Lord I want to be in that number
When the sun begins to shine[1]

Les touristes leur jetaient leurs petites pièces par terre, et ça, Toussaint ne le supportait pas. Il ne supportait pas de devoir se baisser en disant : « Merci, m'sieur. » Oui, oui, merci, m'sieur. Mon père n'a pas de quoi nous acheter des vêtements, et on est obligés de se mettre à quatre pattes pour ramasser votre monnaie, mais merci quand même.

Lord I want to be in that number
When the new world is begun[2]

Quand le Vieux Carré fermait pour la nuit, ils retournaient au Marché français et comptaient leur argent à la lueur du lampadaire. Il avait honte de voir ses frères rire et secouer les pièces dans leurs mains. Toute leur vie, ils demanderaient l'aumône aux Blancs. Lorsque les jumeaux s'endormaient, il cachait son visage dans la courtepointe et pleurait.

Dans l'herbe, Toussaint roula sur le dos et déboutonna le haut de son pantalon pour donner un peu d'aise à la boule de nœuds qui lui tenaillait l'abdomen. L'intensité du feu de camp baissait à mesure que la nuit s'écoulait. Il se mordit les lèvres, et son visage se contracta lorsqu'il tenta de déplier les jambes. La douleur gagnait les reins. Les grillons et les oiseaux nocturnes étaient silencieux, il entendait à peine les policiers parler. Repensant à Billy Jo et à Jeffry, il se demanda si, lui aussi, on le ramènerait au camp sous une bâche à l'arrière d'un pick-up. Evans retirerait la bâche, et les

1. Oh Seigneur je veux être du nombre / Quand le soleil commencera à briller. (« When the Saints Go Marching in ».)

2. Seigneur je veux être du nombre / Quand le nouveau monde commencera.

gars de la 5, immobiles et maussades, regarderaient Toussaint pendant que le capitaine leur ferait la leçon ; Daddy Claxton tousserait et cracherait, Frère Samuel, le chapeau de paille par-dessus les oreilles, maudirait les verrues maléfiques et l'Homme des Ténèbres, quelqu'un, éventuellement, se retournerait pour vomir, puis Evans remonterait la bâche sur Toussaint, le pick-up repartirait en le ballottant, et, une fois à l'arrêt, on le mettrait dans une caisse que les services de l'hygiène viendraient chercher et qui serait soit enterrée sans pierre tombale dans le cimetière de la paroisse, soit remise à la faculté de médecine.

Le jour était sur le point de se lever. L'aube, à l'est, rosissait le ciel. Il inséra une cartouche dans le magasin de la carabine et s'installa pour pouvoir observer les policiers. Une brume venue du marécage recouvrait la pente. Ses vêtements étaient mouillés par la rosée. Il avait mal partout et se sentait comme rempli d'eau, mais le pire de la fièvre était passé. Il avait l'esprit clair et serait prêt à les recevoir lorsqu'ils arriveraient.

Le soleil était rouge et au ras de l'horizon. La brume recouvrant la pente commença à se dissiper tandis que la fraîcheur du matin disparaissait. Le shérif de la paroisse parlait à ses hommes, réunis en cercle. Un peu à l'écart, un autre tenait les chiens par leurs laisses. Toussaint plissa les yeux ; ce casque colonial, ce visage brûlé par le soleil, il ne pouvait y avoir d'erreur. C'était Evans. Le shérif quitta le groupe pour s'avancer au pied de la butte. Il était à la portée de la carabine de Toussaint. Il mit les mains sur les hanches et jeta un regard autoritaire en direction du sommet.

– Descends, Boudreaux.

Toussaint mâcha une herbe entre ses dents. Tu as du courage, songea-t-il. Je pourrais t'abattre comme un singe dans un arbre.

– Je t'ai donné ta chance, dit le shérif, avant de rejoindre ses hommes.

Ils approchèrent à leur tour. Toussaint visa la gorge de l'un d'eux pour compenser la perte de hauteur de la balle et tira. Une mitrailleuse arrosa le sommet juste au moment où il baissait la tête. Il éjecta la douille et roula sur le côté. Ils devaient s'attendre à ce que sa tête réapparaisse au même endroit. Deux policiers tentèrent de monter. Ils portaient un chapeau rond à larges bords et une ceinture à la Sam Browne, maintenue par une sangle sur l'épaule droite. Il tira sur le premier et le regarda se tenir le genou et dégringoler jusqu'en bas. L'autre continua d'avancer. C'était un homme corpulent et son visage transpirait sous l'effort. Toussaint actionna le levier de sous-garde et lui tira dans la poitrine. L'homme pivota brusquement et tomba sur le dos. Il tenta de se redresser et de dégainer son revolver. Son fusil était par terre derrière lui. Il retomba à plat, la bouche et les yeux ouverts, le regard fixé sur le ciel.

Toussaint regrettait de ne pas disposer d'une arme à culasse à verrou. Ce n'était pas commode d'utiliser une Winchester à plat ventre. Un policier caché derrière un rondin ouvrit le feu à la mitrailleuse pendant qu'un de ses collègues courait en direction de la ravine. Le mitrailleur tira jusqu'à ce que sa bande d'alimentation soit vide, ses balles grêlant la terre et arrachant des touffes d'herbe autour de la tête de Toussaint. Toussaint attendit la fin de la rafale, positionna le V de son viseur sur la calotte arrondie du chapeau, qui dépassait du rondin, et fit feu. Le chapeau s'envola. Il tourna alors son arme vers le policier dans la ravine, mais le manqua. L'homme se laissa glisser le long du couloir de glaise pour aller se remettre à couvert, et le calme revint.

Evans sortit de derrière le camion avec les chiens. Ils allaient les lâcher. Evans libéra les deux bergers allemands et garda le limier en laisse. Les chiens s'élancèrent dans la côte en direction de Toussaint. C'étaient de beaux animaux, et il ne voulait pas leur faire de mal. Seul un homme comme Evans était capable d'envoyer ses chiens à la mort, se dit-il. Il recula du sommet pour se mettre debout et tint la carabine par le canon. S'en servant comme d'une batte de base-ball, il frappa le premier chien sur le museau avec le fût. L'animal tomba sur le côté et resta là, frissonnant. Il avait la joue ouverte, une entaille qui remontait jusqu'à son épaisse encolure gris-noir. L'autre berger allemand bondit alors par-dessus le sommet et se jeta sur les jambes de Toussaint, qui le frappa à coups de pied et de crosse. Le chien avait les mâchoires verrouillées sur sa cheville, les dents enfoncées jusqu'à l'os. Toussaint retourna l'arme et lui tira dans le dos. La balle brisa la colonne vertébrale du chien, et une deuxième fut nécessaire pour mettre fin à ses souffrances.

En boitant, Toussaint retourna se mettre en place au sommet de la butte. Les policiers avaient escaladé les ravines pendant qu'il était aux prises avec les chiens. Un feu nourri le harcelait des deux côtés. L'odeur âcre de la poudre brûlée remplissait l'air. Il sortit les dernières cartouches de sa poche, les inséra dans le magasin et se traîna jusqu'au bord d'une des ravines pour tenter de repousser ses assaillants. Il entendit un coup de feu derrière lui, un sifflement comme celui d'une balle ricochant sur un rocher, et, soudain, son ventre s'embrasa. Il avait des élancements dans les yeux et ne pouvait plus respirer ; il crachait du sang. Un avant-bras plaqué contre le bas-ventre, la carabine dans l'autre main, il s'écarta du sommet et tituba jusqu'au bord de l'eau, où il tomba en position assise, une jambe repliée sous lui.

Nous y voilà, se dit-il. La fin du combat a sonné. *Ma blessure au flanc fait virer l'herbe au rouge*. Il vit les policiers franchir le sommet, leurs silhouettes se découpant contre le soleil. Parmi eux, il distingua Evans, il le voyait comme à travers un long tunnel. Il aurait pu lever sa carabine et l'abattre, mais il savait que c'était inutile. Un autre Evans lui succéderait, puis un autre, à l'infini. Toussaint était très fatigué. *Je voudrais m'allonger dans le maïs et regarder en l'air entre les tiges.* Sa tête s'affaissa sur sa poitrine, et il tomba en arrière dans les feuilles, les bras étendus le long du corps.

J.P. Winfield

Ce matin-là, il avait rendez-vous chez le médecin. Il s'y rendit en taxi, donna son nom à l'infirmière et lut les journaux dans la salle d'attente pendant qu'elle informait le médecin de son arrivée. Au bout d'un moment, elle le fit entrer dans une petite pièce blanche imprégnée d'une déprimante odeur d'antiseptique. Le médecin le rejoignit quelques minutes plus tard. Menu, le teint foncé, il avait une moustache grise et commençait à se dégarnir au niveau du front.

– Qu'est-ce qui vous amène ? demanda-t-il.

– Je voudrais faire un check-up.

– Un problème en particulier ?

– J'ai eu des étourdissements deux ou trois fois, expliqua J.P.

– En quelles circonstances ?

– Comme ça, des étourdissements.

– Retirez votre chemise.

Le médecin écouta le cœur et les poumons de J.P. avec son stéthoscope.

– Faites quelques flexions.

J.P. s'exécuta. Le médecin l'examina à nouveau.

– Voyons votre tension.

Il enroula le brassard du tensiomètre autour du bras de J.P. et le gonfla avec la poire qu'il tenait dans sa main.

– Elle est haute, dit-il.

– À quel point ?

– Bien plus qu'elle ne devrait. Vous saviez que vous aviez un souffle au cœur ?

– Non.

– Je veux vous faire passer un électrocardiogramme.

– Qu'est-ce que c'est ?

– C'est un examen qui nous en dira plus sur l'état de votre cœur.

– C'est grave, un souffle au cœur ?

– Ça dépend. Vous allez peut-être devoir lever un peu le pied.

J.P. remit sa chemise.

– Vous buvez beaucoup ? demanda le médecin.

– Non.

– Vous consommez des stupéfiants ?

– Des barbituriques.

– Rien d'autre ?

– Non.

– Qui vous les a prescrits ?

– Un autre médecin.

– Pour quelle raison ?

– Je suis chanteur. Je travaille tard.

– Il va falloir que vous les arrêtiez. Votre tension est trop haute.

– Sinon, qu'est-ce qui se passera ?

– Votre cœur risque d'en souffrir.

– Vous pouvez me le faire passer maintenant, cet examen ?

– Non, pas ce matin. Dites à l'infirmière de vous prendre rendez-vous pour demain. Et pas de barbituriques en attendant, que vous ayez une ordonnance ou non.

– Je suis accro. Je peux pas arrêter comme ça.

– Il va bien falloir si vous ne voulez pas causer de graves dégâts à votre santé.

Il pleuvait quand J.P. revint le lendemain après-midi. La pluie jaunissait le ciel, et les arbres bordant la rue étaient trempés et très verts. Il entra dans le cabinet et accrocha son chapeau et son imperméable au portemanteau. Dans la petite pièce blanche, il s'allongea sur la table, et le médecin lui plaça les capteurs sur la poitrine. L'examen terminé, l'infirmière vint les lui retirer, puis le médecin et elle quittèrent la pièce. J.P. se rhabilla et s'assit sur la table. Il regarda par la fenêtre la pluie tomber du ciel jaune sur la rue. Il y avait un magnolia dans le jardin sur le côté du bâtiment. Les pétales blancs de ses fleurs étaient éparpillés sur l'herbe. Le médecin revint et ferma la porte derrière lui.

– Je n'ai pas grand-chose à vous dire de plus qu'hier, annonça-t-il. Cette histoire de souffle n'est pas très inquiétante, mais vous allez devoir faire attention.

– À propos des barbituriques... Ça fait longtemps que j'en prends. C'est pas facile d'arrêter d'un coup.

– Vous pouvez essayer de vous mettre au vert pendant quelque temps.

– Y aurait pas un traitement pour décrocher en douceur ?

– C'est seulement les barbituriques qui vous posent problème ?

– Je vous l'ai dit.

– Vous devriez aller à l'hôpital si vous êtes dépendant à quelque chose de plus fort.

– Je prends rien d'autre.

– Je peux vous faire hospitaliser dans un établissement privé.

– Écoutez, vous êtes censé vous occuper de mon cœur.

– Un souffle, ça ne se soigne pas. Tout ce que je peux faire, c'est vous dire de vous économiser. Vous ne voulez pas que je contacte un ami qui traite les addictions aux stupéfiants ?

– Non, dit J.P.

– Alors bonne journée, monsieur.

J.P. sortit du cabinet sous la pluie. Il rentra à l'hôtel en taxi. En écoutant le bruit des pneus sur la chaussée mouillée, il repensa au tableau qu'April lui avait brossé des cures de désintoxication. De six mois à un an dans une chambre minuscule sans autre meuble qu'un lit boulonné au sol, les séances d'arrosage au jet à haute pression et les électrochocs, la diminution progressive des doses de narcotiques jusqu'à leur suppression pure et simple, et, avec elle, le début des cauchemars, le nez qui coule, les nausées à la moindre évocation de nourriture, l'impression de tomber en morceaux comme une assiette brisée. Et puis, un jour, on sortait en se croyant tiré d'affaire, et, comme April, on replongeait deux semaines plus tard. Impossible, se dit-il. C'était trop dur. Le taxi arriva à l'hôtel. Il descendit sur le trottoir et, à l'abri de la pluie sous la colonnade, paya le chauffeur par la fenêtre. Un an de traitement pour en revenir au même point. Il était incapable de vaincre son addiction, autant l'accepter.

Une semaine plus tard, les élections eurent lieu. La liste de Lathrop remporta la primaire démocrate avec la majorité la plus écrasante de l'histoire de la Louisiane, ne concédant à l'équipe d'en face que quatre paroisses dans le sud de l'État. J.P. était à l'hôtel ce soir-là. April, Seth et Hunnicut écoutaient les résultats à la radio dans la chambre voisine. Seth ouvrit la porte de communication entre les deux chambres. Un verre de bourbon à la main, le teint rouge. Il s'approcha du lit où J.P. se reposait et lui toucha le bras.

– Abraham Lincoln a remporté l'État, dit-il.

– Ça m'intéresse pas, rétorqua J.P. en ouvrant les yeux.

– Prime pour tout le monde et négresses à volonté.

– Sers-m'en un. Y a un verre sur la table.

Seth retourna dans l'autre chambre et revint avec sa bouteille. Il en fit tinter le goulot contre le verre et versa.

– Je vais me trouver une grosse négresse rousse, dit-il.

J.P. s'assit dans le lit et prit le verre. Il mit ses chaussures sans les lacer et alla ajouter à son bourbon un peu d'eau fraîche de la carafe sur la commode.

– M. Lincoln a promis des négresses à volonté à tous les électeurs blancs, dit Seth.

– Il a vraiment remporté tout l'État, ce con ?

– À quatre paroisses près.

– J.P. est levé ? demanda April depuis la chambre contiguë.

– Il s'est barré avec une négresse, répondit Seth.

– Très drôle, dit-elle, toujours dans l'autre pièce.

– C'était une négresse rousse, tu sais, ces grosses rousses.

– Va voir ailleurs si j'y suis.

Elle se tenait à présent dans l'encadrement de la porte.

– Ta femme veut pas de moi, J.P.

– Laisse tomber.

Seth, à April :

– Viens donc boire avec nous.

– Tu veux bien nous laisser ? dit-elle.

– Assieds-toi, viens goûter le bourbon de Lathrop.

April, à J.P. :

– Dis-lui de s'en aller.

– Elle me chasse alors que je lui propose à boire.

April, à Seth :

– L'alcool te rend pitoyable.

– Eh bien ! eh bien !
– Dis-lui de partir, J.P.
– Dis-lui toi-même.
– Vous me dégoûtez tous les deux.
– Tu ferais mieux d'y aller, Seth.

Seth alla jusqu'à la porte et se tourna vers eux en levant son verre.

– La paix soit avec vous, mes enfants.

April ferma la porte derrière lui et mit la chaîne.

– Il me sort par les yeux, cet abruti, dit-elle.
– T'as du whisky ?
– Non.

J.P. appela le bar et demanda qu'on lui apporte une bouteille. Quelques instants plus tard, un garçon d'étage, un Noir, frappa à la porte. J.P. prit la bouteille et donna un pourboire au Noir.

– Tu comptes rester assis et boire toute la nuit ?
– Un petit moment.
– J'étouffe, ici. Emmène-moi au cinéma.
– Je quitte la ville dans une heure, dit-il.
– Hein ?
– Je rentre chez moi pour quelques jours.
– Mais pourquoi, bon Dieu ?
– J'y suis pas retourné depuis que je bosse pour Hunnicut.
– Je vais pas rester ici toute seule.
– Fais ce que tu veux.
– Je viens avec toi, dit-elle.
– Ça te plaira pas.
– J'en peux plus, de cet hôtel.
– Hunnicut va t'y emmener, au cinéma.
– C'est pas juste de t'en aller en me laissant là. Tu ne m'as même pas prévenue.
– Faut que je prépare mes affaires, dit-il.

Il ouvrit sa valise sur le lit et prit quelques chemises propres dans le tiroir de la commode.

– Salaud.
– Pas d'engueulade, pas ce soir.
– Il faut que tu sois rentré samedi pour le spectacle.
– Je serai là.
– Je t'accompagne. N'importe quoi sera mieux que de rester ici.

– C'est une petite ville de péquenauds un peu avant l'Arkansas. Tu voudrais repartir cinq minutes après être arrivée.

Il enroula la bouteille de bourbon dans un tee-shirt en coton, la fourra dans la valise, puis il téléphona à la réception et demanda qu'on lui renvoie le garçon d'étage. Le Noir vint chercher la valise et sortit.

– Faut que j'y aille, dit J.P.

– Tu ne veux pas rester un peu, qu'on se fasse du bien ?

– Salut.

Sa guitare dans son étui de feutre gris à la main, il prit le train de neuf heures. C'était un vieux train qui transportait principalement des marchandises à destination de quelques villes à la limite de l'État ; il ne comptait que deux wagons de voyageurs réunis à l'arrière devant le fourgon de queue. Assis dans l'un des fauteuils en cuir du premier, il sentit une secousse, puis les attelages s'entrechoquer tandis que le train quittait le quai éclairé de la gare pour entrer dans le dédale de rails de la zone de triage, aux chariots à bagages succédant les feux de signalisation rouge et vert, les wagons en attente, le château d'eau et les cabanes en planches aux toits noircis par le passage des locomotives. Il regarda par la fenêtre, scrutant l'obscurité. Loin derrière lui, les lumières de la ville rougeoyaient à l'horizon.

Il y avait très peu de monde dans son wagon. Il prit sa valise dans le casier et alla aux toilettes. Un cheminot dormait sur le siège près de la fenêtre. Il portait une salopette, de lourdes chaussures de travail et une casquette à visière. À ses pieds, une gamelle. Un bandana délavé était rentré dans la bavette de sa salopette. Mal rasé, le visage brûlé par le soleil, il dormait la bouche entrouverte. J.P. sortit la bouteille de sa valise et mélangea du bourbon et de l'eau dans un gobelet en carton. Le cheminot se réveilla et alla se débarbouiller au lavabo. De retour sur son siège, il prit un sandwich dans sa gamelle et commença à manger. J.P. lui demanda s'il voulait du bourbon.

– C'est pas de refus, mon gars.

Il dévissa le bouchon de son Thermos et le tendit à J.P. pour qu'il le serve.

– Prends un sandwich, dit-il.

– Non, merci.

– Vas-y. Ma bourgeoise m'en fait plus que je ne peux en avaler.

J.P. en prit un. Un sandwich au rosbif.

Le cheminot parlait tout en buvant et en mangeant.

– C'est toi qui es monté avec une guitare. Je t'ai vu sur le quai. Va la chercher, qu'on joue un truc.

– On va réveiller tout le wagon.

– On n'a qu'à aller dans le soufflet. On dérangera personne.

– Je te ressers ?

Le cheminot tendit à nouveau le bouchon rouge de son Thermos.

– Va chercher ta guitare. Moi aussi, je joue un peu.

– D'accord.

J.P. écarta le rideau qui faisait office de porte et retourna dans le wagon. Les lumières étaient baissées, et les quelques voyageurs présents dormaient. Il prit sa guitare dans le casier, ouvrit la fermeture Éclair de l'étui souple. Laissant l'étui sur son fauteuil, il regagna les toilettes.

– Ça te dérange pas, hein ? dit le cheminot. J'aimerais bien entendre un peu de musique avant de descendre à la prochaine ville.

J.P. prit sa bouteille, et le cheminot et lui sortirent dans le soufflet. L'espace entre les deux wagons oscillait avec les mouvements du train. On entendait les roues tinter bruyamment contre les rails. Les fenêtres des portières n'avaient pas de vitres, et le vent était frais et sentait les champs. La lune éclairait le maïs et le coton dans la nuit, ainsi que les forêts de pins, bordées de prés vert foncé, qui recouvraient les collines.

– Tiens, dit J.P. en tendant sa guitare au cheminot.

– T'es sûr que ça te dérange pas ? Y en a qu'aiment pas ça, qu'on se serve de leur guitare.

– Non, non, vas-y.

– Tu connais « Brakeman's Blues » ?

– Joue-le-moi.

Le cheminot plaquait fermement ses accords de la main gauche et grattait les cordes avec le pouce et l'index de son autre main. Il avait la guitare calée sur la cuisse, le pied posé sur le marchepied métallique installé par le personnel de bord lors des arrêts en gare.

I'll eat my breakfast heah,
Get my dinner in New Or-leans
(Right on down through Birmingham)
I'm going to get me a mama
Lord I ain't never seen.

I went to the depot
And looked up on the board,
It said there're good times heah
But it's better on down the road[1].

Il était plutôt bon. J.P. but au goulot de sa bouteille en l'écoutant. Par la fenêtre, il regardait les collines dans leur manteau vert-noir et la lune bas dans le ciel. Dans un champ, à la sortie d'un bois, il la vit se refléter à la surface d'une rivière.

Where was you, mama,
When the train left the shed?
Standing in my front door
Wishing to God I was dead[2].

– Tu te défends bien, dit J.P.
– Tu dois pas être mauvais non plus.
– Joues-en une autre.
– Non, je descends bientôt.
– Bois un coup.
– C'est pas de refus, dit le cheminot, buvant à son tour au goulot. À toi, maintenant. J'ai envie de t'entendre.

J.P. reprit la guitare. Il s'adossa à la paroi du soufflet, légèrement penché en avant sur son instrument, et fit aller et venir le bout calleux de ses doigts sur les touchettes. Le cheminot l'écouta en buvant.

I'm going to town, honey,
What you want me to bring you back?
Bring a pint of booze
And a John B. Stetson hat[3].

---

1. Je prends mon petit-déjeuner ici / Je dînerai à La Nouvelle-Orléans / (En filant tout droit par Birmingham) / Je vais me trouver une petite / que j'aurai jamais vue / Je suis allé à la gare / et j'ai regardé le tableau / La vie est pas mal ici, ça disait / Mais elle est plus belle un peu plus loin.

2. T'étais où, maman / Quand le train a quitté le hangar ? / J'étais devant ma porte / J'aurais voulu mourir.

3. Je vais en ville, mon chou / Qu'est-ce que tu veux que je te rapporte ? / Rapporte-moi une bouteille d'alcool / Et un chapeau John B. Stetson.

– T'es balèze, dit le cheminot. T'as un sacré style. Ça faisait longtemps que j'avais pas entendu quelqu'un de si bon à la douze cordes.

J.P. posa sa guitare et but une gorgée.

– Tu fais partie de ces gars dont c'est le métier, non ? demanda le cheminot.

– Avant, j'étais paysan.

– T'es de la région ?

– Un peu plus au nord. Près de l'Arkansas.

– J'y ai bossé, dans l'Arkansas. J'ai sillonné tout le pays pour mon boulot. Je suis allé jusqu'en Californie, une fois. J'en ai entendu, des bons guitaristes, et je te mets dans le lot. T'as appris où ?

– Avec un hobo dans un camp de l'Armée du salut.

– Vraiment ?

– Tout ce qu'il avait, c'était une de ces guitares qu'on trouve à cinq dollars chez les prêteurs sur gage, mais, la vache, il savait s'en servir. Il est venu à la maison un jour, il voulait un verre d'eau et savoir comment aller au camp. Je lui ai donné un peu de viande et des biscuits, et la semaine d'après, en passant devant le camp pour aller chez l'épicier, je l'ai vu assis sous un arbre avec sa guitare. Il m'a appelé et il m'a dit qu'il allait m'apprendre à jouer. J'ai pas fait attention, jusqu'au moment où il a attaqué un morceau. J'avais jamais entendu un truc pareil. Je suis allé le voir tous les soirs pendant près d'un mois, il me laissait la guitare la nuit pour m'entraîner. Et puis, un jour, il est monté dans un train de marchandises, et je l'ai plus jamais revu. Mais c'était un virtuose. J'ai jamais entendu quelqu'un jouer aussi bien à part Leadbelly.

J.P. et le cheminot burent chacun une gorgée à la bouteille. C'était du bon whisky. Ils approchaient d'une ville. Le train siffla au passage à niveau tandis que, sur le bord de la route, une cloche scandait les balancements automatiques d'un feu rouge articulé en haut d'un poteau en bois. Un autre train fila près d'eux dans l'autre sens, et le bruit dans le soufflet devint assourdissant. Le cheminot commença une phrase, mais dut s'interrompre. Il ramassa sa gamelle et montra la portière du doigt. L'autre train termina de passer.

– C'est ici que je descends, dit le cheminot lorsque le vacarme eut cessé. Merci pour le whisky.

– De rien.

– Referme la portière derrière moi. Le chef de train n'aime pas qu'on la laisse ouverte.

– Compte sur moi.

– Salut, mon gars.

– Salut, dit J.P.

Le cheminot tira la portière vers lui et, se retournant pour poser le pied sur l'unique marche du wagon, saisit les poignées extérieures. Le train était à présent en zone de triage et ne roulait pas très vite, mais il restait dangereux d'en descendre à moins de savoir s'y prendre. Le ballast à côté de la voie défilait au bas de la porte ouverte. Dos au vide sur la marche, l'anse de sa gamelle accroché au pouce, l'homme tendit un pied derrière lui jusqu'à ce qu'il effleure le sol. Alors que les graviers jaillissaient sous sa semelle, il lâcha la poignée et se laissa agilement tomber, avant de disparaître derrière les dernières lueurs du train.

Seul dans le soufflet, J.P. pensa au vagabond qui lui avait appris la guitare et aux chansons que lui-même rêvait d'écrire et qui ne verraient sans doute jamais le jour. Il pensa à Woody Guthrie, qui, dans les années trente, avait quitté son Oklahoma natal, ravagé par les tempêtes de poussière, pour la Californie. Comme ses milliers de compagnons d'infortune, il avait connu les cabanes de toile goudronnée des bidonvilles de l'ère Hoover, les voyages sous les wagons la faim au ventre et les prisons des petites villes où vous jetait la police locale, effrayée par ces hommes aux semelles trouées. Puis il était reparti vers la côte Est, et, durant toutes ses pérégrinations à travers le pays, il n'avait cessé d'écrire et de chanter des chansons sur ce qu'il voyait, des chansons qu'on reprenait dans les bidonvilles et qu'il ne déposait jamais. Sa ballade sur les déserts de diamants, les forêts de séquoias et l'île de New York ne lui avait presque rien rapporté. Il y avait aussi Joe Hill, qui avait appartenu aux IWW, le syndicat des Industrial Workers of the World, et chanté la vie des ouvriers qui se battaient devant les usines avec des manches de hache et des bouts de tuyaux, à une époque où faire la grève était la marque des « rouges » et considéré comme le début de la révolution. Parce qu'il était un syndicaliste propageant des idées révolutionnaires et anarchistes et que ses chansons étaient chantées par les marxistes, on l'avait adossé à un mur du pénitencier de l'Utah et on l'avait exécuté. J.P. pensa à Jimmie Rodgers, un ouvrier des chemins de fer de Meridian, dans le Mississippi, le plus grand guitariste country de son temps. La tuberculose l'avait obligé à abandonner les chemins de fer et à vivre de la musique, mais ses chansons parlaient des grands trains qui ralliaient le Texas depuis la Californie, et il n'avait jamais pu tirer un trait sur son passé d'ouvrier du rail. Il était mort quelques jours après une dernière série d'enregistrements dans un studio new-yorkais, où il avait travaillé jusqu'à l'épuisement, dormant sur place sur un lit de camp.

J.P. regarda par la fenêtre. Le train était à présent sorti de la gare, et J.P. était à nouveau en rase campagne, l'air frais de la nuit lui soufflant au visage, la lune s'élevant à travers les nuages au-dessus des collines verdoyantes. Il se demanda à quel moment sa vie lui avait échappé et pourquoi il n'avait jamais écrit cette chanson sur le train sortant du bois en fin de soirée avec le disque rouge du soleil juste au-dessus des arbres ; pourquoi n'avait-il pas écrit sur les éclairs de chaleur illuminant le ciel à l'est et la pluie arrosant doucement le jeune coton dont on voyait dépasser les fleurs rouges et blanches en haut des rangs, ni sur les marches funèbres des Noirs au bord du fleuve, où les morts étaient enterrés dans un champ de boue inondé chaque année par la crue ? Il n'avait jamais rien écrit d'autre qu'une chanson de campagne pour Jim Lathrop, et, à présent, le cœur malade et accro à la cocaïne, il n'avait plus beaucoup de temps pour s'y mettre.

Le jour n'était pas encore levé à son arrivée, quand il descendit sur le quai. Tenant sa valise d'une main et sa guitare de l'autre, il traversa la salle d'attente et sortit par-devant, du côté de la place. Il faisait frais et sombre, et seul un fin trait de bleu éclairait l'horizon. Il traversa la rue et longea le pâté de maisons qui le séparait de la place, où il reconnut le vieux palais de justice en brique dominant la pelouse et le cadran lumineux de l'horloge du clocher. Devant, au pied de grands arbres, il y avait des bancs en bois sur lesquels les fermiers venaient s'asseoir le samedi, et, des quatre côtés de la place, on trouvait des quincailleries, des merceries, des salons de coiffure et des magasins d'aliments pour les bêtes. Pour l'heure, tout était calme, et les arbres se découpaient en noir sur la pelouse. J.P. entendait les jacassements d'un écureuil gris.

Se rendant à l'hôtel qui faisait l'angle, il prit une chambre côté rue, s'allongea sur le lit et s'endormit tout habillé en regardant le jour se lever. Lorsqu'il se réveilla, à dix heures, un soleil vif entrait par la fenêtre. Le ventilateur tournait lentement au plafond, ce qui n'empêchait pas la température de monter. J.P. changea de chemise et alla petit-déjeuner dans un café.

Il n'avait à proprement parler plus de famille. Son père, déjà métayer lui-même, avait amené sa femme et ses enfants ici depuis l'Arkansas pendant la crise, et, après les avoir installés sur une exploitation de trois hectares et demi, il avait mis son unique tenue de rechange dans une valise en carton et quitté la ville en car. On ne l'avait jamais revu. La mère avait cultivé les champs avec l'aide des enfants et vendu des œufs et du beurre sous le manteau, mais, deux ans plus tard, elle était morte d'un cancer, pour lequel elle n'avait jamais été soignée. Élevés par leur frère aîné, J.P. et sa sœur avaient continué à vivre des trois hectares et demi de terre desséchée qui ne donnaient pas assez de coton pour qu'on en tire un bénéfice à la fin de l'année. Alors que J.P. était presque adulte, son frère avait eu une liaison avec une Noire, et on l'avait retrouvé un soir sur une route de campagne, lardé de coups de rasoir. On avait arrêté plusieurs Noirs, on en avait même exécuté un, mais on n'avait jamais vraiment su qui avait fait ça. J.P. était resté avec sa sœur un an de plus, jusqu'au jour où il l'avait surprise en compagnie d'un homme dans les bois. Ayant roué l'homme de coups de bâton, il avait ramené sa sœur de force à la maison et l'avait enfermée à clef dans la salle de bains. Elle s'était échappée pendant la nuit ; il l'avait fait ramener par le shérif et, cette fois, il l'avait gardée enfermée trois jours avant qu'elle ne s'échappe à nouveau. Aux dernières nouvelles, elle travaillait dans un bordel de Little Rock.

Il n'avait donc personne à aller voir en ville, et, s'il était venu, c'était surtout parce qu'il en avait sa claque de sa femme, des boissons vitaminées et du populisme négrophile.

Il mangea les œufs au bacon qu'il avait commandés et but une deuxième tasse de café. Il paya et se dirigea vers le salon de coiffure. Il regarda le palais de justice, les arbres, la pelouse verdoyant sous le soleil. Le salon, devant lequel se dressait le poteau bariolé propre à la profession, avait une banne qui s'avançait au-dessus du trottoir. À l'ombre de celle-ci étaient assis deux hommes sur des chaises en osier, des taches de jus de chique à leurs pieds. J.P. entra, s'installa dans l'un des fauteuils alignés contre le mur et prit un journal. Le seul coiffeur des lieux était occupé à raser un gros.

D'autres hommes étaient assis un peu plus loin dans la rangée de fauteuils.

Regardez, mais c'est J.P., s'exclama l'un d'eux. Mais oui. Je t'avais pas reconnu. C'est J.P., les gars. Comment vous allez ? On pensait jamais te revoir. Je suis de passage, je suis là pour deux-trois jours. Eh, les gars, venez voir, y a J.P. à l'intérieur. On dirait un autre homme. C'est depuis qu'il fricote avec des bourgeoises pleines aux as. On a suivi ton parcours. T'es devenu une vedette. Avec ma femme, on t'écoute tous les samedis soir. Y a eu un article sur toi dans le journal local y a quelque temps. Je disais à ma femme qu'avant, toi et moi, on jouait au billard ensemble. Vous êtes en plein boulot, à ce que je vois. Les champs, c'est plus ce que c'était, tu sais. On est aussi bien à glander chez le coiffeur. Toi, par contre, tu t'es bien débrouillé. Parle-nous de tes conquêtes. Je suis marié, maintenant. Vous entendez ça ? Ce vieux J.P. s'est fait passer la corde au cou. Il doit pas être plus sage pour autant. On va boire une bière au billard ? Je vous invite. Tu viens, Sam ? Je dois garder le magasin ouvert pour que ces bons à rien viennent se prélasser. Y en a pas un qui ait trois pièces sur lui pour une coupe de cheveux. Sam a pas changé, hein, J.P. ? Allez, tous au billard. C'est J.P. qui régale.

Tous les six se rendirent à la salle de billard à deux portes du salon. Il y avait là quatre petites tables de billard américain et une grande. Sur le comptoir avec barre repose-pieds qui s'étendait sur toute la longueur de la salle, des espaces étaient réservés pour jouer aux dames et aux dominos. La lumière était tamisée en dehors des faisceaux tombant des abat-jour en aluminium au-dessus des tables, et les ventilateurs muraux dissipaient la fumée en pivotant d'un côté puis de l'autre. Le groupe s'installa au comptoir, et J.P. commanda les bières, qu'il paya. Les bouteilles étaient froides et suintaient, la bière était bonne. J.P. paya également la deuxième tournée. Les hommes en compagnie desquels il se trouvait étaient des agriculteurs rarement aux champs ; ils passaient leur temps au billard, chez le coiffeur, assis devant le palais de justice et parfois en prison. Il ne se souvenait pas de leur nom à tous, il y en avait même deux qui s'étaient joints à eux depuis une table de billard et qu'il ne connaissait ni d'Ève ni d'Adam.

– Tu te souviens quand on allait voir Ella sur l'autre rive ? demanda un dénommé Clois.

Mal rasé, vêtu d'une salopette, c'était un homme qui avait cessé de travailler le jour où il avait appris à échanger une paire de dés en cours de partie sans se faire prendre.

– On s'était tirés par la fenêtre de derrière quand son vieux était rentré et on s'était planqués dans le champ de coton. Il nous avait cherchés, une cravache à la main.

– Question filles, J.P. doit pas chômer aujourd'hui.

– Tu l'as pas entendu tout à l'heure ? Il est marié.

– Ça empêche pas de batifoler.

– On risque de te voir au cinéma, J.P. ?

– C'est pas prévu pour l'instant.

– Il a tout ce qu'il lui faut ici.

– Prenez-en une autre, dit J.P. Je dois y aller.

Il posa deux dollars sur le comptoir pour la prochaine tournée et termina sa bière.

– Il va voir cette vieille Ella, je parie.

– Elle est toujours là-bas, dit Clois. Un dollar la passe.

– Reviens tout à l'heure. On va faire une partie derrière.

– Vous êtes tous trop forts pour moi.

– Écoutez-le. Il faisait des sept comme si c'était le seul chiffre possible.

– À plus tard.

– Dis à Ella qu'on arrive, ajouta Clois.

J.P. quitta la salle et se dirigea vers la quincaillerie. Le soleil était à présent au-dessus du palais de justice, et il commençait à faire chaud. Assis sur les bancs de l'autre côté de la rue, à l'ombre des arbres qui avait envahi la pelouse, des vieux taillaient des morceaux de bois et regardaient passer les gens en chiquant. À la quincaillerie, J.P. acheta un peu de matériel de pêche : une canne emboitable à trois brins, six mètres de fil d'une résistance de trois kilos, un flotteur en bois, des hameçons n° 4, un bas de ligne en boyau de ver à soie et plusieurs petits plombs. Le vendeur emballa la canne et mit le reste du matériel dans un sac en papier.

J.P. prit l'un des deux taxis de la ville et se rendit au bord du fleuve, dans un méandre où les rondins d'une scierie abandonnée flottaient près de la berge, sous les arbres dont les branches avançaient au-dessus de l'eau. Descendant le pré en pente qui le bordait, J.P. observa le fleuve, rougi par la boue et agité de remous autour des rondins ; en face, il y avait d'autres arbres, des cabanes de Noirs et une pirogue amarrée à un saule, oscillant dans le courant. J.P. posa son matériel dans l'herbe et trouva un morceau de planche pour lui servir de pelle. Accroupi, il creusa la terre tendre autour des racines d'un arbre et la tamisa entre ses mains pour en extraire les vers, qu'il déposa un à un dans une boîte de conserve. C'étaient de petits vers, rien à voir avec les gros lombrics nocturnes qu'il ramassait chez lui à la lampe électrique derrière la grange. Il ajouta un peu de terre et de feuilles dans la boîte, s'assit sous un arbre de la rive et emboîta les brins de la canne. Déroulant les dix mètres de fil, il en attacha une extrémité au bout du scion après un premier nœud une trentaine de centimètres plus bas, de sorte que, en cas de prise, l'effort soit réparti sur toute la longueur de la canne. Il enfila alors le flotteur sur le fil, y enfonça le bâtonnet central pour le maintenir en place, serra deux plombs sur la ligne avec les dents et ajouta le bas de ligne et l'hameçon, réunis par un nœud coulant. Après avoir méticuleusement embroché un ver sur la hampe de l'hameçon, en prenant soin de ne pas faire ressortir l'ardillon, il laissa tomber sa ligne entre les rondins, repaire des poissons-chats.

Assis à l'ombre, caressé par le vent que rafraîchissaient les arbres, il regarda le soleil se refléter sur l'eau. Le fleuve avait débordé de son lit près de la scierie, et la porte extérieure donnant sur le toboggan à rondins était en partie immergée ; les copeaux entassés près du mur étaient léchés par l'eau et entraînés par le courant. Des dos et des queues de brochets-lances flirtaient avec la surface. Alors que J.P. plongeait sa ligne entre deux autres rondins, le flotteur s'enfonça, et une violente secousse ébranla la canne dans sa main. La ligne était tendue et tirait de droite et de gauche tandis que le poisson tentait de l'emmêler dans les rondins. J.P. le sortit de l'eau en se levant et l'amena sur la berge par la voie des airs pour éviter les obstacles. Le poisson se débattit dans l'herbe, la pointe de l'hameçon dépassant au coin de sa bouche. J.P. le prit délicatement derrière les épines et lui retira l'hameçon. C'était un poisson-chat à tête plate, jaune pâle à force de vivre au fond du fleuve, avec des barbillons et une large bouche fendue. J.P. coupa une petite branche fourchue dans un buisson, la débarrassa de son écorce et la tailla en pointe. Il passa l'extrémité pointue derrière la troisième branchie du poisson, la fit ressortir par la bouche, puis il déposa sa prise dans l'eau et planta fermement la branche dans la paroi de la berge. Le poisson agitait vainement la queue en essayant de se libérer.

J.P. accrocha un autre ver à l'hameçon et relança sa ligne au milieu des rondins. Il captura trois perches soleil, un deuxième poisson-chat, et deux poissons-castors qu'il remit à l'eau. C'était hélas trop tôt dans l'année pour pêcher le black-bass. Pour le bass, il fallait venir au début de l'automne, quand les températures tombaient, et descendre en bateau jusqu'à ces trous profonds dans les renfoncements de la berge au milieu des arbres, là où l'eau était noire et calme. J.P. s'imaginait pêchant dans les roseaux avec une canne à mouche en début de soirée. La mouche immobile à la surface de l'eau, lui la ramenant d'un coup au-dessus de sa tête, la faisant aller et venir en l'air pour la sécher, puis la reposant ; un reflet argenté apparaîtrait dans l'eau au moment où le bass attaquerait, et la canne se mettrait à trembler. D'une main J.P. tirerait sur la soie et, de l'autre, il la récupérerait à l'aide du rembobinage automatique du moulinet. Le bass livrerait un beau combat avant de finir dans l'épuisette de J.P., puis dans le panier en osier au fond du bateau.

Avant la fin de l'après-midi, deux barbottes s'étaient ajoutées aux prises. Le soleil était rouge à l'ouest au-dessus du rideau vert des arbres. J.P. sortit la branche fourchue de l'eau, en retira les poissons et les déposa sur la berge. Il nettoya d'abord les perches, les écaillant et laissant les têtes, puis il passa aux poissons-chats. Il leur ouvrit le ventre des ouïes à la queue, les vida et jeta leurs entrailles dans le courant, puis il les décapita proprement en leur retournant les vertèbres ; il pratiqua alors deux incisions de bout en bout le long de la nageoire dorsale et leur arracha la peau en deux bandes. Il rinça un à un les poissons dans l'eau du fleuve avant de les envelopper dans le sac en papier ayant contenu son matériel de pêche.

Il regagna la ville à pied, trois kilomètres de chemin de terre avec des arbres, des champs et des fermes de chaque côté. Le soleil était à présent en train de se coucher, l'air avait fraîchi, et le vent séchait le cou transpirant de J.P. Des nuages de pluie commençaient à se former, et le ciel tirait sur le vert, comme avant qu'il pleuve les soirs d'été. J.P. sentait l'humidité de ses poissons à travers le papier. Il avait l'intention de revenir le lendemain pour essayer le black-bass un peu plus en aval, saison ou pas. Il scruta le ciel et espéra qu'il ne tomberait qu'une averse, afin que ça continue de mordre le lendemain. À l'entrée de la ville, il s'arrêta dans un café et demanda au cuisinier de lui faire cuire ses poissons. Ils furent frits, roulés dans la farine de maïs. J.P. les mangea avec les doigts alors qu'ils étaient encore brûlants et but deux bières bouteille. Il donna un dollar au cuisinier, paya pour les bières et, reprenant sa canne à pêche laissée à l'extérieur, il rentra à l'hôtel.

Il était dans sa chambre lorsqu'il se mit à pleuvoir. Il regarda l'eau zébrer les vitres de sa fenêtre tandis que la lumière du crépuscule passait du vert au lavande en déclinant et que l'enseigne de la salle de billard s'allumait. La rue, les hauts trottoirs, la pelouse du palais de justice et les bâtiments en brique sans étage étaient déserts. Les dernières lueurs du soleil s'estompèrent dans le ciel mouillé, le petit liseré rouge disparut des nuages au ras de l'horizon, puis ce fut la nuit.

J.P. se rendit à la salle de billard, tous les autres établissements de la ville étant fermés après sept heures à part la station-essence, le café et deux ou trois tavernes. Il entra et alla prendre une bière au comptoir. Une partie de ceux à qui il avait offert à boire plus tôt étaient toujours là. Il écouta le claquement des boules, le crissement de la craie sur les queues, les jurons accompagnant les coups manqués. Clois, l'homme qui était capable d'intervertir les paires de dés et de faire des sept si souvent qu'on lui demandait de lancer avec un gobelet, vint demander à J.P. de les rejoindre dans l'arrière-salle.

– À quoi vous jouez ?

– Au craps, répondit Clois. On ne joue qu'à ça. Comme dit le nègre, jusqu'ici, j'ai pas trop eu à m'en plaindre.

Ils passèrent devant les tables de billard en contournant le bar, derrière lequel ils franchirent une porte. L'arrière-salle était une pièce vide de tout meuble et sans fenêtre, seulement éclairée par une suspension à abat-jour vert, comme celles au-dessus des tables de billard. Six ou sept hommes étaient agenouillés par terre autour d'une couverture sale étendue près du mur, où l'un d'eux lançait les dés.

– Y a de la place pour J.P. et moi ? demanda Clois.

Les hommes levèrent les yeux, puis les reposèrent sur le tapis. Le lanceur fit rebondir les dés contre le mur.

– Ça vous intéresse pas, un peu d'oseille en plus dans la partie ? s'étonna Clois.
– Tais-toi. Tu vois pas que je lance ?
Les dés rebondirent une nouvelle fois contre le mur : un craps.
– Voilà. Tu m'as fait perdre mon point. Vous pouvez venir, maintenant.
– On joue avec quels dés ? dit Clois.
– T'as du fric ? dit un autre.
– À ton avis, qu'est-ce que je viens faire ici ?
– Mets-le sur le tapis.
Clois laissa tomber deux billets d'un dollar froissés sur la couverture et prit les dés.
– Et épargne-nous tes coups tordus, insista l'homme. On joue à la régulière, ici.
– Pas avec vous, les gars, dit Clois en roulant ses manches au-dessus des coudes.
Les mises s'abattirent sur la couverture. Un genou au sol, Clois frotta les dés entre ses mains. J.P. regarda sans miser. Clois lança.
– Mon point est six, dit-il.
Puis, ajoutant deux billets de plus sur la couverture :
– Quatre dollars que je vous le fais en *hard way*.
Il fit claquer les dés au creux de sa paume.
– Bon, alors, vous couvrez ? J'ai pas toute la nuit.
Il lança quatre fois. Le col de sa chemise était trempé de sueur, des gouttes perlaient à son front et à sa barbe naissante. Le cinquième lancer fut le bon.
– Double trois, en *hard way*, triompha-t-il en rassemblant les billets devant lui. Je remets le tout.
Les autres égalèrent la mise. Il fit un sept.
– Je laisse courir.
Après être passé à nouveau à trois reprises et alors qu'il avait devant lui un imposant tas de pièces et de billets, il annonça :
– Cinq dollars, ce coup-ci.
– Qu'est-ce qui t'arrive ? demanda un joueur.
– Les dés peuvent pas être toujours pour moi.
Il ne laissa sur la couverture qu'un billet de cinq dollars, empochant tout le reste. Il lança les dés contre le mur.
– Double six. Vous récupérez une partie de votre fric.
– Tu te dégonfles toujours au bon moment, dit un autre.

– Ça fait partie de la science du jeu.
– Donne-moi ces dés, bon Dieu…
– Vous savez pas perdre, les gars.
– Tu parles trop.
– Vas-y, lance.
– Tu veux jouer, J.P. ? demanda un autre.
– D'accord.

Il s'agenouilla avec eux et mit trois dollars au centre de la couverture. Il fit un quatre.

– Un « Little Joe », dit Clois. Je parie qu'il fait un double deux.
– Allonge donc l'oseille, gros malin.
– Dix dollars. À trois contre un.
– Tenu.

J.P. obtint le double deux à la deuxième tentative. Il laissa son argent en jeu et fit un craps. Le barman apporta un plateau de sandwichs et des bières. Un des joueurs posa un billet sur le plateau. Quand ce fut à nouveau à J.P. de lancer, il joua cinq dollars et fit un trois.

– Je suis pas chaud ce soir, dit-il.
– Tu peux encore faire ton point, dit Clois. T'as encore une chance.
– Dix dollars.
– Couvert, dit un joueur.

J.P. fit un onze et doubla sa mise. Il joua les vingt, qu'il doubla à nouveau.

– Je retire la moitié, dit-il.
– Laisse courir, dit Clois. Tu peux casser la baraque.
– Je suis pas chaud.
– T'es bien passé deux fois.
– Je retire la moitié, annonça J.P. aux autres.
– C'est pas comme ça qu'on gagne de l'argent, grommela Clois.
– Je le sens pas ce soir.
– Passe une fois de plus et t'as quatre-vingts dollars.
– Tais-toi, rétorqua-t-on à Clois. Laisse-le jouer.
– Rien ne va plus ! dit J.P.

Il perdit sur un deux. Les autres joueurs se partagèrent les vingt dollars qu'il avait laissés sur la couverture. J.P. rangea le reste dans son portefeuille.

– T'arrêtes ?

– Vaut mieux.

– Attends. Je viens avec toi.

Clois ramassa les billets devant lui, les plia soigneusement et les glissa dans la poche de sa chemise, qu'il boutonna. Les autres ne voulaient pas qu'il parte. Il leur avait pris une somme rondelette.

– Tant pis pour vous, dit-il en les regardant de ses yeux gris terne.

J.P. et lui retournèrent dans la salle, où ils burent une bière au comptoir en observant les parties de billard. Il continuait de pleuvoir dehors. L'enseigne au néon déversait sa lumière rouge et verte dans la vitrine.

– Viens, je t'emmène chez les filles sur la grand-route, dit Clois.

– Elles y sont toujours ?

– Les hommes du shérif ont fait une descente y a quelque temps, mais elles ont rouvert. Ils ont trouvé un des diacres de l'église en train de remettre son froc, planqué dans un placard. Ils doivent se dire qu'il vaut mieux arrêter les descentes s'ils ne veulent pas trouver le prêtre et le maire la prochaine fois.

Ils terminèrent leur bière et gagnèrent sous la pluie la voiture de Clois, une Ford 1941 qui avait une aile cabossée, un seul phare et la vitre arrière brisée. Ils sortirent de la ville par l'artère principale, les essuie-glaces balayant le pare-brise et la pluie tombant dans le faisceau du phare orphelin. Clois ouvrit la boîte à gants, en sortit une bouteille de bourbon à moitié vide, dévissa le bouchon et but. Il donna la bouteille à J.P. Quelques kilomètres plus loin, ils quittèrent la grand-route pour s'engager sur un chemin de terre, la boue et les gravillons cognant sous les ailes. C'était une nuit sans lune, et, dans l'obscurité qui les entourait, on devinait les champs trempés. Devant, dans un espace désert en retrait du chemin, apparut une imposante maison blanche à un étage. On aurait dit une de ces grandes fermes en bois construites au début du siècle. Les stores étaient tirés ; il y avait deux voitures garées dans la cour. Clois s'étant arrêté sur le côté de la maison, J.P. et lui marchèrent sous la pluie jusqu'à la véranda de devant et frappèrent. La porte s'ouvrit de quelques centimètres par lesquels une femme d'environ quarante-cinq ans les observa. Elle avait une dent en or, le teint pâle et les traits fins. Elle ouvrit plus largement la porte et les fit entrer.

– Bonsoir, mademoiselle Sarah, dit Clois.

– Essuyez-vous les pieds, dit-elle, vous allez me salir mon tapis.

– Vous vous souvenez de J.P. ?

– Je tiens pas un registre des gens qui viennent ici. Vous avez encore de la boue sous les pieds.

– Oui, m'dame. Excusez-moi.

Ils traversèrent un couloir et entrèrent dans un grand séjour éclairé par une seule lampe au coin de la pièce. Pour tous meubles, il y avait un canapé, une table basse éraflée et quelques fauteuils inconfortables. Sur le canapé étaient assises trois femmes, tandis que, dans l'un des fauteuils, un ouvrier des champs de pétrole éméché s'efforçait d'en convaincre une quatrième de venir sur ses genoux.

– Y a pas foule ce soir, dit Clois.

– Vous buvez quelque chose ? demanda Mlle Sarah.

– Non, merci.

Elle lui jeta un regard sévère.

– Allez, deux bières.

Elle disparut vers le fond de la maison et revint avec deux bouteilles.

– Ça vous fera un dollar.

Pendant que Clois la payait, J.P. détailla les femmes sur le canapé. Deux d'entre elles avaient l'air vieilles et un peu usées. La troisième, une grosse blonde, était assise à une extrémité. Vêtue d'un short blanc et d'un chemisier en soie, elle avait de bonnes cuisses et de lourds seins moelleux. J.P. voyait qu'elle ne portait pas de sous-vêtements. Il posa sa bière sur la table et quitta la pièce en sa compagnie.

Sa chambre était située près de la véranda de derrière, et J.P. entendait la pluie tomber contre le côté de la maison. La femme alluma la lampe de chevet et en inclina l'abat-jour de manière à éloigner la lumière du lit. Elle se déshabilla sans le regarder ni parler. Ses seins étaient très gros. Elle s'allongea sur le lit et installa un oreiller sous elle.

Il ne pleuvait plus le lendemain matin, et le soleil brillait derrière la fenêtre de l'hôtel quand J.P. se réveilla. Il repensa à la prostituée de la veille ; l'espace d'un instant, il eut à nouveau envie d'elle. Un mauvais goût de whisky dans la bouche, il alla dans la salle de bains se laver les dents. Clois et lui étaient retournés au billard après avoir quitté le bordel et s'étaient soûlés tous les deux avec une bouteille bon marché. À présent, il avait soif et se sentait desséché. Repris de vertiges après avoir bu trop d'eau au robinet, il retourna s'allonger sur les draps frais sous le ventilateur du plafond, chassa la prostituée de son esprit et se concentra sur la fraîcheur ambiante. Il dormit quelques instants. À son réveil, le ventilateur tournait au-dessus de lui, ses longues et plates pales de bois projetant un manège d'ombres et de lumières sur le plafond. Caressé par son souffle, J.P. s'endormit à nouveau. À midi, se sentant beaucoup mieux, il prit une douche froide et sortit manger.

Il revint ensuite chercher son matériel de pêche. Manger lui avait fait du bien, le goût du whisky avait disparu de sa bouche, et la température avait chuté après la pluie de la veille. Il retourna au fleuve à pied, par le chemin que bordaient les champs de coton, de maïs et de pastèques, et les terres d'argile rouge. Il y avait là les cabanes des Noirs, l'immense égreneuse en tôle ; au loin, on apercevait les forêts de pins et de chênes qui s'étendaient depuis la rive. J.P. s'enfonça dans le bosquet en direction du bord de l'eau. La terre était molle sous ses pieds. Dans les herbes, un tatou cherchait des insectes. J.P. voyait sa carapace voûtée, sa queue pointue, sa tête allongée avec ses petites oreilles et ses yeux noirs en boutons de bottines. Il se souvenait quand il les chassait à la 22 après la pluie.

Il déboucha du bosquet au niveau de la scierie. Le fleuve était plus haut que la veille, et le courant contournait la porte du toboggan à rondins, ouverte dans l'eau. Il chercha des sauterelles le long de la berge, mais l'herbe était trop mouillée pour qu'elles sautent. Un petit Noir d'environ quatorze ans apparut de l'autre côté du fleuve et monta dans la pirogue amarrée au saule. Il portait une chemise délavée en loques et un bermuda. Il s'assit à l'arrière de la pirogue et gagna le courant en repoussant la berge avec sa pagaie. J.P. l'appela.

Le petit traversa le fleuve en pagayant et maintint l'embarcation immobile dans le contrecourant en enfonçant la pagaie dans la vase.

– T'as envie de gagner cinquante *cents* ? demanda J.P.

– Faut que je fasse quoi ?

– Que tu me prêtes ta pirogue un moment.

– Elle est à mon père. Y a que moi qu'ai le droit de m'en servir.

– Alors je te donne cinquante *cents* si tu m'emmènes jusqu'aux trous qui se trouvent un peu plus bas.

Le petit le regarda, hésitant.

– Tu les veux, ces cinquante *cents*, oui ou non ?

– Oui, m'sieur. Je les veux, mais j'ai pas envie de me faire fouetter en rentrant chez moi.

– Viens m'aider à chercher des vers.

– Oui, m'sieur.

Le petit descendit dans l'eau et amena la pirogue sur la berge en la tirant par l'avant. Prenant sous le siège la boîte de conserve qui servait d'écope, il s'assit sur les talons à côté de J.P. et l'aida à creuser. Lorsqu'ils eurent rempli la boîte de vers, le petit remonta à l'arrière de la pirogue et reprit sa pagaie tandis que J.P. remettait l'embarcation à l'eau avant de sauter à bord. Le petit rattrapa le courant et se laissa descendre vers l'aval en direction des trous d'eau. Sur les deux rives, des chênes et des cyprès surplombaient le fleuve. Il faisait frais à l'ombre des arbres, et, alors que la pirogue négociait un coude près du bord, une guirlande de mousse espagnole en effleura l'avant. J.P. monta sa canne et y fixa sa ligne à l'approche de la zone où le fleuve s'élargissait et faisait des incursions dans la berge. La pluie avait troublé l'eau. J.P. vit des brochets-lances montrer leur dos à la surface. Il espéra qu'ils n'étaient pas dans les trous. On n'attrapait jamais grand-chose quand les brochets-lances, qui étaient carnassiers, rôdaient dans les parages. Le petit les conduisit à l'intérieur d'une anse relativement grande et ombragée. Une bande de nénuphars le long de la berge ondoyait au gré des vagues soulevées par les mouvements de la pirogue. Le petit rapprocha celle-ci du bord en s'agrippant à une branche de saule et attacha l'amarre au tronc. J.P. jeta sa ligne devant les nénuphars. Les black-bass recherchaient toujours l'ombre quand il faisait chaud. Le petit lui tapota le dos et désigna du doigt la boîte contenant les vers. Il avait à la main une ligne de fond munie de trois hameçons et d'une rondelle métallique en guise de plomb. J.P. lui donna la boîte. Le petit n'escha qu'un seul hameçon et laissa couler la ligne à l'aplomb de la pirogue. Il attendit quelques instants, puis il la releva pour cracher sur le ver avant de la remettre à l'eau. C'était une superstition chez les Noirs : ils étaient persuadés que cracher sur l'hameçon, même un hameçon nu, faisait mordre le poisson.

Ils pêchèrent une heure et demie. J.P. prit une perche soleil et un black-bass à petite bouche. Il avait trop plu pour que la pêche soit bonne. Le petit prit un brochet-lance. La ligne, enroulée autour de son poignet au moment de l'attaque, lui entailla la peau. Il tira des deux mains, les veines de son poignet gonflées, tandis que le poisson se débattait en frappant l'eau avec sa queue. Le petit l'amena contre le flanc de la pirogue et, le tenant en partie hors de l'eau, ouvrit son canif d'une main et chercha avec la pointe la zone molle à la jonction de l'armure d'écailles et de la tête. Il enfonça la lame jusqu'à la garde, la retira et l'enfonça à nouveau. Le brochet-lance fit claquer son long bec pointu sur la ligne, puis, la colonne vertébrale brisée, son corps se relâcha et sa queue cessa de battre l'eau. Le petit le prit par l'ouïe et le déposa au fond de la pirogue. Il sourit à J.P. Il avait le visage et le cou parsemés de gouttes de sueur, et un filet de sang lui coulait sur la main depuis le poignet. Reprenant le canif qu'il avait posé sur le siège de la pirogue, il découpa le dos du brochet-lance et le dépouilla de sa peau pareille à celle d'un lézard, puis il lui ouvrit le ventre, arracha les entrailles et les jeta sur la berge. Il laissa la tête. C'était un gros poisson, même une fois vidé. Il avait à présent les yeux vitreux et les mâchoires ouvertes, révélant ses longues rangées de dents. La famille du petit le ferait cuire à la broche au-dessus d'un feu de bois. J.P. ne connaissait pas le goût du brochet-lance ; seuls les Noirs le mangeaient (même chose pour le mulet, le poisson-castor, le raton laveur et l'opossum), mais sa chair était selon eux goûteuse. Le petit était ravi. Il parla de son poisson en ramenant J.P. à la scierie. Il lui demanda s'il en avait déjà vu un aussi gros. J.P. répondit que non. Très fier, le petit voulut lui en donner un morceau.

J.P. le paya et lui fit cadeau de son matériel. La pêche ne redeviendrait bonne que dans quelques jours, quand le niveau du fleuve aurait baissé, et J.P. devait être rentré d'ici là pour le spectacle. Il regagna l'hôtel et passa un moment à lire les journaux dans le hall. Il dîna au café et marcha dans la rue tandis que le rougeoiement du soleil couchant se changeait en crépuscule et que le vent du soir agitait faiblement les arbres sur la pelouse du palais de justice. J.P. n'avait rien d'autre à faire que de jouer au billard avec Clois et les autres, se soûler ou aller aux putes, et rien de tout cela ne le tentait.

Il rentra par le train de nuit. Filant à travers les champs enténébrés, il prit conscience que sa ville natale n'avait plus rien à lui offrir. Le temps avait défait un lien impossible à renouer. La pêche l'avait un instant ramené deux ans en arrière, mais il lui apparut clairement qu'il n'existait que dans l'instant où les roues claquaient sur les rails, et que le temps l'éloignait de plus en plus du monde des petites villes, des bordels du samedi soir, des champs d'argile rouge plantés de coton, des marches funèbres des Noirs et de la pêche au black-bass dans les trous au début de l'automne.

Il était défoncé lorsqu'il arriva à destination. Il avait ouvert dans le train un des sachets blancs contenus dans sa valise et tourna à la cocaïne et au whisky pendant les deux jours suivants. Il dormit peu, perdit la notion du jour et de la nuit. Plus tard, il fut incapable de se rappeler les quantités de poudre et d'alcool qu'il avait consommées, ou de la prostituée avec laquelle il monta et qui lui vola sa montre et son portefeuille. Tout ce dont il se souvenait, c'était d'avoir passé une nuit entière à errer de bar en bar et d'avoir été chassé de l'un d'eux à la suite d'une altercation avec un client. Le samedi, il était avec April dans leur chambre commune, et il ne s'était ni changé ni rasé depuis sa descente du train. Sa chemise était tachée, et il avait la tête cotonneuse.

– C'est ce soir, le spectacle, martelait April. Tu comprends ce que je dis ? Écoute-moi.

Il avait envie de sortir. Il ignorait d'ailleurs comment il était arrivé là.

– Je m'en fous, dit-il.

– Montre à ces péquenauds ton vrai visage et t'es fini.

– « Décrochez grâce à Live-Again. »

– Imbécile…

– Y a un con qui m'a dit un truc dans un bar.

– Tu vas m'écouter, à la fin ? Il faut que tu sois à la salle à huit heures.

– J'irai pas.

Si Virdo Hunnicut l'avait vu ce soir-là, il ne l'aurait pas laissé monter sur scène. J.P. se rase et mit des vêtements propres, mais les coupures de rasoir sur son visage et son regard vide montraient qu'il était encore défoncé, et ses doigts ne trouvaient plus les accords à la guitare. April en discuta avec le régisseur, et ils décidèrent de le faire chanter sans sa guitare, accompagné par l'orchestre.

– Qu'est-ce que c'est que ce cirque ? Donnez-moi ma guitare, merde.

– Votre femme a pensé qu'il valait mieux que vous vous contentiez de chanter ce soir, expliqua le régisseur.

– Pas question que je chante avec un orchestre.

Lorsqu'il fut sur scène, les projecteurs lui chauffèrent le visage et le firent larmoyer. Il entendit les gens l'applaudir, puis la salle se tut, et il se retrouva derrière le micro, la guitare à la main. Le régisseur lui parlait dans un chuchotement rauque depuis les coulisses. *Allez ! Ils vous attendent !* Mais il ne commença pas. Il resta figé face au public pendant près de trente secondes. Des bruits de chaises et des toussotements déchirèrent le silence. Certains spectateurs crurent qu'il s'agissait d'un gag, que cela faisait partie du spectacle. *Réagissez, bon Dieu !* supplia le chuchotement rauque. Ceux qui croyaient à un gag s'esclaffèrent, puis les rires s'évanouirent, et ce fut à nouveau le silence. Il faisait chaud, l'air circulait très mal. J.P. entama une chanson. Sa voix paraissait étrange et lointaine. Il laissa échapper des fausses notes à la guitare et oublia les paroles. Il s'interrompit. Il avait le visage en sueur à cause de la chaleur des projecteurs. *Sortez-le de là*, lança-t-on en coulisse. Il fit un nouvel essai, mais ce fut encore pire. Soudain conscient de l'endroit où il était, il redoublait d'efforts et chantait trop vite par rapport au rythme de la guitare. Sa gorge devint sèche, et sa voix se brisa. Alors il entendit un son dans le public ; c'était un son isolé, venant d'une seule personne, peu puissant, mais il résonnait à travers toute la salle : « Hou ! hou ! »

Avery Broussard

Tôt le soir suivant, il dîna avec Suzanne à son appartement. Elle habitait au premier étage d'un vieil immeuble de Dauphine Street, dont la peinture blanche écaillée laissait voir le rouge de la brique. Un balcon embrassait la cour intérieure. Il y avait un énorme saule près du portail en fer, et les plates-bandes de la cour étaient plantées de yuccas, de jasmin et de lauriers-roses. La décoration intérieure provenait de chez les antiquaires du Vieux Carré : des chaises en bois sombre sculptées à la main, une horloge suisse ancienne, des rideaux français et un paravent oriental pliant, orné de dragons et d'oiseaux en relief, qui séparait le salon de la salle à manger. La pièce où Suzanne peignait avait une verrière verdie par la mousse et l'eau de pluie, et de hautes fenêtres ouvrant sur l'étroite rue pavée de briques sur laquelle elle donnait. Des reproductions de Cézanne, de Vélasquez et de Goya jalonnaient les murs. Une esquisse au fusain d'une rue près de la cathédrale Saint-Louis était fixée au chevalet, et cinq ou six pastels d'autres lieux du Vieux Carré, que Suzanne vendait aux touristes de Pirates Alley, s'étalaient sur la table.

Elle portait une robe blanche, et ses cheveux étaient du même noir que ses yeux. Sa silhouette valait le coup d'œil. Elle arrivait de la cuisine avec le plat, des gouttes de sueur sur les tempes. En voyant sa robe comprimer ses seins lorsqu'elle se pencha devant lui pour mettre le couvert, Avery repensa à leur première partie de pêche en barque et à leur première halte sur la berge, et il dut détourner les yeux. Elle posa une fine bouteille de barolo devant lui et deux verres à vin. Une bouteille vide reconvertie en bougeoir trônait au milieu de la table ; prisonnière d'un panier en osier, elle était recouverte d'une épaisse couche de coulures de cire rouge. Suzanne enfonça une bougie neuve dans le goulot, l'alluma, puis elle s'assit en face d'Avery et servit les spaghettis. La lueur de la bougie se reflétait dans ses yeux et les assombrissait encore.

– Il ne te plaît pas ? dit-elle. C'est l'un des plus beaux du quartier, je trouve.

– Quoi ?

– L'appartement.

– Oui.

Il continuait de penser à la façon dont sa robe la moulait.

– Je savais qu'il te plairait. Je l'ai meublé moi-même. Il était dans un état lamentable quand on l'a pris. Ça devait être une maison close. Des hommes étranges frappent à la porte de temps en temps, et on doit les convaincre qu'on n'est pas un commerce.

Il lui servit du vin. Elle but une gorgée en le regardant par-dessus le bord du verre. Il s'efforça de ne pas penser à leurs escapades en barque sur le bayou. Il savait qu'elle lirait dans ses pensées ; la conversation deviendrait tendue, et il laisserait échapper une parole malvenue qui les mettrait tous les deux mal à l'aise. Il sentit sa robe l'effleurer sous la table. Gêné, il ramena son pied sous sa chaise. Ils terminèrent de manger et passèrent au salon, en emportant la bouteille de vin et les verres. Avery s'assit sur le canapé tandis que Suzanne ouvrait les portes du balcon pour faire entrer l'air.

– Qu'est-ce que tu as fait en Espagne ? lui demanda-t-il.

– J'ai passé presque tout mon temps à Madrid, à étudier. C'est une ville exquise, mais ce n'est pas l'Espagne. Il faut aller à la campagne pour voir l'Espagne. Je suis allée peindre dans quelques petits villages. Ce sont des endroits très pauvres, mais les gens sont simples et accueillants, et ils aiment bien les Américains. J'ai fait des esquisses extraordinaires à Grenade et à Séville. Les vieux bâtiments mauresques, on dirait de la dentelle, et les cafés et les parcs sont magnifiques.

Elle vint s'asseoir à côté de lui sur le canapé. Un vent frais entrait par la porte ouverte. Elle fit courir ses doigts sur le pied de son verre.

– Tu veux qu'on sorte ? dit-il.

– On est bien ici.
– Ta colocataire ne doit pas bientôt rentrer ?
– Elle a un rendez-vous galant avec un étudiant en troisième cycle à Tulane.
Il sentait le désir monter en lui. Il aurait voulu le retenir, mais s'en savait incapable. Il regarda Suzanne jouer avec son verre. Elle le posa sur la table, mit les mains sur les genoux, croisa les jambes ; le bas de sa combinaison apparut sous sa robe. Sa main se ferma sur la bouteille lorsqu'elle la prit pour le servir. Il se pencha vers elle et l'embrassa. Une paume hésitante lui recouvrit la nuque. Il sentait dans ses cheveux une légère odeur de parfum. Elle tourna son visage vers lui, et il l'embrassa à nouveau. Il ne pouvait plus s'arrêter. Il tenta de l'allonger sur le canapé. Elle l'arrêta d'une main sur la poitrine.
– Tu savais que ça se passerait comme ça si je venais, dit-il, sans la lâcher.
– Tu ne peux pas interrompre une relation pendant trois ans et la reprendre du jour au lendemain.
– Tu en as envie autant que moi.
– C'est vrai. Mais il ne faut pas. S'il te plaît, Avery.
– Tout va bien.
– Non. S'il te plaît.
Il l'embrassa, se serra contre elle et lui caressa les cuisses. Il entendit sa respiration s'accélérer.
– Tu vas nous faire souffrir tous les deux, dit-elle. Tu le sais très bien. On va tous les deux regretter quand ce sera terminé.
Elle avait des larmes dans les yeux. Elle se détendit et renonça à le repousser. Plongeant la main sous son chemisier, il lui toucha les seins, puis il déboutonna le chemisier et tenta de le lui retirer.
– Laisse-moi me lever, dit-elle. On ne peut pas faire ça ici.
Il dut attendre quelques secondes avant de pouvoir se lever sans se ridiculiser et la rejoindre dans la salle de bains. Sa chemise collait à son dos à cause de la sueur. Suzanne tira les rideaux, se déshabilla et s'allongea sur le lit, les cheveux étalés sur l'oreiller. En la contemplant avec sa peau blanche, sa taille fine et sa croix en or au cou, Avery eut la sensation que quelque chose en lui se décrochait. Il s'allongea à côté d'elle et l'embrassa. Il la revoyait comme à Biloxi, le soir de leur dispute.
– Je suis désolé de te faire souffrir, dit-il.

Elle enroula ses bras autour de son cou et pressa sa joue contre la sienne.

– Je t'ai toujours aimé, dit-elle. Je n'ai jamais été aussi heureuse qu'à l'époque où j'étais avec toi.

– T'es une fille super.

– Fais-moi l'amour. J'ai tellement envie de toi.

– Tu ne pleureras plus ?

– Non. C'est promis. J'avais simplement peur que tout s'écroule une nouvelle fois. Oh, Avery.

– Je te fais mal ?

– Pas du tout. J'avais oublié à quel point c'est bon. Je te plais encore ?

– Tu es magnifique. Tu as eu quelqu'un entre-temps ?

– Non.

– Tu es à moi.

– J'ai toujours été à toi.

– Ma chérie rien qu'à moi.

Elle l'embrassa fougueusement sur la bouche, et il la sentit se raidir en s'agrippant à son dos.

– Serre-moi. Vas-y plus fort. Oh, Avery, mon amour, fais-moi mal, je t'en prie, fais-moi mal. C'est si bon. Mon amour, mon adoré, serre-moi. Je t'aime à la folie.

Ils restèrent au lit à boire du vin et à fumer des cigarettes. Il la rapprocha de lui, lui baisa la joue, lui mordilla le lobe de l'oreille. Sa nuque était humide. Elle se blottit, le front sous son menton.

– Excuse-moi pour tout à l'heure, dit-elle.

– Tu ne regrettes pas ?

– Bien sûr que non. Recommence.

– Tu n'es pas fatiguée ?

– Je ne le serai jamais trop pour ça.

– Ta colocataire risque de rentrer.

– On a le temps. Laisse-moi me mettre sur toi. On ne l'a jamais fait comme ça. J'ai envie de le faire de toutes les manières possibles.

Elle le chevaucha. Il contempla la chaîne en or qui pendait devant sa gorge et ses cheveux sur ses épaules.

– Ça te plaît comme ça ?

– J'adore.

– Je ferai toujours tout ce qui te plaît.

– C'est bon d'être au fond de toi, dit-il.

– Cochon.
– Excuse-moi.
– Je veux que tu sois cochon. Je veux que tu me dises des cochonneries.
– Tes cuisses m'excitent, dit-il.
– Tu m'aimes ?
– Oui.
– Beaucoup ? demanda-t-elle.
– J'aime tes cuisses.
– Là, tu es blessant.
– Je t'aime, vraiment.

Il l'amena contre lui. Il sentit la douceur de ses seins sur sa peau et lui pétrit le dos et l'intérieur des cuisses. Elle se remit en appui sur les mains, bras tendus, et lui sourit. Il admira la blancheur de ses seins, la courbe de son cou, ses yeux noirs de créole, puis il la serra très fort et, le bas-ventre envahi par une sensation de chaleur de plus en plus vive, il fut délesté d'un coup de tout son être. Elle se pencha, l'embrassa, puis s'allongea à côté de lui, un bras jeté en travers de son torse. Un vide froid s'était à présent installé en Avery. Il respirait le parfum de Suzanne, l'odeur de ses cheveux, et il ne voulait ni bouger, ni se lever, ni même parler.

– Il faut se rhabiller, mon chéri, dit-elle au bout d'un moment. Désolée.
– Allons à l'hôtel.
– Il est trop tard. Tu travailles demain.
– Barricadons-nous à l'intérieur.
– C'est vache pour ma colocataire.
– C'est elle qui est vache.
– On ira à l'hôtel demain soir et on restera ensemble toute la nuit.
– Tu me le promets ?
– On achètera du bon vin, tu pourras boire, et je m'occuperai de toi.
– Tu es ma merveilleuse petite femme.
– Je serai toujours ta petite femme.

Ils se rhabillèrent, et Suzanne refit le lit et se recoiffa. Elle rapporta les deux verres et la bouteille de vin dans la salle à manger et les posa sur la table.

– Bonne nuit, dit-il.

– Bonne nuit. Je t'aime.
– Tu es très belle.
– Reviens dès que tu seras rentré du travail.
– Tu tiendras ta promesse ?
– Oui. Embrasse-moi avant de partir.
– Avec plaisir, ma jolie.
– Bonne nuit, dit-elle.
– Bonne nuit.

Il la retrouva à l'appartement le lendemain soir, et ils allèrent dîner dans un petit restaurant français de Burgundy Street, aux tables recouvertes de nappes à carreaux rouges. Ils mangèrent des huîtres au comptoir et burent de la bière, le Noir qui les servait ouvrant chaque huître devant eux et l'arrosant d'une goutte de citron, et, si elle ne se rétractait pas, il la jetait et la remplaçait par une autre. Ils achetèrent une bouteille de liebfraumilch dans un magasin d'alcool et prirent une chambre dans un hôtel à l'extérieur du Vieux Carré, où Suzanne répondit à toutes les sollicitations d'Avery. Il était plus de minuit lorsqu'ils finirent par s'endormir, et il se réveilla un peu plus tard en ayant à nouveau envie d'elle. Le corps de Suzanne, caressé par l'air qui entrait par la fenêtre, était froid, ses jambes, longues et blanches. Ils étaient allongés nus sur les draps, la bouteille presque vide dans un seau à glace à côté du lit, et, quand le ciel se fit bleu foncé au petit matin, Avery aurait voulu que le soleil reste couché et que la nuit ne se termine jamais.

Ce soir-là, après la visite mensuelle d'Avery au comité de probation, ils se rendirent sur la plage et louèrent une cabine de toile sous des palmiers. Ils regardèrent les vagues déferler sur le sable et suivirent la voile rouge d'un voilier isolé qui tirait des bords tandis que le soleil cramoisi disparaissait derrière l'horizon. Ils avaient apporté leurs maillots de bain ; la nuit tombée, ils se changèrent à l'intérieur de la cabine et allèrent se baigner. La lune faisait miroiter l'eau, et les palmiers sifflaient dans le vent. Au loin, on distinguait les lumières de la ville. Suzanne franchit les premiers rouleaux en courant et nagea vers le large. Elle alla assez loin avant de revenir s'agenouiller dans les bas-fonds, assise sur les talons. Elle riait, essoufflée, les petites vagues se brisant autour de sa taille. Ils retournèrent à la cabine et s'allongèrent sur le sable. Il l'embrassa ; ses cheveux sentait l'iode. Le clair de lune, qui entrait par le rabat ouvert de la cabine, éclairait ses chevilles. Il aurait voulu lui faire l'amour sur place, mais il y avait des gens un peu plus loin sur la plage.

– Dès qu'on sera rentrés, dit-elle.

– Et ta colocataire ?

– On l'enverra ailleurs.

– Tu deviens aussi cruelle que moi.

– Ça ne la gênera pas. Elle est assez arrangeante.

– Je l'aime pas.

– Tu ne la connais pas.

– Je l'aime pas quand même. Elle passe trop de temps chez elle. Dis-lui de se trouver un copain.

– On n'était pas bien à l'hôtel ? On n'a qu'à y retourner.

– Je ne serai payé que samedi.

– Moi, j'ai de l'argent.

– Tu en as toujours, dit-il.

– Je suis gâtée par mon père. Toi aussi, je veux que tu me gâtes.

– Je te gâterai d'une autre manière. Tu comptes vraiment demander à ta colocataire de s'en aller ?

– Oui, mon chéri.

– Je vais te gâter le reste de la nuit.

– J'aimerais qu'on puisse passer tout notre temps au lit à se faire du bien, dit-elle.

– On pourrait fermer le rabat.

– Ces gens, là-bas, ils risquent de venir.

Il fit glisser de son épaule la bretelle de son maillot de bain noir et prit un sein dans sa main.

– Tu profites de la situation, dit-elle.

– Je ferai d'autres choses quand on sera à nouveau au lit.

– On les fera ensemble. Mais pas maintenant.

– Tu as de beaux seins.

– Oh, Avery.

– C'est vrai.

– Tu exagères.

– Tu aimes quand j'exagère ? demanda-t-il.

– Oui. J'adore ça.

Il déroula le pan de toile qui servait de porte. Pendant qu'ils se rhabillaient, il admira la courbe harmonieuse de ses hanches et l'angle de son ventre lorsqu'elle se pencha pour atteindre ses sandales, et il eut à nouveau la sensation d'un décrochement intérieur.

Ils roulèrent leurs maillots de bain dans une serviette et marchèrent sur la plage entre le sable blanc et l'eau, en direction de la promenade éclairée et du parc d'attractions, quelques centaines de mètres plus loin, où était garée Suzanne. Ils entendaient la musique du manège et voyaient la grande roue illuminée tourner dans le ciel. Ils s'arrêtèrent boire une bière à la terrasse d'une des buvettes du parc, offerte à la brise de mer en provenance du golfe. Suzanne était garée sur le parking de gravier plongé dans le noir, et c'est Avery qui prit le volant pour les ramener en ville. Elle avait toujours la même voiture de sport que son père lui avait offerte à la fin du lycée, une décapotable italienne au châssis surbaissé et à la base élargie. C'était une quatre vitesses, et, lorsqu'il appuyait sur l'accélérateur, il sentait le rugissement guttural du pot d'échappement dans le volant, et la poussée le plaquait confortablement au cuir épais du siège. Serrée contre lui, Suzanne avait la joue sur son épaule et les deux mains sur son bras ; ses cheveux mouillés flottaient au vent derrière elle. Ils roulèrent sur ces larges routes sinueuses qui traversent les forêts de chênes et de cyprès, aux branches chargées de mousse, autour de La Nouvelle-Orléans. L'air nocturne sentait le lilas, le jasmin et l'herbe fraîchement coupée.

Il n'y avait personne à l'appartement, et ils firent l'amour dans le lit de Suzanne. Elle se leva pour aller préparer des sandwichs au poulet froid à la cuisine et les apporta sur un plateau d'argent, accompagnés de deux cognacs-orange glacés. Ils mangèrent les sandwichs, burent les cocktails et refirent l'amour.

– Je ne te fatigue pas trop ? demanda-t-il.

– Ne dis pas de bêtises. C'est meilleur à chaque fois.

– C'est l'effet du cognac.

– Chéri ?

– Quoi ?

– Ces gens du comité de probation, ils peuvent quelque chose contre toi ?

– Pourquoi tu me demandes ça maintenant ?

– Je me faisais du souci. Je sais que tu n'aimes pas en parler, mais ça m'inquiète.

– Je suis simplement tenu d'aller les voir une fois par mois.

– Tu avais l'air en colère en revenant tout à l'heure.

– Ça me rend malade chaque fois que je vais là-bas.

– Ne fais rien qui leur donnerait une raison de te renvoyer en prison. Je ne le supporterais pas.
– Sois tranquille.
– Désolée d'avoir abordée ce sujet. Je sais que tu as horreur de ça.
– C'est rien.
– Ça te tracasse beaucoup ?
– Non, dit-il en pensant aux nuits où il s'imaginait dans son lit au camp de travaux forcés, dans l'attente d'être réveillé par le coup de sifflet du matin pour le petit-déjeuner et l'appel, avant d'être emmené en camion sur le chantier.
– Je sais que ça te tracasse, dit-elle. Je le sens.
– Tu es gentille.
– Je voudrais pouvoir effacer tout ça. Tu y penses quand je suis avec toi ?
– Quand je suis avec toi, je pense à tes cuisses.
– Pense toujours à mes cuisses.
– J'aime me trouver entre elles.
– Dis-moi autre chose.
– Tu as les mains douces.
– Tu oublies vraiment la prison quand tu es avec moi ?
– Oui.
– Ça me fait plaisir. Je veux que tu sois heureux. On va se mettre dans une position agréable, et tu n'auras à penser à rien d'autre qu'à moi.
– Tu es capable de recommencer ?
– J'en serai capable aussi souvent que tu voudras.
– J'ai envie de toi en permanence, dit-il.
– Dis-moi des cochonneries. J'en ai envie. Je crois que je deviens folle.
– C'est bon comme ça ?
– C'est délicieux. Vas-y fort. Fais-moi mal.
– Tu es pire que moi.
– Y a-t-il d'autres choses qu'on n'a pas faites ?
– Pas que je sache, non.
– On en inventera de nouvelles, dit-elle.
– Ça m'étonnerait.
– Avec un peu plus de cognac, ce sera encore meilleur. Mon Dieu, je deviens vraiment folle.
– Tu aimes le cognac ?

– Oui. On sent le feu de l'alcool descendre en soi. Je peux te laisser un instant ? Je reviens tout de suite.

Elle revint avec la sombre bouteille carrée. Remplissant leurs deux verres à moitié, elle s'assit à côté de lui et vida le sien rapidement. Le cognac lui fit pleurer les yeux.

– Tu sens comme ça chauffe le ventre ? dit-elle. C'est bien, hein ? Je vais en reprendre.

– Tu vas être soûle.

– Je tc plairai davantage ?

– Tu me plais quel que soit ton état.

Elle but une nouvelle rasade de cognac et posa son verre vide par terre à côté de la bouteille.

– La vache, c'est fort.

Il lui baisa les lèvres et le cou.

– Excuse-moi, dit-elle. Je t'ai fait attendre.

– Je t'adore.

– Je suis si heureuse avec toi, Avery.

Il l'embrassa à nouveau. Au contact de ses bras frais autour de son cou, le désir monta en lui à nouveau et lui traversa le corps tandis qu'il la serrait, le visage enfoui dans ses cheveux. C'était comme si son existence tout entière était concentrée dans cet instant. Il sentit frémir les muscles à l'arrière de ses jambes, puis un calme intérieur l'envahit, et ils s'endormirent.

Ils se virent tous les soirs. Soit ils restaient à l'appartement, soit ils prenaient une chambre dans un hôtel à l'extérieur du Vieux Carré, allaient danser ou se rendaient aux fêtes données par les amis de Suzanne. Une fois, la construction du pipeline fut suspendue pour deux jours à cause de la pluie, et ils profitèrent de la liberté d'Avery pour aller passer la nuit dans une petite pension de famille près de la plage. Il loua des harpons à flets et des lampes torches, et ils cherchèrent au bord de l'eau ces poissons plats cachés dans le sable, lui pieds et torse nus, en salopette, elle en pantalon corsaire et chemisier blanc noué sur le ventre. Il nettoya les poissons sur la plage, fit un feu avec des morceaux de bois échoués pendant qu'elle ouvrait deux bouteilles de bière sorties de la glacière qu'ils avaient apportée, puis il empala les poissons sur des bâtonnets et ils les firent cuire sur le feu avant d'en détacher des filets pour les manger. Assis dans le sable encore chaud du soleil de la journée, ils burent une deuxième bière. Comme ils étaient seuls sur la plage, ils éteignirent le feu, se déshabillèrent et allèrent se baigner. Plus tard, ils cherchèrent des coquillages dans le sable mouillé, les vagues mourant sur leurs pieds nus. La lune était basse sur l'horizon, et le ciel voilé par un orage qui se préparait au fond du golfe.

Un samedi soir, ils quittèrent de bonne heure la fête où ils s'étaient rendus. C'était une fête comme les autres : des pièces noires de monde, et un orchestre de jazz essayant de se faire entendre au milieu du bruit. Le bassiste s'écroula ivre mort dans le couloir, et Wally, le rouquin aux yeux bleus qui était allé à Cambridge et avait un goût prononcé pour le scotch, imita un prêtre baptiste. Quelqu'un ouvrit la porte d'une chambre au mauvais moment ; une dispute éclata, puis une fille se mit à pleurer et repartit sans son petit ami, qui se trouvait être l'un de ceux présents dans la chambre. Les voisins du dessus donnèrent des coups aux murs et au sol. Wally sortit et revint avec un clochard qu'il avait trouvé à Jackson Park. Le clochard vomit sur les fleurs de la cour, et la maîtresse des lieux pria Wally de s'en aller. Les coups aux murs et au sol continuèrent, jusqu'au moment où Avery et Suzanne sortirent par le côté sans dire au revoir à personne et enfilèrent dans le noir la rue de pavés silencieuse en respirant l'air frais de la nuit. Ils s'arrêtèrent dans une boulangerie, où ils achetèrent des viennoiseries avant de rentrer chez Suzanne.

Elle prépara du café dans la cuisine, apporta la cafetière et du lait chaud sur un plateau, et ils burent leur café au lait dans le salon, en mangeant les viennoiseries.

– Ça t'embête qu'on ait quitté la fête ? dit-il.

– Pas si tu avais envie de partir.

– Je suis mieux ici.

– J'y suis bien aussi, dit-elle.

– C'est qui, Thomas Hardy ?

– C'est un auteur anglais.

– Un type m'a demandé si je l'avais lu.

– Qu'est-ce que tu as répondu ?

– J'ai dit que je ne m'intéressais plus au base-ball professionnel.

Elle rit en cachant sa bouche derrière sa serviette.

– Je sais qui t'a demandé ça, dit-elle. Ça doit être le petit aux yeux globuleux et au pantalon flottant. Il habite avec Wally. C'est lui qui paye la totalité du loyer. Il est persuadé que Wally est un écrivain de talent.

– C'est le cas ?

– Il n'écrit jamais rien, dit-elle.

– Qu'est-ce qu'il fait, le type aux yeux globuleux ?

– Il lit Thomas Hardy, je suppose.

Elle lui resservit du lait et du café.

– Tu peux demander à Denise d'aller faire un tour ? dit-il.

Denise était la colocataire de Suzanne. C'était une fille instruite et agréable, et elle aurait été attirante si elle avait porté autre chose de temps en temps qu'un pantalon délavé et un chemisier froissé taché de peinture.

– Elle est au travail dans la pièce du fond, dit Suzanne. Une femme lui a offert vingt-cinq dollars pour peindre un portrait d'après photo.

– Ça la gênerait de nous laisser l'appartement une petite heure ?

– Je ne peux pas lui demander ça. Elle a été très arrangeante jusqu'ici, et ce ne serait pas juste de lui demander d'arrêter de travailler à cause de nous. Elle a vraiment besoin de cet argent.

– Tu veux qu'on aille aux courses demain ? proposa-t-il.

– Allons au Tony Bacino's. J'ai toujours eu envie d'aller voir à quoi ça ressemblait à l'intérieur.

– Qu'est-ce que c'est ?

– Une de ces boîtes où les hommes s'habillent en femme, dit-elle.

– Je préférerais les courses.

– Ça ne te tente pas ?

– Non.

– Denise y est allée une fois. Elle a vu deux hommes danser ensemble, il paraît. Ça devait être quelque chose. Tu imagines ?

– Si on allait au parc ?

– J'irai où tu voudras. Tu es en colère ?

– Pourquoi tu veux voir des hommes habillés en femme ?

– Je ne sais pas. Je te taquinais. Ne t'énerve pas.

– Je ne m'énerve pas, dit-il.

– On va aller aux courses, et ce sera très bien.

– Tu pourras passer me prendre à ma chambre ? Les courses ont lieu l'après-midi, et il ne faut pas arriver trop tard.

– On fera quelque chose avant, non ? dit-elle.

– Oui. Ça, ça passe toujours d'abord.

Elle se pencha vers lui et l'embrassa sur la joue. Sortant tous les deux sur le balcon, ils admirèrent la cour de dalles derrière la balustrade en fer forgé, ses plates-bandes éclairées par la lune. La peinture blanche qui recouvrait les briques des murs était pâle sous cette lumière. En fond sonore, on entendait les orchestres de jazz dans Bourbon Street. Il se faisait tard. Il l'embrassa pour lui souhaiter bonne nuit et reprit Dauphine Street en direction de son bed and breakfast.

Le dimanche après-midi, elle l'y attendait dans sa voiture de sport quand il rentra du travail. Elle sourit en le voyant, son bleu de travail raide de poussière, le visage noirci par la fumée qui se dégageait des soudures fraîches, les bords effrangés de son chapeau de paille rabattus pour le protéger du soleil. Les lunettes de mécanicien portées pour casser la calamine lui avaient laissé deux petits ronds blancs autour des yeux, et sa chemise, qui avait rétréci au lavage, était fendue en haut du dos. Il échangea quelques mots avec elle à la voiture avant de s'engager dans l'allée pour entrer par la véranda. Une fois douché, rasé et changé, il revint à la voiture. Elle se glissa du côté passager, et il se mit au volant.

Ils firent un saut à l'appartement, se garèrent dans la ruelle de pavés derrière l'immeuble, puis ils se rendirent au parc. Les plus belles courses de La Nouvelle-Orléans avaient lieu au Fair Grounds, mais il n'était ouvert que pendant la saison hivernale, et celles du parc n'étaient généralement pas mal non plus. Ils s'assirent en bas des tribunes près de la piste, quatre cents mètres de terre battue tout en ligne droite. Le soleil était à l'ouest au-dessus des arbres à l'autre bout du parc. Alors qu'on alignait les chevaux de trois ans dans les box de la starting-gate pour la deuxième course, les casaques en soie des jockeys étincelaient au soleil. Les chevaux étaient nerveux devant l'imminence du départ. Puis la cloche sonna, et ils s'élancèrent sur la piste encore mouillée par la pluie, leurs sabots soulevant des gerbes de boue. Ils restèrent groupés dans les premiers mètres, puis s'espacèrent ; les jockeys, courbés sur l'encolure, leur battaient la croupe à coups de cravache. À l'approche de l'arrivée, un rouan menait d'une longueur. Avery voyait le mors lui scier la bouche et la salive mousser dans les poils ras autour des naseaux tandis que le jockey, les genoux hauts, le dossard à moitié arraché flottant au vent, le cravachait furieusement. Le rouan avait une longueur et demie d'avance quand les chevaux franchirent la ligne dans un bruit de tonnerre sous la tribune des juges, des paquets de terre volant dans tous les sens. Les jockeys se relevèrent sur les étriers et raccourcirent les rênes.

– Quel spectacle ! s'exclama Suzanne. Je n'avais jamais vu ça. C'est à couper le souffle.

– Ça te plaît ? dit Avery.

– Énormément. Pourquoi on n'est pas venus avant ? On peut parier ?

– Si tu veux.

– Combien il faut mettre ?

– Y a pas de règle.

– Mets deux dollars pour moi dans la prochaine, dit-elle.

– Sur quel cheval ?

– N'importe lequel. C'est toi qui choisis.

Elle avait le regard joyeux. Elle était vêtue d'une robe blanche avec un empiècement de tulle lavande sur les épaules, et elle était coiffée d'un de ces grands chapeaux blancs d'été à larges bords que portaient les dames du Sud pour aller à la messe le dimanche.

– Jouons celui-là, dit-elle. Le noir. Regarde comme sa robe est luisante. Il n'est pas beau ?

Avery quitta les tribunes et alla miser au guichet l'argent de Suzanne ainsi que deux dollars à lui.

– Je l'ai joué gagnant et placé, annonça-t-il à son retour.

– Qu'est-ce que ça veut dire ?

– Tu gagnes qu'il soit premier, deuxième ou troisième, mais les rapports diminuent en fonction de la place.

– Je sais qu'il sera premier. Regarde-le. Il est magnifique. On voit bouger les muscles de ses flancs quand il marche.

On emmenait les chevaux à la starting-gate.

– Je voudrais pouvoir le peindre, dit Suzanne. Tu as déjà vu une bête aussi splendide ? Ça coûte cher, un cheval comme ça ?

– Oui.

– Je me demande si papa m'en achèterait un pour mon anniversaire.

– Qu'est-ce que tu en ferais ?

– Je ne sais pas. Mais Dieu qu'il est beau. J'adorerais l'avoir à moi.

Les chevaux étaient à présents en place à la starting-gate. Le noir essayait de se cabrer dans son box, et le jockey avait du mal à le calmer avant le départ.

– Qu'est-ce que c'est que ce jockey ? s'indigna Suzanne. Il ne sait pas maîtriser un cheval ? Pourquoi tu ris ?

– C'est rien.

– Ça y est, ils sont partis. Oh, ils le poussent contre la barrière.

– Ce n'est qu'une impression d'optique.

– C'est de la triche. Il se fait distancer.

– Il n'est pas bon sur terrain lourd. Regarde sa foulée.

– Qu'est-ce qu'elle a, sa foulée ?

– Elle n'est pas régulière.

– Ça n'a pas de sens. Qu'est-ce que la nature du terrain a à voir là-dedans ?

– Il y a des chevaux qui ne savent pas courir dans la boue.

– Il est quatrième, maintenant.

Les chevaux franchirent la ligne d'arrivée devant eux. Suzanne avait l'air déçue.

– Il doit être meilleur sur terrain sec, dit Avery.

– J'aimerais quand même qu'il soit à moi. Combien il coûte, à ton avis ?

– Dans les mille dollars. Peut-être plus.

– Il court dans une autre course ?

– Pas aujourd'hui, non.

– Revenons le voir dimanche prochain. Il sera là ?

– Sûrement.

– Ah, tant mieux. La prochaine fois, le terrain sera sec, et il gagnera.

Elle avait retrouvé sa bonne humeur.

– Tu es contente d'être venue ?

– Bien sûr, mon chéri. J'aime toujours les endroits où tu m'emmènes.

– Cet hiver, on pourra aller au Fair Grounds. On y voit courir les meilleurs chevaux de tout le pays.

– Et la jument que tu avais ?

– Elle est morte en mettant bas, dit-il.

Après les courses, ils reprirent la voiture pour la plage et allèrent se baigner. Le soleil était en train de se coucher, et ses dernières lueurs rayaient l'eau de violet, puis ce fut la nuit, une nuit sans lune, et les vagues, portées par la marée montante, enflèrent et formèrent des rouleaux bruyants. L'eau était trop froide pour s'y attarder. Allongés sur le sable, ils cherchèrent l'horizon dans le monochrome de noir.

Plus tard, la lune sortit, et le sable s'argenta sur le fond noir de l'eau. Le vent devenait froid, et tout le monde était parti. Suzanne frissonnait un peu. Avery lui enveloppa les épaules de sa chemise.

– Tu veux qu'on s'en aille ? dit-il.

– Pas si tu veux rester.

– Tu as froid.

– Ça va, dit-elle.

– Il vaut mieux rentrer.

– On s'est bien amusés, aujourd'hui, hein ?

– Oui.

– Peut-être que Denise sera sortie quand on arrivera, dit-elle.

Il devait se présenter à son comité de probation le lendemain après-midi. Le comité était installé dans un vieil immeuble de bureaux aux briques rendues grises par les intempéries. Le plâtre des couloirs était fissuré, et ça sentait la poussière et le renfermé. Il s'assit à côté de trois hommes sur un banc à l'accueil et attendit son tour pour être reçu par l'agent de probation. Son voisin avait un visage gras aux traits épais avec de grosses bosses rouges sur le nez. Il portait un coupe-vent au col auréolé de sueur, un pantalon élimé aux genoux et des godillots tellement éraflés qu'ils n'avaient plus de couleur. Son chapeau, qu'il tenait entre ses jambes, était cerclé d'une bande sombre à la base de la calotte, la trace d'un ancien galon. Il se racla la gorge et chercha des yeux un endroit où cracher. Il vida sa bouche dans son mouchoir.

– Y a même pas de crachoir, putain, grommela-t-il.

À l'autre bout de la pièce, la secrétaire lui jeta un regard indigné.

– T'étais où ? demanda-t-il à Avery.

– Dans un camp.

– Moi, j'étais à Angola.

Il regarda Avery comme s'il attendait une réponse.

– J'y suis allé deux fois, ajouta-t-il.

– Bel endroit, Angola.

– C'est mieux qu'un de ces camps à la con.

Il se moucha dans son mouchoir et rangea celui-ci dans sa poche.

– T'es tombé pour quoi ?

– Trafic de whisky.
– C’est pas une poubelle, là-bas ?
– Non.
– Y a même pas d’endroit où cracher, dit-il. Les enfoirés.
Avery fut reçu par l’agent de probation, un quinquagénaire au teint cireux en costume démodé col pelle à tarte et nœud papillon décoloré. Sa veste pendait mollement à ses épaules. Il avait les yeux jaune-vert et le visage luisant de sueur. Le dossier d’Avery était ouvert devant lui sur le bureau. Il détacha une feuille des autres et la parcourut du regard.
– Il va falloir que vous demandiez à votre employeur de nous envoyer une autre lettre, dit-il.
– Il vous en a déjà envoyé une.
– Oui. Je l’ai sous les yeux, mais elle n’est pas authentifiée. Il faut qu’elle soit authentifiée par un notaire de l’État.
– Elle dit que j’ai un travail régulier. C’est ce que vous vouliez savoir, non ?
– Cette lettre ne porte pas de tampon officiel, elle n’a aucune valeur juridique. N’importe qui a pu la rédiger.
– Où est-ce que je peux la faire authentifier ? demanda Avery.
– Votre employeur doit en rédiger une autre et la signer devant un notaire.
– Il se peut qu’il refuse.
– Nous ne pouvons pas accepter celle-ci.
– Vous ne pouvez pas appeler le service du personnel de l’entreprise ? On vous confirmera que j’ai un emploi.
– Il nous faut une lettre de l’employeur pour le dossier.
– Très bien. Je vais lui demander.
Le fonctionnaire froissa la feuille et la jeta au panier. Il parcourut le reste du dossier, ses yeux jaune-vert scrutant chaque page.
– Vous êtes toujours domicilié à la même adresse ?
– Oui.
– Fréquentez-vous les bars, sortez-vous tard le soir ?
– Non.
– Côtoyez-vous des individus ayant un passé criminel ?
– Je vous ai déjà dit tout ça la dernière fois que je suis venu.
Le fonctionnaire répéta sa question sans quitter le dossier des yeux.
– Je ne connais personne ayant un passé criminel, dit Avery.

– C'est tout. Obtenez de votre employeur un certificat authentifié cette semaine ou vous serez porté sans emploi.

– Qu'est-ce que ça signifie ?

– Votre situation sera réexaminée par le comité. Vous ne pouvez pas rester en liberté conditionnelle sans un honnête moyen de subsistance.

Avery quitta l'immeuble et s'arrêta au drugstore du coin. Les tempes bourdonnant de colère, il chercha le numéro de son chef d'équipe dans l'annuaire. Il était gêné de demander un nouveau service à cet homme qu'il connaissait mal et qui avait déjà hésité à rédiger la première lettre, ayant embauché Avery sans savoir qu'il sortait de prison. Avery l'appela chez lui. Le chef d'équipe, qui ne comprenait pas la nécessité d'une autre lettre, eut l'air agacé. Au début, il dit qu'il n'avait pas le temps de voir un notaire, mais il finit par accepter et s'engagea à envoyer la lettre dans la semaine.

En sortant du drugstore, Avery gagna le Vieux Carré en tramway et parcourut les dernières rues jusqu'à chez Suzanne à pied en cette fin de journée d'été. Suzanne était sortie faire les magasins, lui expliqua Denise, et en avait encore pour au moins une heure. Il se rendit à la salle de billard voisine, acheta un journal et lut les résultats des matchs de base-ball. Il s'assit dans l'un des fauteuils alignés près des tables le long du mur. Trois hommes faisaient une partie de « Kelly pool », chaque joueur devant empocher une boule secrète tirée au sort. Avery alla prendre une bière au comptoir et les regarda jouer. Lorsqu'une table se libéra, il fit une partie seul, puis une deuxième avec un marin portugais. Le marin parlait mal l'anglais et n'était pas avare de jurons, mais il savait se servir d'une queue, et c'est lui qui paya la table bien qu'il eût gagné. Avery plia son journal, but une autre bière au comptoir et retourna à l'appartement. La fraîcheur humide de la salle de billard avec son odeur de bière pression et de craie lui avait fait oublier le comité de probation, et il avait plaisir à marcher dans Rampart Street sous le soleil rasant, alors que les petits Noirs faisaient du patin à roulettes sur le trottoir et que les vieilles s'interpellaient en français depuis les balcons.

Suzanne montait l'escalier extérieur lorsqu'il entra dans la cour. Les bras chargés de paquets, elle portait des talons hauts, un tailleur foncé et un petit chapeau blanc à voilette.

– Ohé ! lança-t-elle. Viens voir ce que j'ai acheté.

Il la rattrapa et entra derrière elle dans le salon. Elle laissa les portes du balcon ouvertes. Elle avait l'air essoufflée. Jetant les paquets sur le canapé, elle les ouvrit et en sortit ses nouvelles robes dans un bruissement de papier de soie.

– Elles te plaisent ? Mon Dieu, quelle cohue. Je n'irai plus jamais faire les magasins à cinq heures. Excuse-moi d'être en retard. Où étais-tu ?

– Au comité de probation et au billard.

– Ah. Du nouveau ?

– Non.

– Tu as eu à nouveau affaire à ce petit homme dont tu m'as parlé ?

– C'est lui qui m'a été désigné comme conseiller de réinsertion attitré.

– Mon pauvre chéri. Tu dois être fatigué. Tu veux quelque chose à boire ?

– Tu as une bière ?

Elle alla en chercher une dans le réfrigérateur et l'ouvrit. La mousse déborda du goulot.

– Tu as rencontré des figures du monde littéraire au billard ? demanda-t-elle.

– Un marin portugais.

– Il a écrit quelque chose ?

– Seulement sur les murs des toilettes.

– J'ai toujours eu envie d'aller dans une salle de billard. C'est comment ?

– On y retrouve toute la haute société du Vieux Carré.

– Ça doit être charmant.

– Denise est là ? dit-il.

– Je ne sais pas. Denise !

Elle alla voir dans la chambre.

– Elle a dû sortir avec son étudiant de Tulane, dit-elle.

– Viens, on va au lit.

– Subtilement formulé.

– J'ai pensé à toi toute la journée.

– Moi aussi, j'ai envie de toi depuis ce matin. Ça doit être vrai, ce qu'on dit. C'est comme une drogue.

– Ça te fait cet effet ?

– Je ne crois pas que je pourrais me passer de toi une semaine.

– On n'aura plus jamais à se passer l'un de l'autre.

– On sera toujours ensemble, et rien ne pourra nous atteindre.

Il avala la mousse au fond de sa bouteille.

– Tu en veux une autre ? proposa-t-elle.

– Allons au lit. On sortira boire après.

– Je connais un bar allemand où on peut aller. Ils servent la bière dans ces grosses timbales en cuivre avec un couvercle.

Ils allèrent dans sa chambre, et elle verrouilla la porte. Elle tira les rideaux français de la grande fenêtre qui donnait sur la cour. Il la regarda se déshabiller.

– On est bien tous les deux, hein ? dit-elle.

– Ce sera toujours comme ça.

– On ne se lassera jamais l'un de l'autre comme ces couples mariés ?

– Non.

– Chaque jour sera comme celui-ci. Chaque jour, chaque jour.

– Tu es très heureuse ?

– Tu me rends heureuse d'une agréable manière.

– Tu te dévergondes.

Ils s'allongèrent sur le lit. Elle se serra contre lui et l'embrassa avec la langue.

– Tu préfères que je sois dessus ou dessous ? demanda-t-elle.

– On fera les deux. Je suis trop lourd pour toi ?

– Mmmh. C'est bon, comme ça.

– On pourrait prendre un appartement ensemble.

– J'y ai pensé, mais ça reviendrait aux oreilles de papa, et je ne veux pas lui faire de peine.

– C'est difficile avec Denise dans les pattes.

– Elle a dit qu'elle allait peut-être déménager. La pauvre, c'est un peu nous qui la chassons. Mais ce serait bien, non ? J'aurais l'appartement pour moi toute seule, tu n'aurais qu'à t'y installer, et on pourrait faire l'amour quand on veut. Encore et encore, sans personne pour nous déranger.

– Elle part quand ?

– Elle ne sait pas encore.

– On pourrait faire en sorte qu'elle nous trouve au lit, dit-il. Ça précipiterait un peu les choses.

– Ne sois pas méchant.

– C'est une chic fille, mais ce sera mieux quand elle sera partie.

– Tu pourras venir ici après le travail. On se déshabillera, on se couchera, et tu n'auras pas besoin de rentrer chez toi. Ce sera bien, hein ?

– Oui.

Les dernières lueurs de ce jour d'été filtraient par l'interstice entre les rideaux français, et la pièce s'enfonçait dans l'obscurité.

J.P. Winfield

Virdo Hunnicut était furieux. La cravate desserrée, il allait et venait dans la chambre en parlant fort et en montrant J.P. du doigt pour appuyer tel ou tel point.

J.P. était assis dans le fauteuil, seulement vêtu d'un pantalon et d'un maillot de corps. Ses pieds nus avaient l'air jaunes sur la moquette. Les coupures de rasoir sur son visage étaient tachetées de sang, et il avait les yeux enfoncés. Ses cheveux décoiffés lui recouvraient le front et les oreilles. Il avait des élancements derrière la tête ; chacun de ses mouvements s'accompagnait d'une brûlure glaciale dans le cou et les épaules. La voix de Hunnicut lui semblait lointaine. Il tentait de se rappeler ce qui s'était passé la veille. Il se revoyait montant sur scène, puis quelqu'un le huait, le rideau tombait, et Seth le tirait par la manche de sa veste pour l'entraîner en coulisse. Ou était-ce April ? C'était bien son genre, à cette salope. Qu'est-ce qu'il racontait, Hunnicut ? J.P. s'en foutait, au fond. Hunnicut aurait quand même pu se laver avant de venir dans sa chambre. Il allait devoir laisser la fenêtre ouverte toute la matinée pour faire partir l'odeur.

– … tu seras fini, tu te retrouveras à la rue. J'ai viré ce con de régisseur rien que pour t'avoir laissé monter sur…

Il allait la fermer, ce gros porc crasseux ?

– Tu m'écoutes ? Ouvre les yeux et regarde-moi. On va faire une annonce à la radio pour dire que tu étais malade hier. Tu avais une pneumonie, mais tu as quand même voulu chanter tellement tu les aimes, ces péquenauds. Dans un mois, je te reprogramme, mais au prochain numéro de camé, je tire définitivement un trait sur toi. Tu m'as entendu ?

Va te faire foutre.

– Je sais pas ce qui m'a pris d'avoir misé sur toi.

– Arrête de gueuler, merde. J'ai eu mon compte pour ce matin.

– Je t'amène jusqu'au sommet, et tu fous tout par terre.

– Je t'ai rapporté plein de fric.

– Tu n'étais qu'un petit paysan minable quand je t'ai pris dans mon spectacle.

– Écoute, j'ai pas… barre-toi d'ici. Tu fais chlinguer la pièce.

– Quoi ? Qu'est-ce que t'as dit ?

– Tu fais chlinguer la pièce.

Hunnicut devint écarlate. La sueur de son cou ruisselait sur sa chemise. Tout en lui était transpirant. Le pantalon lui collait aux jambes — même sa cravate était mouillée. La colère contractait ses mâchoires.

– T'es fini, dit-il. Tu ramasses ta cocaïne, ta pétasse de femme avec son équipement pour se laver la chatte et tu te tires de cette ville parce que je veux plus entendre parler de toi. Ras le bol. Tu vaux que dalle. Je sais pas comment j'ai fait pour te supporter si longtemps. Va donc à Little Rock ou à Nashville, tu verras si on te donne du boulot quand on saura que t'es un junkie. Personnellement, je suis ravi d'être débarrassé de toi.

Hunnicut sortit de la chambre, laissant flotter derrière lui une odeur de sueur.

Assis dans son fauteuil, J.P. sentit empirer sa douleur lancinante à la tête. Il distinguait mal le mur d'en face. Il voulut se lever pour aller s'allonger sur le lit, mais, lorsqu'il bougea, la douleur lui gagna le cou et les épaules, et il resta immobile. Il se demanda s'il n'était pas allé trop loin avec Hunnicut. Prends ta cocaïne et ta pétasse avec sa chatte dégueulasse et tire-toi de cette ville. Ce sale porc puant. Les junkies, on n'en veut pas à Nashville et à Little Rock pour vendre des nappes phosphorescentes illustrées de représentations de la Cène. Et pour les bibles en gros caractères, l'eau miraculeuse, les authentiques photos de Jésus, les manuels de guérison par la foi, les stimulants de productions d'œufs à base de graines de fleurs, les boissons vitaminées et les photos à découper de vos chanteurs de country préférés ? Non, pas de camés. Dans ma tête, la douleur enfle et décroît, enfle et décroît. Mes doigts se crispent, et ma clope me brûle les phalanges. Je me suis défoncé mercredi ou jeudi soir. Après, je me souviens plus. Ma montre. Où est passée ma montre, putain ? Ma salope de femme l'a sûrement vendue pour une dose. Si elle se fait pas sauter par Doc Elgin. Chez nous, on le châtrerait comme un cochon. Se taper la femme d'un autre en échange de drogue. Même des biftons plein les mains, on le laisserait pas entrer dans un bordel. J'ai l'impression d'avoir du sable plein les yeux, ils me piquent comme si j'avais regardé un chalumeau trop longtemps. Il me faut un verre ou de la poudre pour que je décompresse et que je me mette au lit avec une femme au ventre doux sur moi. La grosse blonde de chez Mlle Sarah, au pays, avec le bruit de la pluie dehors. J'aurais pas dû essayer de l'exciter. On n'excite pas une pute. L'histoire de celle que le micheton rend accro et qu'il peut baiser à l'œil quand il veut, c'est du vent. Elles sont pas là pour le plaisir, même si elles nous en donnent plus que ces coincées qui croient nous combler en nous laissant leur fourrer quelques centimètres. Prends un peu de neige maintenant avec un peu de whisky, et va chez Jerry t'en trouver une pour l'après-midi. Je me demande s'il était sérieux, Hunnicut. Qu'est-ce que ça peut foutre ? Ce sale porc crasseux.

April entre dans la chambre et s'arrête derrière mon fauteuil. On se regarde dans la glace au-dessus de la commode. Sa grossesse commence à se voir. Sa robe est trop serrée. Elle veut pas en porter une de maternité. Le bébé, elle l'ignore. Elle m'a dit qu'elle voudrait faire une fausse couche. Quand elle plane, elle se conduit comme si elle était pas enceinte. Je vois ses rides autour des yeux et sur le cou. Vingt-sept ans, tu parles. Elle doit avoir dix ans de plus. Je suis sûr qu'elle est plus vieille que moi. Difficile de lui donner un âge. Elle couche depuis qu'elle a quinze ans. Elle a été déflorée par son oncle dans une cabane à outils. Elle va pas être jojo d'ici quelque temps. Elle va sûrement devenir grosse comme une truie. Je me demande si elle se tape d'autres mecs à part Elgin. Ça sent toujours le cul quand elle enlève sa culotte. Elle va avoir moins de succès avec son gros ventre. Les hommes aiment pas qu'y ait un môme sur le chemin. Elle a cette drôle de lueur dans les yeux. Elle est chargée. Elle passe derrière moi et disparaît de la glace, elle s'assoit sur le bord du lit et retire ses chaussures. Elle me regarde fixement. On est dimanche matin. Elle revient de chez Elgin. Prière dominicale avec seringue entre les draps.

Il faut que je m'habille et que je change d'air avant qu'elle commence à parler. Il me reste un sachet de neige planqué à l'intérieur d'une chaussette dans le tiroir. Je le prends et je me barre. Elle relève sa jupe au-dessus de ses genoux et s'allonge sur le lit. Pas de culotte. Ça sent le cul. Je vais jusqu'à la commode, la vache ! ma tête m'élance comme si la moelle de mon crâne s'effritait et que mon cerveau en respirait la poussière, la douleur me tombe dans le dos et m'encercle la poitrine. Détortiller la chaussette et déchirer le sachet. Verser la poudre sous la langue et attendre. Je la sens pénétrer la muqueuse, j'ai son goût dans la gorge. Elle avait tort, cette conne. Je me suis toujours pas piqué. Et j'en ai pas l'intention. C'est pas dangereux sous la langue. Les nègres le font tout le temps et ils s'en portent pas plus mal. On risque rien tant qu'on se l'injecte pas dans le bras. Troy, il se l'injectait. La neige, c'est pareil que l'alcool. Je me souviens d'une cuite que j'ai prise avec du whisky de contrebande. Ma sueur en avait l'odeur le lendemain. La neige, c'est pas pire. Ça rend ni fou ni aveugle. Je la sens m'envahir la tête et la poitrine. Le temps de mettre mes chaussures et ma chemise, de boire un verre au bar, et je file derrière la gare. La fille aux cheveux blond miel. Un peu grosse, mais c'est pas plus mal.

– Qu'est-ce qu'il a dit, Virdo ? demanda April, la voix lointaine, comme au ralenti.

– Il dit qu'il veut plus de moi.

Elle cessa de regarder le plafond et se tourna vers lui en clignant des yeux.

– Il veut plus de moi, répéta-t-il.

– Quoi ?

– Il m'a traité de paysan minable.

– Il n'a pas l'intention de te virer. C'est lui-même qui me l'a dit.

– Repose-lui la question.

– Il compte simplement t'écarter du spectacle pendant quelque temps.

– J'en ai marre, de ses insultes.

– Ne dis pas n'importe quoi. J'ai parlé avec lui. Il ne te vire pas, un point c'est tout.

Elle est vraiment chargée, songea-t-il. Elle se redressa sur le lit, la jupe toujours relevée au-dessus des genoux. Elle le regarda à nouveau en clignant des yeux.

– On en a discuté. Il a décidé de te donner une deuxième chance. Pourquoi tu m'as dit qu'il ne voulait plus de toi ?

Il boutonna sa chemise et laça ses chaussures sans lui répondre. Ses maux de tête et autres douleurs s'étaient calmées. Les doigts de sa main droite se crispèrent en nouant son lacet.

– Pourquoi tu me racontes ces choses ? insista April.

Sortant sans veste ni cravate, il appela l'ascenseur et attendit. L'ascenseur ne vint pas. Il entendit April ouvrir la porte de la chambre.

– Où est-ce que tu vas ? Reviens m'expliquer pourquoi tu m'as dit que Virdo t'avait viré.

Il descendit par l'escalier. Il dut faire une halte sur le premier palier pour se reposer. La crispation de ses doigts s'étendit à son bras. Il descendit deux autres étages et s'arrêta à nouveau. Appuyé contre le mur, il respirait difficilement. Il sentait son cœur peiner sous l'effort. Le manque de sommeil, estima-t-il. Je dormirai cet après-midi, et la pute s'occupera de moi. Ça vous remet un homme sur pied. Rien de tel contre la fatigue. Il m'en faut une autre comme la grosse blonde de chez moi. J'aurais dû retourner la voir avant de partir. Une dernière volée d'escalier, puis il arriva dans le hall et gagna le bar.

Le barman concassait un bloc de glace dans la glacière. Son pic projetait des éclats sur le sol. Les bouteilles derrière le comptoir étaient recouvertes d'un drap blanc. Il n'y avait personne d'autre dans la salle à part un Noir qui essuyait les tables avec un chiffon. J.P. demanda au barman un whisky sec.

– Je regrette, monsieur. On est samedi. On ne peut servir à boire qu'à partir d'une heure.

– Donnez-moi une bouteille à emporter.

– On ne peut pas faire ça non plus, monsieur.

Il quitta l'hôtel et marcha au soleil jusqu'à la station de taxis. Sur le chemin du Jerry's Bar, le visage offert à l'air chaud de l'été qui s'engouffrait par la fenêtre de la voiture, il se toucha la mâchoire et sentit les croûtes de ses coupures de rasoir s'effriter sous ses doigts. Il regarda sa chemise. C'était la même que la veille. Le col était crasseux et taché d'une petite goutte de sang. Le taxi franchit les rails du dépôt de marchandises et s'arrêta devant le bar. L'enseigne électrique aux lettres manquantes au-dessus de la porte grésillait bruyamment. J.P. paya le chauffeur et entra. Jerry était derrière le comptoir.

– Bonjour, monsieur Winfield, dit-il.

La lumière blafarde soulignait le rond dégarni au sommet de son crâne. Son obséquiosité mercantile horripilait J.P.

– Qu'est-ce je vous sers ?

– Un whisky sec.

– Bien, monsieur.

Jerry posa le doseur sur le comptoir et le remplit à l'aide d'une bouteille équipée d'un bec verseur chromé. J.P. vida son verre d'un trait et redemanda la même chose. Le whisky lui brûla l'estomac. Il ne se rappelait pas à quand remontait son dernier repas.

– Je veux une fille pour l'après-midi, dit-il.

– Adressez-vous à ma femme. C'est elle qui s'occupe de tout ça.

– Elle est où ?

– En haut.

J.P. prit la direction de la porte du fond.

– Monsieur Winfield, vous n'avez pas payé vos consommations.

Il chercha son portefeuille dans sa poche et s'aperçut qu'il ne l'avait pas.

– Donne-moi un chèque vierge et un stylo, dit-il.

– La maison n'avance pas de liquide, monsieur Winfield.

– Tu crois que j'ai pas les moyens ?

– C'est pas le problème. Je sais que je peux vous faire confiance, mais Emma n'aime pas que j'avance du liquide aux clients.

– Y a pas que toi qui tiens un bordel dans la ville. Tu veux que j'aille ailleurs ?

Jerry ôta le doseur vide du comptoir et jeta un coup d'œil en direction de l'escalier au fond de la salle.

– Allez, c'est bon, dit-il. Mais il ne faut pas qu'Emma le sache.

J.P. fit un chèque de cent dollars. Jerry retint le prix des deux whiskies et posa le reste des billets et quelques pièces sur le comptoir. J.P. rangea l'argent dans sa poche. La salle sentait la sciure et la bière éventée.

Emma, la femme du barman, l'accueillit en haut de l'escalier. Costaude, des traits d'homme et de gros bras musclés. Elle fixa sur lui ses yeux opaques et incolores.

– Vous n'allez pas plus loin sans payer, dit-elle.

J.P. sortit la liasse de sa poche, en dégagea plusieurs billets et les lui donna.

– Honey est là ? demanda-t-il.

– Elle a un client. Vous voulez attendre ?
– Non.
– Allez dans cette chambre sur la droite. Je vous envoie une fille.
Il entra dans la chambre qui lui avait été indiquée. L'unique fenêtre était condamnée de l'extérieur, fermée par des planches. Les seuls meubles étaient un fauteuil en bois, un grand lit deux places recouvert d'un dessus-de-lit bordé serré des quatre côtés, et une table de nuit tachée de marques de verre, sur laquelle était posée une bassine en aluminium. Brûlures de cigarette sur le parquet, un verre de bière à moitié vide sur l'appui de la fenêtre. Une trace de rouge à lèvres sur le bord du verre. J.P. alluma le plafonnier. Il regarda le papier peint craquelé et les taches sur le dessus-de-lit, et il éteignit. Il s'assit dans le fauteuil et sortit son paquet de cigarettes de sa poche. Vide. Il l'écrasa et le jeta par terre.
La porte s'ouvrit, et la fille entra. Grande, maigre, cheveux bruns longs et raides. L'air de ne pas avoir dormi de la nuit. Short bleu clair et débardeur de tricot. De fines lèvres de vieille fille auxquelles elle tâchait de donner de l'épaisseur avec son rouge à lèvres. Elle se déshabilla près du lit et posa ses vêtements sur le fauteuil. Elle regarda par terre le paquet de cigarettes écrasé.
– Eh, protesta-t-elle, c'est pas un dépotoir, ici.
– Couche-toi.
– Écoute, on est responsable de la propreté de nos chambres. Mlle Emma n'aime pas quand elles sont sales.
– Faut cramer toute la baraque, alors.
– Attends, mon gars. J'ai eu une nuit difficile. J'ai pas à supporter tes caprices.
– Je suis pas venu ici pour causer ménage, dit J.P. Grimpe sur le lit.
– Faut d'abord que je te regarde.
Une demi-heure plus tard, il se fit monter une bouteille. La fille demanda de la bière. Le whisky la rendait malade, soi-disant. L'ivresse rapide, elle prononça des obscénités pendant qu'ils faisaient l'amour. Elle avait gardé son rouge à lèvres et le lui étala sur le côté du visage. Il se sentit traversé par le whisky. Dans sa tête, la même sensation cotonneuse que la veille. La dépense d'énergie entraînée par l'alcool et le labeur sexuel l'essouffla. Il regrettait qu'on lui ait donné cette fille-là. Elle n'avait bu que trois bières et elle était déjà complètement soûle. Il reprit du whisky ; sensation

de chaleur dans son estomac. La fille ouvrit une autre bière et fuma une cigarette. À un moment donné, elle se leva pour aller aux toilettes. Ils entendaient la musique du juke-box en bas dans la salle, et la fille marquait le rythme en claquant des doigts. Elle finit par s'endormir à moitié, la bouche ouverte, sur le lit, et cessa de répondre aux mouvements de J.P.

– Va dire à ta patronne de m'envoyer une autre fille, la réveilla-t-il.

– Qu'est-ce qu'y a ?

– T'occupe. Qu'elle m'envoie quelqu'un d'autre, et toi, prends ta journée.

– Je te conviens pas ? Tu veux des fantaisies particulières ?

– Je t'ai pas payée pour t'endormir.

– Tu penses peut-être que tu baises comme un dieu. J'ai monté des gamins de seize ans qui baisaient mieux que toi. T'arrives même pas à trouver le trou.

– Dégage.

– J'espère que tu te feras refiler une bonne chtouille, enfoiré.

Elle remit son short bleu clair, son débardeur de tricot et ses chaussons, et quitta la chambre. Quelques instants plus tard, on frappa à la porte.

– Habillez-vous, dit Emma. C'est moi.

J.P. se leva du lit et enfila son pantalon. La tête lui tourna lorsqu'il fut debout. Emma entra et referma la porte derrière elle.

– Quel est le problème ? demanda-t-elle.

– Envoyez-moi Honey.

– Qu'est-ce que vous reprochez à la fille que je vous ai donnée ?

– Elle me plaît pas, dit-il.

– Je n'ai jamais eu de plainte à son sujet.

– Envoyez-m'en une autre. J'ai payé pour l'après-midi.

– Ça vous coûtera vingt-cinq dollars de plus.

– Je vous en ai déjà donné cinquante.

– Ça, c'était pour Rita.

– Qu'est-ce que ça change ?

– Si vous voulez quelqu'un d'autre, vous devez repayer.

– Cette salope s'est endormie en pleine action.

– C'est l'une de mes meilleures filles. Jamais eu de plainte.

– Elle dort la bouche ouverte.

– Un homme m'a dit hier soir que c'était le meilleur coup de la maison, dit-elle. Ses clients ne se plaignent pas.

– J'ai pas payé pour une pute épuisée qui dort debout.

– Si vous êtes un de ces tordus aux goûts différents, vous pouvez aller au bout de la rue. On va s'occuper de vous. Je tiens un établissement respectable, moi. Y en a d'autres qui attendent cette chambre, et ils sont prêts à payer un supplément pour avoir Rita.

Elle croisa ses gros bras en travers de ses seins et le regarda.

– Ça va, tenez, dit-il en lui donnant l'argent. Envoyez-moi Honey.

– Elle est dans une autre chambre pour l'instant. Vous allez devoir attendre quelques minutes.

Emma partie, il se resservit un whisky, s'assit dans le fauteuil et but doucement en contemplant ses pieds nus et jaunes sur le parquet. Le verre tremblait légèrement dans sa main. Il pensa à Honey, à son ventre doux, à ses seins roses. Il avait fait deux fois l'amour avec la première fille, et son désir aurait dû être calmé, mais il le sentit monter en lui à nouveau, un chatouillement au creux des reins et de l'estomac, et il avança la pointe de sa langue entre ses dents en y pensant. Il termina son verre et le remplit une nouvelle fois. La bouteille était aux deux tiers vide. Il chercha à reconstituer le fil des événements des trois derniers jours. La chronologie était floue dans sa tête, il était incapable de se concentrer sur un élément sans qu'il se mélange avec un autre. Il savait qu'un incident avait eu lieu dans un bar quelque part et qu'il y avait eu une bagarre. Peut-être l'avait-on entraîné à l'extérieur pour le voler. Sa montre. Oui, et son portefeuille. C'était ça. Il y avait eu une bagarre, et on l'avait volé. Le samedi soir, il s'était produit au Jubilee. La veille. Il n'avait pas sa guitare avec lui, sinon ça se serait bien passé. On lui avait refilé une de ces foutues guitares électriques qui sonnaient comme si on pinçait du fil de fer. La seule personne qui savait se servir d'une guitare électrique était Charley Christian, et il était mort. Une guitare avait le son qu'on lui donnait. Tout dépendait de celui qui en jouait. J.P. entendit et sentit les couinements métalliques de ses doigts sur les touchettes et les vibrations des accords à travers le bois foncé.

La fille qu'il avait demandée entra dans la chambre. Elle portait un peignoir rose et des sandales. Ses cheveux blonds étaient rayés de mèches châtaines plus ou moins foncées. Alors qu'il s'attendait à ce qu'elle lui sourie en le voyant ou lui montre d'une manière ou d'une autre qu'elle l'avait reconnu, elle se contenta de fixer ses yeux bleu pâle sur lui, puis, sans un mot, elle se détourna pour ôter son peignoir et le laisser tomber sur le cadre en laiton du lit.

– Il paraît que t'as créé des problèmes à Rita. Avec moi, c'est des passes classiques et sans histoires, compris ?

– Je t'ai pas créé de problèmes la dernière fois que suis venu, rétorqua-t-il.

– Mlle Emma dit que t'as été méchant avec Rita.

– J'ai pas payé pour regarder bâiller une pute bourrée.

– Moi, je veux pas d'histoires. Rita dit que t'avais l'air flippé. Je fais que le classique. Si tu veux du spécial, tu vas voir ailleurs.

– Tu te souviens pas de moi ?

– Je vois défiler pas mal de types ici. Pour moi, c'est tous les mêmes, chéri.

S'allongeant sur le lit dans une position passive, elle se frotta l'intérieur des cuisses avec les paumes. Il se resservit un verre et but.

– Magne-toi, chéri. Y a du monde qui attend.

– Viens sur moi.

– Ça, c'est que t'as un complexe vis-à-vis de ta mère.

– Fais gaffe à ce que tu dis.

– Y a des types, ils le savent pas, mais ils veulent se taper leur mère. Je l'ai lu dans un magazine.

– Grimpe-moi dessus et fais ce que t'as à faire, dit-il.

– Je connais mon boulot. T'inquiète pas pour ça.

Elle s'allongea sur lui, afficha un sourire idiot. Elle se redressa sur les genoux pour le toucher, puis se remit en position, appuyée sur un bras. Elle se rassit sur ses jambes.

– Va falloir faire mieux que ça, dit-elle.

– C'est le whisky.

– T'as donné tout ce que t'avais à Rita. T'as plus de quoi recommencer.

– Attends, ça va aller. Ça allait très bien avant que t'arrives.

– Tu veux dire que c'est moi qui t'excite pas ?

– Non. C'est seulement le whisky. Ça va aller dans une minute.

– Reviens demain, proposa-t-elle.

– Je t'ai prise pour l'après-midi.

– T'arriveras pas à me pénétrer, chéri.

– J'ai payé soixante-quinze dollars pour toi et l'autre salope, et tu vas pas te défiler comme ça.

– Reviens me voir demain soir et je te ferai une passe à l'œil.
– Salope, dit-il.
– On se calme.
– Pas question que tu me laisses en plan.
– Je vais pas rester ici à te tripoter pendant des heures, mon gars. Quand tu seras à nouveau capable de bander, reviens me voir, et je m'occuperai de toi.

Alors qu'elle reprenait son peignoir sur le cadre du lit et commençait à l'enfiler, il se redressa et le lui retira. La manche s'accrocha au bras de Honey et se déchira à l'épaule. Honey saisit le peignoir des deux mains, l'arracha de celles de J.P. et se leva du lit.
– Très bien, monsieur le flippé…

Elle appuya sur une sonnette au mur, à côté de l'interrupteur du plafonnier, et enfila son peignoir. On voyait son épaule à travers la couture déchirée. Il se leva à son tour et avança vers elle. Elle appuya à nouveau sur la sonnette.
– J'aimerais être là quand il va t'avoiner, dit-elle, avant de sortir.
– Saloperie de pute.

Il mit sa chemise et son pantalon. Il ressentait à la fois de la honte et de la colère. La tête lui tourna lorsqu'il se pencha pour atteindre ses chaussures. Il oublia de mettre ses chaussettes. Il en voulait pour son argent. Entre les deux prostituées et la part de la maquerelle, on l'avait arnaqué de soixante-quinze dollars. Il allait retourner dans ce couloir et soit ramener la fille dans la chambre, soit se faire rembourser par la maquerelle. Chez lui, un bordel où on traitait un client comme un nègre, on l'arrosait d'essence et on y foutait le feu. On aurait collé les putes en taule et on aurait laissé n'importe quel clodo ayant un dollar dans sa salopette les sauter. Des gamins de seize ans qui baisaient mieux que lui… Il allait lui montrer. Il n'allait pas se laisser insulter par une bande de putes.

La porte se rouvrit, et un costaud qu'il n'avait jamais vu entra. Un visage plat marqué de cicatrices et des poils noirs partout. Ils recouvraient en partie les tatouages sur ses bras et dépassaient, bouclés, du col de sa chemise. Il avait une petite matraque en bois à la main, le manche entouré d'adhésif noir, l'extrémité évidée et remplie de plomb. Emma se tenait derrière lui sur le seuil de la porte, ses yeux durs fixés sur J.P. par-dessus l'épaule de l'homme.

J.P. recula et sortit son couteau de sa poche. Il en ouvrit la lame et le tint devant lui, légèrement incliné vers le haut pour parer les coups en cas d'attaque, comme il l'avait vu faire un jour lors d'une bagarre dans une salle de billard. Il trébucha sur le fauteuil en reculant. Le costaud en profita pour frapper la main armée de J.P. avec sa matraque et fit tomber le couteau au sol. J.P. sentit les os de sa main se briser ; une douleur fulgurante lui remonta le long du bras jusqu'à l'épaule. Alors qu'il se tenait le poignet avec son autre main, l'homme lui frappa son bras valide. Il tomba en arrière contre la fenêtre condamnée et s'écroula. Son pantalon glissa et lui découvrit les fesses. La douleur était intolérable. Sa bouche s'ouvrit, et ses abdominaux se contractèrent jusqu'à trembler. Des tressautements incontrôlables agitaient ses bras lorsqu'il essayait de les bouger. La pièce était rose, comme du sang dilué dans de l'eau.

– L'enfoiré, dit Emma.

– Vous voulez que je l'emmène derrière ? demanda le costaud.

– Je savais qu'il allait faire des histoires quand il est arrivé.

– Il a plus l'air très dangereux, maintenant.

– Je lui donne les deux meilleures filles de la maison, il soûle la première et il dit à Honey qu'elle le fait pas bander.

L'homme ramassa le couteau, replia la lame et le rangea dans sa poche.

– Donne-moi la matraque, dit Emma.

Elle se pencha vers J.P. et le frappa à la mâchoire. Sa tête heurta le sol en pivotant sur le côté. Il avait déjà les yeux fermés et de sa bouche ouverte coulait un mélange de salive et de sang qui se répandait sur le parquet de bois brut. Son visage ne montra aucune réaction.

– Emmène-le derrière la voie ferrée, dit-elle. Peut-être qu'un clodo lui fera ce qu'il veut.

Le costaud chargea J.P. sur son épaule, enfila le couloir et descendit l'escalier. Honey, qui fumait une cigarette à l'entrée de la cuisine, les regarda passer. Elle se curait les dents avec l'ongle. L'homme sortit par-derrière et emmena J.P. en direction de la voie ferrée. La zone derrière le bâtiment était envahie par les ronces et jonchée de bouts de verre et de détritus ayant débordé des poubelles. De l'autre côté de la voie ferrée s'étendait une sorte de jungle, hautes herbes, broussailles et arbres, saupoudrée de poussière par les trains qui passaient. L'homme y déposa J.P. et regagna le bâtiment. J.P. était étendu sur le ventre, le côté du visage dans la terre, le bras tordu sous lui. Un train passa, et le sol s'ébranla, mais il s'en aperçut à peine. Il ne reprenait connaissance que de courts instants, incapable de supporter les élancements de sa main fracturée lorsque la lumière jaune de l'après-midi s'infiltrait dans son esprit et qu'il trouvait la force d'ouvrir les yeux. Étouffé par le sang dans sa gorge, il retrouvait alors la quiétude du néant.

Deux hommes avançaient entre les arbres et les buissons poussiéreux. L'un d'eux maigre et bronzé, hirsute, le visage anguleux. Il était borgne ; l'iris de son œil aveugle, rompu, avait coloré la cornée. Il portait un pantalon finement rayé, rendu brillant par l'usure. L'autre, une cigarette roulée éteinte à la bouche et les dents, pourries, marron, était plus petit et encore plus maigre que le premier. Son pantalon lui faisait des poches sous les fesses. Il avait vendu son sang à la banque du sang et avait une marque de piqûre au bras. Restant derrière le borgne, il but une gorgée d'une bouteille de porto et se pressa d'en revisser le bouchon avant de la ranger dans sa poche. Il ne voulait pas que l'autre le voie boire — ils étaient censés se partager la bouteille. Ils s'arrêtèrent en voyant J.P. au sol. Le borgne tâta J.P. du bout du pied.

– Restons pas là, dit celui aux dents pourries. J'ai pas envie qu'on me trouve avec un macchabée.

– Il est pas mort. Les morts ne saignent pas. Tu sais pas ça ?

– Il a dû tomber du train.

– T'as vu ses pompes ? C'est pas un clodo.

Le borgne était obligé de tourner exagérément la tête pour regarder son compagnon. Il ôta ses chaussures à J.P. et s'assit par terre pour les mettre à ses pieds.

– Fais-lui les poches, ajouta-t-il.

– Viens, on s'en va. Y a peut-être des cognes dans le coin.

– Tu veux une autre bouteille, non ? Prends-lui son fric.

– C'est un coup à plus sortir de taule dans cette putain de ville.

– Ils sont pas là, les cognes.

Le petit fouilla les poches de pantalon de J.P. Il sentit les billets en vrac, mais les laissa à leur place.

– Il a rien, dit-il.

– Regarde s'il a une montre.

– Non, ni montre ni fric.

Il attendit que le borgne baisse son œil pour lacer ses chaussures, et il tenta alors de sortir les billets de la poche de J.P. sans se faire voir.

– Sale menteur ! Donne-moi ça. Tu mériterais que je te mette une danse.

– J'allais pas tout garder pour moi.

– Te fous pas de ma gueule.

– Tout ce qui restait de ce qu'on a gagné à la banque du sang, tu l'as claqué sur une pute.

– Et alors ? dit le borgne.

– La moitié était à moi.

– Tu serais en taule à Baton Rouge si j'avais pas embobiné les flics en leur faisant croire qu'on allait quitter la ville.

– File-m'en la moitié.

– Plus tard.

– Tu vas aller t'arsouiller avec une femme, et j'en verrai jamais la couleur.

– Je t'ai laissé porter la bouteille, non ?

– Ouais, mais...

– Je suis pas toujours là pour te défendre quand on veut t'emmerder ?

– Et si les flics te chopent et que j'arrive à me tirer ? Y aura que dalle pour moi.

– T'as essayé de me piquer ma part. T'as rien à dire.

– S'te plaît, Jess...

– Fais pas chier. Allez, on s'arrache.

La discussion se poursuivit tandis qu'ils s'éloignaient dans les broussailles.

J.P. reprit pleinement connaissance en fin d'après-midi. Il ouvrit les yeux et regarda les fourmis escalader les boîtes de conserve et les morceaux de papier journal moisi. Il dégagea son bras de dessous lui. Le dos de sa main était enflé, violet. Il réussit à s'asseoir et laissa la main mollement reposer sur ses genoux. Sentant un objet dur rouler à l'intérieur de sa bouche, il cracha la dent cassée sur le sol. Il la regarda, hébété. De sa bonne main, il se toucha le côté du visage. La douleur lui transperça la mâchoire, irradiant jusqu'à l'oreille. Il avala du sang et voulut vomir, mais rien ne sortit de son estomac, et il lutta pour respirer, les muscles de sa poitrine et de sa gorge endoloris par le violent effort. Il découvrit ses pieds nus et la vieille paire de chaussures abandonnée par le clochard. Il se leva en tenant sa main blessée par le poignet et regarda autour de lui. Le sang cognait dans sa tête, et sa vue se troubla, la réalité se dérobait. Il ignorait où il était. Il avança au milieu des arbres poussiéreux en se heurtant à leurs troncs, les branches lui fouettant le visage. Il fallait qu'il trouve de l'aide avant de perdre à nouveau connaissance. Il pouvait mourir là sans que personne ne s'en aperçoive, jusqu'à ce qu'on remarque l'odeur et alerte les services de l'hygiène. Il se blessa le pied en marchant sur un caillou tranchant. À travers les arbres, il distingua la voie ferrée et, de l'autre côté, le bordel. Il se trouvait dans la jungle derrière la voie. On l'avait tabassé et jeté là. Ce gros enfoiré au visage plat et balafré. J.P. songea à la manière dont il allait se venger, de lui, de la maquerelle et des deux prostituées. Ses idées s'embrouillèrent, et il se crut chez lui, au pays. Il s'imagina entassé avec Clois et les autres de la salle de billard à bord d'un coupé, la nuit, les bidons d'essence sur le plancher, en route pour le bordel à la sortie de la ville ; ils se garaient sur le chemin de terre, s'approchaient discrètement de la maison, arrosaient d'essence la véranda et les murs, et les incendiaient avec une torche. Il voyait la maison en feu sur le fond noir du ciel, les putes fuyant par les fenêtres, le costaud à la matraque se roulant sur la pelouse pour éteindre les flammes dévorant ses vêtements.

Il marcha en zigzag jusqu'à la voie ferrée et la franchit. Le ballast lui coupa les pieds. Le soleil était bas, tout juste au-dessus des wagons de marchandises dans la zone de triage. J.P. entendit un coup de sifflet au loin. Il marcha sur des ronces en traversant le terrain vague en direction de la rue. Le poids de son corps sur ses pieds était presque insupportable. Il avait le souffle rauque et une sensation de crispation dans la poitrine. Il avançait, tenant toujours sa main blessée par le poignet, chaque pas lui donnant des élancements dans tout le bras. Lorsqu'il l'atteignit, la petite rue crasseuse qui longeait le dépôt de marchandises devant le bordel était déserte. Il vit un cheminot fermer la porte d'un wagon. Une voiture passa, et J.P. fit signe au chauffeur de s'arrêter. L'homme le regarda d'un drôle d'air et poursuivit sa route.

Salopard.

Quelques minutes plus tard, J.P. gisait sur le trottoir, sans connaissance. Il l'ignorait, mais il avait eu une crise cardiaque. Il n'avait pas eu le temps de s'en rendre compte. Il avait senti son cœur se contracter, une immense douleur avait explosé dans sa poitrine, puis le béton s'était rapproché à toute vitesse, et plus rien. Un taxi qui venait de déposer un homme au bordel s'arrêta, et le chauffeur descendit. Ayant tâté le pouls de J.P., un genou au sol à côté de lui, il retourna à sa voiture pour appeler le central de sa compagnie et demander qu'on envoie une ambulance. Le soleil se couchait. Une des locomotives de la zone de triage poussait un chapelet de wagons sur une voie de garage. Un petit Noir, qui passait dans la rue en jetant une balle de base-ball en l'air et en la rattrapant avec son gant, s'arrêta sur le trottoir d'en face et regarda le chauffeur de taxi et J.P. La longue ambulance crème vint se garer doucement sur le bord de la chaussée, la sirène en sourdine. Les deux ambulanciers sortirent le brancard et y étendirent J.P. en lui attachant les jambes et la poitrine à l'aide des sangles de tissu. L'un monta à l'arrière avec le brancard, et l'autre prit le volant.

Ils emmenèrent J.P. aux urgences du Charity Hospital, un vieux bâtiment du quartier pauvre de la ville, construit par Huey Long pendant la crise. Une grande pelouse bien verte devant l'entrée, une allée bordée d'arbres, les murs rouille. Le service était saturé. L'infirmière expliqua au chauffeur que tous les médecins étaient occupés et qu'il fallait installer J.P. sous une tente à oxygène : l'interne de l'étage viendrait l'examiner quand il serait libre. Dans la salle d'attente, il y avait deux Noirs qui s'étaient blessés en se battant au rasoir, une fillette de trois ans au visage émacié et un homme avec une compresse sur la tête, victime d'un accident de voiture.

Faisant rouler le brancard dans le couloir sur ses roues en caoutchouc, les ambulanciers gagnèrent une des salles équipées d'une tente à oxygène. Ils étaient fatigués. Ils étaient pressés de se débarrasser de J.P. et d'aller boire un café avant d'être appelés à nouveau. Souvent exposés à la mort, ils avaient appris que la fin d'une vie humaine n'est pas plus importante ni plus dramatique qu'un sac en papier rempli d'eau dont le fond se déchire. Les médecins consacrèrent à J.P. plusieurs heures d'effort. Deux des cavités cardiaques s'étaient rompues et ne pouvaient plus renvoyer le sang dans les artères. L'un des médecins proposa d'ouvrir la cage thoracique et de masser le cœur, mais aucun chirurgien capable d'une telle opération n'était disponible à ce moment-là. J.P. mourut seul dans la salle peu après minuit. Quand l'infirmière eut constaté sa mort, elle appela l'interne, et on emmena le corps, car on avait besoin de la place pour d'autres.

Avery Broussard

On était vendredi soir, et les filles donnaient un barbecue-bière à l'appartement. Le soleil s'était déjà couché à l'ouest tandis qu'Avery marchait dans Dauphine Street. Les vieux bâtiments de stuc et les balcons aux grilles de fer forgé ressortaient dans la lueur bleu acétylène du crépuscule. Avery s'était fait couper les cheveux et cirer les chaussures chez le coiffeur, et il se sentait bien après sa journée de travail sur le pipeline. Sous la colonnade verte, à côté d'un vieil homme qui vendait le *Picayune*, il entra dans une petite épicerie et acheta douze bouteilles de bière. Un orgue de Barbarie jouait sur le trottoir d'en face. Ses bouteilles dans un sac en papier, il gagna l'immeuble de Suzanne et entra dans la cour par le portail sous le saule.

Suzanne, en robe d'été blanche et bleue, les tempes en sueur, faisait cuire des morceaux de poulet sur un petit barbecue portable installé dehors. À une amie, elle avait emprunté des lanternes japonaises, qu'elle avait suspendues au-dessus de la cour. Près du puits était posée une grande bassine en aluminium remplie de bières et de glace pilée. Installés dans des transats sur le perron, quelques invités bavardaient en sirotant leur bière ou leur whisky-soda. Wally, lui-même au whisky-soda, expliquait à un couple que la *Paris Review* avait accepté deux de ses poèmes et que l'*Atlantic Monthly* envisageait de publier une de ses nouvelles. Il avait le teint rouge, et son accent britannique était de plus en plus prononcé. Avery sourit à Suzanne et alla mettre ses bières dans la glace pilée.

– Je me demandais ce que tu faisais, lui dit Suzanne.

Ses cheveux, qu'elle s'était lavés la veille, tombaient, souples et soyeux, sur ses épaules.

– On a fait des heures sup aujourd'hui.

– Tu es beau comme tout.

– Je me suis fait couper les cheveux.

– Goûte la sauce.

Il porta à sa bouche la cuiller en bois.

– *C'est pas trop chaud pour toi ?** dit-elle.

– Je croyais que tu avais oublié le français.

– *Alors, cette sauce ?**

– Elle est bonne.

Les lampions se balançaient doucement au gré du vent, et leur lumière jouait sur le visage de Suzanne. Ses yeux noirs brillaient d'un éclat joyeux. Elle l'effleura d'un bras, et il regretta qu'il y ait cette fête et qu'ils ne soient pas seuls. Il ouvrit une bière et but à la bouteille. Elle prit une gorgée, retourna les morceaux de poulet sur la grille du barbecue. Des gouttes de graisse coulaient sur le feu et faisaient cracher les braises. Wally s'approcha, son verre à la main.

– Bonsoir, l'ami, dit-il à Avery. Qu'as-tu apporté ?

– Du vin de table. Tu en veux ?

– Il y a une bouteille de Vat 69 dans le buffet, dit Suzanne.

– Vous ne parliez pas français, à l'instant ?

– Il faudrait que je connaisse cette langue, dit Avery.

– Non, sérieusement. Tu parles français ?

– On travaillait notre latin pour la messe. On envisage d'entrer dans les ordres.

– Mais oui, il paraît que tu es catholique. C'est Denise qui me l'a dit. Au fait, tu as lu du Joyce ?

– Va donc chercher un autre whisky-soda, Wally, intervint Suzanne.

– Qu'est-ce que les jésuites pensent de Joyce ?

– Je n'étais pas chez les jésuites, dit Avery.

– Tu as une tête de jésuite, pourtant. Quelque chose de mélancolique dans le regard.

– Pour l'amour du ciel, Wally, s'exclama Suzanne. Va chercher à boire.

– J'ai travaillé sur le thème de la Trinité dans *Ulysse*. Je trouve Joyce très orthodoxe dans son catholicisme. Dis-moi, les catholiques sont vraiment obligés d'adhérer à cent pour cent au credo de Nicée ?

– Je ne suis pas catholique.

– La colocataire de Suzanne m'aurait menti ?

– Wally, dit Suzanne, monte chercher le scotch. Moi aussi, j'en veux.

– Je suis certain qu'il existe un lien entre la Trinité et les Bloom.

– Les Bloom ?

– C'est vrai, tu n'es pas catholique ?

– Non.

– Toi, Suzanne, tu l'es ?

– À l'occasion.

– Alors, est-ce que vous êtes obligés d'adhérer à cent pour cent au credo de Nicée ?

– Je suppose. Où veux-tu en venir ?

Wally avait perdu le fil de ses pensées. Il se mit à parler de Baudelaire.

– Je le lis en français, dit-il. On perd beaucoup dans la traduction. Vous avez lu *Les Fleurs du mal* en français ?

– Ma dernière année de lycée, dit Avery, j'ai lu Ring Lardner et Rudyard Kipling.

– Tu ne considères pas Lardner comme un écrivain sérieux, quand même ?

– J'aimerais un whisky-soda, dit Suzanne. Tu veux bien m'en faire un, Wally ?

– Tu compares vraiment Lardner avec un auteur du niveau de Baudelaire ?

– J'ai bien aimé ses nouvelles.

– Mais est-ce que tu penses que Lardner vaut un seul auteur français digne de ce nom ?

– Tu es soûl, dit Suzanne.

– Je veux simplement savoir si quelqu'un peut penser que Ringgold Lardner avait du talent.

– Si tu ne trouves pas le scotch, ouvre-moi une bière, s'il te plaît.

– Lardner n'a jamais écrit une page correcte de sa vie.

– Wally, tu veux bien te taire ?

– Et Kipling, franchement. Qu'on me nomme une seule personne qui ait suscité engouement plus immérité.

Avery regarda, silencieux, ce visage rougi par le whisky. Un jeune homme descendit du perron et prit Wally par l'épaule. Il fit un clin d'œil à Suzanne.

– Viens avec nous, vieille branche, dit-il. On veut que tu nous parles de tes poèmes.

– Ils ne valent pas un clou.

– Et aussi de ta nouvelle dans l'*Atlantic*.

– Également sans intérêt. L'*Atlantic* a pour règle de ne jamais rien publier qui ait une valeur quelconque.

– Viens t'asseoir avec nous, insista le jeune homme. Viens boire un scotch.

Portraitiste, il avait acquis une certaine popularité auprès de la haute société de Saint Charles Avenue. Brun, bien bronzé, sourire dents blanches.

– Remballe tes sales manières condescendantes, dit Wally. S'il y a une chose que je ne supporte pas, c'est qu'on me traite avec condescendance quand je suis soûl.

Dans la cour, tous se turent pour regarder Wally. Se sentant lui aussi observé, le jeune portraitiste sourit et posa à nouveau sa main sur l'épaule de Wally. Les dents étincelantes, il affichait un visage détendu et placide.

– Je ne te traite pas avec condescendance, dit-il à voix basse, toujours en souriant.

– Tu sais le travail qu'il faut fournir pour produire une œuvre de fiction valable ?

– Viens nous en parler.

– Peindre un gros aristo de Saint Charles, c'est de l'art pour toi ?

– Wally…

– Réponds.

– J'en discuterai avec toi quand tu seras un peu moins amoché.

– Tu ne connais rien à l'art, quelle que soit mon alcoolémie.

– Viens boire un coup. À quoi bon se chamailler pour des bêtises ?

– Des bêtises ? Je veux savoir sur-le-champ si tu te vois comme un artiste quand tu peins ces gros porcs.

Suzanne se tourna vers Avery et lui glissa :

– Emmène-le faire un tour dehors. Je vais servir le poulet.

– Je dois aller acheter des cigarettes, dit Avery à Wally. Tu viens ?

– En quoi ton tabagisme me concerne-t-il ?

– Je pensais que tu aurais peut-être envie de te dégourdir les jambes.

– Ça va. Je suis désagréable, je sais. Allons-y. Je te présente mes excuses, le peintre. Tu es un artiste. Tes gros porcs seront au Louvre un jour.

Ils sortirent de la cour et marchèrent dans le noir sur le trottoir, sous les arbres des cours voisines, les balcons et les colonnades. Ils passèrent devant les salons de tatouage, les magasins d'antiquités, les petits restaurants éclairés aux vitres embuées, les immeubles où la clientèle du Tony Bacino's louait des chambres à dix dollars la semaine, les billards, les bars et les foyers de l'Armée du salut, les porches sombres peuplés de filles au sourire forcé, puis ils traversèrent la rue pour gagner l'épicerie qui faisait l'angle, avec ses grandes portes moustiquaires, ses volets verts, son parquet de bois brut, son panneau Hadacol rouillé et ses vitrines de cigares et de tabac à chiquer.

Avery acheta un paquet de Virginia Extra et versa le tabac dans la feuille de paille de blé. Wally et lui reprirent la direction de l'appartement. Avery frotta une allumette et regarda le papier de sa cigarette se recroqueviller face à la flamme.

– Ça va mieux ? demanda-t-il.

– N'attends aucune repentance de ma part, répondit Wally.

– C'était un peu vache pour Suzanne, quand même.

– Ça, je le regrette, crois-le bien. Ma bile n'est dirigée que contre les peintres prétentieux. Je ne peux pas le sacquer, ce type. Non mais, quel malotru…

– Tu te sens capable d'y retourner ?

– Je suis en pleine forme. Au fait, tu ne m'en veux pas trop pour cette histoire de Lardner ?

– Mais non.

– Je sais que je peux être insultant quand je lève le coude.

– N'en parlons plus.

– Kipling et Lardner, c'est un phénomène qui me dépasse, c'est tout. Aucun des deux ne savait écrire. Je ne comprends pas comment on peut s'intéresser à ces deux guignols.

– Tu veux une cigarette ?

– Lardner n'était bon à être publié que dans le *Saturday Evening Post*.

Avery continua d'avancer sans répondre, il se contentait d'écouter. Alors qu'ils passaient devant un magasin d'alcool, juste avant d'arriver à l'appartement, Wally demanda :

– Dis, tu n'aurais pas deux ou trois dollars pour moi ? Je n'ai plus d'alcool et je n'aime pas boire celui des autres toute la soirée.

Avery lui donna l'argent. Wally acheta une petite bouteille de whisky, la fourra dans la poche de sa veste, et ils regagnèrent la cour. Les invités mangeaient avec les doigts les morceaux de poulet grillé dans des assiettes en carton. Suzanne servait plusieurs personnes qui venaient d'arriver. Avery regarda ses tempes humides et les mouvements de son corps sous sa robe. Il prit une bière dans la bassine de glace pilée et l'ouvrit. La mousse déborda du goulot et coula le long de la bouteille, puis sur sa main.

– Comment il est ? dit-elle.

– Toujours aussi bourré.

– Va chercher une assiette. Tu n'as rien mangé.

– On aura un peu de temps à nous, tout à l'heure ? dit Avery.

– Il faudra aller ailleurs. Denise sera là.

– On peut aller sur la plage.

– D'accord. Peut-être que tout le monde partira de bonne heure.

– On louera la cabine.

– Chut…

Elle sourit.

– Personne ne nous entend. Wally parle trop fort.

– Ça ne va pas être facile de se débarrasser de lui. C'est toujours le dernier à partir. Une fois, il a passé la nuit sur notre canapé.

– Il peut peut-être rentrer avec le peintre. Ils ont l'air de bien s'entendre.

– Excuse-moi une seconde. Il faut que je remonte chercher du poulet.

– Je vais t'aider.

– Je peux y arriver toute seule.

– Je vais t'aider quand même, dit-il.

Elle lui rendit son sourire.

Ils montèrent l'escalier en pierre jusqu'à l'appartement. À l'intérieur, Avery ferma la porte derrière eux. Il lui baisa la joue et les lèvres dans la salle de séjour obscure.

– Mmmm, dit-elle. J'adore.

Elle enroula ses bras autour de son cou et le serra contre elle.

– Tu crois que ce serait un problème si on s'absentait un petit moment ? dit-il.

– Oh, chéri, attends tout à l'heure.

– Ça ne prendra que quelques minutes.

– On ne peut pas. Quelqu'un pourrait entrer.

– On restera à la cabine toute la nuit, alors.

– Tu ne seras pas trop fatigué pour travailler demain ?

– Ce sera sûrement une petite journée, demain. On annonce de la pluie.

– Ça fait longtemps qu'on n'a pas passé une nuit entière ensemble, dit-elle. Ce sera bien, hein ?

– Tu crois que la fête va se terminer de bonne heure ?

– Je vais demander à Denise de lancer l'idée d'aller terminer la soirée dans cette cave de Burgundy Street.

– Ça peut marcher ?

– Oui, je crois. C'est un de ces endroits bohèmes à la mode. Ça fait artiste de s'y montrer.

Il lui baisa le cou, la serra, enfouit son visage dans ses cheveux. Il sentit le relief de son corps contre le sien.

– J'ai tellement envie de toi, dit-elle.

– Tu es une perle.

– Je t'aime à la folie.

– Tu ne veux vraiment pas qu'on aille dans ta chambre ?

– On peut bien attendre deux ou trois heures.

– Ça fait quatre jours qu'on n'a pas fait l'amour.

– Je sais, chéri. Mais ça va être tellement bon ce soir. Un peu de patience.

Il lui baisa à nouveau la joue et lui mordilla le lobe de l'oreille.

– Il faut qu'on y retourne, dit-elle.

– Reste encore un peu.

– Je dois faire cuire le poulet.

– Arrêtons de sortir le soir pendant quelque temps.

– D'accord, chéri.

– On est trop souvent avec d'autres gens.

– Fini les sorties jusqu'à nouvel ordre. À partir de maintenant, on passera toutes nos soirées en tête à tête.

– Ça ne t'ennuie pas de ne voir personne d'autre que moi ? dit-il.

– Bien sûr que non. On est bien tous les deux.

– N'y retourne pas tout de suite.

– Il le faut. Sois gentil, aide-moi à porter le poulet.

Ils regagnèrent la cour. La lumière des lanternes japonaises baignait les lauriers-roses, le jasmin et les yuccas dans les plates-bandes. On entendait le froufrou de la soie et des jupons, les discussions à voix basse des couples dans la pénombre et le bruit des glaçons dans les verres froids de gin et de soda au quinquina. Avery plongea la main dans la bassine en aluminium, prit l'une des dernières bouteilles de bière et l'ouvrit. La capsule tinta sur les dalles de la cour. Suzanne se tenait sous le saule près du portail, où elle accueillait de nouveaux arrivants. Elle vint trouver Avery.

– Il nous faut plus de bière, dit-elle. Tu peux aller en acheter ?

– L'épicerie est fermée, maintenant.

– Celle d'Esplanade Avenue est encore ouverte. Prends la voiture.

– Où sont les clefs ?

– En haut, je suppose. Ça ne t'embête pas d'y aller ? J'enverrais bien Wally, mais on ne le reverrait jamais.

– À quelle heure ça va se terminer ?

– Pas tard. Je vais parler à Denise. Sois mignon, chéri.

Avery trouva les clefs à l'étage et redescendit.

– Où vas-tu, l'ami ? l'arrêta Wally alors qu'il sortait de la cour.

– Chercher de la bière.

– Je peux t'accompagner ? Cet idiot de peintre s'est remis à pérorer. L'écouter m'est insupportable.

– Je n'en ai que pour quelques minutes.

– Il sera peut-être parti à notre retour. S'il est encore là, je crois que je vais le frapper.

– Il vaut mieux que tu viennes avec moi, alors.

– Je pense aussi. Je n'ai pas très envie de me colleter avec un type aussi répugnant.

Ils firent le tour du bâtiment jusqu'à la ruelle de pavés où était garée la voiture. Avery démarra, rattrapa la rue capote baissée et accéléra. Le grondement caverneux du pot d'échappement résonna contre la chaussée, renvoyé par les immeubles silencieux. Avec sa forme aplatie, sa base élargie et son châssis au ras du sol, il suffisait d'un petit coup de volant pour que le cabriolet négocie un virage. Impossible de passer les dernières vitesses ailleurs que sur l'autoroute, et, lorsqu'il enfonça l'accélérateur, Avery se sentit plaqué au siège. À l'épicerie d'Esplanade Avenue, Wally et lui achetèrent une demi-caisse de bières, qu'ils installèrent au milieu de la banquette avant. Wally ouvrit l'une des bières tièdes en la décapsulant contre le pare-chocs. De la mousse coula sur le devant de sa veste. Il renversa la bouteille dans sa bouche et but à grandes gorgées pour éviter d'en perdre davantage. Avery passa la première, s'éloigna du bord du trottoir et tourna à droite pour regagner le Vieux Carré.

– Sens unique, dit Wally.

Avery écrasa le frein. Il passa la marche arrière, recula dans une allée pour faire demi-tour. Les pulsations du pot d'échappement cognaient contre le mur de stuc du bâtiment. Une voiture arrivait dans leur direction. Alors qu'Avery attendait qu'elle passe pour repartir, elle s'arrêta devant eux, bloquant la sortie de l'allée. Ses phares s'éteignirent, et Avery reconnut l'emblème de la police municipale sur la portière. Il entendait les échanges sur la radio mobile à l'intérieur. L'agent descendit de voiture et s'approcha d'eux, une lampe torche à la main.

– Planque les bières sous le siège, dit Avery.

– Ça ne rentre pas.

– Couvre-les avec ta veste.

– Trop tard, l'ami.

Le faisceau de la grosse lampe à trois piles se braqua sur eux et balaya l'habitacle du cabriolet. La lumière donna aux bouteilles une couleur ambrée. L'agent était jeune, il ne devait pas être dans la police depuis longtemps. Il portait une chemise bleu ciel près du corps et un pantalon bleu marine rayé d'une bande noire verticale sur le côté de la jambe. À son épais ceinturon de cuir, dont les boucles laissaient dépasser les cartouches de 11,43, étaient accrochés, outre son arme, un étui de cuir noir renfermant des menottes et une courte matraque terminée par un poids monté sur ressort. Il était grand et athlétique, les cheveux foncés. Il avait des lunettes de soleil dans la poche de sa chemise.

– Vous savez que c'est une rue à sens unique ? dit-il.

– Je n'ai pas vu le panneau, répondit Avery.

L'agent éclaira les bouteilles.

– Vous avez bu ?

– Pas dans la voiture.

– Montrez-moi votre permis de conduire, s'il vous plaît.

Avery sortit son portefeuille et en ouvrit les volets en plastique transparent.

– Veuillez le sortir du portefeuille.

Avery lui remit le document. L'agent l'examina à la lumière de sa lampe.

– Ce permis a expiré l'année dernière, Broussard.

– Je n'ai pas fait attention à la date.

– Monsieur l'agent, intervint Wally, il n'y a que moi qui ai bu. Mon camarade est tout à fait en état de conduire.

– Vous allez devoir m'accompagner au commissariat.

– Je ne suis pas soûl, protesta Avery.

– Vous avez de l'alcool en votre possession et vous en avez consommé.

– Écoutez, vous ne pouvez pas me verbaliser et vous en tenir là ?

– Je vous demanderai à tous les deux de bien vouloir monter dans ma voiture.

– Enfin, s'indigna Wally.

L'agent ouvrit la portière d'Avery.

– Allons-y, lui dit-il.

– Vous ne pouvez pas m'accuser de conduite en état d'ivresse. Je ne suis pas soûl.

– Il est d'une sobriété dégoûtante, renchérit Wally.

– N'aggravez pas votre cas, Broussard.

– Je n'ai pas bu plus de quatre bières ce soir.

– Descendez.

– Je n'irai pas en cellule pour conduite en état d'ivresse.

– Vous devrez simplement passer devant le tribunal de nuit et payer votre amende.

– Nous sommes complètement fauchés, dit Wally. Ça signifie la taule, n'est-ce pas ?

– Allez, Broussard.

– D'accord, mais j'exige un test d'alcoolémie. Vous m'avez compris ? Je n'irai pas en cellule pour une infraction que je n'ai pas commise.

– Vous avez déjà eu affaire à la justice ?

– Non.

– Posez votre bière et venez, vous aussi, dit l'agent à Wally.

– Très bien. Une petite seconde. Je ne laisse jamais une boisson entamée derrière moi.

Wally termina ce qui restait de sa bouteille.

– Je veux ce test immédiatement, dit Avery. Dès mon arrivée au commissariat.

– Vous l'aurez.

– Et pas de cellule. On est d'accord ?

– Tous les deux, descendez.

– Lâchez-moi l'épaule, ordonna Avery.

– Je vous ai demandé de descendre.

– Ne me touchez pas.

– Vous nous compliquez la vie à tous les deux. Maintenant, sortez de là.

Avery repoussa violemment sa main.

– Très bien, debout, dit l'agent. Vous m'avez entendu. Les mains contre le véhicule.

– Ce n'est pas un peu exagéré ? dit Wally.

– Mettez vos mains contre le véhicule et appuyez-vous dessus, Broussard. Les jambes écartées.

Avery obtempéra. L'agent le fouilla scrupuleusement, tout en gardant une jambe entre les siennes de manière à pouvoir les lui faucher s'il tentait quoi que ce soit.

– À vous, maintenant, dit-il à Wally. Contre le véhicule.

– Vous n'avez pas de complexes anormaux, rassurez-moi ?

– Faites ce que je vous dis.

Wally se retourna et s'appuya à l'aile du cabriolet. L'agent lui fouilla les poches.

– Montez à l'arrière de ma voiture, dit-il.

La voiture de police était équipée d'une solide grille fixée au plafond et boulonnée à une barre en acier courant derrière les sièges avant, protégeant le conducteur de toute personne derrière lui. Une fois Wally et Avery à l'intérieur, l'agent recula pour libérer la sortie de l'allée et retourna garer le cabriolet de Suzanne dans la rue le long du trottoir.

Sur le chemin du commissariat, la peur commença à envahir Avery. Elle se manifestait par un vide nauséeux dans l'estomac, le même qu'il avait ressenti à bord du train qui le conduisait, sous escorte et menottes aux poignets, au camp de travaux forcés, puis sur le chemin de terre emprunté par le pick-up du gardien venu le chercher à la gare, quand, en regardant par la vitre, il avait vu apparaître entre les pins les baraques blanches, les uniformes de toile bleue des détenus et le haut grillage hérissé de barbelés. Il voulut prendre ses cigarettes dans sa poche et s'aperçut qu'il n'avait que le paquet de Virginia Extra acheté plus tôt ce soir-là. Il tenta de rouler une cigarette ; le tabac s'échappa de la feuille. Il alluma une cigarette de Wally, mais lui trouva mauvais goût. Il s'efforça de garder son sang-froid et de réfléchir à ce qu'il avait de mieux à faire, mais il comprit vite que la situation ne dépendait plus de lui : son seul espoir était qu'on ne fasse pas de vérification et qu'on le laisse repartir après l'avoir verbalisé. Si on découvrait son casier judiciaire, on l'emprisonnerait sans possibilité de libération sous caution, il serait jugé pour délit entraînant la révocation de la mise en liberté conditionnelle et renvoyé au camp pour deux ans de travaux forcés supplémentaires.

Ils montèrent les marches du commissariat, un bâtiment de brique brune avec des stores jaunes aux fenêtres. À l'intérieur s'étendait un large couloir en marbre, les murs jalonnés de crachoirs. Au fond, deux portes battantes de bois verni aux panneaux de verre dépoli. Wally, Avery et l'agent les franchirent et entrèrent dans une grande pièce où se trouvaient plusieurs bureaux, meubles à tiroirs, crachoirs et téléphones. Seuls deux hommes étaient présents, assis chacun derrière un bureau. L'un d'eux était en uniforme. L'agent demanda à Avery et à Wally d'aller attendre sur le banc près du mur. Avery roula une autre cigarette. Le tabac tomba par les extrémités, et, lorsqu'il l'alluma, le papier s'enflamma et rendit brûlante la fumée dans sa gorge. La cigarette finit par se défaire dans sa main. L'agent rédigea son rapport et repartit en direction des portes en bois.

– Je suis accusé de conduite en état d'ivresse ? lui demanda Avery.

L'agent sortit sans répondre.

L'homme en uniforme s'approcha du banc, des documents et un stylo plume à la main. Rougeaud, un visage carré aux traits grossiers. Ses cheveux châtains étaient clairsemés et commençaient à déserter son front. Il s'assit à côté d'Avery et de Wally, croisa les jambes et tint les documents sur sa cuisse pour écrire.

– Comment tu t'appelles ? demanda-t-il à Wally.

– Wally Laughlin.

– Âge ?

– Vingt-cinq ans.

– Pourquoi tu t'es montré récalcitrant avec l'agent qui vous a contrôlés ?

– Je vous assure qu'il n'en est rien. Cet homme avait manifestement décidé de se ridiculiser.
– N'en rajoute pas.
– De quoi m'accuse-t-on ?
– Aucune charge n'est retenue contre toi. Tu peux t'en aller. Essaie d'être plus coopératif avec la police la prochaine fois.
– Pourquoi m'a-t-on amené ici ?
– Il vaudrait mieux que tu t'en ailles, mon garçon.
– Je peux faire quelque chose pour toi ? dit Wally à Avery.
– À quelle heure est l'audience ?
– Onze heure, dit l'agent.
– Va prévenir Suzanne. Demande-lui si elle peut trouver de quoi payer l'amende.
– Tu ne veux vraiment pas que je reste dans le coin ?
– Préviens plutôt Suzanne.
– On va passer récupérer la voiture et on sera là avant onze heures.
– Merci.
– Bon courage.
– Salut.
Wally sortit. Les portes battirent derrière lui.
– Qu'est-ce que tu plaides ? dit l'agent, son gros visage rougeaud tourné vers Avery.
– Quelles sont les charges ?
– Défaut de permis, circulation en sens interdit et conduite en état d'ivresse.
– Je ne suis pas soûl. Je n'étais pas soûl dans la voiture.
– Tu veux plaider non coupable ?
– Votre collègue m'avait promis un test d'alcoolémie.
– Maintenant, ça ne servirait à rien. Ce n'est pas parce que tu n'es pas en état d'ébriété au commissariat que tu ne l'étais pas au volant tout à l'heure.
– Votre collègue a bien vu que je n'étais pas soûl.
– Tu avais de l'alcool en ta possession.
– Il est où, votre collègue ?
– Il est reparti sur le terrain.
– Si je plaide non coupable et qu'il n'est pas présent à l'audience, je serai relaxé, non ?

– Tu aurais plutôt intérêt à plaider coupable. Tu t'en tirerais avec une amende.

– Je refuse d'être sanctionné pour conduite en état d'ivresse.

– Très bien, mon garçon. Non coupable. Tu as déjà été arrêté ?

– Non.

L'agent remplit les documents qu'il tenait sur sa cuisse.

– Qui est le propriétaire de la voiture que tu conduisais ?

– Ma petite amie.

– Comment elle s'appelle ?

– C'est important ?

– Oui.

– Suzanne Robicheaux.

– On va devoir vérifier que tu n'as pas d'antécédents.

Avery sentit à nouveau ce vide nauséeux dans son estomac. L'agent donna les documents à l'inspecteur en civil assis derrière le bureau et lui demanda de chercher le nom d'Avery dans leurs fichiers. L'inspecteur portait un pantalon qui n'était pas repassé et une chemisette dont le col ouvert laissait dépasser un maillot de corps. Il était enrhumé et se mouchait régulièrement dans un mouchoir sale. Outre sa nuque profondément grêlée, il avait une vilaine peau aux pores très dilatés. Il lut, les yeux plissés, les documents sur son bureau, se moucha à deux mains, puis se tourna et regarda Avery en s'essuyant la lèvre supérieure avec son mouchoir.

– C'est toi, Broussard ? dit-il.

– Oui.

– Où est la liste des habitants en conditionnelle que nous a envoyée le comité de probation ? demanda-t-il à son collègue en uniforme.

Avery eut la sensation de se vider de l'intérieur.

– Elle est dans mon tiroir. Pourquoi tu la veux ?

– Il me semble y avoir vu le nom de ce type.

L'agent en uniforme sortit la liste de son tiroir et la parcourut des yeux.

– « Broussard, Avery », lut-il à voix haute. « Mis en liberté conditionnelle pour deux ans ».

Son gros visage rougeaud se tourna vers Avery :

– On va monter, mon gars.

– C'est l'unité de détention, en haut ? Vous m'emmenez en cellule ?

– Faut se tenir à carreau quand on est en conditionnelle.

– Cellule de dégrisement, puis retour au pénitencier, c'est ça ?

L'inspecteur en civil se moucha bruyamment.

– Tu veux que je l'emmène ? proposa-t-il à son collègue.

– Non. Je vais le faire.

– Une fille va arriver dans un moment, dit Avery. Je pourrai la voir quand elle sera là ?

– Tu devras attendre demain. Les visites sont autorisées uniquement l'après-midi.

Ils sortirent par le côté de la pièce, par une porte qui donnait sur un autre couloir, et ils prirent l'ascenseur. Arrivé au deuxième étage, lequel était réservé à l'unité de détention, l'agent repoussa la porte de l'ascenseur, et ils pénétrèrent dans une coursive rectangulaire qui desservait quatre rangées de cellules faisant face aux murs extérieurs. Des plafonniers blafards protégés par des grilles étaient échelonnés le long de la coursive. Avery entendait ronfler et parler à voix basse dans les cellules. Il y eut comme un bruit de vomissement, après quoi quelqu'un toussa, se racla la gorge et cracha par terre à travers les barreaux. L'agent ouvrit l'une des grilles, et Avery entra dans la pièce obscure avec ses trois lits métalliques fixés au mur, son plafond couvert d'obscénités inscrites au noir de fumée et son sol taché de jus de chique et jonché de mégots. Un morceau de journal à la main, un homme se soulageait sur le siège des toilettes. Un autre dormait face au mur dans l'un des lits, la tête cachée sous un oreiller à rayures, sans taie. L'agent claqua la grille derrière Avery et regagna l'ascenseur.

L'homme sur le siège des toilettes se leva et reboutonna son pantalon. Grand, décharné, les cheveux gris, le teint pâle. L'une des bretelles de son maillot de corps, tout effilochée, menaçait de céder. Pieds nus sur le béton, il alla s'asseoir sur son lit.

– T'as des cigarettes ? dit-il.

Avery regarda, à travers la grille, par la fenêtre de l'autre côté de la coursive. On devinait les lumières nocturnes de la ville et on entendait les voitures.

– Eh, t'as des cigarettes ? insista le détenu.

Avery lui lança son paquet de Virginia Extra. L'homme sortit une des minces feuilles jaune brun de paille de blé, y déposa le tabac avec précision et la roula en cylindre entre ses doigts.

– T'as picolé sur la voix publique ? demanda-t-il à Avery.

– On me révoque ma conditionnelle.
– Combien il te reste ?
– Deux ans.
– Tu parles, moi, je suis bon pour dix à quinze piges. Ils vont pas me rater.

Je vais sûrement retourner dans la même équipe, songea Avery. On coupera la canne à sucre, on arrachera les souches, on creusera des canaux d'irrigation, Evans sera là avec son visage brûlé, ses lunettes de soleil, son uniforme marron et son revolver, on se mettra en rangs pour les repas au réfectoire et pour l'appel, et le premier qui parlera ira au trou ; le dimanche, grand ménage dans les baraques, inspection d'Evans, et le lundi, ça recommencera. Les souvenirs lui revinrent : les avances systématiques que les homosexuels faisaient aux nouveaux, le bruit du voisin de chambrée se masturbant dans son sommeil, les quintes de toux grasse de Daddy Claxton, les inévitables vantardises au sujet des femmes et des projets de vengeance et d'évasion, et l'histoire, qui ne cessait de circuler, de la nuit où on les avait tous fait sortir pour voir ce détenu mis en charpie par les fusils à pompe des gardiens, repéré dans la lumière des projecteurs alors qu'il escaladait les barbelés en haut du grillage.

– Tape à la porte pour appeler quelqu'un, dit l'homme. J'ai la chiasse et y a plus de journal.
– La ferme, dit celui qui dormait.
– Faut que je chie. J'ai plus de papier.
– J'ai pas fermé l'œil de la nuit à cause de toi.
– Je t'ai dit que j'avais la chiasse. C'est pas de ma faute.
– Fais à travers les barreaux. Ils vont t'en apporter, du papier.

Avery ferma les yeux et tenta de penser à Suzanne et à ces derniers mois. Il tenta de penser à elle avec son grand chapeau blanc du dimanche et sa robe blanche aux épaulettes de tulle lavande, aux moments qu'ils avaient passés au lit ensemble, mais il ne parvenait pas à garder son image en tête. Plus rien ne lui semblait réel sinon cette prison et la perspective de son retour au camp de travaux forcés. Il écouta les deux hommes se disputer dans le noir.

Composé par Nord Compo Multimédia
7, rue de Fives, 59650 Villeneuve-d'Ascq

Achevé d'imprimer en octobre 2012
sur les presses de Normandie Roto Impression s.a.s.
61250 Lonrai
pour le compte des Éditions Payot & Rivages
106, bd Saint-Germain – 75006 Paris
N° d'imprimeur : 12-3972
Dépôt légal: octobre 2012

Imprimé en France